黃蓓佳 著

中國童話

中華教育

謹以此書

獻給

我遠方的女兒

黃蓓佳，出生於江蘇如皋。1973年開始發表文學作品。1982年畢業於北京大學中文系文學專業。1984年成為江蘇省作家協會專業作家，亦曾任江蘇省作家協會副主席。

主要作品有長篇小說《夜夜狂歡》《新亂世佳人》《婚姻流程》《目光一樣透明》《派克式左輪》《沒有名字的身體》《所有的》，中短篇作品集《在水邊》《這一瞬間如此輝煌》《請和我同行》《藤之舞》《玫瑰房間》《危險遊戲》《憂傷的五月》《愛某個人就讓他自由》，散文隨筆集《視窗風景》《生命激盪的印痕》《玻璃後面的花朵》和《黃蓓佳文集》（四卷）等。

主要兒童文學作品包括「黃蓓佳傾情小說系列」十二部、「5個8歲」系列長篇小說五部、「中國童話美繪書系」叢書等。長篇小說《我要做好孩子》《親親我的媽媽》《你是我的寶貝》《艾晚的水仙球》《余寶的世界》等，分別榮獲「五個一工程」獎、中國出版政府獎、中華優秀出版物獎、全國優秀兒童文學獎。根據這些作品改編的電影、電視劇和戲劇獲得國際電視節「金匣子」獎、中國電影華表獎、中國電視劇飛天獎等。有多部作品被翻譯成法文、德文、俄文、日文、韓文出版。

目錄

牛郎織女

牛郎在睡夢中給一股熱烘烘的氣息弄醒了。他在墊着破草蓆的地鋪上翻了一個身，睜開眼睛，看見月光從牛棚的漏頂上撒下來，潔淨的地面上灑着一層霜樣的銀白，屋角那一堆鍘得整整齊齊的麥草反射出柔和動人的光亮。他從小餵大的黑額頭的黃牛站在他身邊，一條前腿輕輕拱着他的肩膀，毛茸茸的額頂在他的臉頰上蹭來蹭去，蹭來蹭去，把一股股熱烘烘的氣噴在他臉上。

牛郎一骨碌從地鋪上跳起來：「哎喲，黑額牛，你是肚子餓了嗎？你喊我添草的嗎？」

黑額牛抬起頭，「哞」的一聲叫，濕漉漉的大眼睛使勁地盯住他，像是有甚麼事情要告訴他一樣。

牛郎親熱地拍了拍牠的腦袋：「你等着啊，我這就給你摟些青草去啊。」

牛郎披上一件破夾襖，用稻草繩子把腰眼紮一紮，就走出牛棚，到後院裏給牛摟草去。牛棚裏雖然備好了乾麥草，可是在青草沒有完全枯萎的季節裏，牛郎總要想盡辦法讓黑額牛吃得新鮮可口些。

月光如水，寒氣逼人，院子裏黃泥夯出來的地面上結着一層冷冷的白霜，牛郎忍不住抱緊雙肩，打了一個冷顫。已經是初冬季節了，有錢人家的孩子早已經穿上棉襖棉鞋，帽子手套捂得嚴嚴實實了，牛郎卻只有一件補丁摞補丁的夾襖，還短得遮不住手腕。夜裏他睡在四面漏風的牛棚裏，身下墊一張冰涼的草蓆，身上蓋一張陳稻草的墊子。饒是這樣，嫂子還嫌他佔用的稻草多了。嫂子說：「小孩子捂得太暖和了反倒要捂出毛病來。」可是對她自己的兒子呢，秋風剛起，就已經裏三層外三層捂得像個棉花球。有媽的孩子和沒媽的孩子，生活中真是水火兩重天啊。

　　好在牛郎自小過慣了苦日子，皮肉結實，經得住摔打折磨。誰叫他三歲就沒了爹娘，又攤上一對心眼狠毒的哥嫂呢？溫順的黑額牛生下地就跟着牛郎，已經成了他寸步不離的夥伴。每到寒冬臘月的天氣裏，牛會懂事地臥在他身邊睡，用自己的體溫把牛郎溫暖着，呵護着，讓牛郎一覺醒來的時候，會覺得這世上有兩個相親相愛的生命偎依在一起，活着還有那麼一點牽掛和快樂。

　　牛郎穿過天井往後院走，要經過正房哥嫂臥室的窗下。此刻是月明星稀的三更天，房間的窗紙上還有燈光，算盤珠子也劈里啪啦敲得脆響。秋收剛過，糧食賣出去了，精明的哥嫂在算一年的收入帳。不把這筆帳一分一毫地算清楚，他們會輾轉反側睡不着覺。

　　牛郎跟這一切都沒關係，哥嫂的日子哪怕過得流油淌蜜，在他也不過是三頓白飯一領破草蓆。他本來不想去聽哥嫂湊在一塊咬耳朵的話，可是哥嫂在嘰嘰咕咕的對話中總是提到他的名字，他不能不聽上兩耳朵。

　　先是嫂子樂滋滋地說：「照這樣子做下去，不出三四年，我們又能給兒子蓋上三間大瓦房了。」

　　然後，哥哥叭嗒叭嗒抽着煙袋，悶聲悶氣地答道：「可是牛郎眼見得長大成人了，要成家娶媳婦了，爹媽留下的家產是要他一份的，給兒子蓋房，不給牛郎蓋房，左鄰右舍會怎麼說我們？怕是光唾沫星子就能把我們淹死。」

　　嫂子馬上想出主意來：「好辦啊！我們不等他長大成人，早早地跟他分家啊！隨便給幾樣甚麼，把他分出去過，將來他成家娶媳婦就不關我們的事啦！」

　　哥哥想了想：「是個好主意。牛郎現在還小，分家的事情只能聽我們的，到時候，房子、地一樣都不給他，讓他挑幾樣桌子板凳、釘耙鋤頭，打發了他拉倒。」

　　兩夫婦在房間裏說得高興起來，嘰嘰咕咕地笑，腦袋的影子映在窗紙上，一點一點的，像兩隻不斷啄米的雞。

　　牛郎摟了一大抱青草回到牛棚裏。他怕黑額牛吃太粗的草會扎了嘴，就搬來鍘刀細細地把青草鍘碎。草汁染綠了他的手，清新的草香味在牛棚裏瀰漫，熏得黑額牛連打了幾個噴嚏。牛郎一邊鍘着草，一邊想着哥哥嫂子的話，想到寒冬就要來臨，可他很快就要被趕出門去，連這個可以遮風擋雨的牛棚都住不上，忍不住悲從心來，眼淚一滴滴地落在鍘碎的草料上。

　　黑額牛看見了牛郎眼睛裏的悲傷，甩着尾巴走過來，用腦袋頂了頂牛郎的背。牛郎回頭看牠，見牠厚厚的眼皮一眨一眨，神情裏好像有很多要說又說不出來的話，心裏忽然一動，歎着氣問牠：「牛啊牛，你剛才讓我出門去，莫非是知道了我的哥哥嫂子在算計我，讓我去聽聽他們的話，好趁早有個打算嗎？你說我該怎麼辦呢？我沒有爹媽，年紀又小，要是分了家，以後的日子我怎麼過呢？」

　　黑額牛伸出長長的大舌頭，一下一下地舔着牛郎的手，一邊舔，一邊在鼻腔裏發出「哞哞」的叫聲。

　　牛郎看着牠，忽然明白過來：「啊，黑額牛，我知道了，你是要說，如果哥哥跟我分了家，我一定要把你帶走，對嗎？」

　　黑額牛愉快地抬起頭，又是「哞」的一聲叫。

　　牛郎心情一爽朗，也跟着愉快起來：「我會的，我會的，我寧可不要他們的一片瓦，一寸地，也要把你帶上走。這世上只有我們兩個是最親的人，我今生今世都不會離開你。」

　　黑額牛點了一點頭，放心地走開去。

　　臘月剛到，哥哥嫂子真的要跟牛郎分家了。年都不讓牛郎在家裏過，這兩個人的心就是這麼狠。

　　哥哥把牛郎叫過去，假仁假義地對他說：「弟弟啊，不是哥哥嫌棄你，你好歹是個男人家，總有一天要自立門戶過日子的，不如

你早點分出去，也好早點學會持家過日子的本事。哥哥這是真心為你好。」

嫂子忙着把家裏的破桌子爛椅子鏽釘耙豁鋤頭統統搬出屋，在院子裏攤了一大片，笑嘻嘻地催着牛郎過去看：「弟弟，好弟弟，你哥哥嫂子的家當就是這麼多，分家我們儘着你挑，你看上甚麼就拿甚麼，嫂子我一句心疼的話都不會說。」

牛郎走到院子裏，繞着那堆破爛貨，東看看，西望望，好像拿不定主意的樣子。這時黑額牛在牛棚裏長長地叫了一聲，牛郎馬上抬頭說：「哥哥啊，嫂子啊，家裏的東西再多，牛郎單身一個人用不着。牛郎從小伴着黑額牛長大，一時一刻不能分開，如果你們真的對我好，還把我當你們的親弟弟，就把那牛分給我吧。」

嫂子往前伸着腦袋，不敢相信地問：「你只要一頭牛？你分家出門過日子，真的只要一頭牛？」

牛郎斬釘截鐵地說：「只要牛，別的都不要。」

嫂子頓時眉開眼又笑，催促哥哥說：「你快答應他，按下手印吧，分家的事情就這麼辦妥了！」

牛郎從院子裏那堆破爛家當上跨過去，走到牛棚裏，解開牛韁繩，拍拍牛脖子，在哥嫂兩雙眼睛的注視下，牽上黑額牛一步一步地往外走。他的哥哥嫂子張嘴瞪眼傻呆呆地看着他，過了好一會兒才回過神，忙不迭地跟上去，在牛郎身後砰的把院門關上，生怕小牛郎腦筋一錯又反了悔，回頭找他們重新討公正。

牛郎帶着黑額牛來到一塊荒灘地。天寒地凍，滴水成冰，嘴巴裏呵出的熱氣剎那間在眼睫毛上凝成白霜。可是，因為有了黑額牛的相伴，牛郎一點都沒有覺得苦。他先是砍來一些蘆柴，搭起一個尖頂的小窩棚，又摟了幾大抱枯乾的荒草，把棚子裏鋪出一張很寬很大軟乎乎的牀。往後的日子裏，他要讓黑額牛睡在他的「牀」上，睡在他的身邊，他們會相依相靠，一起度過生命中艱難的歲月和快樂的歲月。

從此這一人一牛，靠打柴賣草為生。總是由牛郎在雜樹林子裏砍下了柴，劈成一般粗、一般長的柴火段，碼齊了，捆起來，綁到牛背上，牛再馱着這些柴草跟牛郎上集市。牛郎扯着嗓門吆喝賣柴，黑額牛在他身邊揚蹄甩尾，替他用勁。久而久之，人和牛成了集市上一道有趣的風景，他們只要往那一站，就馬上有人過來看牛，看貨，問價錢。講好了價錢，買主會在前面走，牛郎趕着黑額牛在後面跟，把高高一馱柴段送到買主門上。幫人家卸了貨，拿上錢，牛郎又帶着牛回到集市，用這錢買糧，買鹽，買牛吃的料豆。要是錢還有得剩，牛郎就攢起來，藏在一個瓦罐裏，等着攢多了之後好派大用場。

牛郎把黑額牛照顧得無微不至。夏天他怕日頭毒，曬得牛身上長出瘡，總是把牛牽到樹陰下吃草，得空還給牠沖澡，刷毛，用艾草熏走成羣的蠅子和牛虻。冬天，下雪的日子，牛郎冷，他就想到黑額牛也會冷，他用稻草編出一張簾，進來出去搭在牛背上，好像給牛穿上了一件暖暖和和的厚棉襖。柴砍得太多的日子裏，他不忍心讓牛負太多的重，總是把柴段分出一部分背在自己身上，肩頭背破了皮還樂滋滋地笑。沒有錢的時候，他自己吃米糠，倒讓黑額頭吃煮爛的黃豆。黑額頭要是不肯吃，他會抓一把搵進牠的嘴巴裏，逼着牠嚥下去才開心。他抱着黑額牛的脖子說：「你是哥，我是弟，你的日子要過得比我好，我心裏才安逸。」

牛郎寂寞無聊的時候喜歡跟黑額牛說話。他盤腿坐在牛對面，手裏搓着牛繩，或者鍘着牛草，一邊絮絮叨叨、輕言慢語、聊着家常話一樣，數說自己要做的每一件事，講自己碰到的每一個人，偶爾也會向牠抱怨地裏的青草不夠嫩，林子裏的雜樹不夠密，糧食裏長了蟲，燈油裏攙了水。他真心實意地把牠當成一個忠厚沉穩的大哥，事無巨細要對牠說出來才踏實。

黑額牛安安靜靜地站在牛郎面前，頭低着，嘴巴磨來磨去，反芻着胃裏的食物。牠已經習慣了牛郎的絮叨。有時候牠閉着眼睛，似聽

非聽。有時候牠會舔着牛郎的手，或者「哞」地叫一聲，表示牠聽進去了，牠知道了牛郎的心思，一些事情上為他高興，一些事情上替他傷心。雖然牠從不說話，可是牠亮晶晶的眼睛裏寫滿了善解人意的話語，牠的一眨眼，一縮鼻，都是對牛郎的理解和撫慰。

牛郎真心真意地認為，身邊有這個不說話的夥伴，比有個會說話的兄弟更加好，因為黑額牛永遠也不會傷害他，嫌惡他，拋棄他，像他狠心的哥哥嫂子那個樣。

三五年就這麼一晃過去了，十四五歲的小牛郎長大成一個十八九歲的健壯小伙子了。他高高的，腰腿長長的，皮膚黑黑的，眉眼笑笑的，一副快快樂樂討人喜歡的樣子。艱苦的生活沒有擊垮他的精神，讓他變得萎靡和頹唐，反而使他學會了遇事從容應對，樂觀堅強，他變得勇敢又能幹。

憑着自己的努力，牛郎在河灘地裏蓋起了三間小小的泥草房，開墾出種瓜點豆的菜園子，添置了桌椅板凳、鍋碗瓢勺、被子褥子，過起一份簡樸自足的生活。他的哥嫂過來看過他一次，哥哥在他面前賣乖討好地說：「多虧當初我們讓你早早地分家出門，你真要謝謝我和你嫂子呢，不這麼逼着你，你哪裏能夠練出這份持家過日子的本事。」嫂子則打量着拴在院子裏的毛色油亮的黑額牛，心裏後悔當初不該把這牛分給牛郎，她認為牛郎現在的日子過得這麼好，是老牛給他帶來了運氣。

一個夏天的夜晚，星光滿天，涼風送爽，隨風飄過來河水的清冽，蘆葦的清香，野荷花的清甜。這是鄉間夜晚充滿生機的氣味，萬物生長拔節和花開花落的氣味。牛郎勞累一天，沖過了澡，也給黑額牛洗刷了皮毛，讓牛在樹下歇着，自己搬一個竹榻在屋前場地上躺下來。滿天星星像深藍色天空裏釘上去的銀釘子，牛郎想數數它們一共有多少顆，才數了一個小角落，眼就痠了，記下來的數目也亂了。牛郎歎一口氣，對着身邊的黑額牛說：「人家都說天堂好，照我看天堂

不如人間好。你看那天上光禿禿一片地，沒有一根草，一棵樹，光景淒涼得很。天上住的那些星星呢，今天看看在這裏，明天看看還是在這裏，一年半載都不帶挪個窩，像根戳在地裏的木頭橛子一樣，無聊不無聊？」

黑額牛抬起頭，「哞」的一聲叫，像是贊同牛郎的話。

過了一會兒，牛郎被涼風吹得舒服，迷迷糊糊就要睡過去了，忽然聽到一個甕聲甕氣的聲音輕喚着他：「牛郎，牛郎！」

牛郎睡意朦朧地答：「誰呀？」

那個聲音說：「牛郎你醒醒，我有要緊的話跟你說。」

牛郎警醒過來，一骨碌翻身坐起，轉動着腦袋四下裏尋找人：「是誰呀？誰在跟我說話呢？」

四野空蕩蕩的，星光下只有嶄新的泥草屋，靜靜的白楊樹，毛皮如緞子般閃亮的黑額牛，還有遠處搖曳的蘆葦和銀閃閃的河水。

「誰呀？」牛郎有點害怕，大聲叫起來，「誰在跟我說話呢？」

聲音從牛郎的身邊又發出來：「是我，我在跟你說話。」

牛郎驚訝地瞪着黑額牛。明亮的星光下，他分明看見兩隻黑幽幽的大眼睛正抬起來盯住了他，是在跟他說話的樣子。

牛郎跳下竹榻，驚喜萬分地奔過去，摟住了牛脖子：「我的老哥哥啊，你總算能夠開口說話了！你要對我說甚麼？」

黑額牛嘴巴一張一合地說：「牛郎，我對你說的這件事情很重要，你好好地聽着。明天傍黑，晚霞鋪滿天邊之前，你要翻過河對面的那座落霞山，在山下有個水清如鏡的湖，就叫落霞湖，你到了湖邊之後，會看見一羣漂亮的姑娘在湖水裏洗澡嬉鬧。草地上有一堆五顏六色的花衣服，是她們下水前脫在岸邊的。你輕手輕腳往前走，不要驚動了她們。然後你拿起衣服堆中那件粉紅色的紗衣，記住是粉紅色的，不要拿錯了哦！你拿了衣服，趕快走開，回到樹林裏等着。天完全黑下來之後，那個走到你面前跟你要衣服的女孩就是你的妻子。」

牛郎不敢相信：「我就要有妻子了？一個穿粉紅色紗衣的漂亮女孩子？她能願意做我的妻子嗎？」

黑額牛緊盯住他的眼睛，甕聲甕氣地叮囑他：「佳期不可錯過。切記，切記！」

牛郎仍然不敢相信。

他是一個本分的莊稼人，能討到一個同樣出身的農家女做他的老婆就不錯了，哪裏想到過會有天上掉下的姻緣？但是他又確信黑額牛不會騙他，牛說了有這回事，那就一定有。

牛郎一夜激動不已，想着黑額牛叮囑他的那些話，覺得自己像是在做夢。他躺在簡陋的牀鋪上，緊緊地握着手心，閉着眼睛，生怕手一鬆開，眼一睜開，夢就從張開的指縫間呼啦啦飛走了。

第二天，牛郎破例沒有下地耕種，也沒有上山砍柴。他一早起來把自己收拾得清清爽爽：白色的對襟土布衫，黑色的摺腰褲，小腿打上了牛皮繩做的綁腿帶，腳上是嶄新的白襪黑布鞋。他還背上了一個蒲草編的乾糧袋，掖上一把爬山開路用的小砍刀。出發之前，他特地到門前水塘裏照了照，水塘裏映出一個高高大大的小伙子的身，一張俊俊秀秀的小伙子的臉。

他問黑額牛：「我看上去還行嗎？」黑額牛在旁邊搖頭擺尾，為這樣一個乾淨可愛的牛郎而高興。

牛郎臨走前為黑額牛的食槽裏添滿了草，盛滿了水，拍拍牠的腦袋說：「我走了。要是我今天晚上回不來，你千萬別惦記。」

黑額牛點點頭，嘴巴咧開來，笑眯眯的。

日頭過晌的時候，牛郎爬到了落霞山的頂。回身向山下望過去，萬畝良田如綠色棋盤，他熟悉的村莊和集鎮像棋盤上黑白相間的子。他想，怎麼看不見院子裏的黑額牛呢？是不是牠已經小得像一隻螞蟻了？他找塊岩石坐下來，吃了玉米麪做的乾糧，喝了山頂泉眼裏湧出來的水，神清氣爽，渾身上下湧動着用不完的力氣。

日頭偏西，牛郎一鼓作氣下到山底。這一次他是回頭往山上看，看到剛才他走過的山坡被夕陽照得金光燦燦，連片的樹林像燃燒的山火，熱烈而又輝煌。多美的景色啊！牛郎恍然大悟地想，難怪這座山被人叫做落霞山。

牛郎穿過山腳下的白樺林，看見了藏在深山人不知的幽祕美麗的落霞湖。時間不早不晚，剛好是黑額牛告訴他的那個時辰：晚霞鋪滿了天邊。抬頭看，天是紫藍色的，雲破處現出隱隱的金光。低頭看，湖水也是紫藍色的，隱祕的金光像沉在湖裏的寶藏。天空有雲在輕輕地飄，一片粉紅，一片橙黃，一片又是赭灰。湖水中也飄着跟天空對應的雲，不同的是天空中的雲彩飄得輕柔，湖水中的雲彩卻蕩漾得活潑，隨波逐流，一朵撲打着另外一朵，快樂而又恣意。

牛郎看見湖水中還有另外一些白花花的影子在翻動，他先以為那是湖裏肥白的魚兒在嬉鬧，後來聽到清脆悅耳的說話聲，銀鈴一般的笑鬧聲，才明白那就是黑額牛說的在湖水中洗澡的姑娘們。他的心怦怦地跳得像擂鼓，掩在樹影下一點一點地向湖邊靠攏去。天色近晚，湖水中姑娘們靈動的身影朦朦朧朧，因而也越發的曼妙優美。每當她們冷不丁從水中躍出來的時候，湖水會在瞬間被她們頂出一個蘑菇狀的透明的水泡。而後，水泡噗地破了，小小的黑色腦袋從中間倏忽伸起，水花四濺，四周圍撒下一片晶瑩剔透的彩珠。

她們的長髮披在肩後，濕漉漉的，烏金一樣地閃亮，柳枝一般地蕩漾。她們身體的皮膚有深有淺，晚霞在皮膚上反射出來的光線便因為底色的差異而各個不同，有的金黃，有的粉白，有的紫藍，有的青灰。當她們在水中穿梭來回變動位置的時候，五彩繽紛的霞色就在湖面恣意流淌，美妙得令人驚訝。

牛郎簡直看得呆了。他沉浸在這個迷人的世界中，忘記了時間，忘記了自己，忘記了一切的一切。直到姑娘們玩得意興闌珊，互相招呼着開始往岸邊游動，他才突然驚醒，想起了黑額牛千叮嚀萬囑咐的

話，慌慌忙忙地衝上前，在湖邊草地上那一堆五顏六色的衣服中，找出一件粉紅色的紗裙，揉成一團，揣進懷中，躲到了不遠處的樹林子裏。

姑娘們上岸之後，甩去頭髮上的水珠，忙忙亂亂地尋找各自的衣服，穿到身上。

一個模樣最年輕、容貌也是最美麗的女孩子在姐妹羣裏撲來撲去，像一隻折斷頭鬚而失去了方位感的蝴蝶。「你們看見我的衣服了嗎？」她用哭一樣的聲音問，「我的衣服不見了！你們誰穿錯了我的衣服？」

姐姐們互相看看，回答她：「我們沒有穿錯你的衣服。」

「可是我的衣服不見了！」她的神情像一隻受驚嚇的小鹿。

穿好了衣服的姐姐們一齊圍上去，有的安慰她，有的幫她四下裏到處找。可是粉紅色的紗衣怎麼也找不見，像是被天上的飛鳥叼走了一樣，又像是被傍晚的夕陽蒸發了一樣。

一個紫衣的姑娘說：「天不早了，不能再耽擱了，王母娘娘馬上就要到各殿各廳查點人，要是發現我們偷偷下到落霞湖來洗澡，她老人家要發脾氣的。」

綠衣的姑娘愁眉苦臉：「可是小妹丟了衣服，起不了身，怎麼辦呢？」

大家七嘴八舌，長吁短歎，不敢不回去，又不忍心把最小的妹妹丟在湖邊不管她。

牛郎懷裏揣着粉紗衣，聽着姑娘們的話，看着她們一張張左右為難的臉，心裏很不忍。要不是想到黑額牛「切記，切記」那句話，老實的牛郎真想走出樹林，把姑娘的衣服還給她算了。

最後，還是丟衣服的女孩子不肯為這事連累了大家，眼淚汪汪地催促姐姐們說：「你們先走吧，少我一個人，王母娘娘不會連你們一起都責懲的。等我找到衣服，我會馬上趕回天宮。」

遲疑了片刻之後，姑娘們決定就照這樣辦。綠衣姑娘特地返回湖邊摘了一片鍋蓋大的鮮荷葉，讓小妹妹暫且拿它遮遮身。也許王母娘娘今天心情好，沒有發現天宮裏少了一個人，那就再好不過。她把手放在小妹妹的額頭上，為她祝福。

她們輪流擁抱了她之後，疏疏地排成一長列，一個跟着一個，像一串整齊的風箏一樣，輕跑兩步之後，騰空而起，飄然飛升，轉眼間融入西天殘留的晚霞中，不見了蹤影。

牛郎驚奇地揉着眼睛，不敢相信眼前見到的一幕。

湖邊只剩下丟衣服的姑娘。她低着頭再一次地走過草地，尋找她的粉色紗衣。

牛郎心裏想，不能夠讓她再着急了。他一閃身走出樹林，把那件薄如蟬翼的衣服抖開在手上，恭恭敬敬地對她說：「姑娘，你別急，你的衣服沒有丟，是我拿了它。」

姑娘又驚又喜，粉面羞紅，胳膊把身體抱得更緊，聲音裏帶着急過了頭的哭腔：「你為甚麼要拿我的衣服啊？害得我現在回不了家。」

牛郎嘴巴張了張，說了一句平平常常的話：「天晚了，湖邊風大，你先穿上衣服吧，穿上了我們再說話。」

牛郎背過身，讓姑娘穿好了衣服。再轉回身來的時候，牛郎看見眼面前的姑娘美得像一朵含露帶水的粉荷花。

牛郎從心裏憐愛她，體貼地勸她說：「天已經快黑了，這時候再讓你一個人回家，我不放心。不如我們在這湖邊坐一夜，說說話，等雞叫天明的時候，你再作打算，好不好？」

姑娘低了頭，一想到王母娘娘見不到她的人，在天庭裏會發何等大的火，心裏就已經哆嗦了。

她想，早回去也是挨罵，遲回去也是挨罵，還不如在這可愛的人間多逗留一刻，捱過一時是一時。

牛郎見姑娘點了頭，心裏別提多高興了。

他抱來一塊光溜溜的大石頭，讓姑娘坐着，自己就盤腿坐在她旁邊的草地上。在夜晚湖風輕輕地吹拂中，牛郎對姑娘說起了他相依相伴的黑額牛，從黑額牛又說到他的身世，說到哥嫂的狠心，說到他這些年裏先苦後甜、勤勞致富的日子，最後才說出了黑額牛讓他今天做的這件事。

牛郎誠心誠意地對她說：「我真是一看見你就喜歡上了你，你是我見過的最美麗最溫柔的姑娘。」

姑娘聞言低下頭，臉上飛出的紅暈在星光下都能夠看得很清楚。她輕輕地歎了一口氣，也對牛郎說出了她的祕密。原來她是天上的仙女，是王母娘娘最小的孫女兒，因為她手巧，織得出人間天上最漂亮的織錦緞，所以她的名字就叫「織女」。織女告訴牛郎說，每日裏天空中的早霞和晚霞，就是王母娘娘拿她織出的錦緞鋪就的。但是王母娘娘的手面太闊，需要的錦緞太多，宮殿裏要鋪上，花園裏要鋪上，連她老人家每天御駕出行的道路也要全鋪上。這樣，織女必須從早到晚一刻不停地坐在織房裏，一天天，一年年，頭都沒工夫抬，話也沒人說，織得腰痠了，眼花了，手指肚也結出老繭了，王母娘娘還要派人不斷地催：「快呀！快呀！」

偶爾她放下金梭，偷閒站到織房的視窗往外看一看，看到天庭裏清冷寂寞死氣沉沉的模樣，又看到地上人間花紅柳綠欣欣向榮的景象，真是羨慕人間能有自由的日子，哪怕窮一點，苦一點，也比終日枯坐織房要幸福得多。說到這裏，她偷偷地從睫毛簾中看了牛郎一眼，心裏也喜歡上了這個溫柔俊朗的小後生。

牛郎聽她幽幽地說這些事，心裏一陣陣地熱，又湧出一陣陣的不捨和憐惜。他忍不住一把抓住了織女的手。「留下來吧！」他說，「留在人間，嫁給我，我們一塊過日子吧。雖然我沒有很多的錢，也沒有很多的地，可是我有的是力氣，還有一顆愛你寵你的心。我們兩個，加上黑額牛，我們一心一意地朝前奔，會過上人間最好的日子。」

織女的心被他滾燙的語言暖熱了，她抬起頭，悲喜交集地望着牛郎，淚光閃閃地答應：「好，我留在人間做你的妻子。」

見了手挽手雙雙歸來的兩個年輕人，黑額牛揚起脖子，快樂地「哞」的一聲叫。牛郎把織女拉到牠的面前說：「牛啊牛，從此以後她就是家裏的女主人，也是你的好弟妹，我們是一家三口過日子了。」黑額牛把大腦袋朝着織女靠過去，溫順地蹭着她的衣服，濕漉漉的舌頭舔了舔她的手，眼睛裏是說不盡的喜悅和歡迎。

織女一進家門，就脫下了漂亮的紅紗衣，換上一件牛郎穿舊了的家織布的對襟褂子，寬大的衣袖挽幾挽，開始灑掃庭除，摟草劈柴，點火做飯。容貌秀麗的織女很能幹，不嬌氣，過日子是一把好手，粗活細活都能夠拿得起，不大的工夫，三間小泥草房被她收拾得窗明几淨，白色窗紙貼上了她巧手剪出的紅「雙喜」，兩邊還各有一張「喜鵲鬧梅」和「年年有餘」的剪紙畫，紅豔豔的別提多喜氣。一隻盛水的雙耳瓦罐被她當作花瓶擱在窗台上，瓦罐裏插了她在河邊草地上採來的野菖蒲、野菊花、野百合，花團錦簇熱熱鬧鬧，枝枝葉葉清香宜人。牀上的被單被褥洗過了，濕淋淋地晾在屋前場院裏，散發出皂角和水的潔淨氣味。桌上已經有了清清爽爽的一碗蒸臘肉，一碗炒豆乾，一碗燴黃瓜，一碗燴茄子，還有一碗青菜蝦米湯。蔬菜是園子裏摘來的，臘肉是屋樑上吊着的，織女做這一頓飯，花了不到推一磨玉米麵的時間。最後，就連黑額牛的食槽裏，也細心地添上了被她鍘得細細碎碎的山芋藤。

忙完，牛郎剛好牽着黑額牛從山坡上砍柴回家。織女拍掉他身上的灰，笑盈盈地迎出門，把牛繩接過來，又招呼牛郎說：「你累了，我去給牛飲水餵料，你快洗洗手吃飯吧。」

牛郎驚訝地環視家中的變化，用勁嗅着桌上飯菜的香味，心裏說：多好啊！好日子真的就在眼前了！這一刻，他甚至感謝狠心的哥嫂，是他們早早地趕他出門，才讓他有了今天娶妻成家的機會。

　　秋天，山坡和河灘地裏的藥材成熟了，織女天天挎個籃子出門去，採車前子，挖杜仲黃芪，摘枸杞花椒，回來之後篩乾淨土，一堆堆地攤在場院裏曬乾了，收起來。到初冬，她攢了幾麻袋的藥材，讓黑額牛駄了，送到集上去，換回來一架紡車和一台織布機。漫長的冬天裏，她從早到晚地坐在紡車邊，車軸吱呀呀地響着，她一手搖紡車，一手餵棉花，胳膊輕悠悠地抬起來，又飛快地落下去，細細的、均勻的、白亮白亮的棉花線就從她的指尖一截一截吐出，春蠶吐絲一樣，無盡的長。

　　這時候，牛郎也因為天寒地凍不再出門幹活了，他喜歡靜靜地坐在織女身邊，看着她搖紡車，看着她餵棉花，看着她的胳膊輕悠悠地抬起來，又飛快地落下去。他起身，削一個水靈靈的白蘿蔔，一片一片切開，拈一片餵到她口中，又拈一片放在自己舌尖上。蘿蔔的清甜汁液從嘴巴裏一絲絲地流到心田裏。他們相視而笑，真願意這樣漫漫的冬日永遠延長下去。

　　棉紗紡出來之後，時令就到開春了，織女把織布機架到院子裏，開始織布了。織布是她的專長，天宮織房裏自小到大多年的勞作練就了她的好身手。她熟練地在織布機上經好了線，然後雙手飛快地運梭，只聽見織布機喀噠喀噠地響，她柔軟的腰肢像柳條一樣在機子前盪過來，又盪過去，盪得人眼花繚亂，姿態是說不出來的好看。轉眼之間一小截布匹就在她的手底下露頭了，不光平整，還細緻，手摸上去軟軟的暖，找不出一個疵點和疙瘩。

　　織女織布不光憑手巧，還肯用心思。自家紡出的棉紗不比天宮裏的蠶絲有那麼多五彩繽紛的色，織女就到山坡河灘裏採來野生的花，挖出各樣植物的根，很多樹種的葉，試着煮出赤橙黃綠青藍紫的染料。用她的染料染出來的布，就有了天邊彩霞的七種顏色，又有了七種顏色調和出來的七七四十九種混合色。織女在門前河灘地晾曬她的花布時，蘆葦上棲息的鳥兒會驚得飛起來，河水裏游動的魚兒會喜得

躍起來。牠們都錯以為是天上華麗的晚霞落進了河灘。四鄉八鄰的人都看到了，就成羣結隊趕過來買她的布。人們說，穿上這布做成的衣裳，小伙子會變得帥氣，姑娘會變得秀美，孩子會變得可愛，就連老頭老太都會變得喜氣洋洋，一天年輕二十歲。

無數的大姑娘小媳婦都擠到了牛郎和織女的家裏面，求織女傳授給她們紡紗織布的手藝。織女為人大方，脾氣又好，對每一個人都是手把手地教，不厭其煩地講。來的人雖然花了工夫學，一點一滴地仿照着做，但是她們無論如何都做不出織女那樣平整、光滑、綿密和鮮亮的布。這樣，方圓百里的人家逢到嫁娶壽誕的好日子，想穿最漂亮的衣服、用最好的桌圍被面帳幔時，還是會找到織女家裏來，買她的手藝。

牛郎家的日子真的是越過越好了。他們翻新了瓦房，給黑額牛蓋了一間高大敞亮的牛棚，還買了一架輕巧結實的牛車。過年的時候，知疼知暖的織女對牛郎說：「把你的哥嫂請來吃頓飯吧，怎麼說他們也是你最親的人。」織女下廚做了一桌子豐盛的菜，牛郎趕着牛車去村裏把哥嫂接來了。

牛郎的哥哥已經頭髮花白，腰弓背彎。牛郎的嫂子也是缺牙癟嘴的，一副老婦人的模樣。他們的兒子從小嬌生慣養，好吃懶做，娶親不幾年，家產已經被他糟蹋了大半。老兩口老了還要為兒子當牛做馬，供他吃供他穿，日子很是淒涼。他們下了牛車，進到這個窗明瓦亮的家，東張張，西望望，看見男人勤勞、女人能幹、家和萬事興的紅紅火火的景象，想到從前對小牛郎的苛刻，牛郎半大不大時趕他出家門的狠毒，兩口子不覺又是懊悔，又是慚愧。嫂子說：「牛郎啊，過去的事情都怪我，是我心眼小，容不得人，還望你不要記你哥哥的仇。」織女趕快說：「嫂子別說這樣的話，人吃五穀，哪能沒個過錯。牛郎只有一個哥哥，一個嫂嫂，以後我們還是常來常往，做門好親戚吧。」

　　吃飯的時候，牛郎和織女給哥哥敬了酒，也給嫂子敬了酒。哥哥喝多了酒之後，心裏難過，嗚嗚地哭起來，牛郎和織女勸了好久才勸住。哥嫂臨走時，牛郎裝了一車的糧食，織女又拿出幾匹最好的布，讓黑額牛拉着送到哥哥家裏。

　　再開春，織女生下一個六斤八兩重的胖小子。孩子長得寬眉大眼，咯咯一笑漾開兩個小酒窩，是個人見人愛的開心果。最開心的還要數黑額牛，從孩子生下來之後，牠幾乎當了孩子的奶娘，沒事的時候，最願意織女拿一個筐把孩子裝着，綁在牠背上，牠馱着孩子在河邊田埂上轉。

　　牠喜歡讓孩子看天，看水，看花朵和蝴蝶，看出一雙清亮清亮的黑眼睛。孩子餓了，牠會馱孩子到桑林，讓孩子小手一伸就能採到桑果吃。孩子渴了，牠就馱孩子到河邊，跪下腿，用嘴巴叼過荷葉來，給孩子喝葉片上滾動的露珠。孩子要睡覺，牠馬上站到樹陰下，輕輕地搖動身體，孩子躺在牠背上就跟躺在搖籃裏一樣，風吹葉飄，小蟲飛着，孩子手舞足蹈嘻嘻地笑，笑着笑着就睡着了。

　　過一年，織女又生下一個漂亮的女孩。黑額牛更高興了，現在牠可以在背上馱着兩個筐，一個筐裏是男孩，一個筐裏是女孩。牠馱着他們，得意地走來走去，滿臉的笑容，滿肚子的快樂。

　　可是，黑額牛畢竟一年年地老了，跟青年和壯年時代的牠相比，現在的牠毛色暗淡，眼睛昏花，牙齒鬆動，連炒得香噴噴的黃豆都沒法吃了，要把黃豆磨成粉，拌進草料裏，才能讓牠消受一點點。牠的精力也大不如前，老是瞌睡，倚着牆壁，頭一點一點，涎水長長地流下來，像一個垂暮的老人。牛郎早已經不讓牠幹活，只讓兩個漸漸長大的孩子伴牠玩，牽牠出門散心，領牠去吃最鮮最嫩的草，在向陽的坡地上曬太陽。黑額牛心裏很不安，牠知道自己已經快死了。牠總是在牛郎去看牠的時候，用嘴巴舔着親密主人的手，眼睛裏映着深深的留戀和悲哀。

　　有一天，牛郎和黑額牛單獨在牛棚裏呆着的時候，老牛平生第二次開口對牛郎說了話。老牛說：「牛郎啊，還有一件事情我要交代你，我死了之後，你千萬要把我的皮剝下來留着，碰到特別緊要的事，你披上我的皮，肯定有用處。」

　　牛郎心裏轟隆一聲響，從頭到腳扯筋剜骨地疼。他一把抱住老牛的脖子：「不不，你不會死，我們一家人要永遠永遠相守在一起。」

　　老牛苦笑：「我也捨不得離開你們啊，可是我的壽命只有這麼長，無論你們對我有多好，我還是要跟你們分手了。」

　　牛郎哭得坐倒在地，把面孔緊緊地貼在老牛的腿彎處，哀哀切切地說：「那我也不會忍心剝你的皮，我會尋個最好的向陽地，把你全屍全骨地埋進去。」

　　老牛急得眼珠子都要瞪出來：「牛郎你一定要聽我的話！你要是不照我說的做，我死了都不肯閉眼睛！」

　　牛郎實在弄不懂黑額牛為甚麼一定要逼着他做這件事。可是，看着老牛神情急迫的樣子，他只好流着淚答應了。

　　老牛如釋重負地吐一口氣。牠勉強抬頭，戀戀不捨地看這個乾乾淨淨的小院落，看院裏賢慧的織女和可愛的孩子，然後雙腿一軟，轟然倒下了。嚥氣一刻，眼角滾出兩顆大大的、渾濁的淚。

　　全家人圍着老牛痛哭一場。而後，牛郎強忍悲痛，照着老牛死前的囑咐，剝下牠的皮，洗盡，晾乾，掛在屋樑上。他們又動手在屋後離他們最近的向陽坡上，挖了一個深深的坑，把老牛的屍骨埋進去。

　　人間千年，天上一日。

　　從七仙女偷下落霞湖洗澡、織女遇見牛郎，到他們相愛成婚，生兒育女，倏忽幾年的光陰過去了。可是在天上，在王母娘娘和眾多仙子仙女們的日月生活中，也就是短短幾個晝夜的工夫。

　　那一天仙女們從落霞湖邊飛回天宮，路過王母娘娘的寶殿時，一個個輕手輕腳，屏息靜氣，生怕被老太太聽見或者看見，要受責罰罰

罵。誰知道，越怕的事情就越是會頻頻發生。本來姑娘們是趁着王母娘娘飯後多喝了幾口蟠桃酒、昏昏然打着瞌睡的時機溜出天門的，她們回來時，老太太恰好酒醒，在描金的龍牀上躺着靜養，姑娘們走動時衣裙的窸窣聲絲毫沒有逃過她靈醒的耳朵，她起身出門，打眼一看那一張張惶然羞愧的臉色，還有她們身上匆匆忙忙中沒有來得及穿戴周正的衣物，扣錯的鈕扣，散開的裙帶，帶污漬的水痕，就明白了她們趁她小睡的時候幹了些甚麼。

王母娘娘是個精明的老婦人，又是個苛刻嚴厲的老婦人，她把她的這些孫女和外孫女們關在天宮後院裏，是要她們各司其職、晨昏勞作的，平常她連一絲一毫的閒暇都不肯施予她們，如何能夠容忍她們偷出天宮飛往人間玩耍的頑皮行為？只見她咳嗽一聲之後，臉孔拉長了兩倍，眉心蹙起幾道深深的豎紋，本就森然的神情越發變得冷酷而且專橫。

「自己說出來吧，到底去了哪？」

輕輕的一句問話，姑娘們已經嚇得渾身發抖。她們你看着我，我看着你，想要回答也是語不成聲。

王母娘娘的目光在她們臉上飛快地逡巡一番，手抬起來，指住為首的紫衣姑娘：「花姑，你來解釋。」

叫花姑的紫衣姑娘是天宮裏專門為王母娘娘侍弄花園的女孩，也是眾多姐妹中年齡最大的一個。

見王母娘娘指名要她答話，花姑只好詳詳細細說了她們下到落霞湖中洗澡嬉耍的過程。但是她略去了織女丟失衣服的事情沒有講，她以為過不了一會兒，織女找到了衣服，自然會回來，那時候王母娘娘的脾氣已經發過了，事情也就混過去了。

王母娘娘對姑娘們下湖洗澡的事情倒沒有在意，她在意的是她們竟敢違拗她的意志，不經她的同意就私下天宮。她認為這是小輩們的大膽和反叛，不作責罰的話，會使她們的膽子越來越大，日後自己的

威嚴難存，就打手勢叫來一隊天兵天將，冷冷地命令說：「把她們關進黑牢反省。」

姑娘們懊悔，哀求，流淚，都沒有用，王母娘娘從來就沒有憐憫之心。在天兵天將的押解之下，她們垂頭喪氣地走進陰暗發臭的黑牢裏，等着老太太氣消之後放她們出來。但是有一點她們暗自慶幸，這就是王母娘娘暫時沒有發現織女失蹤的事，她們可愛的小妹妹或許能夠逃過這一劫。

第二天一早，王母娘娘起牀後到天庭各處巡視，總覺得有甚麼地方不對勁。仔細一想，才發現是腳下踩着的織錦緞不那麼鮮亮了。王母娘娘一生都好面子，天上的織錦緞不夠鮮亮，地上凡人看到的彩霞就黯然無光，人間豈不要笑話她王母娘娘治家無方？所以王母娘娘非常惱火，馬上着人把織女叫過來責問。

於是她得到報告：織女不見了。從前一天隨姐姐們偷下人間之後，這個最小、最柔順、也是最美麗的女孩子就沒有回到織房。

王母娘娘還不知道，這個時候，織女已經在人間嫁給了牛郎，夫妻雙雙過上了自由和幸福的生活。

年老而又專制的王母娘娘拉長着面孔，把昨晚關進牢裏的女孩子們一個一個地拎出來，盤問織女的去向。可是她們都搖頭說不知道。她們也確實是不知道。在落霞湖邊遺下孤零零的小妹妹，是她們懾於王母娘娘的淫威，不得已而為之的事情，她們自己也在嘀咕織女為何遲遲不歸，擔心她出了令人傷心的意外。

王母娘娘問不出織女的下落，氣得像一頭發怒的老母獅子一樣，暴跳如雷。自己的親孫女兒在她眼皮子底下無端潛逃，這是何等大逆不道的事情！

千百年中天庭裏還從未有人敢於如此大膽叛逆。王母娘娘移罪於黑牢裏眾多的姑娘，下令要把她們關上十倍於平常的時間，一直要關得她們生不如死，悔不當初。

　　與此同時，她派了身邊最可靠的密探們下到人間，尋訪織女的下落。他們個個都是身懷絕技的千里眼、順風耳、占卜高手，任何的人間祕密都難逃他們的掌握。老太太這回下了最大的決心，哪怕織女藏在美猴王誕生的石頭縫裏，藏在精衞衝石填上的大海深處，藏在唐僧取經路過的沙漠腹地，她也要派人把那個不聽話的小姑娘捉拿回來，給她最重的刑罰，讓天庭裏的其他神仙得一個教訓。

　　沒過兩天，她得到報告：織女就在距落霞湖不遠的地方，已經跟牛郎結婚成家，生下一男一女兩個孩子。

　　王母娘娘一氣之下，急火攻心，鼻子都歪了。說起來也是一件悲慘的事情：王母娘娘雖然美貌能幹，卻是打從年輕時開始守寡，半輩子當中，夜夜都是一盞青燈伴她入眠，她從憂傷而焦灼，而冷酷，而苛刻，脾氣漸漸變得怪誕乖僻，成了如今這個人見人怕的老婦人。她尤其見不得年輕男女相愛，一見就心跳加快，怒從膽生，非要有個由頭拆散了人家不可。

　　這樣，當王母娘娘得知織女已經在人間偷偷結婚成家之後，她心裏的氣惱和嫉恨可想而知。

　　礙於織女是她平素最喜歡的孩子，天宮裏每天更換的織錦緞又非這孩子織就不可，王母娘娘一開始倒還沉得住氣，沒有採用特別強硬的手段。她委派月宮裏的嫦娥做她的特使，下到人間，把織女帶回來接受處置。老太太想，嫦娥本是人間美女，吃了藥丸之後飛到天上，從此住在月宮，似乎不再有下凡的心思，可見天上是比人間要幸福百倍的。她派嫦娥去帶回織女，也是要嫦娥去現身說法。

　　嫦娥在落霞山山腳的小河邊找到織女。

　　此時織女剛剛從染缸裏撈出了一匹玫瑰色的綢布，拿到河水裏漂洗，嫦娥在半空中就看到了清清河水裏盛開的那朵玫瑰紅的花兒。她跳下雲端，張開衣裙，飄然降落在織女的身邊，發現天宮織房裏那個蒼白羞澀的小姑娘在人間這些日子變得更加漂亮了，她原本纖細和羸

弱的身材變得豐滿婀娜，皮膚白裏透紅，頭髮烏黑亮澤，通身上下洋溢着一種健康、幸福、快樂的滿足，這是發自內心的甜蜜，被愛情滋潤着的甜蜜，辛苦勞作有了意義的甜蜜。在她身後河灘上追逐嬉鬧着的，是一男一女兩個年畫一樣可愛的胖娃娃，他們一個綠衣綠褲，一個紅襖紅裙，上上下下收拾得清爽乾淨。他們爭先恐後呼喚「媽媽」的聲音稚嫩可人，手拉着手跑動的樣子活潑嬌憨。一家人中不在場的只有牛郎，當家的男人是要出門幹活的。嫦娥很遺憾不能見到這個拴住了織女芳心的凡間小伙，但是從織女和兩個可愛孩子的身上，嫦娥不難想像出牛郎的英俊、體貼、勤勞和能幹。嫦娥感慨地想，難怪織女不想回到天上，換了是她自己，有這樣美好圓滿的生活在眼面前守着，她同樣不肯回到孤清淒冷的月宮，去過長夜難寐的日子。

於是，長袖善舞的嫦娥站在織女的面前，嗯嗯啊啊，十分地為難，先前想說的話都說不出來了，現在想說的話又不能夠說。

織女站起來，甩了甩泡在河水裏的濕淋淋的手，不無驚喜地招呼說：「姐姐來了！姐姐如何知道我在這的呢？」

嫦娥歎口氣：「是王母娘娘派我過來的。本來我要做的事情是把你帶回天宮去，可是我今天看到你，明白了你的選擇是對的。我自己一千年前誤吃了仙藥，別夫離家，升天成仙，夜夜孤獨，已經夠不幸的了，我不能讓你再重複我的不幸，這不道德。回去我要替你向王母娘娘求個情，讓她放過你，恩准你和你的一家人在人間相守永遠。」

織女聞言，十分感激，鄭重地向嫦娥拜了三拜：「多謝姐姐善解人意。姐姐的恩德，我和牛郎永遠不會忘記。」

嫦娥對織女擺一擺手：「幹你的活吧。」她招手喚過來兩個小兄妹，一手抱一個，吻了吻他們，放開手，轉過身，衣裙一撩，升天飛去。

回到天庭，嫦娥果真向王母娘娘告知了自己親眼看到的一切，也果真壯着膽子向王母娘娘求了情，請她老人家不要再追究織女的不

是。卻不料王母娘娘非但不聽，反而大怒，責備嫦娥辜負了她的信任，是非不分，忠奸不辨，命人將嫦娥杖打一通，一併關入黑牢。

老太太要重新派人下凡。她點兵點將，點到了能說會道的金星老兒。

腦袋光溜溜像顆壽桃的金星老兒是在織女紡紗織布的時候降臨人間的，他捋着雪白的長鬚，眨巴着藏在長壽眉下的精光四射的眼睛，一屁股坐到了結結實實的織布機架子上。

「小織女啊，小丫頭啊⋯⋯」金星老兒以長者自居，用拉家常的口氣開了腔，「你可是我從小看着長大的哎，你從來都是個孝順聽話的乖孩子，怎麼一到人間就變了樣，鐵下心來不聽人勸呢？你真的就不想回你的家嗎？」

織女手腳不停「咣噹咣噹」地織着布，輕言細語地回答金星老兒的話：「你要我回的是哪個家？放織布機的這個屋子才是我的家。女孩子大了都要出嫁的，我嫁給了牛郎，就要跟着他過上一輩子。」

「婚姻大事，父母作主。在天庭裏，就是王母娘娘她老人家作主。她沒有點頭的事情，是萬萬作不得數的。」

「可我跟牛郎真心相愛，我在人間的日子比在天庭裏的每一天都要幸福。王母娘娘是我的祖母，她難道不希望自己的兒孫們幸福嗎？」

金星老兒摸着自己光溜溜的腦袋，為難地歎了一口氣：「你知道老太太的脾氣，她不能容許在她的身邊有背叛行為發生。」

織女綿裏藏針地回答：「請你回去告訴她老人家，我不是背叛，只是尋找到了最適合我的生活。」

金星老兒一個勁地皺眉咂嘴：「怎麼辦呢？你們祖孫兩個人，一個死要強，一個不服軟，叫我夾在當中左右都為難啊。」

織女走下織布機，對着金星老兒跪下來，磕了一個頭：「金星老爹，我知道你是個仁心寬厚的人，一定不會強迫我做傷心的事。你要

是非讓我跟你回去不可，就請你稍稍等我一會兒，我要去見見我的牛郎，再見見我的孩子，然後我一頭撞死在織機上！我要讓我的屍骨留在家裏陪着他們，只讓空空的魂兒跟着你走。」

白鬍子飄飄的金星老兒聽得驚心動魄，目瞪口呆。他沒有想到織女對人間世界如此留戀，性子又如此剛烈決絕。話已經說到這個份上，他明白再勸下去是沒有用的。思來想去，他長歎一聲說：「織女啊，好孩子啊，我對你已經盡到責任了，你可要把後果想想好，王母娘娘是個甚麼脾氣，你心知肚明，將來她要是發了怒，降罪於你，可不要怪我沒有早早提醒啊。」

他說完這句話，衣袖一拂，從屋頂的天窗裏升出去。

王母娘娘接連兩次派人勸說織女不成，心中的怒火一點一點地聚集，上升，把肚子脹得鼓鼓的，不炸別人就要炸了她自己。

她決定親自出馬，到人間走上一遭，把那個不聽話的捉拿歸案，狠狠地處罰，以揚天威。

這一天，織女的兒子在河邊玩，眼尖的孩子老遠就看見了耀武揚威走過來的這個老太婆。

孩子覺得很奇怪：村子裏的老奶奶都是素衣素鞋素面朝天，怎麼這個老人穿金戴銀打扮得錦雞一樣鮮亮呢？孩子就乖巧地迎上去，問王母娘娘要找誰？

王母娘娘到底是仙人，細一看孩子的眉眼，就明白了這孩子便是織女生的兒子。她繃起一張脂粉過多的臉，拂一拂錦袍上沾着的雲彩，口氣冰冷地說：「我是你的太奶奶，今天是來找你娘的。」

孩子歡歡喜喜朝家裏奔，一邊跑着一邊大聲地喊：「娘！娘！來客人啦！我的太奶奶來看你啦！」

織女正在灶屋裏做着飯，聽見喊聲迎出來，一見到王母娘娘的面，臉色頃刻間就白了。她知道大劫難逃，一把拉過男孩的手，回身奔進屋，本能地插上了門，還拴上了一根頂門棍。

　　她弓着腰，懷裏面一邊摟着男孩，一邊摟着女孩，摟得死緊死緊，緊得孩子們幾乎喘不過氣。她哭着對他們說：「孩子啊，媽媽今天怕是要和你們永遠分別了，讓媽媽最後一次抱抱你們，親親你們吧。」她又叮囑他們，「要是媽媽被門外的太奶奶抓走了，你們要趕快上山去找爸爸，讓爸爸回來救救我，救救我們一家子。」

　　織女才說完這句話，王母娘娘在門外吹一口氣，風就把門栓頂開了。她繃着面孔，撩起錦袍，不由分說地跨進屋門，一手扯一個，把兩個孩子從織女的懷中強行拉開。

　　兩個孩子大哭着撲上去，抓住媽媽的衣服不鬆手。王母娘娘很不耐煩地將手一拂，把孩子們推倒在地上。織女死命地衝過去拉她的孩子，一邊對王母娘娘苦苦哀求：「求求你，不要讓我們母子分離吧！求你可憐我的兩個孩子吧，他們年紀還太小，不能夠沒有媽媽呀！」王母娘娘哼了一聲，別過臉，一副冷若冰霜的樣子。於是孩子哭，織女也哭，哭聲悲痛得天塌地陷。王母娘娘聽得極不耐煩，呵責一聲：「閉嘴吧！」伸手就將織女的腰帶一拎，帶着她凌空而起，呼嘯飛去。

　　織女在半空裏頻頻回過頭，對着追趕她的一對兒女喊：「快去找你們的爸爸呀！快叫爸爸來救我！」

　　牛郎這一天正在山坡上砍柴，把柴禾捆紮起來的時候，他聽到了頭頂上風呼呼飛過去的聲音，但是他沒有料到那是他心愛的妻子被掠走，因此也沒有想到要抬頭看一眼。等兩個孩子哭哭啼啼找到了他，對他說了事情的經過，牛郎如雷轟頂，飛奔回家。他看到了場院裏晾着的半乾的布，織機上擱在一邊的梭子，鐵鍋裏煮得半熟的飯，五臟俱焚，悲傷欲絕。身為丈夫和父親，他不能讓這個幸福的家庭沒有了女主人，更不能讓兩個可憐的孩子沒有了媽，他一定要救出織女，要把她重新帶回到人間。

　　可是怎麼救？織女已經上了天，凡世的他又如何讓自己的身子也能夠飛起來？

在這千鈞一髮的時刻，掛在屋樑上的黑額牛的皮忽然抖動起來，發出嘎嘎的聲音。牛郎猛不丁想起老牛臨死前囑咐他的話：「碰到特別緊要的事，你披上我的皮，肯定有用處。」他顧不上相信不相信了，急忙找出一根結實的棗木扁擔和兩個柳條筐，讓兩個孩子分別坐進筐子裏。然後他伸手摘下老牛的皮，展開來披在身上，對兩個孩子囑咐道：「抓緊筐繩，別鬆手！」

他挑着籮筐衝到門外，閉起眼睛，對冥冥中的老牛喊一聲：「好大哥啊，幫幫我吧！」

話音剛落，他覺得全身都在劇烈地抖動，關節和骨縫在艱難地錯開，重新組接，磨合，刀砍劍戳一樣疼痛。片刻之後，痛感神奇消失，整個身子輕鬆得像一片雲彩，他試着一抬腳跟，人就呼地飛升起來，眨眼工夫越過房頂，升到空中。風從他耳邊呼呼地吹過去，雲兒從他臉前悠悠地飄過去，鳥兒從他腳底嗖嗖地掠過去，他完全不知道自己飛升的速度有多快，飛過去的目標在哪裏。他乾脆閉上眼睛，聽任肩上的牛皮指揮他的身體往左往右。

過了一袋煙的工夫，他聽到前面傳過來織女帶着哭聲的喊聲：「牛郎！牛郎！」

他身邊兩個孩子齊聲回叫：「媽媽！媽媽！」

牛郎渾身一震，睜開眼睛，看見白茫茫的天空中，在前面不遠的地方，有兩個衣裙飄飄的身影，一個臃腫，一個纖細；一個華麗，一個素淨。

伴隨織女撕心裂肺的喊聲，還有星星點點的水滴飄灑到他的臉上和身上，水滴是鹹的，他知道這一定是織女眼中流出的淚。他急得高聲大喊：「快呀！讓我飛得再快一點啊！」

老牛已經竭盡全力，牛皮在他的肩上劇烈顫抖，牛郎感覺到自己飛翔的速度再次提升，眼見得就要趕上王母娘娘和他心愛的織女了。他一陣興奮，不由得大聲叫起來：「織女！不要怕，我來救你了！」

　　王母娘娘畢竟年事已高，手裏還拎着不斷掙扎回頭的織女，飛了這半天之後，就有一點喘氣不匀。她回頭看看越追越近的牛郎，心裏恨恨地想，無論如何也不能讓牛郎靠近她們，不能放任織女回到人間，壞了天庭裏的規矩，否則她王母娘娘還有何威嚴可言？日後又如何管理天宮事務？想到這裏，她眉頭一皺，牙齒一咬，從頭頂上拔下一根碧玉髮簪，用勁地往身後一劃。

　　刹那間，天空中銀光燦爛，牛郎的眼前像是有無數道閃電掠過，四濺的火花晃得他眼珠生疼，無法看清前方的一切。

　　等他醒過神時，王母娘娘和織女都已經消失不見，在他前方不遠處出現了一條寬得沒有邊際的大河，河水波濤滾滾，轟隆隆的水聲震耳欲聾。從河面上捲過來的狂風把牛郎肩上的籮筐吹得向後飛起，鳥翅一樣張了開來，左左右右劇烈搖晃。要不是牛郎弓下身子，死死地抓住繩索，兩個孩子或許就連同籮筐一起吹落人間了。

　　如此寬的河面，如此猛烈的狂風，老牛的那張神皮已經無以為力。牛郎面對天險，絕望地跺腳痛哭，但是他依然不肯退卻一步。他搖搖晃晃地站在河邊，對着洶湧的河水發誓說，他要一生一世守在這裏，等待跟織女重逢的一天，只要他有一口氣，只要日月不落，星辰不滅，他就要永遠地等下去。

　　織女回到天上之後，王母娘娘召開諸神大會，責令織女當眾保證今後不再下凡。織女身穿從人間帶過來的家常服飾，頭髮披散着，默默地跪在王母娘娘的寶座之下，臉色蒼白，神情哀切，拒絕開口說話。王母娘娘氣得發昏，喝令御前侍衛狠勁地鞭打她，杖責她，踢她。織女渾身青紫，傷痕累累，幾番昏死，卻始終咬緊牙關，不吐一個悔字。

　　沒有一個天神對這慘烈的一幕不感到揪心撕肺。他們閉起眼睛，扭過腦袋，嘴裏雖然不敢說甚麼，心裏都覺得王母娘娘做事太過決絕，不講一點人性，因而越發加深了對她的反感和不滿。

打也不行，罵更無用，王母娘娘拿倔強的織女毫無辦法，只好命人把她送進織房，罰她日夜織錦，不可以有一絲一毫的閒暇。她想用一個人體力的極限來完成這個人靈魂的懺悔。

半年之後有一天王母娘娘偶爾路過織房，聽到織機「哐哐」的聲音，忽然想到織房裏好像還關着一個不肯聽話的小孫女，就推開織房的門，要見織女一面。她驚訝地見到了一張憔悴不堪的陌生面孔。眼前這個目光暗淡、衣衫襤褸的女孩，哪裏還像一個一日織成萬米錦緞的巧手美娘，分明成了一個慘遭蹂躪的悲傷幽靈。王母娘娘心中一凜，對織女說：「孩子啊，別犟了，你只要答應我不回人間，我會立刻解除你的勞役，放你出門，讓你好好地去享受錦衣美食、鮮花醇酒。」

織女別過臉去，一字一句地回答：「不，我願意用一輩子的勞役，來換取再回人間的一天。」

牛郎和織女的痴情感動了天上的司鳥之神。每年的農曆七月初七，鳥神就召來成千上萬隻喜鵲，讓牠們穿上最漂亮的羽衣，首尾相接，在天河上搭起一座美麗的鵲橋。這時候，牛郎織女就會踏上鵲橋在橋的正中相會，執手相握，淚眼相望。

在每年七月初七的那天，天空中很少會見到喜鵲，因為牠們都飛到天河上搭橋去了。這一天的深夜，如果搬一個竹榻睡在葡萄架下，屏住呼吸，靜靜地聽，你會聽到牛郎織女的喃喃私語，聽到孩子叫媽媽的嬌聲歡笑。如果葡萄葉子上有水珠滴下來，那不是夜露，是牛郎織女歡喜的眼淚。

小漁夫和公主

　　從前，在長江邊上的一個百十口人的小漁村裏，住着一戶貧苦的漁民，夫婦兩個只生養了一個兒子。他們終年忙碌：織網、補船、打魚，打到的魚鱉蝦蟹還要挑到集上去賣，黎明即起，日落才歸，夏天曬得皮膚比熟蝦子還紅，冬天凍得滿臉滿手裂着血溝。就這樣，他們的生活還是不如人意：房子破得能夠照見天空，一天三頓吃些賣不出去的臭魚爛蝦，衣服沒有一件不打上補丁。

　　有一年這家的女人吃了變質的魚蝦，上吐下瀉，沒有錢去鎮上請郎中，折騰一夜就死了。辦完喪事，回到冷鍋冷灶的窮家，做父親的對兒子歎口氣說：「從此以後，就剩我們父子倆相依為命過日子，我已經是半截身子入土的人了，可你的前程還長，還要娶妻生子，傳宗接代，往下的路該怎麼走下去才好啊！」

　　父親喪偶獨處，日子又過得不如人意，未免心情鬱悶，就染上了喝酒的毛病。也沒有錢多喝，一天二兩老白乾。但是父親自從有了酒癮之後，脾氣變得暴躁，稍不如意就要砸東西罵人。酒精已經控制了他的靈魂，他只有把心裏的愁苦宣洩出來才能平靜。

　　對於父親的暴虐，小漁夫不是不能夠反抗，他已經十七八歲了，個頭長得比父親還高，肩膀寬得像門扇，腳板長得像船板，兩隻大手提上兩桶水，村前走到村後，不喘一口粗氣。這麼高大的兒子，隨便對父親跺一跺腳、瞪一瞪眼，父親的酒就會嚇醒，老虎肯定會折服成綿羊的模樣。可是小漁夫從來沒有這麼做過。

　　他是個孝順的孩子，知道父親這一輩子並不容易，命運總是跟父親作對，使父親心灰意懶，沮喪至極，才變成這樣一塊點火就着的乾柴，在醉眼惺忪的世界裏求個安寧。他容忍父親發火，任由父親醉醺醺地咒罵，不吭一聲。

　　父親酒醒之後知道了自己的荒唐，偶爾也會乞求小漁夫的原諒：「兒子啊，爸爸沒有讓你過上豐衣足食的好日子，還要煩你，折磨你，是個沒用的男人。」

　　小漁夫安慰父親說：「你是我的爸爸呀！只要我們父子倆能夠相依相靠，平安度日，天天都有一碗米飯和蒸魚吃，還有比這更好的事情嗎？」

　　父親就歎一口氣，摸出酒瓶，喝下比往常更多的酒。

　　初春，桃花盛開的時節，江水漲潮了，是春天的桃花汛。每年的這個時候，隨江水會游過來一羣一羣進入長江產卵的臕肥體壯的魚，是江邊漁民們下網捕撈的豐收期。這家的父親和兒子也早早備好了網，修好了船，準備趁這個汛季好好地幹一場。

　　這天早上，父子兩個已經到了江邊，解纜下船。父親扳舵，兒子搖櫓，小舢板吱吱呀呀地滑進黎明前寬闊的江面。一夜大霧瀰漫，此時霧氣已經開始一點一點地飄散，天空東邊現出淡淡的魚肚色光亮。隨着小船逆風向前，清晨的寒氣沁到他們的鼻腔裏，絲絲癢癢發涼。父親看船行到差不多的江面，就對兒子說：「動手吧，早點出上一身汗，免得受寒。」

　　網撒下去了，父親點上一鍋煙抽着，一邊觀察江面動靜，一邊指揮兒子慢慢收網。

　　漁網似乎格外沉重，比以前任何一次出水的時候都要沉重。小漁夫使出全身力氣拉，不但拉不上，連小船也被帶得回了頭，在江面上團團打轉。父親兩眼盯住繃緊的網繩，先以為是運氣不好網到了江裏的大石頭，不由得連連歎氣。後來不知怎麼水花一翻，江面上冒出來比船板還長的黑黑的一個物件，油光水滑，瑩瑩發亮，原來是一條大鯉魚的背。

　　父親欣喜若狂，一下子扔掉煙鍋，跳了起來：「快！快！拉住別放手啊，兒子，該是輪到我們發財的時候了！」

兩個人趴在船幫上，齊心合力地往上拉網。可是這條魚實在太大了，在漁網裏上下逃竄，折騰得水花翻滾，小船已經被牠拖得搖搖晃晃，幾欲傾覆，漁網就是拉不上來。不大的工夫，兩個人被水花打得渾身濕透，狼狽不堪。

小漁夫心有不忍地說：「爸爸啊，實在不行就放了牠吧，你看牠被我們網住了這麼不情願。」

父親正在興頭上，大聲地啐他一口：「說甚麼泄氣話？網住一條大魚容易嗎？去，下船游上岸，拿一把斧頭來，我先把牠的腦袋砸昏，看牠怎麼折騰！我還真是不信了，兩個人鬥不過一條魚？」

小漁夫只好跳下水，濕淋淋地爬上江灘，回家拿斧頭。也不知道斧頭放的地方難找呢，還是小漁夫故意沒有認真地找，反正他轉了一圈之後，又濕淋淋地空手回到船上，扎煞着兩手對父親說：「沒找着，不知道你把它放到哪去了。」

父親一下子就發了脾氣，翹着鬍子罵小漁夫：「你這個蠢貨，連這麼點小事都辦不好！過來抓着漁網，我回家找去。抓緊了，別撒手啊，跑掉大魚，看我要你的小命！」

父親千叮萬囑地，把拉網的繩子交給了小漁夫，自己下水回家拿斧子去了。

小漁夫一個人守在船上，扯住漁網不敢鬆手。這時候，江面上忽然翻出來一個巨大的水泡，水泡表面被初升的太陽映出無數道美麗彩虹，晃得小漁夫眼睛都不能睜開。而後，「噗」地一聲響，水泡破裂了，被網住的大鯉魚把圓溜溜的腦袋伸出水面來，嘴巴一張一合地說話了。大鯉魚說：「孩子啊，你剛才為我求了情，我就知道你是個好心腸的小伙子，趁你爸爸不在，不如你放了我吧，我家裏有兒有女，牠們都眼睜睜盼着我回家呢。」

小漁夫聽牠這麼說，心裏有些酸酸地難過。他是個從小沒娘的孩子，知道兒女離了娘的滋味。

大鯉魚的眼淚已經流了下來，像兩道小小的瀑布往下淌：「你要是不放我回家，我那些可憐的孩子就要被別的魚兒吃到肚裏了。求你做做好事，我和我的兒女都會感謝你。以後你甚麼時候有了難，只要我能夠幫上忙的，喊我一聲，我一定會過來幫你。」

小漁夫拉着漁網，左右為難：「鯉魚媽媽，不是我不想放你，可我的父親脾氣很壞，剛才他跟我說的話你都聽到了，他好不容易碰上了你，一心要拿你賣個好價錢，如果我無緣無故放你走，我就沒辦法跟他交代，他老人家不氣死也要把我打死。」

大鯉魚悶着頭想了半天，想出一個主意：「你看這麼辦行不行？等你爸爸過來時，我在網裏拚命地跳，橫衝直撞地逃，你就假裝力氣不夠了，實在拉不住我了，把手一鬆，讓我從網裏游開去。你爸爸原諒你了呢，那就更好，實在不肯原諒呢，你趕快往江裏一跳，那時候我就可以救你了。」

大鯉魚的話才說完，父親已經提着斧頭出現在高高的江堤上。大鯉魚不等小漁夫表態，立刻在網裏翻滾掙扎，拍出丈高的水花，還把小船拱得晃來晃去。小漁夫故意在船頭站立不穩，歪到東，扭到西，一副心驚膽戰的樣子，還朝着江邊大聲地呼喊：「爸爸你快來呀！我就要抓不住了！哎喲……」船猛然一晃，小漁夫就勢鬆開了手裏的網繩。大鯉魚在水裏一個翻滾，鑽出漁網，沉到江底，不見了蹤影。

老頭在水裏還是差一步沒有趕上，快到手的大魚就從他的眼皮子下面逃了開去。他在江裏打了這一輩子魚，還是第一次碰上了這麼大的傢伙，偏偏這麼個寶貝在兒子手裏得而復失。他氣得鬍子直翹，兩眼冒火，嘴裏直罵：「你這個廢物，連條魚都看不住，你真要把我氣死了！」

小漁夫見勢不妙，拔腳就逃。船總共就那麼大，逃也逃不開，只能夠在船上一個追一個躲地來回轉圈。老頭畢竟上了歲數，幾圈轉下來之後，頭開始發暈，喘氣也有些不勻。小漁夫瞅個空子，一頭扎

到了江水裏。大鯉魚脫網之後並沒有逃遠，一直守候在水底深處，見
小漁夫下了水，飛快地甩動尾巴竄上水面，張開大嘴叭地一聲把他吞
進了肚子。眨眼間，大鯉魚帶着肚子裏的小漁夫，離小船已經有一箭
之遙。父親提着斧子在船頭站着，還以為兒子已經成了大魚肚裏的餌
食，愣怔片刻之後，長叫一聲嚎哭出來，呼天搶地，老淚縱橫。

小漁夫已經聽不見了。他落到了大鯉魚的肚子裏，就像回到了從
前的娘胎裏一樣，四面都是軟乎乎、暖和和、靜悄悄的肉壁，怎麼
躺、怎麼坐都舒服得要命。睜眼看過去，前後左右一片惜惜懵懵的紅
光，讓人昏昏欲睡。鯉魚的心臟就在他耳朵邊，一下一下跳得很有節
奏，更像催眠一樣。

小漁夫置身在這樣安靜和幽祕的空間裏，睏意襲來，不由自主地
打一個大大的哈欠，嬰兒一樣沉沉地睡着了，也不知道鯉魚媽媽把他
帶到了哪裏。

一覺醒過來，四周依然混沌一團。小漁夫弄不清自己睡了幾天幾
夜，只覺得口渴得很，肚子也餓得發慌。他大聲叫起來：「喂，鯉魚
媽媽，有吃的嗎？」

話音剛落，腳跟前嘩嘩地落下來一堆活蹦亂跳的生魚生蝦，是大
鯉魚專門為他吞下去的。小漁夫抓一隻生蝦，掰掉頭尾，吃得津津有
味。他這才知道有些生鮮比熟食更加美味。吃完了那一堆東西，他無
事可幹，百無聊賴，被周圍模糊的紅光映着，又覺得睏了，於是倒頭
又睡。

沒日沒夜，吃了睡，睡了吃，顛倒了世界，混沌了思維。開始
的幾天小漁夫還暗自高興，認為這樣的生活真是不錯，不用為生計奔
波，不必忍受風吹日曬嚴寒酷暑，就是京城裏坐龍椅的皇帝，也未必
能過上這麼享福的日子。可是一段時間過去之後，他坐不住了，渾身
骨頭都閒得發癢，心裏也慌亂亂的，沒着沒落的，欠着人家甚麼東
西一樣。他開始想念家中火爆脾氣的父親，想念村裏的夥伴，打魚的

船，自己一手織出來的網。無論家裏的日子多麼艱難，靠勞動吃飯才是最心安理得的事情。

小漁夫拍打着鯉魚媽媽的肚子說：「放我出去吧，我要回家。」

大鯉魚實心實意地挽留他：「恩人啊，你就多歇些日子吧，吃膩了生魚蝦，想換甚麼口味，儘管跟我說。」

小漁夫問牠：「我想喝自家柴灶上熬出來的熱粥，你有嗎？」

大鯉魚沉默了一下，歎口氣：「我知道你想家了，我也知道你不會在我的肚子裏呆一輩子的。但是請你記住，你永遠是我的救命恩人，我向你發誓，無論甚麼時候，無論你碰到甚麼樣的災難，你只要到江邊喊一聲我的名字，我就會趕過去幫你。」

小漁夫答應：「我記住了。」

鯉魚媽媽把身子一挺，隨着一串巨大的水泡扶搖上升而躍出了水面。牠張開大嘴，用勁一吐氣，只聽見喉嚨裏「噗」的一聲響，小漁夫像一顆石子一樣被牠噴到了岸邊上。大鯉魚又抬起腦袋，點了幾點，尾巴還朝他搖了幾搖，才戀戀不捨地沉入水底。

小漁夫站在岸上，一時間暈頭轉向，不知道大鯉魚把他帶到了哪裏。甚麼都是好好的，就是渾身上下黏糊糊的，有一股濃濃的腥味。他只好重新下水，在江邊來回游了幾趟，洗去身上的黏液和腥味之後，才長出了一口大氣。

爬上江堤，放眼四望，到處都是茫茫的荒灘戈壁，看不到樹木莊稼，更看不到牛羊人家。

風吹過來，塵土捲起老高，煙囪似的盤旋上升，升到遮蔽日頭的高度，四散開去，天空就成了渾黃一片。這種陰沉沉的悲涼感覺讓小漁夫心裏有點發慌，他不由地想，這已經是到了人間的哪個角落了呢？往哪走才能回到碧空如洗的長江邊的老家呢？父親這麼長時間得不到他的音訊，會不會還活着？會不會喝酒喝得更多？他又想，無論如何，他要回家。

只要順着江邊往太陽出來的方向走，總會走到有人煙的地方，只要見到了人，他就能夠打聽到回老家的路。

濕淋淋的衣服很快被野風吹乾了，混混沌沌的腦子也被野風吹醒了，小漁夫把腰間紮着的布帶勒一勒，腿上捆着的綁腿帶緊一緊，打起精神，開始一步不停地往前趕路。

走了一天一夜，荒灘戈壁慢慢地升高，變成緩坡，又變成山梁，山間有了泉水，有了綠樹，有了絨絨的青草和滿山開放的野花。鳥兒在林中歌唱，蜂兒在花上採蜜，五顏六色的彩蝶四處散開，翩翩起舞。樹上的果子有黃有綠，有紅有紫，摘幾個吃了。泉水是甜絲絲的，掬一捧喝了，透心窩子的涼爽。

真是一個人間仙境一樣的地方。

小漁夫已經走了很久的路，身子困乏得不行，見到這麼一個美景勝地，心裏有說不出來的喜歡，打算停下來歇歇腳，緩個勁。他看中一塊軟綿綿的草地，和衣往上一躺，四肢才攤開呢，眼皮就合上了，不一會兒恍恍惚惚進了夢鄉，夢裏面自己又撐着小船在江面上飄搖，撒網，打魚，一網空了，一網又滿了，一網接着一網，無休無止……天傍黑的時候，他和父親在江邊的土灶上熬魚湯喝，鍋裏的湯汁咕咚咕咚地沸着，他端着大海碗一勺一勺地舀着，魚湯那個鮮啊，把他的舌頭燙出泡來，把他肚子裏的饞蟲勾到嗓子眼裏來，饞蟲爭先恐後地伸頭，吱吱地叫得鬧人……

迷糊中，「吱吱」的叫聲越來越響，越來越急促、慌亂。小漁夫弄不清是自己夢中聽到的聲音，還是身邊世界裏發出來的聲音。他掙扎着睜開眼睛，四面看看，草兒是綠的，花兒是紅的，彩蝶和蜜蜂自顧着忙碌，不見有甚麼異常。他再循聲往頭頂上看去，才發現眼前不遠的一處懸崖上，有兩隻小鵰的腦袋從石窩裏伸了出來，張着嬌嫩的黃澄澄的嘴巴，滿眼都是驚恐膽怯，吱吱地叫得萬分淒厲。小漁夫先不明白怎麼回事，等他順着小鵰驚恐的目光看到懸崖下面時，忍不住

替小東西們嚇出一身冷汗：在峽谷之中，一條全身灰黑的粗大蟒蛇正爬出山洞，貼着石壁蜿蜒而行，目標正對着半山腰裏的兩隻小鷳。可憐小鷳的翅膀和羽毛都還沒有長全，東一叢西一簇，禿斑一樣難看，牠們努力地把腳尖踮起來，脖頸伸出來，想要飛離這處死亡之地。可是哪成呢？羽毛未豐的翅膀怎麼也帶不動牠們磨盤那麼巨大的身體，牠們眼睜睜地看着自己即將成為大蟒的腹中之物，如何能夠不驚恐和懼怕？

啊呀呀，牠們的父母親哪裏去了呢？怎麼把兩個可憐的小東西丟在這裏不管了呢？大蟒也實在可惡，以大欺小，趁人家父母不在的時候突然襲擊，真是陰險惡毒。小漁夫這麼想了之後，很替兩隻小鷳憤憤不平，覺得自己不應該袖手旁觀，好男兒要行俠仗義，主持公道。於是他的睡意突然消失，疲勞也不見了蹤影，倒是從身體中不知道甚麼地方生出了一腔豪情，決定立即出手，替小鷳們除掉眼前這個大敵。

小漁夫從草地上一躍而起，走到懸崖邊，一番觀察之後，發現有一根粗粗的藤蔓植物恰好從他腳邊一直通往谷底。他攀着這根藤索，飛快地溜了下去，因為過於急促，手心都被粗粗的藤皮磨出了血痕。他一到谷底，腳還沒有在岩石上站穩，馬上嗅到了一股濃重的腥臭味，並且被這股氣味熏得噁心要吐。他已經很近很近地站在了大蟒身邊，幾乎可以說是近在咫尺。他看見大蟒的身軀足有水桶般粗細，黑色和灰色的花紋縱橫交錯，陰森得恐怖。牠滾圓的身體上附着一層滑溜溜的黏液，腥臭的氣味就是從這層黏液上發出來的。牠的眼睛像兩個灼灼發光的火球，眼睛裏的神情兇狠而且邪惡。嘴巴緊閉着，偶爾有腰帶那麼粗的舌信子飛快地往外一探，又飛快地縮了回去，閃電那麼迅捷。牠腦袋上的鱗片張張大如手掌，鐵甲一般堅硬，還結着疤疤癩癩的苔蘚，可以想像這樣的鱗甲抽在人身上會是怎樣皮開肉綻的情景。

但是年輕的小漁夫沒有絲毫懼怕。他既然決定了要救小鵰的性命，就已經把自己的安全置之度外了。仗着年輕力壯，身手敏捷，從藤索跳下來落地的一刻，他順手就抱起了一塊栲栳大的石頭疙瘩來作武器。

再說那條大蟒，原來是伸着腦袋，一心惦記着懸崖上的兩隻小鵰的，此刻忽然見到懸崖上又突然落下一個人，心裏不由一喜：人肉可比鵰肉要鮮肥得多，何況這人是自己送上門來，享用全不費事，不如先對付了這個，小鵰暫且放到旁邊，反正也是跑不掉的。於是，牠掉轉了腦袋，瞪大火球般的兩隻眼睛，張開嘴巴，噴出一股無比腥臭的濁氣，腦袋昂起一人多高，惡狠狠地朝小漁夫撲了過去。

說時遲那時快，小漁夫趁着大蟒巨大的身軀沒有完全轉過來，拿出他在江上打魚練就的甩漁網的功夫，把手裏抱着的石塊用勁朝大蟒張開的嘴巴裏一甩。石塊活像長了眼睛一樣，不偏不倚地飛進蟒口，一下子卡在大蟒的上下顎之中。石頭既堅硬，又帶着稜角，牠吐又吐不出，嚥又嚥不下，難受得一個勁地搖晃着頭部，尾巴啪啪地拍打石岩，把穀場那麼大的石頭地面拍出了一條條手掌寬的裂縫。見此情景，小漁夫知道自己不必再多費事了，就背着手貼崖縫站着，氣定神閒地看那大蟒如何掙扎。

大蟒也實在是蠢，牠沒有辦法弄出卡在口中的石塊，就拚命地拿腦袋往岩壁上撞，想要把那石塊撞出來。豈不料撞擊得越是厲害，石塊往牠喉嚨裏滑得越深，真是又可恨，又可憐。漸漸地，牠兩眼翻白，喘氣艱難，肚皮急劇地起伏，好像裏面安着一個巨大的風箱。半個時辰之後，兇蠻霸道的大蟒生生地被那塊石頭卡死了，身子軟了下來，在峽谷裏攤開成長長的一條。

兩隻小鵰在崖壁上目睹了小漁夫勇鬥大蟒的全部過程，高興得拚命拍翅叫喚：「死了死了！大蟒死了！我們的仇敵死了！」牠們又很有禮貌地感謝小漁夫：「謝謝你的救命之恩。謝謝，謝謝。」

　　小漁夫見兩隻小鵰活潑可愛，忍不住順藤索爬上懸崖，要逗弄牠們一番。他手腳並用地攀進高高的鵰巢之中，輪流地摟抱兩隻肥肥的小鵰。小鵰們也熱情回應，用自己的翅膀尖尖撫摸他的額角和臉，用嫩嫩的嘴巴親吻他的耳朵，一邊不住地說着感謝的話：「大哥哥，如果不是你，我們今天肯定要被那條大蟒吞到肚子裏了。等我們的爸爸媽媽回來，我們一定要告訴牠們這件事，讓牠們想辦法報答你。」

　　小漁夫笑着搖頭：「別這麼說呀，我救你們可不是為了報答，我是氣不過那傢伙以強欺弱，以大欺小。」

　　小鵰們說：「可是有恩總是要報的，這是爸爸媽媽一直教導我們的話。」

　　正說着，一隻小鵰側耳聽了聽遠處的聲音，高高興興地叫道：「牠們回來了！」

　　另一隻小鵰卻「哎呀」了一聲，說：「不好，大哥哥，你現在站在這裏，爸爸媽媽飛過來的時候並不知道你是我們的恩人，說不定還以為你是想傷害我們的壞人，牠們會撲過來跟你拼命。」

　　小漁夫一下子怔住了。要真是這樣，那還真不好辦，他可以跟大蟒鬥智鬥勇拼個你死我活，可他不能把小鵰的父母當成對手，跟牠們也來一場惡鬥吧？

　　小鵰見他為難，靈機一動，想到一個辦法：「大哥哥，這樣吧，你趕快藏到我們的翅膀下面，等我們把事情說清楚，你再出來。」

　　耳朵靈敏的那隻小鵰焦急地催促小漁夫：「快快快，爸爸媽媽已經飛過山頭了，快藏快藏！」

　　小漁夫沒時間多想，只好一貓身子，鑽到兩隻小鵰的肚皮下面。小鵰們趕快靠攏身體，張開翅膀，把他掩護了起來。

　　這時候，天空中兩隻大鵰已經飛得很近了，巨大的翅膀張開來如兩片黑乎乎的屋頂，遮雲蔽日，使得山谷裏的一切都變得昏暗陰沉。牠們飛翔時的氣流造成山頭上狂風大作，樹木雜草都被吹得倒伏

在地，簌簌地發抖。一前一後地在半空中盤旋三圈之後，牠們飛速降落，公鵰守候在巢洞口，母鵰把攫在爪間的一隻野兔放在兩隻小鵰的面前。

要是在平常的日子，兩隻頑皮而又貪吃的小鵰見到獵物，早就爭先恐後地撲了上去，你搶我奪撕扯起來了。可是今天牠們卻變得異常規矩，肩並肩站着，一動都沒有動，也不看那野兔一眼。

母鵰奇怪道：「孩子們，這是怎麼了？難道你們今天不餓嗎？」

兩隻小鵰抬頭看着母親，唱歌一樣地問牠：「當你碰到了一個好心的救命恩人，應該以好心報答呢，還是以惡報恩呢？」

母鵰毫不遲疑地答：「這還用問嗎？當然是以好心相報了。」

「那麼……」小鵰說：「今天就出了這樣的事，一個勇敢的大哥哥打死了山下那條可惡的大蟒，從蟒口中救了我們兩個的性命。」

小鵰探頭點着懸崖下的峽谷，示意爸爸媽媽往那裏看。母鵰一見癱軟在谷底的大蟒的屍體，倒吸一口涼氣，連忙問：「快告訴我，救命的恩人在哪？」

小鵰們這才把翅膀抬起來，把身子讓開，快快樂樂地推出了小漁夫：「喏，親愛的媽媽，恩人就是他呀！」

母鵰側着腦袋，把小漁夫左看右看，直看得年輕的小伙子滿臉發燒，都有些不好意思了。母鵰說：「感謝你，勇敢的年輕人。不瞞你說，我們夫妻成婚這麼多年，沒有養大過一個孩子。年年春天我們都要育出小鵰，可是年年不等小鵰長出翅膀上的羽毛，就被那條可惡的大蟒吃了。牠是我們家族世世代代不共戴天的仇人，我們做夢都想着要殺了牠。現在牠終於死了，你都想不出來我們心裏有多麼高興。」

母鵰說着，眼睛裏流出了感激的淚水。

小漁夫不好意思地撓了撓頭髮，說：「沒有甚麼，見惡就除，是每個人的責任。」

母鵰誠心誠意告訴他：「可敬的年輕人，不管怎麼說，我們夫妻一定要報答你的恩情，否則我們的孩子也不會高興。你告訴我，你有甚麼需要我們幫忙的事情嗎？」

小漁夫認真想了想：「沒有。我自己的事情自己能辦好。」

母鵰一再要求：「你再想想，仔細想想。」

小漁夫說：「真的沒有。謝謝你們了。」

母鵰見狀，只好用嘴巴從自己的翅膀上啄下一根羽毛，遞到小漁夫的手上：「你千萬收好。從今往後，無論你在世界的哪裏，碰到甚麼樣的困難，只要把這根羽毛用火點着，我們夫婦立刻就會飛過去幫你。」

小漁夫無法再作推辭，就收起羽毛，點頭說：「我記住了。」

他跟小鵰們依依不捨地道了別，轉身尋找山崖上的那根藤索，要從原路攀下山去。母鵰見狀，呼地一下子飛起來，停在小漁夫腳邊，趴下身子招呼他：「騎在我的背上，我把你送下山吧。」

小漁夫一腳跨上去，騎在了母鵰寬寬的背上，雙手抱緊牠的脖子。母鵰振翅起飛，箭一般射了出去，又快又穩，眨眼間就把小漁夫送到了山下平地上。

小漁夫辭別母鵰，繼續趕路。

風餐露宿，冷一陣熱一陣，也不知道走了多久，小漁夫身上的衣服已經襤褸不堪，破成了條條片片，風吹過來像無數面小旗飛揚。他的皮膚經過長久的風吹日曬，變得黝黑結實，瓷一樣發亮。

他的面容消瘦了，可是也更加成熟和剛毅了，更像個有主見的男子漢的模樣。

這一天他走到了一大片荒草甸子上。這裏的地勢呈丘陵狀地起伏，深秋的枯草稀稀落落，草間裸露出一塊塊黃色的沙質土地，無數的野墳像破碗一樣地扣在這裏那裏，墳頭長着一人高的灌木，結着一串串紅色和褐色的果子。偶爾能見到一些溝渠，乾乾的，裂着深深的

溝痕，看起來是很久沒有雨水流過了。走在這樣的草甸子上，小漁夫的心裏不由得感到悲涼，連腳步都不由自主地慢了下來。

忽然他眼前有一道紅光飛快地掠過，定睛看去，原來是一隻通身火紅的狐狸，正拖着毛蓬蓬的尾巴，箭一樣地沒命奔跑。剛從他身邊跑過去，遠處的槍聲就響了，狐狸跌倒在灌木叢中。牠掙扎着要翻身起來，腿腳一軟，卻又倒下，渾身簌簌地發抖，看樣子是被鐵彈打中，受傷不輕。小漁夫三步兩步，奔過去察看，發現狐狸傷在一條腿上，鮮血正源源不斷流出，已經把傷口周遭的皮毛染濕了一片。牠勉強抬起頭，一雙漆黑的眼睛望着小漁夫，眼睛裏流露着無盡的悲傷。

打傷了狐狸的獵人這時候也趕了過來，舉着槍筒裏還在冒煙的獵槍招呼小漁夫：「小伙子，請你讓開去，我要再補上一槍。」

小漁夫看見狐狸哀哀掙扎的樣子，心裏非常不忍，就問獵人說：「大叔啊，你為甚麼非得打死這隻狐狸不可？」

獵人氣哼哼地回答：「牠半夜裏進到我們村子，咬死了我家下蛋的母雞，太可惡了。」

狐狸流着眼淚解釋：「我也是沒有辦法，我的兒女們在這荒草甸子上找不到食物可吃，已經餓得走不動路了。我是母親，不能眼睜睜看着孩子挨餓啊。」

小漁夫聽着，又一次動了惻隱之心，幫忙懇求獵人說：「這位大叔，求求你槍下留命好不好？你把牠打死了，牠那些飢餓的孩子們可怎麼辦？將心比心，如果有一天你的孩子們成了孤兒，他們該有多麼可憐？大叔你說是不是呢？」

獵人遲疑起來，不知不覺地把槍口垂下去一點。

「你這個小伙子倒怪，不站在我這一邊，卻巴巴地替一隻狐狸說話。」他埋怨小漁夫。

小漁夫認真地說：「這狐狸是做了母親的，牠身上擔負着好幾條性命呢，能不傷害，就不要傷害吧。」

獵人沉吟片刻，歎口氣：「好吧，看在你求情的分上，我就饒牠一命。不過，牠下次要再偷我的雞，被我碰上，我可是決不手軟噢。」

狐狸連忙說：「我會記住這個教訓。」

獵人走了以後，狐狸掙扎着用兩條後腿站起來，毛蓬蓬的尾巴撐在地上，眼睛裏滿含着眼淚，向小漁夫連拜了三拜。

小漁夫急忙勸阻住牠：「哎呀，狐狸媽媽，你這是幹甚麼？不必行這個大禮的。」

狐狸感激涕零：「善良的孩子，我永遠不會忘記你的救命之恩，我還會告訴我的孩子們，讓牠們也牢牢記住。」

小漁夫有些不好意思，臉都紅了：「其實沒甚麼的，是我應該做的事情。」

狐狸說：「我一定要報答你。告訴我，你想要甚麼？你想為你的家人要甚麼？你有甚麼要求和願望？」

小漁夫搖頭：「我很好，父親也很好，甚麼要求都沒有。」

狐狸低頭想了一下：「那麼，我就留下一個誓言吧：今後不論你在甚麼地方、甚麼時間、碰到甚麼困難，你只要回到這片荒草甸子，點起一小堆火，讓火堆冒出濃煙，我就會遠遠地看見，會用最快的速度趕到你的身邊，保護你，幫你。」

小漁夫笑着答應：「那好吧，我先謝謝你。」

狐狸告別了小漁夫，一瘸一拐地回牠的老窩。小漁夫目送狐狸的身影消失之後，才轉過身去，一個人接着往前趕路。

又走了一天一夜，來到平原上一個很大的城市。城市裏有高聳的亭台樓閣，寬闊的青磚石板路，遍地的奇花異草，熱鬧的集市和商店，滿街行走的遊客。城裏的姑娘們都是黑髮白膚水靈靈，城裏的小伙子都穿着乾乾淨淨的衣服，眉清目秀。就連那些在自家門口追逐打鬧的孩子，都顯得比別處的孩子更加聰明，更加靈醒。

　　小漁夫長到十七八歲，還從來沒有到過這麼繁華的地方，不免東張西望，處處驚奇，兩隻眼睛都覺得不夠用了。他心裏想，過去常聽村裏有見識的人說城裏怎麼樣怎麼樣，原來都是真的，城裏有這麼多好看好玩的景致！天地真是大呀，人這一生中有學不完的東西呢。

　　轉過街角，他只呆望，差點跟一羣人撞滿懷。他趕緊退到街邊，讓對方先走，卻發現這些人都是急匆匆的，又興奮又緊張的。

　　「大叔啊，我能不能問問你們，這麼多的人一塊湧到街上，是從哪裏來？到哪裏去呀？」小漁夫好奇起來，拉住其中一個面相和善的老漢詢問。

　　老漢回答他：「我們都是到刑場看熱鬧去的，走這麼急，只因為去晚了就趕不上趟了。」

　　「甚麼叫刑場？那是幹甚麼的地方？」小漁夫不能理解。

　　「咳，你是個鄉下人吧？刑場都不知道？就是國王殺人的地方啊。今天要在那裏砍掉一個年輕人的腦袋，大家都要趕着去看呢。」

　　小漁夫心裏驚了一下，馬上覺得脖子周圍的皮膚發涼，起了一層淺淺的雞皮疙瘩。他緊追不放地問：「為甚麼要砍那個年輕人的腦袋？他犯了甚麼樣的大罪？」

　　老漢搖搖頭：「唉，你這個鄉下來的孩子，不知道的事情也太多了。那個年輕人既沒有殺過人，也沒有偷過東西，他甚麼罪也沒有犯下，就是向公主求婚的時候，沒有做到公主讓他做的事情。」

　　小漁夫驚得張大嘴巴，如聽天書：求婚不成也要被砍腦袋？城裏的規矩怎麼這麼奇怪，不講一點道理？

　　原來這城裏住着一個國王，他有一個美麗的女兒，長得千嬌百媚，閉花羞月，普天下的女人都勝不過她的容貌。就是有一點不好：她仗着父王的寵愛，驕橫成性，蠻不講理。比如說吧，她今天一覺睡醒，想起來要摘星星，馬上就得有人拿梯子過來；明天正吃着飯呢，心念一動，要撈月亮，寒冬臘月也得立刻派人下水。宮殿裏從國王到

侍臣，都拿這個驕蠻的公主沒有辦法，因為她長得實在太漂亮了，漂亮得讓人不忍心批評她，責怪她；漂亮得讓人心甘情願做她的奴僕，聽她的指使，滿足她那些稀奇古怪的要求。

公主的手邊有一面神奇的寶鏡，拿着鏡子能照出世間所有的人鬼神妖，哪怕你躲入天堂，潛進地獄，鏡子一樣能夠把你照得一清二楚。在她長到十六歲的時候，到了嫁人的年齡，可是公主還沒有玩夠呢，不想離開王宮嫁到一個陌生的地方。老國王甚麼都肯遷就她，就是這椿事情不肯遷就。花容月貌的公主怎麼能不嫁人？王法不允許，國家的繼承法也不允許。就這樣，公主在萬般無奈中，提出了一個很苛刻的條件：所有前來求婚的人，不管窮的還是富的，英俊的還是醜陋的，活潑的還是古板的，都必須在三天之內找尋一個自認為隱蔽的地方躲藏起來，三天之後，公主會手持寶鏡登上城樓，饒有興致地四處探照。如果她找不到你，你就算贏了，可以擇日正式向她求婚；如果不幸被她用鏡子找到，那就是你的死日，因為你沒有能陪她把遊戲進行到底，壞了她的興致，讓她無趣，你必須被綁赴刑場殺頭。

公主的遊戲殘酷卻又刺激，幾年中無數的年輕人為了陪她一玩而爭相前來。有人是愛她的美貌，有人貪戀王國的財富，有人盯上駙馬爺的地位，還有人純粹是圖刺激，挑戰自己。可憐他們最後都抗爭不過有魔法的寶鏡，毫無價值地成為公主的刀下冤鬼。

小漁夫聽老漢說完了事情的前因後果之後，心裏感到驚悸：居然有這樣視殺人如遊戲的公主！而且這公主還千嬌百媚，貌美如花！冷酷的心和絕世的容貌，是怎樣奇怪的一種組合啊，單純而善良的小漁夫完全不能夠理解，更無法欣賞。他只是想，這種行為實在太殘暴了，如果沒有人出來為這件事情做一個終結，世間還不知道要有多少無辜的年輕人飛蛾撲火，白白送上性命。

憤憤不平的小漁夫決定挺身而出，戰勝公主，讓無辜殺人的事情從此不再發生。他現在不同從前，不再是長江邊上小漁村裏那個普

普通通的打魚人了，他有三個新交的好朋友，牠們都有了不起的本領，必要的時候都會出來幫他，做他的後盾，他對自己能夠獲勝很有信心。

小漁夫一路打聽着找到皇宮大門，見到金碧輝煌的宮門口站着兩個手持長矛的高大衛士。小漁夫對其中的一個衛士客客氣氣地說：「聽說你們美麗的公主準備出嫁，我特意從遠方過來向她求婚，請你向她轉告我的意願。」

衛士斜睨着眼睛，上下打量小漁夫，見他風塵僕僕的面容和襤褸不堪的衣服，忍不住哈哈大笑：「我們尊貴的公主也是隨便哪個小子都可以求婚的嗎？你有沒有聽說剛剛有一個年輕人被拖上了刑場？」

小漁夫不亢不卑地回答：「既然是公主的遊戲，那就是每個人都可以參加。遊戲的規則對所有人都應該是公平的。」

衛士啞口無言，想要嘲諷小漁夫的話一句也說不出來了。他無奈地拖着長矛進宮，向公主稟報了小漁夫的要求。衛士最後還不甘心地補充說：「公主你不要答應他，看他那副灰頭土臉的模樣，分明就是找死來的，他就是能夠贏你，你也不會看得上他。」

公主正在後宮花園裏折磨一匹可憐的小馬呢，聽到衛兵最後一句畫蛇添足的話，臉上原本興奮的笑容消失了，冷不丁地柳眉倒豎，杏眼圓睜：「你說甚麼混帳話？他能夠贏我？既然是一個鄉下來的蠢小子，怎麼可能贏我呢？永遠閉上你的烏鴉嘴吧。」公主一揮手，她的貼身侍衛就把這個倒楣的守門衛士拉出去一刀殺了。看看，冷酷任性的公主殺一個人，就是這樣簡單，比踩死一隻地上的螞蟻還要容易。

公主派另一個衛兵走到皇宮門口，向等在那裏的小漁夫傳達她的話：從現在開始，三天之內，請求婚者把自己藏好，三天一過，她就要登上城樓，如果被她的鏡子照到，求婚者自行受死。

衛兵宣讀公主的指令時，狐假虎威，滿臉傲氣，正眼都不瞧小漁夫一下。小漁夫卻不計較他的態度，聽完之後，點一點頭，平靜地

接受了這個條件。轉身離開皇宮時，他心裏開始盤算如何能夠戰勝公主。三天說過去就過去了，如果不抓緊時間藏好自己，他將是公主手下的又一個冤死鬼，一事無成，還白白地搭上自己的性命。那麼，先找誰幫這個忙好呢？還是先找大鯉魚試試吧。

小漁夫順着來時的道路往回走，尋找鯉魚住的地方。一直走到第三天中午，離他當初從魚肚子裏上岸的地方還遠着呢，可是公主規定的時間已經快到了，小漁夫心裏着急，便試着下到江邊，站在一塊突起的礁石上，朝着遠處的江面大聲呼喊：「鯉魚鯉魚，你如果是我的朋友，就過來幫我一個忙吧！鯉魚鯉魚，你聽得見嗎？」

他一連喊了三遍。

喊第一遍時，江水如初。

喊第二遍時，江面只有一點微微的波瀾。小漁夫萬分焦急地想：糟了，肯定是相隔太遠，鯉魚媽媽不能夠聽見。

可是，到最後一遍時，話音剛落，江水湧出巨大的水花，大鯉魚嘩啦一聲頂破水面鑽了出來，搖頭擺尾地游向小漁夫，眼睛裏有說不出來的歡喜。

「我的恩人，又見到你了！你需要我幫一個甚麼忙呢？」

小漁夫見到他的朋友，同樣高興得要命，蹲下身，抱住鯉魚的腦袋，拍着牠的頭頂，親熱了又親熱，才說出他向寶鏡公主挑戰的事情。「我的朋友啊，你把我藏起來，要藏到寶鏡照不着的地方，這樣的話，公主的遊戲結束，以後就不會再有無辜的年輕人被殺。反過來，要是藏不好，讓公主的鏡子照到了，我就要被她殺死了。」

大鯉魚聞言點了點頭：「我明白了。我的朋友，你就放心吧，我一定會把你藏到世上任何人都想不到的地方。」說着牠跳起身子，張開大嘴，一口把小漁夫吞進肚中，轉瞬間沉入江底。

大鯉魚一直游到江底的最深處，停下來，召集了牠的所有兒女，牠的兒女的兒女，一齊聚集在牠的周圍。牠命令這些大大小小的魚兒

共同做一件事：散開在從江面到江底的這一片地方，不停地游動，吐水泡泡，再攪出江底的泥沙，總之一個目的，把江水搞渾，搞得越渾越好。大鯉魚吩咐完了之後，牠的孩子們便開始行動。剎那間，千千萬萬的魚兒像紙片一樣在水中撒開，黑壓壓地佔據了江中一大片地盤，牠們拼命地用頭拱，用尾巴攪，翻來滾去，扎上扎下，你碰我撞，集羣大戰似的，把江底沉得最久的泥沙都攪了上來，把水色弄得渾黃污濁，漿湯一樣稠厚，連天空中的太陽光都透不進去了。

也就在這個時候，公主穿着一件湖綠色的縷紗衣裙，佩戴着翡翠項鍊和頭飾，穿一雙魚骨雕成的精緻小靴，在侍衛的攙扶下，一刻不差地登上高高的城樓，拿出她的寶鏡，呵一口氣，用絲帕把鏡面擦得雪亮，舉起來，四面八方地照着。每回在這個時刻，都是公主最開心的時候，因為不管那些躲藏者們如何費盡心機，只要她的寶鏡照到之處，角角落落一覽無餘。

這一天，美麗的小公主舉着寶鏡，照了山巒草原，又照戈壁沙漠，再照天涯海角，還照了雲霧峭壁，卻是哪都沒有照出小漁夫的影子。她皺皺眉頭，耐着性子又照一遍。日月山川在她的鏡子裏清晰無比，可就是不見那個跟她「躲貓貓」的人。她心裏奇怪，也不服氣，就俯下鏡面，去照江河湖泊。這一照，她清清楚楚地看見啦，在長江的上游河段裏，有無數的魚兒聚集在一起，牠們不停地攪動江水，只為了掩蓋藏在水底的一條黑色大鯉魚，而她要找的小漁夫正定定心心地躺在魚肚子裏睡大覺呢。

公主不覺笑出聲來，快樂地大叫：「我找着他了！」她迅捷轉身，命令身邊守候着的大臣：「快，帶上你的人馬，朝長江的上游方向走，走到江水最深的地方，就是那個年輕人的藏身之處。」

大臣蠢頭蠢腦地問：「莫非他變成魚兒潛在水底？」

公主展露着如花的笑靨，嘻嘻地說：「還要離奇，他藏在江底一條大鯉魚的肚子裏！啊哈，我這個遊戲玩到今天，還是第一次碰到這

麼厲害的對手呢，有意思，太有意思了！」她說着，臉上的表情又興奮，又頑皮，完全是一個純潔無瑕的可愛女孩，一點兒都看不出她天性中冷酷的一面。她心情極佳地叮囑大臣：「你們到了那，要驅趕走千千萬萬條礙事的小魚，還要等江水澄清，才能看見鯉魚呆着的地方。去吧，腦子要放得聰明一點，不要讓那個聰明的年輕人再把你們蒙混過去。」

大臣領命，帶上人馬，浩浩蕩蕩地走了幾天幾夜，去到長江上游，找到了江水最深的那一段地方。按照公主的吩咐，他們先在水面拚命地敲鑼打鼓，把那些小魚兒驚得心臟破碎，耳膜裂開，不得不慌慌地逃走。

小魚一離開，江水很快澄清下來，他們果然看見了水底深處那條漆黑發亮的大魚。大臣把臉俯在水面上，朝水底大聲地喊道：「求婚的年輕人，趕快從魚肚子裏出來吧，不然我們就要下網捕魚了！」

喊聲穿過浩浩江水，驚醒了熟睡的小漁夫。他知道公主居然找到了藏在魚肚子裏的他，不禁有點佩服公主的本事了。他心裏想，寶鏡到底是寶鏡，不是個唬人的東西。他又想，做人要言而有信，既然被公主找到了，賴下去也沒意思。

他就對大鯉魚說：「好心的朋友，請你把我送上岸，我要堂堂正正地去赴死。」

大鯉魚含着眼淚游出水面，張開嘴，「噗」的一聲，把小漁夫吐到了岸邊上。

牠心裏悲傷地想，我的恩人就要死去了，全怪我太笨，沒能幫好他的忙，剎那間牠的淚水溪流開閘一樣地往下淌。

大臣和士兵們一擁而上，綁了小漁夫，扭着他去見公主。

皇宮裏的人都湧到了公主的院子裏看稀奇。燒飯的，洗衣的，梳頭的，餵馬的，趕車的，全都出來啦，裏三層外三層地把院門圍了個水泄不通。自從公主定下這個古怪的求婚條件後，大家已經見慣了

年輕的小伙子在遊戲結束之後被殺頭。但是那些小伙子躲藏的地方實在沒有甚麼新創意，不是石洞裏，就是柴堆中，再不就是大樹上，根本都不需要寶鏡照，人眼就能夠找得出。像小漁夫想出這樣的奇思怪招，還能夠找到大鯉魚幫忙，真的是不同凡響，讓人耳目一新。所以，當公主下令把小漁夫押赴刑場時，所有的人都嘖嘖歎息，替這個聰明的年輕人可惜。連國王都忍不住站出來說話了。

國王捋着花白的鬍鬚說：「我親愛的好女兒啊，暫且不要殺死這個年輕人吧，他能夠把遊戲玩得這麼巧妙，真的很讓我開心呢。不如再給他一次機會，讓他重新躲藏一次，你看怎麼樣？」

公主雖然蠻橫霸道，卻很愛她的父親，當即回答說：「王宮裏的生活的確很悶，能讓父親開心的事情，女兒是一定要做的。」她芳香撲鼻地走到小漁夫面前，親自動手解下了捆綁他的繩索，拍拍他的肩膀：「打魚的，你自由了，趕快走吧。但是要記住，三天之內，你必須重新找到藏身之處，還要藏得比上次更加巧妙，更加好玩。」

小漁夫揉着被綁疼的手腕，對解救了他的國王鞠一個躬，又對圍觀的人羣作一個揖，看都沒看美麗的公主一眼，神情沉着地走出了王宮。

走出好遠，回頭看見王宮的大門已經在他身後關上，他才抬頭擦去額角的冷汗，不無後怕地想，真險啊，差點要做了公主的刀下冤鬼了。現在應該怎麼辦呢？躲到哪才是個好呢？只好請好朋友大鵰夫婦幫忙了。

他又一次地跋山涉水，循原路走回到那座風景優美的大山中，從貼胸的口袋裏取出母鵰送他的漆黑羽毛，地上揀兩塊石頭打着火，把羽毛點上了。一股焦糊的氣味飄出來，細細的青煙飄搖直上，升到了懸崖的頂上。片刻之後，晴朗的天空忽然被一片烏雲遮住，山谷四面剎時暗了下來。小漁夫心裏一陣高興，知道遮住太陽的烏雲其實是大鵰的翅膀，他的朋友一點都沒有失信。他緊貼岩壁站着，眼看着頭頂

上狂風大作，腳底下草低樹搖，而後，黑鵰巨大的身影衝破雲層，箭一樣地直衝地面，停在小漁夫面前，收攏了翅膀。

「我的恩人，我的朋友！近來好嗎？有甚麼事情需要我幫忙嗎？」大鵰歡歡喜喜地問候小漁夫。

小漁夫又把寶鏡公主的事情原原本本說了一遍。「你瞧，好朋友，鯉魚媽媽把我藏得那麼隱蔽，還是被她的鏡子照出來了，她真是個很聰明的女孩子。你能夠想到更好的辦法嗎？」

大鵰歪着腦袋，眼睛眨了一下，又眨了一下，忽然有主意了：「這樣，你乾脆就騎在我的背上，我駄着你在天上轉來轉去，不落到地面，公主應該找不到你。但是你千萬不能往地面看啊，不然你會頭昏眼花，要是一不留神掉下地，那就糟了。」

小漁夫咧開嘴巴笑起來：「這個主意太妙了，公主一定想不到我會上天。放心吧，到了天上，我把眼睛一直閉着就是了。」

大鵰就駄着小漁夫，呼啦一下子，捲起一股旋風，升上了高高的藍天。

三天過去了，公主穿上了一件淺藍色的綢裙，佩戴着珍珠白的首飾，腳蹬一雙銀絲編織的鞋子，在侍衛們的前呼後擁下登上城樓，拿出她的寶鏡，開始往四面八方探照。她先照了山巒草原，戈壁沙漠，又照了天涯海角，雲霧峭壁，還特地多照了一會江河湖泊。可是照來照去，鏡子裏空空蕩蕩，怎麼都找不到小漁夫的影子，這個人就像是水珠蒸發了似的，又像是泥牛入海了似的，消失得一點痕跡不留。

公主煩躁起來，怪侍衛沒有把寶鏡擦乾淨，又怪他們站得太近擋了她的視線，甚至還怪造城樓的工匠們沒有把樓造得更高一點。怪來怪去，她無意中把寶鏡舉起來往天空裏一照。這一下，她忍不住轉怒為喜，咯咯大笑起來了。哦呀，這個狡猾的傢伙，他可真是會躲啊，在七彩雲頭上飛翔的那隻大鵰，背上駄着甚麼？不正是差點把她矇騙過去的小漁夫嗎？

公主興奮得俏臉通紅，眉開眼笑地對她的大臣說：「我就說過嘛，無論他是甚麼人，要想逃過我的寶鏡照耀，絕無可能！瞧，那傢伙現在正騎着大鵰，在天空中飛着呢。」

大臣討好地說：「公主真是神機妙算，普天下都沒有比公主更聰明的人！你回王宮裏等着，我這就帶人去捉他。」

公主眉毛一揚：「你怎麼捉？他飛得那麼高，獵槍子彈打不着，喊話他又聽不見，總不能你也跟着他上天吧？」

大臣信誓旦旦：「公主想要我上天，我就上天。在我腰裏拴上一隻風箏，把我放到天上去！」

公主的嘴巴撇了一撇，嘲笑他：「真是愚蠢。要多大的風箏才能把你這個胖子送上天？難道你就沒有別的辦法嗎？」

「公主指教。」大臣卑微地哈下了腰。

「天空中的那隻大鵰，往常我看見過不止一次了，牠每次飛翔的時間一長，肯定要落在八百里外的一個清水塘邊喝水。你們預先過去埋伏在塘邊，等大鵰落下時，大鵰背上的小伙子也會跟着下地，那時候你們一齊動手，不就手到擒來了嗎？」

大臣連連點頭，吆喝起一羣士兵，急匆匆出發了。他們騎馬到了清水塘邊，發現水塘的四周是一片低矮的稻田，風吹秧苗擺，實在沒有甚麼能夠藏得住人的地方。士兵們只好連鞋帶襪地進水中，藏身到茂密的蘆葦叢裏。

馱着小漁夫的大鵰為了躲開公主的寶鏡，在天空一連盤旋了三天三夜，實在渴了，餓了，也累了，看看時辰已到，而王宮裏沒有甚麼動靜，以為危險已過，就飛落到牠熟悉的清水塘邊，想喝點水，稍稍地休息一下。誰知道大鵰剛落下地，背上的小漁夫還沒有來得及爬下來，埋伏在蘆葦叢中的士兵們就濕淋淋地衝了出來，一擁而上，把他們團團包圍在當中。大鵰一驚，已經收攏的翅膀又下意識地張開，呼地升到了天空，卻把小漁夫留在了地面。到牠發現自己的失誤，盤

旋着準備再衝下來救人時，小漁夫卻揮着胳膊示意牠快走。小漁夫仰臉對牠說：「好朋友，公主已經找到我了，我就應該認輸，跟他們回去受刑。你別管我了，趕快回巢吧，你的丈夫和兒女還在等着你歸去啊。」

大鵰知道小漁夫的做法是對的，牠應該尊重朋友的選擇。可是牠又捨不得好朋友就這麼去死，在半空中一圈圈地盤旋，哀哀地悲鳴了很久，才傷心地離去。

小漁夫再一次成了皇宮裏的神奇人物。國王、王后、眾多的嬪妃和大臣僕役們把他團團圍住，七嘴八舌地問這問那。人人都對他的經歷感到好奇，都想知道他還有多少個這樣忠心耿耿又是本領非凡的朋友。

小漁夫拒絕回答。好朋友是用來生死相依的，不是隨便說出來讓別人作為茶餘飯後的談資的。他平靜而驕傲地說：「我承諾過的事情不會反悔，既然公主已經找到了我，要殺就趕快殺吧。」

公主一臉得意，笑嘻嘻地揮手就要叫人。這時候王后卻拉着她的袖子說話了。

王后說：「我的好女兒啊，請你答應親生母親的一個要求。這個年輕人做的事情實在太好玩了，我還想看着他再玩出一點花樣。你能不能饒了他的第二次失敗，讓他有第三次機會呢？」

公主再任性，也不能當着眾人的面駁回她母親的要求，所以王后這麼說了之後，公主只能答應。

公主傲氣地對小漁夫哼着鼻子：「打魚的！事不過三，這可是你的最後機會了。條件還跟前兩次一樣：我要是找着了你，就要殺了你；要是找不着你，就會嫁給你。」

小漁夫心裏不悲不喜，不驚不乍。他知道，國王已經保過他一次，王后又保了他第二次，如果第三次被找着，就不會再有人保了，他就要必死無疑了。小漁夫自己倒不怕死，只是一想到沒有能夠在自

己手中制止公主的殘暴遊戲，今後還不知道要有多少年輕人會死在公主的手上，就覺得自己很失敗，也很不甘心。

他決定再找狐狸媽媽幫幫忙，最後試一試運氣。公主再聰明，畢竟只有一個腦袋，他加上他的朋友，總共有四個腦袋，四個腦袋還不能玩贏公主的這個遊戲嗎？

勇敢的小漁夫真是一個不屈不撓的年輕人，他憑着記憶，一步不停地走回到搭救過狐狸的那片荒草甸子上，彎腰揀拾了一些草根荊棘，生起一堆野火。風不大，但是火苗很旺，青煙繚繞，捲出一個高高的錐形煙筒，平原地區老遠就可以看見。

不大的工夫，一道紅光從遠處竄了過來，已經傷癒的狐狸飛奔着來到小漁夫的身邊。牠來不及跟小漁夫說一些別後思念的話，氣喘吁吁問：「好朋友，我看到你的召喚啦！你是需要我幫嗎？」

小漁夫摸着牠毛茸茸的尾巴，把公主和寶鏡的事情又講一遍。

狐狸聽了鬆口氣，眼睛裏的擔憂消失了，換成了一種輕鬆和自信：「我還當甚麼了不起的事情呢！你的要求對我來說是舉手之勞啊，你為甚麼不首先想到我呢？」

小漁夫問：「難道你能想出比鯉魚媽媽和大鵰更好的辦法嗎？」

狐狸把眼睛瞇起來，嘴角翹上去，胸有成竹地笑了一笑：「好朋友，你別動，就在這等着，我保證在三天之內給你一個驚喜。」

說完這句話，狐狸顧不得搭理小漁夫了，就在燃盡的火堆旁開始用爪子掘洞。牠低着頭，哈着腰，四隻鋼齒一樣尖利的爪子飛快地動作，前爪扒土，後爪蹬土，一時間只聽見沙石疙瘩嘩啦啦地四處散落，聲音密集得像下雨一樣。小漁夫站在旁邊才眨巴了幾下眼睛，狐狸已經鑽進剛剛打出的洞口，不見了蹤影。

狐狸進洞之後，四周圍立刻變得寂靜起來。小漁夫一刻不離地守在洞口，連喝水吃乾糧都不敢走遠。擔憂使得他站也不是，坐也不是，心裏像有十五隻吊桶在打着水，七上八下的。他時不時地探頭往

洞裏張望，開始的時候還聽到狐狸呼哧呼哧掘土的聲音，他說一兩句話，狐狸也能夠聽見，能夠回答，雖然回音顯得非常遙遠。後來，慢慢地，狐狸漸掘漸遠，一絲一毫的聲息都聽不見了，眼前只剩黑咕隆咚的一個洞口，冒出涼森森、潮潤潤的泥土的氣味。

在洞口守了一天之後，沒有得到狐狸的一絲資訊。小漁夫實在有點忍不住了，不斷地趴下來，對着洞口大喊：「朋友！你在哪啊？要不要出來透口氣啊？」喊來喊去，耳朵裏聽到的只有遠遠傳過來的他自己的回聲。他不免開始心慌，惦記着狐狸的安危，擔心牠會不會出甚麼差錯。

第三天，他更是忐忑焦急，加倍緊張，簡直要崩潰。狐狸這麼長時間沒出洞，也沒傳個信出來，小漁夫把事情朝壞的方面想。如果狐狸為幫他的忙而送命，小漁夫不等公主殺他，自己要懊惱得一頭撞死在洞口。

日頭已近中午，小漁夫看見自己投射到荒原上的影子越來越短，直至消失不見。公主約定的時間就要到了，半個時辰之後，她就要拿着寶鏡登上城樓。這回她絲毫不需費事，隨便照照就能夠把呆坐洞口的小漁夫照到她的鏡子裏。公主找到他之後心裏會怎麼想呢？她會慶幸自己的運氣好呢，還是會為遊戲玩得太容易而惱火呢？小漁夫不能確定。公主驕橫任性，脾氣瞬息萬變，誰也不能把握。

小漁夫絕望地站起身來，等着大臣和他的士兵第三次出現，把他抓走。就在這時候，洞口突然冒出毛茸茸的一團紅色，狐狸一身灰土地從洞裏跳了出來，笑瞇瞇地招呼小漁夫：「來吧朋友，趕快鑽到地洞裏來，我剛剛把地道挖到了公主的城樓底下。你只要順地道往前走，走到頭頂最薄的地方，能透過泥土看到地面太陽光的地方，就是地洞的出口處。你耐心在那等着，等到公主從那裏經過，你一下子頂破泥土衝出去，抱住她，說一聲『你是我的了！』事情就成了。快去吧，祝你成功，好朋友！」

狐狸緊緊地擁抱了小漁夫，把他拉到洞口，又在背後用勁推他一把，一回頭就消失不見了。

小漁夫順着地道往前走。一開始兩眼發黑，甚麼也看不清，只能夠摸着洞壁試試探探往前。慢慢地他的眼睛適應過來，也就不再覺得難受和彆扭。小漁夫走了很長時間，果然看見前面有了微弱的光亮，空氣也變得乾爽新鮮，夾帶着地面上陽光和樹木青草的氣息，他心想怕是到了，就停住不動，用心聽着地面上傳來的聲音。

這時候在城樓上，穿着金絲長裙、戴了琥珀首飾的公主正拿着寶鏡焦急地東照西照呢。她已經看過了山巒草原，戈壁沙漠，天涯海角，雲霧峭壁，江河湖泊，又仰着臉仔仔細細把天空搜索了一遍。她的眼睛都看得痠澀發疼了，眼眶紅腫發脹了，就是尋不見小漁夫的影子。他又一次變成了輕盈的空氣，從人間蒸發到了廣袤的宇宙。

公主壓根沒有料到，此刻小漁夫站在她的腳下。公主照不出小漁夫，又氣又急，美麗的小臉漲得通紅，圓嘟嘟的嘴巴噘得像顆櫻桃。她生氣地把寶鏡扔到了地上，跺着腳說：「小漁夫到底藏哪呀？」

這一跺，腳底下薄薄的地皮就被她跺塌啦。隨着轟隆的一聲響，小漁夫豹子一樣靈敏地跳了出來，一把抱住了公主，大聲說：「我贏啦，你是我的新娘！」

公主用勁地甩着小漁夫的胳膊，甩不掉；想要發火，說不出話。是啊是啊，遊戲的規則是她親手制定的，她已經憑此殺了那麼多年輕人，如今怎麼可以反口不認呢？

國王威治天下，自然也是應該言而有信的。於是他很快發出了聖旨，宣佈把公主下嫁給小漁夫。一時間皇宮裏熱鬧起來，上上下下忙得個腳底朝天，佈置洞房，準備盛宴，到處張燈結綵，披紅掛綠，還請來了許許多多的皇親國戚，左右鄰國的國王王后、王子公主，以及本國地位顯赫的文武大臣。不管怎麼說，國王只有這一個公主，公主的一生只有這一次婚禮，怎麼樣都要辦得像模像樣。

　　婚禮舉行的那天，小漁夫梳洗得乾乾淨淨，穿上王后特意為他準備的繡金禮服，掛上漂亮的寶石飾物，又蹬上一雙柔軟的麂皮靴子，立刻就像換了一個人似的，格外的高大英俊，氣宇軒昂。人們這才驚訝地發現，小漁夫原來是一個很招人喜歡的小伙子呢。

　　鞭炮和嗩吶聲響起來了，吉祥的白鴿成羣飛起來了，芳香的花瓣漫天灑下來了，盛裝的公主滿面笑容地挽着小漁夫的手走進婚禮大廳。因為興奮和快樂，她今天顯得比平常更要漂亮一百倍，臉上的光采把整個婚禮大廳都照耀得熠熠生輝。她已經從心裏開始愛上這個聰明、善良、俊朗的未婚夫了。她用潔白的薄紗遮着半個面孔，不時地偷眼去看小漁夫，神情羞羞答答，心裏又慌亂又甜蜜。她想，她是願意嫁給這個人的啊，她要跟他廝守終生，白頭偕老呢。

　　可是，當坐在龍椅上的國王和王后開開心心地站起來，要祝願兩位新人時，小漁夫卻鬆開公主的手，當着滿朝皇親國戚、文武大臣的面，彬彬有禮地鞠了一個躬，清一清嗓子，開口說：「謝謝大家對我的厚愛，允許我娶上高貴美麗的公主。可是昨天晚上我想了很久，覺得這樣的結局我不能接受。我是一個漁夫的兒子，習慣了江邊漁村裏自由自在的生活，如果常年住在這樣的宮殿裏，被人伺候着，又被人約束着，我不會覺得舒服。一句話，這不是我想要的幸福。我向公主求婚的原意，只是為了挑戰她的行為，制止她把殘酷的遊戲繼續下去，制止這世上無辜和血腥的殺戮。現在，我的願望完成了，我也要走了。原諒我對大家的失禮。」

　　說完這句話，小漁夫意味深長地看了公主一眼，又再次向國王和王后鞠躬，向在座的所有人道歉，然後脫下那件繡金禮服，摘去腰間的寶石飾物，輕輕放在地上，挺直了腰桿，不慌不忙地走出宮門。

　　在一片驚訝和驚呼聲中，公主的臉已經白成了雪花，臉頰的紅暈也跟着消退，身子搖搖晃晃，好像要倒下去的樣子。她甩掉上前攙扶她的侍女的手，從懷裏掏出那面須臾不離的寶鏡，怔怔地看了一會

兒，忽然舉起來，用勁地砸在地上。砰的一聲響，寶鏡碎成了無數玻璃片，亮晶晶的，像一地閃爍的碎銀。

小漁夫回到他出生長大的江邊漁村後，重操舊業，織網、補船、打魚，然後挑着新鮮的魚蝦到集上換米，辛辛苦苦但又快快樂樂地把日子過下去。他的父親已經腰彎背駝，每天還是愛喝兩口。小漁夫陪着他喝，用賣剩的小魚小蝦做下酒的菜餚。他們偶爾也熬鮮美的魚湯來改善生活，湯在鍋中咕嘟咕嘟地滾着，小漁夫用勺子往父親和自己的大海碗裏一勺一勺地舀着，喝得滿身冒汗，兩眼放光，就像小漁夫有一次在夢裏經歷過的那樣。

現在小漁夫已是沉穩、智慧、有膽氣的成年人，村裏人公推為族長，遇到麻煩總喜歡找他解決，他也總能想出主意為大家排憂解難。他從不擔心有甚麼做不到的，因為他有三位要好的朋友：鯉魚、大鵰和狐狸。他和牠們相隔遙遠，卻心心相印。需要的時候，忠心的朋友會趕來幫忙。

一天，小漁夫在江邊給漁船上一層桐油。太陽暖烘烘的，江灘白花花的，遠處平靜的江面波光灩灩的。淡淡的幽香忽然飄進了鼻子，是一種似曾相識。他驚訝地抬起頭，發現穿着一身普通布衣的公主不知何時已經悄悄走到他的身邊，淒楚而又哀怨地盯着他。公主瘦了，面容蒼白了，卻更加漂亮了，因為她原先眼睛裏總有的驕橫神氣換成了憂傷和思念，這就使她的容貌摒棄了高高在上的傲慢，而增添了楚楚動人的哀婉。

公主小心翼翼摸了摸小漁夫的肩膀，眼圈微紅，說：「你走後，我每時每刻都想念你。我知道從前做得太不對，可是我還年輕，一切都可以改變，我決定到漁村裏跟你一起生活，希望你能夠看到改過自新的我。」

小漁夫不太相信地搖一搖頭：「你當了十八年的公主，難道真能夠變成一個漁村裏洗衣做飯的普通女孩？」

公主說：「你看看我身上的布衣，看看我腳上的布鞋！看看我光溜溜不戴首飾的脖子和不施脂粉的臉！為了尋找你，我一個人孤單單地走了一千八百里的路，所有的辛苦我都已經受過了。」

小漁夫驚訝之下，有一些感動，又有一些敬佩。他對她說：「你要是能夠吃得了苦，就先在我的家裏住下來吧。」

公主就在小漁夫的家裏住了下來。她白天幫他們父子洗衣做飯，晚上還點燈為他們織布做鞋，從不會到會，一點點地學習，一點點地進步。村裏的姑娘們能做的事情，她總是努力比她們做得更好。她的臉色紅潤起來，手上長出了老繭，說話的時候笑聲朗朗。愛情使她徹底地改變了，她完完全全成了一個幸福快樂的漁家姑娘。

於是小漁夫跟公主正式結婚了，世間又多了一對美滿幸福的新郎新娘。

碧玉蟈蟈

　　黃河水九曲十八彎，載着泥沙，載着悲愁，載着豪邁，彎到陝北的黃土高原上，甩一個頭，身子呼啦地一下滑過去了，留下一片不肥不瘦的河套地。

　　河套地裏有個綠樹成蔭的村莊，莊上數百戶人家，種的都是財主李老摳家的地。莊戶人家的屋子都是黃土壘的牆，麥草苫的頂，夏天不擋雨水，冬天不擋風雪，遠遠看去軟塌塌像隻趴窩的雞；李老摳家的屋子卻是青磚墁地，黃楊雕樑，大門上了紅漆，窗戶蒙着花紙，炕上鋪着紅褥子綠被子，倉房裏滿囤滿缸盛着隔年的糧食，連家裏的看門狗都是腦滿腸肥，油光水滑，滋潤得見人都懶得動彈。饒是富貴如此，李老摳對他的佃農卻沒有一絲一毫的憐憫之心，他給人家種最差的地，倒要收最高的租，收租時還要拿一架鼓風機對着人家送來的糧食吹，成色稍欠一點的稻穀麥粒甚麼的，給他這麼一吹，就雪花一樣飛落到地上了，佃農明明送來十升的租，被他一簸，一揚，一吹，只剩下八升還不到。佃農望着李老摳撥算盤珠子的那隻手，眼淚汪汪的，牙齒打落了往肚裏嚥。這樣，一年又一年，村裏的農戶們越過越窮，捉襟見肘的日子一眼都能夠望到頭。李老摳家的財富卻是芝麻開花節節高，多了更多，滿了更滿。一邊是雪上加霜，一邊是錦上添花，世上的很多事情就是這樣不公。

　　這些「雪上加霜」的人家裏，就有窮孩兒路生的一家子。

　　說是一家人，實際上也就剩路生和他的瞎眼老娘相依為命。還是在很多年前，路生爺爺活着的時候，為給家裏的一頭黃牛治病，借下了李老摳家的一斗糧食。

　　結果，黃牛的病沒治好，一斗糧食的高利貸卻是欠下了。從此以後，路生爺爺沒日沒夜地給李老摳家幹活，除了種他租下的地，抽空

還四處打零工，割麥除草挖渠壘田，甚麼活苦就幹甚麼，四十歲還不到，活生生地累死在地裏。路生的父親接着給李老摳當佃農，接着掙錢還那一斗糧食的債。因為從小吃了太多的苦，身子骨弱，路生父親還不滿三十歲的那一年，挑擔子的時候突然一陣心慌，一句遺言都沒有來得及留下，就死了。

路生的娘那時候還年輕呢，肚子裏剛剛懷上了小路生，丈夫冷不丁這一死，她孤苦伶仃，叫天不應，叫地不靈，日日夜夜地哭啊哭，有一天早上起來，推門看太陽，只覺得萬箭鑽心，頭痛欲裂。她「啊」的一聲慘叫，雙手捂住了眼睛。一雙秀秀氣氣的眼睛就這樣哭瞎了。

女人哭瞎了眼睛，又沒有男人養着，能幹個甚麼呢？只好提根棍子出門要飯為生。她自己不吃不喝不要緊，可是肚子裏還懷着孩子呢，孩子還朝娘要吃要喝呢，為了可憐的沒爹的兒，她也要討飯把兒子生出來，拉扯大。

那一年冬天，天寒地凍，風雪交加，路生的娘挺着大肚子走在路上，腳下踩着咯吱咯吱的雪，眼睛眉毛凍得結成冰塊塊，看不清楚眼前的路，被一道雪溝一絆，「啪」地摔倒在大路上，孩子就這樣出生了。女人脫下自己的破棉襖給孩子包起個蠟燭包，跌跌爬爬地回了自己的那間破屋子。因為苦命的孩子是生在討飯路上的，滿月那天就起了名字叫「路生」。

歲月過得真快啊，簡直就像時光老人射出的一支箭，一路颼颼地向前，沒有回顧也沒有彷徨。轉眼間路生長到十歲了。窮人家的孩子好養活，瞎眼的母親天天帶着他出門討飯，有吃的吃一口，沒吃的喝點涼水也能熬一天。飢一頓飽一頓，小路生卻出落得濃眉大眼，寬肩細腰，修長挺拔，小白楊樹一般茁壯。村裏的人都喜歡他，他到人家串門，人家就想着法給他吃的喝的。他自己也是眼勤手快，力所能及地幫人家幹些零碎活，還了人家的情，卻把人家給他的吃喝省下來，

攢着帶給他瞎眼的娘。一村子的人都稱讚說，這小路生真是個孝順懂事的好孩子。還說，路生的瞎眼媽媽有福氣，這麼多年的辛苦沒白吃，有路生這樣一個兒，實在勝過有錢人家的良田百畝。

路生的十歲生日一過，財主李老摳就挾着算盤和帳本子找到他的破房子裏來了。

李老摳穿着一身褐色的綢長袍，外面套着一件褐色皮馬甲，頭上還戴一頂褐色瓜皮帽，遠看像顆乾癟癟的棗核。他嫌路生家裏骯髒，不願進屋子，撇着兩條腿站在當院裏，把路生和他的瞎眼娘叫出來，算盤珠子撥得啪啦啦地響，嘴裏嘰哩咕嚕念念有詞，臨了把算盤「嘩啦」一甩，帳本子「啪啦」一揚，說：「小路生啊，你爺爺早年借了我老爹一斗糧食的債，本生利，利轉本，本又生利，現在已經是整整一千吊錢！你爺爺你爹爹都已經死得骨頭打鼓了，可是父債子還，天經地義。這一千吊錢，你打算着如何還我啊？」

瞎眼女人眼睛看不見，但是耳朵聽得見，李老摳這一說，她馬上就愁得黃了臉：「李家老爺啊，我們孤兒寡母，混日子都不容易，拿甚麼還你的債呢？求求你可憐可憐我們……」

話沒有說完，路生上前拉住母親的手：「娘啊，我們人雖窮，志氣不能短，既是欠了人家的債，求情又有甚麼用？反正我已經長大了，能夠幹活了，就讓我去他們家幹活抵債吧。」

李老摳上下打量着他，哈哈一笑：「好，算你還是個明白人。那就從明天起，到我家裏放牛吧。我可是有言在先，你年方十歲，不能頂個壯勞力使，讓你去放牛，是便宜了你，這牛就要放得比別人更好才算數。」

「要是我的確放得好呢？」路生理直氣壯地問。

李老摳把衣袖一撩，扳起了指頭：「我得告訴你，怎麼才算是放牛放得好。一年三百六十五天，除了過年那一天，你要給我出夠三百六十四天的工。白天放牛要捎帶割草，夜裏餵牛要捎帶起圈。公

牛只許長膘不許掉膘，母牛要給我一年下一頭小牛。這些事你都做到了，做好了，就能夠掙上十吊工錢。」

路生凝神想了想，咬牙點頭：「我能夠做到。」

李老摳又瞇眼笑：「我還得給你說三樁事：一，牛死了要扣工錢；二，牛掉了膘要扣工錢；三，牛吃了莊稼還要扣工錢！」

路生的娘哭出聲來：「這麼摳的規矩，哪裏能夠做得到啊，不是明擺着坑人嗎？」

路生卻是個硬脾氣的孩子，當下又咬一咬牙，安慰他的母親：「娘你別擔心，我不會讓人家扣我工錢的，我會使出全力做好這些事。」

李老摳眼睛一眨，嘿嘿地笑着，得意洋洋回他的莊園去了。

路生第二天就去了財主的家，成了放牛的小童工。他每天早出晚歸，披星戴月，幹活勤勞本分，有十分的力氣，總要拚命使出十二分來，一絲一毫都不帶偷奸耍滑。白天，他帶兩個玉米麵餅子趕牛出門，一邊放牛吃草，一邊還要偷空把裝青草的背簍塞得滿滿。太陽曬着他，野風吹着他，雨水澆着他，雷電追着他，他嫩嫩的茁壯的身影，在天地間像一個小小的驚歎號，頑強地、筆直地存在着，昭示出一個十歲孩童所能夠承受住的最大苦難。天黑了，他疲憊地趕牛回家，喝上兩碗玉米麵糊糊，就開始起土墊欄。星星們在牛欄外溫柔地注視他，從始到終一聲不響地陪伴他。月亮姑娘的心腸軟，看他一眼就想流淚了，就要背過臉去獨自傷心了，所以大部分的日子裏月亮姑娘的面容看不見。需要做的活全做完了，該讓小路生閉上眼睛歇一歇了吧？不行啊，才睡下兩個時辰呢，又要起來給牛添夜草了。

再睡兩個時辰，天差不多亮了，一天的活重新開始了。十來歲的孩子，正是貪睡的時候，像李老摳家那個小兒子，不睡到日上三竿不肯睜眼，可是路生從來沒有耽誤過晨起牽牛出門。一年到頭，他眼睛熬得紅紅的，下巴瘦得尖尖的，小手長了厚厚的繭子，裂着一道一道

的血口，看着都叫人心疼。年長的長工們憐惜他，都勸他說：「別這麼拼命傻幹了，李老摳不會心甘情願把那十吊工錢給你的，不然他還叫甚麼『老摳』？」路生說：「我把活做得好，他挑不出半點毛病，就不能不給我工錢。」長工們說他不聽，只好搖頭。

功夫不負苦心人。路生把全部的心血力氣花在那羣牛身上，牛們懂得回報他，一個個長得膘肥體壯，毛皮油光水滑，拉犁拖車力大無窮，誰看了誰都誇讚。到年底，李老摳定下的三條規矩，路生都做到了：牛們非但沒死一條，還長了二指寬的膘；添了小牛犢子；更沒有貪嘴偷吃一口莊稼。小路生滿心高興，因為自己可以拿到十吊錢回家交給瞎眼的娘了，娘可以用這錢買上一件過冬的棉襖，還可以割上兩斤過年包餃子的豬肉。他出門在外整整一年，還沒有得空見過娘的一面呢，他想娘想得心尖尖都發疼。

臘月三十這一天，李老摳家一片喜氣洋洋的年節氣氛：殺好了豬，宰好了羊，炸好了丸子，蒸好了米糕，包妥了餃子，連紅紅的鞭炮都已經從屋簷上一條一條掛到了地面，就等着一家人守歲樂呵了。

李老摳眼見到路生在牛圈裏添上最後一遍草，墊好最後一層土，才假模假式地把他叫過去，抽着煙袋說：「你忙了這一年了，活做得不賴，十吊工錢照算。回家歇上一天吧。記住啊，初二一早就要過來上工，別讓我的牛渴着餓着。」

路生提醒他：「我的十吊錢，你還沒有給我呢。」

李老摳瞇眼噴出一口煙來：「哪裏有甚麼錢好拿？我告訴你吧，工錢已經抵了你家的債了。我算給你聽聽：你家去年一共欠我一千吊錢的債，今年該長一百吊錢的利息，扣去你掙到手的十吊錢，還欠我整整一千零九十吊！明年你可要接着好好幹啊。」

路生聽了李老摳這話，如一盆冷水澆在頭上，心裏涼得透了。可是他是個有志氣的孩子，眼淚含在眼眶裏打了半天轉，始終沒肯當着李老摳的面落下來。他倔強地一轉身，回家去了。

　　大年三十的夜裏，風雪交加，天寒地凍，路生家的炕上只有一領千孔百瘡的破蓆子鋪着，鍋裏煮的是路生娘討飯討來的一點糠麵糊糊，窗台上點一盞油燈，火苗只有豆粒大小，還被窗縫裏透進來的寒風吹得搖搖晃晃，鬼影子一樣。娘兒倆在破棉絮裏相偎着取暖，孤苦凄涼，心酸得抱頭痛哭了一場。路生娘說：「兒啊，路再長也有個終點，夜再黑也有個盡頭，我們家欠那一斗糧食的債，多久才能夠還得清呢？可憐你命苦，投生在這麼個破家，一輩子都要吃苦受累。」路生拉着娘的手，撫着娘的臉，強作歡笑說：「娘你別擔心，只要你沒病沒災，活得健健朗朗，我吃多大的苦都沒有關係的。」

　　娘坐在炕上摸索着給路生補一夜破衣衫，路生也陪娘說一夜寬心話，新年這樣過去了。初二大早，路生跟娘告別，去財主家上工。

　　日月如梭，光陰似箭，年頭接着年尾，一天一天飛快地過去。一轉眼，路生已經長成一個十六歲的大小伙子了。雖說吃沒有好吃的，穿沒有好穿的，路生卻像田埂上的野草一樣長得茁茁壯壯，周周正正。六年當中，他割下的那些草，能夠把財主家的穀場堆成一座草山。他放過的那些牛，母牛下了小牛，小牛長大又下小牛，這些牛牽出來能排成一個長隊。可是路生家欠財主的高利債，本生利，利轉本，滾來滾去，滾雪球一樣，只見大，不見小，差不多已經有了兩千吊錢。路生年年辛苦幹活，年年都是空手回家過年，想給他的瞎眼母親盡一絲孝心都不能夠。路生每每想到這一點，心裏就酸澀不已。

　　這一年的正月初一，娘兒吃過了娘討來的飯，還是擠在炕上，娘給兒子摸索着補衣縫鞋，兒子陪娘說着閒話。娘補着補着又落下淚來：「我的苦命的兒啊，娘的身子骨一天不如一天，腿沉得邁不開步子，手也軟得拿不動討飯的棍子。娘死之前，不指望別的，只盼着你能夠無債一身輕！盼你好好地娶上個媳婦，成上一個家！」

　　路生心如刀割，卻要強顏歡笑：「娘你就放心吧，兒子雖然窮，卻是不缺胳膊不缺腿，有的是一身好力氣，欠債雖多，我不信沒有還

清它的那天。從前故事裏的老愚公還能夠移掉家門口的大山呢，我怎麼就不能還清兩千吊錢的債呢？娘你要好好地活着，等着有一天享我的福才是。」

瞎眼的老娘聽了這話，又是想哭，又是想笑，心裏真是百般滋味攪成一團。

大年初二，路生仍舊回到財主家裏，放牛，割草，墊欄，做各種各樣的雜活，手腳一刻都不閒着。

春天到了，一場透雨下過之後，暖暖的地氣從河邊地頭冉冉升起，絲絲縷縷地瀰漫。脫去了棉襖，四肢伸展出去，像浸泡在溫水中一樣，那樣一種柔軟和溫潤，讓人舒服得想要大聲叫喊。麥子拔節抽穗了，一個人站在地邊時，能聽到腳底下麥稈拔節時嘎嘎的聲響，嗅到青青麥苗散發出來的醉人香氣。

田邊地頭開滿了不知名的野花，紅的白的紫的黃的，五顏六色，爭奇鬥豔。小蟲在草叢裏撒歡，跳來跳去，不知疲倦，開心得沒個夠。天空裏時不時地有鳥雀飛過，撒下一路喳喳的叫聲，引逗得小牛犢也不肯安心吃草了，蹦來蹦去追着鳥雀的影子嬉耍。

路生割完了一大抱青草，十根手指都被草汁染得碧綠碧綠。他直起腰來，望一眼他放牧的牛犖，再望一眼春天土地上嬌媚而活潑的萬物眾生，心裏忽然就有了一種酸澀和不平。想想看吧，地是財主家的，青青麥苗是財主家的，遍地牛羊也是財主家的，就算是一年中風調雨順，到年底囤滿圈肥，跟路生都沒有一絲一毫的關係，債還是年年長，苦日子還是一天天地過。娘說的話一點都沒有錯，這樣的噩夢甚麼時候才是個頭呢？十六歲的大小伙子路生，甚麼時候才能夠種上自己的地，娶上自己的媳婦，把自己的瞎眼娘侍奉到終老呢？

路生這樣想着的時候，好端端的太陽地裏忽然一陣陰風吹過，悽惻惻的，讓人忍不住打一個大大的寒戰，身上起了一層密的雞皮疙瘩。天空中的鳥雀不安地鳴叫起來，在麥地上驚慌地盤旋，一個跟着

一個飛翔而去。路生抬頭看天，天空已經陰雲密佈，黑霧沉沉，好像剎那間有人罩下了一張厚厚的網子，要把萬物眾生一網打盡。緊跟着，狂風四起，從看不見的地平線上鋪天蓋地而來，一路尖聲嘯叫，攪得灰塵瀰漫，四野中昏黃一片。空氣中夾帶了濃濃的塵土，嗆得人難以透氣，眼睛也無法睜開。路生伸出手，摸索着去抓摸他的那些牛，張開的手心和手背被塵粒刷刷地抽打着，針扎一樣生疼。牛們驚慌不安地叫着，怎麼都不肯聽路生的吆喝了，夾緊了尾巴，被狂風吹着趕着，東一頭西一頭地奪命奔逃，彷彿是被魔鬼驅使，又彷彿見到了世界末日。路生害怕牛羣衝散就再也聚不攏來，只好瞇縫了眼睛，拼命地跟着牛羣奔走，邊走邊大聲地叫喚。沙粒打得他臉頰通紅，張開嘴巴呼喊的時候，嘴巴裏灌進了大把的沙子，喉嚨頃刻間就嗆得啞了，想喊也喊不出來了。他聽得見牛羣一個勁地撒開蹄子往前狂奔，卻是看不清，喊不出，抓不着，除了撒腿緊追之外，別無辦法可想。天昏地暗的，很快他感覺到自己離前方的牛羣越來越遠，連小牛犢的哀哀嘶叫聲都不再聽得到了。他身前身後一片惛懵，立腳四顧，怎麼也弄不清自己置身何處，面對的是東西南北。他機械地再往前跑了幾步之後，忽覺腳下踩了一個空，身子一矮，整個人像一個秤砣樣地墜入了深谷之中。良久，砰的一聲響，他只覺膝蓋處一陣劇痛，身子觸到了一塊硬物，再以後就甚麼都不知道了。

就這樣，路生一動不動地躺在溝底，意識飄浮着起落着，跟他的肉體若即若離着，多少次輕飄飄扶搖而去，又被一股頑強的力量拉扯回來。幾番拉扯之後，他開始感覺到周身的冷，浸透在刺骨的冰水中一樣，從皮膚冷徹心肺。他打了一個大大的寒戰，用勁地睜開眼睛，發現不知道在甚麼時候風已經停了，黃沙把他的半個身子都埋了起來。他躺在一條不知名的深溝裏，溝兩邊都是齜牙咧嘴的尖利岩石，只頭頂上一塊長條形的藍天。溝裏面沒有水，也沒有花草樹木，只有一團一團陰森森的濃霧，雲朵一樣地翻湧着，捲出各種無聲的形狀，

荒涼冷寂得好像是到了陰曹地府。他恐懼而清醒地意識到，在這樣四野無人的深溝裏，他即便喊破了喉嚨，恐怕也沒有人能夠聽見，如果要想脫離險境，只能依靠自己。

可是，路生才試圖站起身來，腿上一陣劇痛，痛得他眼冒金花，汗如雨下。原來他跌下深溝時，一條腿已經生生地跌斷了，腿骨頭都支了出來，膝蓋處錯成了兩截，下半部晃晃蕩蕩的，像掛着一截木頭。他扶住石壁重新坐下，喘息了好久，才緩過一口氣。這時候，他的心裏哀傷而又絕望。

他想到，按照李老摳定下的規矩，如果一頭牛死了，李家就要扣他的工錢，現在整整一羣牛都沒了，李老摳該怎麼處罰他才肯甘休呢？他家裏欠下的債又該增加多大一個數目呢？

再想想，一條腿斷成這樣，還不知道會不會殘廢，老娘是個瞎眼，又上了年紀，往後的日子可怎麼過下去？老天爺真是不公，窮人的日子已經是千難萬難，它那裏還要雪上加霜，不是明擺着要逼人往死路上去走嗎？

天地間容不下他，乾脆死了算了，眼睛一閉，新債舊債一齊了結，看他李老摳還有誰的油水可榨！

路生想到這裏，淚流滿面，朝天拜了幾拜，算是跟老娘訣別，而後抓起溝裏的一塊石頭，要朝腦門上砸。千鈞一髮的當兒，他舉起來的那隻手被一股來歷不明的力量吸住了，定在半空中，一動都不能動。而後，頭頂上有個和善的聲音喊了一句：「孩子，慢着！」

路生沒想到附近還會有人，吃了一驚，手裏的石頭噗地掉了下去。他抬頭朝溝沿上看時，只見一團耀眼的金光裹着一個白鬍子老人的身影，老人穿一件橙色的袍子，腳蹬一雙白羔皮的滾邊短靴，腰間的飾帶好像是用上等琥珀製成，光澤柔美而高貴。他長得慈眉善目，紅光滿面，光禿禿的腦袋像個尖尖的桃子，眼睛被長長的白眉毛遮蓋着，卻是精光四射，炯炯有神。路生被老人的這雙眼睛盯着，就有如

被人施了定身法，又如同被武功大師點中了穴道，心裏明白，卻口不能言，四肢僵硬着不能夠動上一動。

恍惚迷離間，老頭腳尖一抬，身子騰空而起，寬寬的橙色長袍像一朵花一樣呼地打開，被一團白雲托着，飄飄然然下到溝底，停在了路生的面前。路生只覺心裏轟的一聲響，剎那間氣血翻湧，身體的各部分都隨之甦醒過來，於是慌慌張張地納頭想拜。老人卻伸手按住他的肩膀，無比憐愛地勸住了他：「好孩子，你的一條腿還斷着呢，就免禮了吧。」

路生背靠着石壁，仰起頭，淚眼朦朧地問：「老爺爺尊姓大名？為甚麼要出手救我？」

老頭捋着雪白的鬍子，哈哈一笑：「小路生啊小路生，你從出生到長大，吃過多少苦，受過多少難，老爺爺都是心知肚明啊。往常你是財主家裏流汗最多的小伙，今天卻讓我看見你淚流成河的樣子。我知道你生性堅強，輕易不哭，所以要來勸你一勸。不要難過了，苦到盡頭，總有甜來，世上的好人一定會有好報。」

路生灰心喪氣地搖頭：「老爺爺，能流的汗我都流了，能出的力我都出了，可我欠財主家的債不見一分一釐的減少，反而是年復一年的增多，我實在是活得沒有希望啊。」

老爺爺憐愛地摸一摸路生的腦袋，歎了一口氣。他這口氣歎出來的時候，四面岩壁都蒙上了一層亮晶晶的水汽，好像世間萬物一同為路生的命運流下來的眼淚。

而後，老爺爺伸手入懷，從橙色袍子的內襯裏掏出一張疊得四四方方的絹畫，遞到路生的手上：「孩子啊，拿着這幅畫吧，它會給你們娘兒倆帶來好運的。」

路生伸手接畫的時候，指尖有叮噹一聲脆響，手臂跟着一沉，畫差一點掉落在地。他吃驚地想，一幅絹畫，怎麼拿在手裏比一升穀子還重？他又想，老爺爺真是奇怪，不送吃的，不送用的，偏偏就送

他一幅畫。畫再好看，掛在家裏也就是個擺設，哪裏談得上甚麼好運呢。可是路生從小就懂得尊敬老人，順着老人的意思，讓老人高興，所以一絲一毫也沒有露出自己的疑問，把畫寶貝一樣揣進懷中之後，連着對老人說了好幾聲謝謝。

老人叮囑他：「這畫上畫的是一棵翡翠白菜和一個碧玉蝈蝈，妙手丹青啊，你要好好地收着。記住，蝈蝈爬到白菜的第一片葉子下，天要下小雨；爬到第二片葉子下，天要下中雨；爬到第三片葉子下，大雨傾盆；倘若爬上了葉頂芯裏，暴雨就要成災！」

老人只把話說到這裏，戛然而止，再不多吐一字。他伸出一隻手，往路生的胳窩裏一搭，就手輕輕地托了一把。路生只覺胳膊一麻，有一股氣從肘間直竄到身體的各處，身子頃刻間沒了重量，飄浮起來，如一片雲彩，跟在老人的身後，悠悠地升上溝沿，剛巧落在一頭牛背上。他低頭仔細一看，這牛不正是他從小餵大的白花母牛嗎？母牛的脖子上，還有他親手剪出來的梅花狀的印痕呢。再往四面看，老人忽然不見了，如陽光下的水滴一樣，消失得無影無蹤。可是他餵養的牛全都聚攏在周圍，親熱地用鼻子蹭他，用身子拱他，還發出哞哞的低叫。他探身摸一摸那些牛的肚子，一個個都已經吃得圓滾滾的了，毛色還彷彿比從前更柔更亮了。路生大喜過望，尋死的念頭消失得無影無蹤，只感覺天從來沒有這樣藍，雲從來沒有這樣白，樹木花草從來沒有這樣豔，連空氣都新鮮得發甜，嗅一口清爽到五臟六腑。

這時候，日頭已經西斜，彩霞滿天，金光遍地，鳥兒在空中掠過一道又一道灰藍色的影子，遍地麥苗被風兒吹出一波一波水盈盈的漣漪，路邊五顏六色的野花如同鋪在大地上的綺麗的花毯。路生騎着白花母牛，領着後面一羣十幾頭大大小小的黑牛黃牛，搖搖晃晃地往回走，心裏面說不出來的敞亮和快樂。

回到莊園裏的時候，李老摳正在帳房裏打着算盤珠算帳呢，聽說路生幹活時摔下深溝，跌斷一條腿，放下算盤就慌慌張張趕過來

看。他問都沒問路生的傷勢如何，忙不迭地把個瘦筋筋的腦袋伸進牛欄裏，先瞪大眼睛看一遍，又用手指頭挨着個點一遍，確信他的牛一頭沒少，才長長地鬆了一口氣，轉而對路生皮笑肉不笑地說：「唉呀呀，你這個孩子，做事怎麼這麼不當心呢？這下子好了，傷筋動骨一百天，有你的罪受了。你碰上我這個心軟的主家，不能再叫你帶着傷幹活，我放你一個月的假，你回家歇着，能動彈了再來上工。這一個月的工錢，我做個好事，就不扣你了。」

路生心裏很着急，解釋說：「我是為了追牛才跌斷腿的，現在你讓我回家，我口袋裏一分錢沒有，不要說養傷治病，連飯都吃不上嘴。」

李老摳把袖子一拂，臉一沉：「我管不着。你是長工，幹活才有錢拿，不幹活，我總不能白養你吧？天下沒這道理。」

路生跟他好言商量：「那你能不能先借我幾吊錢用用呢？」

李老摳作出驚訝的樣子：「還想借錢？別忘了你還欠着我兩千吊錢的債呢，要借新的，先還舊的！」

路生氣得臉色發白，一句話也說不出來。最後還是好心的長工們幫忙，用竹竿綁成個擔架，把斷腿的路生抬回家去。

瞎眼老娘摸着路生的腿，抱着他的頭，嚎啕大哭：「兒啊，娘是在要飯的路上生下了你，討着百家的飯把你拉扯大，你從小受下的苦，大海都盛不下啊！眼看着就要長大成人、頂門立戶了，老天為甚麼又讓你受這樣的罪？你要是有個三長兩短，叫娘可怎麼活？」

路生自己很傷心，卻不願意讓娘傷心，就強作笑顏：「娘啊娘，我這不是好好地活着嗎？百天之後長好了腿，照樣是一個好勞力。」他說着話，忽然感覺懷裏暖烘烘地、沉甸甸地揣着個東西，一下子想到了深溝裏碰到的白鬍子老頭，就伸手進去掏出那卷畫，放到娘的手上：「今天在深溝裏，多虧了一個不相識的老人家搭救了我。他臨走還送我一張畫，說是有了它，我們的日子就會好過了。」

娘摸着畫，也高興起來：「是嗎？快掛上，好好看看它。」

路生把絹畫展開，掛在了炕頭的牆上。昏暗破舊的小屋子裏頓時像升起了一輪紅太陽，金燦燦、暖洋洋的光芒把四壁和炕蓆照得簇新閃亮，連瞎眼老娘的臉也像是蒙上了一層紅光，變得年輕和滋潤起來。那畫上的白菜張着三片葉子，捲着三片葉子，菜幫是純白的，菜葉是淡綠的，每一片葉子都是水靈鮮潤，剛剛從露水地裏劇出來一樣。在葉片的邊沿上，滾着幾顆亮晶晶的露水珠，正面看過去是銀色的，側面看過去又是金色的，再一晃，珠珠閃得不見了，好像從葉片上墜落下來了。

最惹人愛憐的是那隻趴在白菜根根上的綠蟈蟈，牠的身子不過拇指大小，姿態卻是活靈活現，叫人忍不住想要伸手從畫上摘下牠。牠的翅膀跟最美的碧紗一樣透明，眼睛跟最紅的瑪瑙一樣漂亮，肚皮跟最綠的翡翠一樣晶亮。牠頭頂上兩根細長的觸鬚，有點像戲台上武生演員的花翎子，軟軟晃晃，一顫一顫，微波蕩漾般地閃啊閃啊，把人的心都閃得醉了。

路生坐在炕上，眼睛一看到這張畫，就黏了上去，怎麼也捨不得離開。他痴痴地看着，一邊看，一邊給他的瞎眼娘細細地講：白菜甚麼樣的，蟈蟈甚麼樣的，露珠又是甚麼樣的，畫上的顏色怎麼好看，形態又是怎麼生動。

他把心裏所能想到的讚美的詞都用上了，想不出來的詞也源源不斷地從嘴巴裏蹦出來了。他奇怪自己的肚子裏怎麼會突然之間有了這麼多東西。

瞎眼的老娘雖說看不見，聽路生這麼一講，比親眼看見的還要真切和生動，心裏面說不出來的舒坦。

娘兒兩個就這麼坐着，看了一夜的畫，講了一夜的畫，聽了一夜的畫。兩個人都暫時地忘記了自己的苦日子，沉浸到了用畫筆描繪出來的單純美好的世界裏。到天亮之後，路生的肚子咕咕地叫了起來，

兩個人才猛然地驚醒，意識到窮日子還要過下去，這一天的飯食還沒有着落呢。娘站起身來，歎口氣說：「畫再美，也當不得飯吃。我聽着外面風颳得呼呼的，怕是要下雨了，趁雨還沒下來，我還是趕着出門跑幾個村子，要點乾糧充飢吧。」

路生聽娘這一說，趕緊趴着窗台往外面看。外面的天空墨黑墨黑，風把樹葉和沙塵吹得滿天打旋，遠處天邊還有隱隱的雷聲，偶爾一個閃電，照出一世界的猙獰，就好像大雨隨時都會下來。可是路生再回頭看看牆上的畫，碧玉蟈蟈還是乖巧地趴在白菜根根上，碧紗般的翅膀收攏着，瑪瑙色的眼睛圓睜着，花翎子一樣的觸鬚悠悠然然一顫一顫，沒有一丁點挪動身體的意思。

路生就告訴娘說：「娘，你出門慢慢走，別心慌，今天不會下雨的。」

娘笑着問他：「你是真信這畫上的事啊？」

路生說：「我信。那麼好的老人家，他不會騙我。」

娘點頭說：「那好，我也信。」

娘就拄着討飯棍子出了門。她摸索着穿過村子，上了一條白楊樹夾道的黃泥路，往遠處的地方走。既然不會下雨，她可以放心地多跑幾處地方，讓兒子晚上有一頓飽飯可吃。

跟路生一樣，做娘的也是一個硬氣的人，不到萬不得已，她不肯在自己的村子裏乞討，怕左鄰右舍們為難。一村子都是窮人家，誰家也沒有多餘的飯食。肯接濟她一口兩口的，是心好；不肯接濟她的，也是沒辦法。

村裏的熟人在路邊地裏忙活，見瞎眼女人摸摸索索往村外走，就好心喊住她說：「路生的娘，天要下大雨了，別出門了。」

瞎眼娘站住腳，手拄着討飯棍子回過頭，笑瞇瞇地告訴人家：「我兒子說過了，今天不會下雨的。」

熟人就替她着急：「你是看不見，天都黑成個鍋底了。」

路生娘還是笑模笑樣：「黑成個鍋底也不會下雨，我兒子就是這麼說的。」

熟人搖搖頭，心裏暗自想，你兒子也不是個神仙，他說了不下雨，就真的不會下雨？老天爺肯聽他的話？世上做娘的人怎麼都會盲目相信自己的兒子呢？

可是這一天還就是沒下雨。雷在天邊轟了一陣，風在半空裏颳了一陣，把雨雲都轟跑了，颳散了，一星星雨點也沒有落下來。娘跑出去好幾里地，要回了幾個糠菜餅子，衣服和鞋子都是乾乾的。倒是財主李老摳，以為要下雨，該曬的糧食沒曬，該鋤的地也沒鋤，長工們都歇在家裏，白白耽誤一天工夫，他還得再貼上一天的飯食，一進一出差了好多，精明的李老摳懊惱得心肝都疼。

又過了幾天，路生清早一睜眼，忽然發現牆上的畫有甚麼地方不對了，細一看，原來趴在白菜根根上的綠蟈蟈兒，不知甚麼時候已經爬到了第一片葉子上，頭頂上的兩根觸鬚彎彎地垂下來，翅膀的顏色淡了許多，好像碧紗之上蒙了薄薄的一層霧，就連那兩顆紅得可愛的眼睛，也不再亮亮地發光，而顯出幾分懨懨的病態。路生心裏說不好，趕緊坐直身子往窗外看。外面倒是朝霞滿天，晴空澄碧，一絲絲雲彩都看不見。

路生心裏想，這回該信誰的呢？他猶豫了一下，想起了老人家叮囑他的話，還是告訴娘：「今天別出門要飯了，天要下小雨，淋出病來可不好。」

娘正在收拾討飯的傢伙，準備出門，聽了路生的話，問都沒有再問第二句，立刻把討飯棍棍放回到門後頭。娘自己不出門了，心裏還惦記着鄰居街坊，怕人家被雨淋着，就摸索着走出去，一家家地打招呼：「都別下地幹活啦，今天要下小雨，鋤了地也是白鋤。」街坊們有了上回的親見親歷，知道這又是路生測算出來的天氣，將信將疑地聽了她的話，都沒有出門鋤地，改幹了別的活。結果，早飯碗才放下

來呢，天色說陰就陰，淅淅瀝瀝的小雨整整下了一天。雨過之後大家出門閒聊，都表示了對路生的驚歎。大家說，路生這孩子，論幹活是沒說的，論人品、論脾性也是百裏挑一，可怎麼就會一夜之間神靈附體，成了個算天算地的「神算子」呢？村裏人怎麼也想不明白。

隔不幾日，畫上的蟈蟈又一次有了動靜，爬到了白菜的第二片葉子上。路生告訴娘說：「快跟鄉親們打招呼，今天要下中雨。」娘慌慌地摸出門，挨家挨戶地報了信。村裏人這一天都在院子裏曬着被褥棉衣呢，一聽路生娘的話，毫不猶豫地趕緊往家裏收東西。前腳才收妥，後腳雨就下來了，雨勢不大也不小，水塘裏的水漲上來二指高，離漫堤還差着一大截。

打那之後，鄉親們對路生的話徹底服了，天天大清早，路生家的破屋子裏都有上門問訊的人：「今天會不會下雨啊？出門做事不打緊吧？」得到肯定的答覆之後，他們才放心地出門，下地幹活，上山拾草，進林子採桑，或者趕集做買賣。大人問，孩子問，娶親的小伙子問，回娘家的小媳婦也要問，路生的家裏經常是人來人往，熱鬧得像個店鋪。去問訊的人對路生母子半是感激半是同情，會給娘兒倆捎帶上兩個糠餅子，一把小青菜，再不然就是半瓢玉米麵甚麼的，總之是沒有人空手上門。路生母子收下了，總是千恩萬謝。都是窮人家，牙齒縫裏省下的吃食，路生對這些鄰居們心存感念，他斷着一條腿，天天坐在炕上，沒有別的甚麼可以報答，惟有更頻繁地盯緊了畫上蟈蟈的動靜，把天氣變化的情況一刻不差地告訴大家。對於這些世世代代靠天吃飯的農人來說，生活中真沒有甚麼比天晴下雨更大的事情了。

有一天，路生一清早睜眼，發現碧玉蟈蟈不知甚麼時候已經爬到了白菜的第三片葉子上。路生心裏咯噔一跳，趕忙喊他娘：「娘，快出去給鄉親們報信吧，有大雨要來了！」娘正在灶間摸索着燒火，把別人家送來的乾糧掰碎了在鍋裏熬成粥，一聽這話也急了：「哎呀呀，這可怎麼是好？麥收正當緊的時候，家家地裏都有沒割完的麥，

場院裏都有沒曬乾的糧，大雨怎麼偏就這時候來呢？」路生催促她：「別說這些沒用的了，快讓大家抓緊收場吧，能收多少收多少。」

路生的娘熄掉灶膛裏的火，丟下一鍋半生不熟的粥，拄根棍子摸出門，把大雨要來的消息報告出去。果然大家都急了眼，挑的挑，扛的扛，老老小小齊上陣，地裏沒割完的麥子緊着割完，場上攤曬的麥子歸攏進倉，連地頭上半乾不乾的麥草都用蓆子苫起來了。莊稼人一年辛苦做到頭，就盼着麥熟時能有個好收成，如果到手的糧食被一場大雨糟踐光，窮人家這一年的日子可該怎麼過啊。

財主李老摳家的地裏也種着麥子呢，而且只比人家多，不比人家少，不算那些來不及割倒的，光是攤在麥場上等着碾壓脫粒的，就大捆小捆堆成了小山一樣高。

他家裏僱的那些長工短工，一個個起早帶晚，手腳不停，忙完了田裏忙場上，背脊曬脫了幾層皮，眼皮子睏得上下直打架，要掐根麥稈撐着才能不站着睡過去，就是這樣幹，李老摳還覺得人家不夠出力氣，恨不得把人的兩隻腳也當做兩隻手來使。路生的娘向村裏人通報了大雨要來的消息後，長工們就好心轉說給李老摳聽，因為同樣都是莊稼人，對糧食都是有感情的，張家的也好，李家的也好，誰也不忍心看着好生生的糧食被雨糟毀了。

李老摳哪裏肯信這樣的消息呢？他以為長工們是要藉着由頭偷懶耍滑呢。他背着手站在麥場上，抬頭看着晴空萬里的天，哼一聲鼻子：「路生那個小崽子的話你們也肯信？他明擺着是胡說嘛！日頭紅得要滴血，像是要下雨的樣子嗎？都給我曬麥子去！誰要不想幹，走人好了，我李老摳手裏有錢，兩條腿的馬兒找不到，兩條腿的長工要找多少找多少。」

長工們聽了李老摳的話，真是氣得鼻子眼裏冒煙，他們心裏暗暗想，既然好心沒好報，幹甚麼還要替人家心疼糧食呢？多餘的找氣受嘛。他們賭着一口氣，開始撒開了手腳幹活，割麥的割麥，捆草的捆

草，脫粒的脫粒，揚場的揚場，成熟的麥子攤得到處都是，眼睛看到哪裏，哪裏都是黃澄澄的一片，香噴噴的一片。

天快到中午了，大雨還沒有下來。李老摳搖着芭蕉扇四處督工，得意洋洋。村裏沒曬麥子的人家看着李老摳家大張旗鼓幹活的樣，又聞到自家屋裏潮濕的麥子堆在一處悶出來的甜酸味，多多少少有一點着急。路生坐在炕上，眼睜睜地盯着窗外明晃晃的陽光，心裏不覺也有些疑惑。他想，蟈蟈可別是粗心大意弄錯了，耽誤了鄉親們收麥的大事，可就是好心釀大錯啊。

就在這時候，畫上的蟈蟈又動彈了，兩隻前腿用勁一彈，碧綠的身體凌空飛起，從白菜的第三片葉子上一下蹦到了葉頂芯子裏，蔫蔫地趴着，薄薄的肚皮一抽一抽直喘氣，細長的觸鬚一個勁地抖動和搖晃。路生吃驚地張開嘴巴，才要叫出聲來，就聽見晴空裏一個響亮的炸雷，跟着烏雲就像千百匹急速奔跑的馬，從天邊的盡頭鋪天蓋地狂捲而來，瞬息間吞沒了日頭，漫天扯起了一張黑沉沉的網。再一眨眼的工夫，狂風呼嘯而起，路邊碗口粗的白楊樹被連根拔起，半空中滴溜溜地打一個轉，而後被一雙無形的手狠狠地拋在半里路外的河灘上。李老摳家田裏剛剛割倒的麥子啦，場院裏鋪開的麥子啦，已經曬乾還沒有來得及收進倉房的麥子啦，全部被風吹得四散開去，滿天空飛舞和嬉鬧，東一把西一根撒得到處都是，抓也抓不回來，喊也喊也不回來。李老摳急得在場院裏跳腳，不住聲地責罵長工們不肯去賣力地追趕那些被吹散的麥子。

這時候，更倒楣的事情追着他的腳後跟來了。隨着天空中蛇一樣的閃電耀眼地掠過，「喀啦」一聲巨響，蠶豆大的雨點劈里啪啦地迎頭砸下，乾燥的地面濺起嗆人的塵土。雨水很快變得密集而暴虐，瓢潑一樣，人和牲畜都睜不開眼睛，瞎子一樣在雨中團團直轉，找不着可躲避的地方。雨水在地面匯成小河，河水又漫成了汪洋，渾濁的流水裏夾了李老摳家田裏和場院裏的麥子，流往四面八方。土地像一個

巨人張大的嘴，稀里嘩啦之間，李老摳家一個麥季的收成全都餵進了
這張巨大的嘴巴中，顆粒無存。李老摳眼看着到手的糧食呼呼地隨水
流走，急得要發瘋了，嘴角上立刻鼓起一串黃豆大小的燎泡，眼睛也
蒙上了一層白翳。他四處找人到水裏搶撈麥子，天地茫茫中哪裏找得
到一個人影？沒有辦法，只好自己豁出老命，跌跌撞撞深一腳淺一腳
地摸回家去，找到一個能夠瀝水的細籮，不要命地朝場院上趕，心想
着這些到手的麥子能撈起一籮是一籮吧。誰知道水大看不見路，腳底
下一滑，兩隻手往天上一張，撲通一聲，仰面跌倒在齊膝深的泥湯
中，嘴巴張開，咕咚咕咚連喝進好幾口麵湯樣的泥水，肚子立刻像個
青蛙樣地鼓了起來，手腳再怎麼胡亂地撲騰，都沒法翻過身去。還是
他的兒子眼尖，從家裏的後視窗看見了這一幕，急急忙忙地奔過去，
把他拉扯起來，扶回了家。

　　大雨過後，李老摳損失慘重，一季的麥子幾乎顆粒無收。他越想
越氣，越想越悔，急火攻心，大病一場。吃藥調養，又花不少銀子。
這一進一出，錢用得海了，他心裏堵着的石頭怎麼都拔不出來。兒子
埋怨他：「別人聽了路生的話，早把麥子歸攏回家，你不肯聽，弄得
一村子人看你笑話。」李老摳躺在炕上，黃着一張臉，十分不服氣：
「明明是個放牛的小崽子嘛，甚麼時候就成了個『神算子』呢？我還真
想不明白。」兒子也覺得奇怪，猜測說：「莫非他跌斷腿的時候，神
靈附在那條斷腿上了？」李老摳兩眼往天上翻着，想了又想：「前一
陣我聽長工們說，路生放牛跌下深溝那天，在溝裏得着了一件寶物，
你說會不會是寶物顯靈，幫着他測風測雨？兒子覺得此話有理，忙不
迭地催促他：「趕緊起牀，到村子裏打聽打聽吧。」

　　李老摳的病還沒有好利索，被兒子催着，只好勉強起牀，撐起一張
苦瓜樣的笑臉，在村子裏東竄西竄，四處打聽，還拿些炒蠶豆爆米花甚
麼的套小孩子的話。功夫不負苦心人，到底讓他打聽出來了：路生家的
牆頭上貼着一張畫，畫上的碧玉蝈蝈是個神蟲，天晴下雨全知道。

　　李老摳蔫巴蔫巴地回到家，把這事告訴了兒子。父子兩個一商量，覺得無論如何要把這張畫弄到手。能掐會算的神蟲蟈蟈是個寶貝，寶貝怎麼能夠被窮小子路生得着，而不是歸他李老摳家所有呢？李老摳絕對不能夠容忍這樣荒唐的事情存在。於是這一天，他提上一匣子長了霉點的油糕，裝模作樣地到路生家裏去看他的腿。

　　路生的腿這時候已經好得差不多了，扶着牆走路能夠穩穩當當的了。李老摳進他家破院子的時候，他正幫着瞎眼的娘搓麻繩，留着趕集時換錢。李老摳繞着他前看看後看看，還伸手捏了捏他那條受過傷的腿，滿意地哼了哼鼻子：「腿好利索了吧？好利索了就回去上工，我給你長十吊工錢。」

　　路生的娘一聽，以為李老摳善心大發，喜得放下手頭的麻絲，連聲道謝。李老摳就勢進了路生家的屋門，一屁股坐在炕頭上，眼珠兒骨碌骨碌地東張西望。他一下子就看見了掛在炕頭牆上的那張畫。那張畫實在是太好看了，太惹眼了，掛在這個貧窮的家裏太光焰四射了，進屋子的人想不看見它都難。李老摳這一看，脖子就像被甚麼人狠狠地扭過去了一樣，「嘎巴」一聲響，眼睛裏也像是着了火，熱辣辣地燒得慌。啊呀呀，這白菜怎麼鮮嫩得跟地裏長出來的一樣啊，這蟈蟈怎麼歡蹦亂跳像從炕頭上蹦到畫上的一樣啊。難怪村裏人說這畫是寶物，確確實實不同一般呢。李老摳心裏這麼想着，偏着頭，呧着嘴，眼珠子黏在畫上，怎麼都扯不下來了。

　　「路生啊……」他裝出一副不在意的樣子說，「你這張畫的顏色怪鮮亮，我看着心裏怪舒服，不如讓出來給我怎麼樣？」

　　路生立刻搖頭：「這是人家送我的東西，我不能拿它送人。」

　　「我買！」李老摳一拍大腿，「我就認下這個虧，拿錢買你的！」

　　路生笑一笑：「送都不能送，賣它就更談不上了。」

　　路生越是不鬆口，李老摳越是認準了這張畫是個了不得的寶物，心心念念地想要得到它。

他把手指頭攏在衣袖裏，掐算了半天，心裏想，捨不得孩子套不住狼，看樣子得出點血才行。他咯吱咯吱地一咬牙，滿臉痛苦地說：「這樣吧，你家從爺爺輩上欠我的那筆錢，我就做個天大的好人，不要你再還債了，你把這張畫讓給我就行。一張畫抵兩千吊錢的債，你可是佔了大便宜呀，說出去要讓人家眼紅死你呢。」

路生還想拒絕，路生的娘卻忍不住了，她實在心疼兒子沒日沒夜地在財主家做長工，就勸路生說：「兒啊，這畫雖說能夠給你報天時，卻終究抵不得吃喝，能用它贖回你的身子，娘覺着是件天大的好事，不如你就答應了吧。」

路生是個孝子，娘說的話句句都聽。既然娘想替他做這個主，路生不能駁娘的話，只好輕輕地歎一口氣，在李老摳的帳本子上畫了押，同意用畫抵陳債。他把畫從牆上拿下來交給李老摳的時候，手撫着畫上蟈蟈的身子，戀戀不捨地告別說：「蟈蟈啊，委屈你在我這個窮家裏呆了這麼久，你走之後，我白天幹活會想到你，夜裏做夢也會想到你。我還會想方設法找機會去看你。」

畫從牆上起下來的瞬間，碧玉蟈蟈的翅膀本來已經從綠轉成了灰，可是路生的這句話一說，那灰色又迅速褪去，綠色重新回到蟈蟈身上，而且綠得更加鮮活，紅瑪瑙樣的眼珠子還跟着轉了兩轉，碧紗樣的翅膀，振翅欲飛的模樣。

路生心裏發疼地想：莫非蟈蟈聽懂了他的話？

李老摳得到了日思夜想的寶物，笑得嘴巴子直咧到耳根後，把畫緊攏在袖子裏，一路上哼着小曲，顛顛地回到家。李老摳是村子裏種田的大戶，種田人靠天吃飯，能夠知曉霜凍雨雪，妥當安排春耕秋收，對李老摳來說的確是件大事。

他到家後前前後後轉了幾圈，把客廳牆壁上供着財神爺的地方騰空，掛上了新到手的寶畫。他還在畫軸下擺了個香爐，點上兩支檀香，燒得煙霧繚繞。

這一夜，他做了一個夢，夢見碧玉蟈蟈又爬到白菜芯子上了，暴雨傾盆，洪水成災，大水把他的宅院淹得漂起來，像片樹葉似的，一直飄到了東海龍王宮，被龍王爺一口吞下了肚⋯⋯他嚇得一個激靈，醒了，心裏頭嗵嗵地跳，從頭髮根子到腳底板子都發冷。他怔了一會兒之後，披上衣服衝到客廳裏，去看畫上的蟈蟈。可是，他高舉着油燈，眼珠子恨不能貼到畫上，左看右看，上看下看，哪也找不到碧玉蟈蟈的身影。他驚出一頭汗來，慌慌地叫醒兒子來看，又叫醒老婆子來看，一家人伸着腦袋看得眼珠子生疼，也沒有看清楚畫上的蟈蟈藏到了哪裏。

兩千吊錢換來的東西，就這麼說沒就沒了，李老摳一陣頭暈，咕咚一下子癱坐在地上，心裏面挖肝牽肺地疼。他哆嗦着手腳，要兒子攙他起來，去找路生算帳。兒子卻比他多想了一層，說：「爹呀，你這一去，不是明着告訴人家你的福氣不如路生的大嗎？人家能得着的寶物，你弄到家裏還養不住，你說你這張老臉還往哪兒擱？」李老摳一聽，兒子說得的確有道理，他不能為了兩千吊錢讓一村子的人笑話，只好咬碎了牙齒往肚裏嚥，還關照家裏人誰也不能把這件窩心事說出去。

再說小伙子路生那天遵娘的吩咐把畫抵了債，心裏怎麼想怎麼難過，好像自己的一縷魂也跟着送了人似的。那晚他呆呆地坐在炕頭，望着牆上空出來的一塊地方，眼面前一直有隻碧綠的蟈蟈在歡蹦亂跳，耳朵裏好像還聽見蟈蟈清泠泠的叫聲。他睡不着覺，恨不能說服了瞎眼的老娘，再拿自己的身子去把畫贖回來。

到天亮時分，他迷迷糊糊，似睡似醒的，聽見院門外有人叫他：「路生！路生！」是個女孩子的聲音，輕聲細氣，卻又說不出來的熟悉。他愣了一下，跳下炕去，跑到外面打開院門。夜霧消弭，晨光初現，天邊有一抹粉色的朝霞，空氣中帶着沁人心脾的清甜。路生驚訝地看見門外站着一個綠衣綠裙的年輕姑娘，一雙水靈靈含笑的眼睛，

粉嫩的臉蛋，眉頭上還有兩顆瑪瑙樣的紅痣。他呆呆地看着，眼前的姑娘綠衣綠裙，眼睛油汪汪的，霧濛濛的，像一汪綠色的水，一棵綠色的樹，一個綠色的夢。

姑娘噗地笑了起來：「你應該認識我，我就是畫上的蟈蟈啊！」

路生驚得呆了，片刻之後，又喜得傻了，一個勁地搓着兩手，不知道對眼前的姑娘說甚麼好。還是老娘在炕上聽得明白，哆哆嗦嗦地摸出門來，把姑娘一把抱住，又哭又笑，迎到屋裏。

分別才一天呢，倒像是隔開了一年那麼久，一家人坐在炕頭上，說不完的知心和體貼的話。老娘眼睛看不見，心裏靈透着呢，說話聽聲，鑼鼓聽音，知道兒子和蟈蟈姑娘一個有情一個有意，就幫他們捅破了窗戶紙：「好姑娘，你要是看準了路生是個好小伙，就嫁給他做媳婦吧。」

路生臉一紅，攔住娘的話，真心實意說：「不能啊，我家裏地無一分，我不能讓鮮花樣的姑娘嫁過來過荊棘樣的日子。」蟈蟈姑娘抬起一雙手，放在路生的手心裏：「我的親親的哥哥啊，自從我跟你來到這個家，我心裏已經把自己當作這個家的人了，否則我也不會披星戴月地趕回來。你放心吧，世上有你能吃的苦，就有我能過的日子。」路生把姑娘的手抬起來，貼在臉上，親了又親，喜淚流得滿臉滿衣襟。

玉葱般的姑娘就這樣和白楊樹般的小伙子成了親。

成親之後的路生，心疼蟈蟈姑娘皮薄臉嫩，經不得風吹，曬不得太陽，一步都不肯讓她出門邊，田頭地裏的活都是自己起早帶晚地做。自從沒了舊債，路生仗着身強力壯，手腳勤快，河灘上、山坡上、荒草崗子上，四處開荒種地，開一分是一分，開一畝是一畝，螞蟻啃骨頭一樣，倒也開出了不少好田土。但是路生一個人畢竟只有一雙手，又是耕又是種，辛苦得不行，眼看着身架子瘦下來，面容也顯得憔悴了。女人心疼地摸着他的臉：「這樣子苦下去，你會苦壞了身

子的。」路生笑一笑說：「我是在種自己的地，養自己的女人和老娘，苦壞了身子我樂意。」女人就說：「讓我來幫幫你吧。」

女人盤腿坐在炕上，拿了一張絞鞋樣的紙，在手裏擺弄着。她細長的手指翹成一朵蘭花狀，紙片在剪刀頭上轉得飛快，旋成了一架小孩子玩的風車樣。一眨眼的工夫，碎紙屑在她腿面上撒成一片雪花，她手裏出現了一頭犄角彎彎的大牡牛，牡牛額頭上還俏俏地扎着一朵紅絨絨的花。她把紙片托在手中，對着它輕輕吹出一口氣，大牡牛「哞」的一聲叫，活了，搖頭擺尾歡蹦亂跳的，跳到地上，見風長大，四隻蹄子像四個小瓦缽，寬寬的肩背差點擠不出屋門。它跟着路生下田耕地，上山背柴，趕集馱貨，不吃草料，光出力氣，要多能幹有多能幹。路生有了這個好幫手，家裏的日子立刻就好過了許多。

有一天路生上山打柴，柴刀砍到了腳背上，大牡牛把他馱回家。女人給他包紮傷口，嗔怪他說：「怎麼這麼不小心呢？」路生就抬了頭，痴痴地看着她說：「也不知道為甚麼，我一時一刻都不願意離開你，一出了門就想你，想着想着走了神，柴刀才砍到腳背上。」蟈蟈姑娘撲哧一聲笑，咬着他的耳朵說：「好辦啊，明天我給你剪個紙人人，跟我的模樣不差分毫，你出門幹活帶在身上，想我的時候看上一眼，心裏就會踏實了。」

第二天路生出門前，女人真給他剪了一個紙人，一模一樣的綠衣綠裙，笑盈盈的眼睛，一張口就能夠說話似的。路生把紙人小心地藏進衣襟裏，趕牛耕完了地，點完了種，坐在地頭歇歇氣，忍不住從衣襟裏摸出來紙人看。山坡上野風大，路生一不小心鬆了手，紙人就被風吹得飛起來。他慌忙跳起來抓，手再快也不及風快，眼看着風把紙人兒吹到樹林子後面，繞着高高低低的樹梢和層層疊疊的樹葉，飛呀，轉呀，翩翩起舞的蝴蝶一樣，躲迷藏的小精靈一樣，一眨眼的工夫不見了影子。路生呆望着那片樹林，一個勁地跺腳歎氣，懊惱得活也不想幹了，垂頭喪氣地收工回了家。

把事情對女人一說，女人倒是一個勁地安慰他：「沒關係的，我再給你剪一個就是了。」路生憂心忡忡地說：「我只怕那紙片被惡人揀了去，輕薄了你，糟踐了你。」

路生這話還真是不幸說中了，紙人當天隨風飄飛，越過樹林，田野，河流，穀場，巧巧地落進了李老摳家的院子裏，黏在了一盤石磨上。李老摳的兒子那一刻正在院子裏逗鳥玩，看見石磨上黏着的紙片，走過去揭下來一看，啊呀呀，真是世間無雙的美人啊，柳條一樣細的腰身，鴨蛋一樣俏的臉盤，巧笑盈盈的眼睛，櫻桃樣小巧的嘴巴，怎麼看怎麼入眼，怎麼看怎麼着迷。李老摳的兒子看着看着，「咿呀」一聲叫，摟着紙人再不肯撒手，前院後院來來回回地竄。好好的一個小伙子，就這麼走火入魔啦，成了不人不鬼的花痴漢子。

李老摳萬貫家財，只有這一個兒，寶貝得甚麼似的，忽然間兒子犯了這個奇怪的病，可把李老摳急壞了，四鄉八鎮地請郎中。郎中診了他的脈搏之後都搖頭。其中有個郎中對李老摳進言說：「心病還得心藥治。他既是看中了這個紙人，就想辦法找到那個一模一樣的真人，跟他成親，此病必定不治而癒。」

李老摳依計而行，請畫師回家拓了許多張紙人，貼在各處，要懸賞尋找一模一樣的真人。不幾天果真有那貪錢財的小人去報了信，說這個美人就藏在路生的家裏，已經做了路生的媳婦。李老摳聞訊，咬着煙桿想了足足一個時辰，想出辦法來了，大腿一拍，抓起帳本子直奔路生的家。

李老摳站在路生家的破院子裏，惡眉惡眼地開了口：「我說路生啊，日子過得太快活了吧？欠我的那兩千吊錢甚麼時候還啊？」

路生大吃一驚：「兩千吊錢不是換了我的畫了嗎？我還在帳本子上畫了押呢。」

李老摳欺侮路生不識字，翻開帳本，啪啪敲打着：「哪呢？上次只是免了你的利息，可沒有說免了你的本債啊！」

路生氣得手腳哆嗦，明知道自己吃了不識字的大虧，被李老摳要了，卻拿這個詭計多端的老財主沒有辦法。

李老摳佔了上風，得意洋洋，嘿嘿一笑：「不想還錢也好辦，聽說你有個水靈靈的小媳婦，不如把她讓出來，給我兒子做老婆，從此我們一帳兩清。」

路生馬上回答：「休想！我就是一輩子給你家當牛做馬，也不會讓出我的女人！」

李老摳威嚇他：「那我就去官府裏告你個欠債不還！」

路生說：「我寧願坐牢！」

李老摳心想，路生是犟骨頭，把他惹急恐怕落不了甚麼好。他慢悠悠改了口氣：「不想還債也行啊，我們兩家來打個賭，你家出一個雞蛋，我家出一個石碌，你家的雞蛋能碰得過我家的石碌，債就一筆勾銷；碰不過呢，你的女人就要做我兒子的老婆。」

路生心裏想，這是個甚麼歪理啊？雞蛋再結實，又怎麼碰得過石碌呢？這不是明擺着要佔便宜嗎？可是，帳本子捏在人家手上，路生想拒絕也由不得自己的主。

李老摳走了之後，蟈蟈姑娘一閃身從屋裏走出來，笑盈盈地拉着路生的手：「你們剛才說的話，我都聽見了。你不用發愁，我會讓你的雞蛋碰過他的石碌的。」

路生抬起頭，熱辣辣的陽光照得他的眼睛要流淚。他心事重重地歎口氣：「除非他家的石碌鬆得像雪團，除非天上掉下個金剛鑽的雞蛋。」

女人抿嘴一笑，轉身走到自家的雞窩門口，隨手揀起一枚紅殼雞蛋，放在手心裏焐了一焐，遞給路生：「拿着吧，儘管跟他的石碌碰去。」

路生手心裏托着雞蛋，左看右看，跟平常雞蛋沒甚麼兩樣。舉起來對着太陽光照照，蛋裏面有黃有清，軟乎乎地流動，更是一碰即

碎的模樣。他嘴裏不說甚麼，心裏卻很悲哀，認定了自己明天會是輸家，心愛的女人就要成為別人的老婆。

一夜間，路生依依不捨地抱着蟈蟈姑娘。他想，如果她走了，他的生命也就死去一半了，今後的日子是為老娘活着的，孤苦和憂傷會伴他永遠，快樂和幸福跟他無緣。

天明了，李老摳果然赴約了，還讓幾個長工給他抬來一隻米缸粗的石碌，一頂披紅掛綠用來接新娘子回家的花轎，又招呼來一大羣看熱鬧的閒人。他是篤篤定定打算着自己能贏的，雞蛋碰石碌啊，他要是贏不了路生，真是天知道了。

路生已經在大門外用門板和磚頭搭起一條短短的坡道。李老摳上來就蠻不講理：「我的石碌在上面，你的雞蛋在下面。」路生心裏一咯噔，哪有這樣蠻不講理的事呢？可是他再一想：在上面也好，在下面也好，雞蛋反正是要碎的呀。悲哀像冷風一樣襲來，他整個人都痛苦得麻木了，也就不跟老財主多計較，點頭算同意。

石碌被李老摳指揮着長工們搬到高處，路生也跟着隨便地把雞蛋往坡道下面一放。李老摳怪叫一聲，按着石碌的手鬆開，巨大的石碌就笨笨地咕咚咕咚地往下滾。雞蛋在下面靜靜地等着，紋絲不動。可是石碌剛碰上雞蛋時，奇跡發生了，一道耀眼的金光從雞蛋表面閃了出來，刷的一下子，利箭一樣飛快，直逼石碌的深處。石碌受到強力衝擊，發出嘣地一聲炸響，從中間齊刷刷地裂開成兩半，晃了幾晃之後，從坡道的兩邊滾落在地，把泥土地面砸出兩個深深的凹坑。

李老摳的臉色霎時着白，而且手捂住胸口，好像沉重的石碌砸在他的心上似的。圍觀的眾人齊聲驚叫，目瞪口呆。連路生自己都不知道怎麼回事，怔怔地張大了嘴巴，不能相信眼前的事實。

李老摳愣怔了好一會兒之後，總算醒過了神，跳起來揮舞着兩隻手臂：「不行不行，一次不能作數，還要再賭。我看這樣吧，明天我們比賽跑馬，你的馬能夠跑過我的馬五十步，我算你贏。」不等路生

答話，他一甩袖子，石碌也不要了，轎子也扔下了，氣急敗壞地掉頭就走。

人們都走了之後，路生無心收拾院子裏的殘局，愁眉苦臉進了屋，對趴在窗口觀戰的蠍蠍姑娘說：「財主定下的規矩太不公平，我們家連根馬尾巴都沒有，拿甚麼跟他跑馬？」

蠍蠍姑娘又是一笑，胸有成竹地出了門，在河灘地裏挖了一大塊黏土，舀點河水和一和泥，啪啪啪幾下子，捏出一匹揚蹄甩尾的黑駿馬。她拔下頭上的簪子，取下兩顆晶亮的綠寶石，嵌在駿馬的眼睛裏。頓時，馬活了，一揚脖子，「咴」的一聲嘶叫，長成比人還高的身個兒，毛皮油光水滑，耳朵像是能夠聽懂人的話。蠍蠍姑娘對路生說：「騎上吧，試試牠的腿腳。」

路生驚喜萬分地騎上了黑駿馬。還用得着說嗎？世上再沒有比牠更快的馬了。

第二天一早，李老摳騎着他家馬廄裏一匹騸過的兒馬，溜溜達達地來到擠滿人的穀場上，一臉不屑地對鄉鄰們說：「看路生能牽一匹甚麼樣的牲口來跟我比吧，別是一頭小羊羔就行，那太丟我的面子。」

話音剛落，一匹高大的黑色駿馬馱着路生，一路「嘚嘚」地飛奔過來，四蹄生風，鬃毛飛舞，身後揚起的黃沙像一條盤旋翻滾的長龍，晴空裏蔚為壯觀。一人一馬還沒到李老摳的面前，已經把他屁股下的兒馬嚇得閃了蹄子，差點沒摔下老財主。

路生進得穀場，勒住馬韁，挺身直腰地騎在馬上，高叫道：「李老摳，還比嗎？」李老摳當着大家的面，不比下不了台，只好硬着頭皮應陣：「比，比！當然比！」

說好跑一百步，前面五十步，路生勒住馬韁，一動不動，讓李老摳一個先。李老摳打馬跑出五十步之後，路生兩腿一夾，黑駿馬像一道箭光一樣直竄出去，眨眼間已經百步到頭。這時候，李老摳的兒

馬才跑出九十步，被黑駿馬一驚一嚇，一追一趕，羞愧難當，兩腿一軟，趴在地上，活生生地羞死了。李老摳一個倒栽葱從馬上跌下來，摔得頭昏眼花，抱着個空馬鞍子一瘸一拐地往回走，又是心疼家裏的馬，又是氣惱路生的贏，一張臉比霜打過的茄子還難看。

路生沒想到事情是這樣，看着路上死去的馬，心裏多少有一點不過意，自言自語地說：「我說不比不比吧，你死活要比，比出個沒意思吧？」

李老摳朝他兩眼一瞪：「沒意思？好，我就跟你要這個『沒意思』！明天你要是不把它拿來，你的女人就要做我的兒媳！」

路生着急道：「你這人怎麼這樣呢？還講一點道理不講？」

李老摳歪着脖子：「是你欠下我的債，我愛講道理就講，不愛講道理就不講，你能把我怎麼着？」

路生歎一口氣，心裏想，這人真是瘋了。

回到家裏，路生又一次發愁得不行。按他的想法，蟈蟈姑娘的手再巧，別的東西也許能做出來，這個「沒意思」怎麼做得出來呢？「沒意思」又是個甚麼東西呢？

蟈蟈姑娘聽路生一說，略想一想，有了主意。「不怕！」她安慰路生說，「他不是也沒有說『沒意思』是個甚麼東西嗎？他既然說不出，明天你帶上我，我們一塊去對付他。」

天明小倆口相跟着去李老摳家時，蟈蟈姑娘懷裏揣的是一隻盤子大小的針線笸籮。她一進李家的門，李老摳的兒子就亂神啦，眼睛巴巴地瞅着，涎水嗒嗒地流着，嘴裏嗷嗷地叫着：「美人，美人……」追着趕着，要往蟈蟈姑娘面前湊，整個一個傻模樣。

蟈蟈姑娘本來是左躲右閃避着傻小子的，躲着躲着來了氣，猛然一個轉身，臉衝着追在後面的人，嫣嫣然一個花朵樣的笑。傻小子被她笑得渾身一軟，腿腳一打絆，好端端地跌倒在地，口吐白沫，抽起羊角風來了，讓李老摳當眾丟臉得不行。

蠍蠍姑娘從懷裏掏出那隻針線笸籮，舉起來，在眾人面前揚了一揚：「都看好了沒？李家老爺要一個『沒意思』，這就是他要的東西。」

李老摳呆望着那笸籮，一時間應答不上，憋了半天，問出一句話：「你這個『沒意思』，它能夠變大變小嗎？」

蠍蠍姑娘笑嘻嘻地答：「能啊。」

「那好！」李老摳說：「我要個豌豆小。」

蠍蠍姑娘把笸籮一拍，笸籮立時變成了豌豆大小的東西，一樣的有稜有角，有底有邊，精緻得不行，托在掌心裏給眾人傳看，眾人都驚歎得咂嘴。

李老摳眼一閉，嘴一咧：「我要個『沒』。」

蠍蠍姑娘手一拍，掌心空空的，笸籮像空氣一樣消失了。

李老摳心裏想，我已經輸了石碌，又輸了馬，看起來今天又是個輸，輸也要輸得實惠，多少得着樣東西也好啊。他就把牙一咬，大聲喊一句：「我要個『大』，比我的房子還要大！」

話音剛落，笸籮從蠍蠍姑娘手心裏跳起來，在半空中翻滾，打着轉轉，越變越大，眼看着就要堵住了廳堂。

蠍蠍姑娘拉起路生就往外跑，邊跑邊招呼看熱鬧的人：「快快躲出門去啊！」

發呆的人們猛醒過來，爭先恐後地往門外跑去，才湧出門邊，笸籮已經把房頂撐破，轟隆一聲響，房子塌了，李老摳被壓在房子裏了。

至於路生救沒救李老摳？還是救了。不過李老摳已經壓斷了一條腿，成了個瘸子。這家裏父子倆，一個瘸了，一個痴了，痴子整天手舞着一個紙片片，追着瘸子要紙上的美人：「美人啊！美人啊！」瘸子呢，拄根拐棍四處躲着痴子，跑得上氣不接下氣的。這個家裏從早到晚熱鬧得就像唱大戲。

親親的蛇郎

　　你聽說過四季如春的山谷嗎？在很遠很遠的地方，有一座高高的大山，山谷裏的花草就是那樣的四季鮮豔。春天，是山桃花和榆葉梅盛開的季節，淡淡的粉色花瓣雲霞一樣從山腰鋪展到山腳，白霧從草地上升起來，在花間繚繚繞繞，飄帶一樣纏綿。夏天，火紅的錦帶花和紅葉李把山谷點着了，燃燒了，人走在山中，像被火苗托着在飛，眼睛睜久了會覺得眩暈。秋天，金黃色一統天下，桂竹香和麥稈菊把山坡草地點染得金光燦燦，醇醇的香味裹着人的鼻子，讓你沒喝酒就已經醉成了神仙。到小蒼蘭和補血草的點點白色如星光一樣閃爍在溪畔崖邊時，山外的冬天已經來臨，但是山谷中依舊溫暖，羊羣照樣在坡上吃草撒野，蝴蝶和蜜蜂的翅膀也沒有被嚴寒折斷，溪流的水色清亮得能夠照人，白頭翁和黃嘴雀的叫聲把四面八方攪和得熱熱鬧鬧。

　　李家的兩個女兒金鳳和銀鳳，就是這樣的一對小美人。金鳳一笑兩個圓圓的酒窩，嘰嘰喳喳，活潑喜人，最出奇的是眉間一粒豆大的紅痣，紅得驚心，巧巧地長在雙眉中間，相命書上有個說法，叫作「二龍戲珠」，命中主貴。銀鳳膚白如雪，目黑似漆，嬌俏柔弱，冰冷傲氣，臉上也有一顆鮮豔奪目的紅痣，不是長在眉間，在左眉的中段，掩在柳葉般好看的眉叢中，這也有個吉祥的說法，叫「草裏藏珠」，是等待被貴人發現的意思。小姐妹憑着這副相貌，走到哪都被驚為天人，人們圍着她們嘖嘖稱讚，把她們形容成一對深山裏的鳳凰，說是有朝一日飛出去的時候，光采會把一座山都照亮，山裏的鄉親們都會跟着沾光。

　　小姐妹倆心裏就很驕傲，越發的把自己寵成個公主。李家老婆做飯洗衣忙不過來，喊金鳳幫忙添把火，金鳳只顧梳自己的頭髮，責備她的娘：「要是灶膛裏的火冒出來，舔了我的頭髮，我長成個禿子怎

麼辦？」李家老婆就拍拍頭，懊惱自己想出來個餿主意，差點誤了女兒一輩子的事，一聲不響自己添火去了。李家老漢出門砍柴，喊銀鳳跟上他搭把手，銀鳳倚門檻坐着，往自己手指甲上塗着鳳仙花的汁，懶洋洋地答：「柴刀那麼沉，樹枝那麼糙，我的嫩手要是打泡起繭子多難看！」老漢心知自己使喚不動人，搖搖頭，唉聲歎氣地孤孤單單往山上去了。

山裏人家的孩兒，生下來就是個過窮日子的命，長到五六歲就該當成割草放羊的勞力使了，像金鳳銀鳳這樣自己把自己千嬌百寵着，遊手好閒着，家裏的日子怎麼能夠過得好？李家老漢想說女兒又不敢，愁得看見她們就歎氣。因為勞累和窮苦，他的腰背早早地就彎了，滿臉皺紋像山坡上溪水沖出來的溝壑，一條一條深不見底，手指頭碾都碾不平。

這一年，李家老婆又懷上孩子了，眼見得肚子一天天地大起來，做飯洗衣的活幹着都吃力，兩個女兒卻成天往山坡河灘上玩，摘草戴花地比漂亮，一個都不肯呆在家裏幫幫她的忙。李家老漢望着老婆的肚子說：「可不能再生女孩了，都像這樣橫草不拿豎草不拈的，窮家小戶養不起。要生，還是生個醜點的兒子好，兒子有力氣，肯吃苦，將來能幫我撐起這個家。」

李家老婆聽了老漢的話，一搖一擺走到山下溪水邊，對着水面左照照，右瞧瞧，回來喜滋滋地告訴老漢說：「可讓你等着咧！前兩回懷娃娃，肚皮是圓的，這回懷娃娃，肚皮是尖的，這回肚裏懷的一定是兒子。」

不久，李家老婆足月臨盆了，在牀上哭爹喊娘叫喚了三天三夜，接生婆子也寸步不離地守了她三天三夜。

孩子的腦袋露出來時，接生婆還大呼小叫地報喜訊兒：「是兒子！是兒子！」等到胎兒的身體全部滑出來，大家卻都傻了眼：怎麼還是個女娃娃呢？

　　而且這女娃兒不同她的兩個姐姐，長得黃皮寡瘦，單眉薄眼，一點也不好看。叫人吃驚的是，女娃娃臉頰上同樣長一顆紅豔豔的痣，怎麼就長得這麼不是個地方：不在眉心，不在眉叢，在顴骨外邊，眼梢下邊，眼淚珠一樣地掛着。李家老婆一看就叫起來：「哎呀呀，這是一顆苦命的『等淚痣』啊，這娃娃天生一副薄命相呢。」她左看不合心，右看不滿意，不等接生婆把娃娃的身子擦乾，就喚來老漢，讓他把這個「薄命女」抱出去扔了。她對老漢賭咒發誓說：「扔了這個破財生災的女，來年我再給你生個白白胖胖的兒！」

　　畢竟是自己的親生骨肉，多少有些不忍心。可是回頭再想想，家裏這麼窮，多一個孩子多一張嘴，往後的日子還不知道怎麼過，與其養着受窮罪，還不如早早丟出去餵了狼。老漢就用張草蓆子把娃娃裹了，挾在肘彎裏，大步出門，一直走上山坡，把孩子放進草叢中，順手扯兩把草葉蓋上去，拍拍手，灰着臉回頭往家走。一路上他都聽見黃嘴雀追着他的腳步在頭頂上叫：「錯了錯了！老漢錯了！」老漢臉憋得紅紅的，不敢抬頭朝雀兒看，心裏說，錯了就錯了吧，一時錯，總要好過一世錯。

　　老漢回到家，熬一鍋米湯給牀上的老婆喝了，又貼兩個餅子給嘴饞的金鳳銀鳳吃了，自己不想吃也不想喝，呆坐着直發愣。他在想那個苦命的小女兒，哭了沒？渴了餓了沒？給山上的豺狼虎豹拖走了沒？他盼着野獸們早早地嗅到她，一口吞了她，免得飢飢渴渴遭磨難太久了，做爹的心裏不忍。

　　老漢就這麼坐着，想着，悔着，難受着，迷糊了一夜。天剛亮，他起身，拿上砍刀和繩子，出門打柴去了。

　　山裏的空氣清新涼爽，吸一口能叫人忘記憂愁。露水珠在草葉和花蕊中滾動，像是山坡窪地上一夜間撒滿了亮晶晶的水銀豆。鳥雀們剛睡醒，在灌木叢裏嘰嘰喳喳叫，互相梳洗打扮着，商量着裝扮停當後去哪打早食。太陽還沒有露臉，但是它派出來開路的早霞仙子

已經在天邊鋪開了一張姹紫嫣紅的毯，只等主人攢足精神之後再冉冉來升帳。

老漢老遠就看見路邊草地裏有金光一閃一閃。他先以為是山水沖出來的金礦石，心裏一喜。後來記起這正是昨天丟棄娃娃的地方，心裏又一愣。一喜一愣之後，他便三步兩步地奔了過去。

你猜老漢看見的是甚麼？他看見了一條胳膊粗細的盤纏成一團的蛇！蛇身純白如雪，溫潤如玉，滑膩如脂，有尋常見不到的幽幽的亮。玉色柔亮的身段上，長出一圈一圈漂亮的金環紋，草叢裏的燦燦金光就是這花紋的閃爍。

蛇把自己盤成一個圓圓的搖籃狀，新生的嬰兒安安靜靜地躺在「搖籃」裏，嘴巴裏吮着一顆紅豔豔的熟漿果，睡成了一副無憂無慮的樣。

老漢大吃一驚，膝蓋處一軟，撲通一聲對着白蛇跪下了。老漢以額觸地連磕幾個頭，真心真意地說：「蛇神蛇神，多謝你救下了我的女兒。我家裏沒有金也沒有銀，拿不出甚麼好東西報答你，只有等老漢我來生變隻大青蛙，好讓你吃了飽飽肚。」

老漢說着，伸出手，哆哆嗦嗦從蛇的肚腹間掏出嬰兒，抱起來，摁在胸口上。

白蛇的腦袋原先一直是直挺挺地昂着的，此時才「絲絲」吐出一口氣，紅寶石般的眼睛對老漢眨一眨，身子扭兩扭，忽地伸展開，閃電般鑽進草叢裏，倏然之間不見了蹤影。

老漢看得目瞪口呆。倉促間他連砍刀和繩子都顧不上拿，一溜小跑着把娃娃抱回了家，心驚膽戰地對老婆說了白蛇救嬰的事：「我的個天啊，我們生了娃娃又要狠心弄死她，是犯了天怒呢，山神都不准許呢，趕緊給娃娃餵上幾口奶，好好兒養大她吧。」

李家老婆頭紮着帕子坐在牀頭上，撇了嘴，心裏一百個不樂意。可她也不敢再造孽，勉勉強強把孩子接到手裏，往她的小嘴巴裏塞了

個奶頭，一邊餵奶，一邊嘀嘀咕咕：「金鳳銀鳳都長得花朵一樣討人喜，這個小的怎麼長成這副薄命的相呢？將來怕是賤得還不如山上的一根草。她爹呀，就叫她個『草鳳』吧。」

三女兒就叫了草鳳。

一晃幾年過去了，草鳳也長到十來歲了，眉眼始終平平常常，身條也是細細瘦瘦，橫看豎看都不及兩個姐姐十分中的一分。

李家老婆一直嫌惡這個扔不出去的孩子，吃飯的時候，給金鳳銀鳳撈乾的，給草鳳喝稀的；睡覺的時候，讓金鳳銀鳳跟她睡大牀，給草鳳拿一張破草蓆鋪到灶間裏，叫她蜷在熱灰邊；串山的貨郎擔來了，給金鳳買一朵絨花，給銀花買一盒香粉，給草鳳買的卻是一把縫衣納鞋的針。

天天早晨起牀時，這個家裏總是上演着一出熱熱鬧鬧的戲。

金鳳在牀上伸一個懶腰喊：「快把我的紅花襖捂熱了遞過來呀！」草鳳就把姐姐的襖兒團起來塞到自己胸口處，貼肉捂得溫乎乎的，遞到金鳳的手邊上。

銀鳳披頭散髮坐在牀沿上叫：「怎麼還不來幫我梳頭呢？」草鳳放下手裏燒火的柴，趕緊到窗台上找梳子，仔仔細細幫銀鳳梳起一個麻花辮子頭。

李家老婆卻在灶屋裏等得不耐煩了，責備草鳳說：「火都熄啦，鍋也涼啦，一去半天不回頭，磨蹭個甚麼呢？草鳳又慌慌張張放下梳子去摟柴草，手不閒，腿也不閒，忙得陀螺一樣不停地轉。

只有老漢喊她的聲音是暖暖的，軟軟的，帶着愛惜的：「小鳳啊，趁熱把桌上的玉米粥喝了吧！」

也只有在父親的看顧下，忙了一早上的草鳳才能夠坐下來，緩口氣，吸吸溜溜喝上一碗熱騰騰的粥。

常常地，老漢看草鳳在這個家裏的日子太辛苦，就要責備老婆幾句：「手心手背都是你身上的肉，哪能夠親着兩個，疏着一個呢？」

　　老婆卻振振有辭地答：「金鳳銀鳳是我養的兩個寶，日後嫁了好人家，我要指着她們養老送終呢！草鳳能有甚麼用？嫁個砍柴的，放羊的，像你一樣窮得叮噹響的，我能夠享到甚麼福啊？」

　　人窮志短。老漢挨了老婆的罵，只好閉上嘴巴不吭聲。隔一天找個理由把草鳳帶出去砍柴放羊，懷裏揣的粑粑省下來一個，看着草鳳香香地吃下去，心裏才多少寬慰了一點點。

　　窮日子雖說難過，也還是一天天地往前過。

　　不知不覺間，兩個姐姐金鳳銀鳳都長到了十七八，十里百里外提親的媒人絡繹不絕上門了。

　　先有媒人說了一個山外的員外郎。金鳳仰着漂亮的臉問：「他家裏有九千九百九十九畝地嗎？」媒人老老實實答：「不敢說，去掉一個零差不多，這輩子夠吃夠用了。」金鳳撇撇嘴，扭身跑出了門。

　　又有媒人說了一個城裏開錢莊的主，銀鳳挑起細細的柳眉問：「他家裏有九千九百九十九斗錢嗎？」媒人不無機智地答：「姑娘嫁過去之前是沒有，嫁過去之後興許就有了。」銀鳳搖搖頭，對着鏡子只管自己描眉擦胭脂。

　　再有媒人說了一個京城裏的讀書小狀元，金鳳銀鳳撅着紅紅的小嘴巴齊聲問：「他識的字有九千九百九十九個嗎？」媒人恭恭敬敬答：「比那還要多。世上有的字，沒有讀書郎認不出來的。」金鳳銀鳳嬌聲鶯鶯地笑：「他識的字能夠變成金，變成銀，變成樓，變成糧嗎？」媒人解釋：「姑娘聽我說，這不是一回事……」金鳳銀鳳不等媒人說完話，齊齊地動手，把人推出了門。

　　李家老婆很可惜，又不敢多插嘴，小心翼翼問她們：「我的乖女兒啊，這不肯，那不允，你們到底想要個甚麼樣的好後生呢？」

　　兩個漂亮的女兒說：「條件不多，出門要有九千九百九十九畝地，櫃子裏要有九千九百九十九斗錢，再識上九千九百九十九個字。」

　　老婆子舌頭伸出去半天縮不回：「我的個媽呀，這麼貴氣的一個人，世上怕只有坐龍椅的皇帝老兒才夠得上。」

　　金鳳銀鳳賭咒發誓說：「就憑我們兩個人的相貌，要是尋不着這麼一個人，我們寧可老死在家裏也不嫁。」

　　就這麼着，十里百里再也沒有媒人肯上門了，李家被踏爛的門檻上慢慢地開始長出青草了。

　　到小女兒草鳳長到十七八時，金鳳銀鳳已經過了二十往三十歲裏走。她們的皮膚不再嬌嫩，眼睛不再水靈，頭髮不再烏黑。她們嘴更饞，手更懶，脾氣更壞，性子更毒，一不如意就要摔鍋砸碗，把家裏鬧得雞飛狗跳。

　　可憐李家老漢早已經到了含飴弄孫的年紀，還要披星戴月地出門勞作，為老婆女兒掙來吃的喝的。好在草鳳長大了，長成個勤勞善良的好姑娘，能夠搭幫老漢分擔家計了。兩父女日日清早相跟着出門，老漢砍柴，草鳳就打草；老漢趕羊，草鳳就擠奶接羊羔。老漢少了孤單，也少了勞累。他撫摸着女兒的腦袋說：「多虧當年白蛇救下了你，讓我老了還有個貼心貼肺的人，否則我這麼當牛做馬地活一世，有個甚麼意思啊？」

　　有一天父女進山砍柴，老漢一不留神被藏在草叢裏的烏梢蛇咬了一口，當即臉發紫，嘴發青，小腿肚腫得比碗口還要粗。草鳳拼着性命把老漢背回了家，請來郎中，又是放血，又是割膿，又是熬藥敷膏，老漢卻總是昏迷不醒，喉嚨裏的一口氣游絲一樣地飄着，一時一刻說斷就要斷。老婆子看看老漢這個樣，歎口氣，趕緊縫壽衣備棺材。草鳳卻說甚麼都不讓人把棺材抬進門，她哭着對娘說，爹還沒有死呢，他還有一口氣剩着呢，神靈會保佑他康復起來的。

　　夜裏，一盞油燈點在窗台上，如豆的燈火忽忽悠悠，老漢臨終的身影被火苗照着在牆上來回地搖蕩，陰氣森森，鬼魅重重。草鳳趴在老漢的腳底邊，哭得累了，迷迷糊糊就要睡過去了。這時候她聽到耳

邊有聲音說：「跟我來吧，我有藥方子能夠救你的爹。」草鳳一驚，跳起來，四處張望，屋裏卻甚麼都不見，只是半空裏有一種絲絲的吐氣聲。草鳳夢遊一樣，不知不覺跟着絲絲的聲音就往門外走。

出了場院，下到崖畔，一直走到山間的溪水邊。如銀的月光下，萬籟俱寂，惟有溪水潺潺地流響。草鳳看見一條玉色的白蛇盤在溪石間，蛇身上金色的環紋在月夜裏閃出奇異的幽祕的光，有一點點灰，有一點點紫，又有一點點寶石樣的藍。

看見草鳳走過去，蛇就靜悄悄地滑進了溪水中，水光粼粼地一閃，波紋蕩起、漾開，而後一切復歸平常。白蛇盤臥過的溪石上，赫然遺下了一朵暗紅如血的花。草鳳驚悚萬分地看着花，心裏想：莫非這就是能救爹爹的藥方子？她挽了褲腳，下到溪水裏，從石上揀起那朵花。花苞在手中盈盈一握，花莖潮濕鮮潤，花瓣堅挺肥厚，放在鼻子下聞一聞，沒有花的香味，卻有藥材醇厚的苦澀。草鳳呆立片刻，忽然轉身，手托着花兒，拔腿就往家裏跑，趕着拿它回去救爹的命。

草鳳奔回家中，如豆的燈光還亮着，老漢口中的一絲遊氣還吊着。草鳳拿一個缽子，又拿一個木杵，把花兒放在缽子裏，用勁地搗，搗出黏稠稠的血一樣鮮紅的汁。

李家老婆子被她搗藥的聲音弄醒了，披衣過來看，草鳳就把白蛇贈藥的事告訴了她。老婆子聽後大驚失色道：「可不得了，我前兒個剛剛對山神起了誓，誰要能救活我家老頭子，我就把我的一個女兒嫁給他。怎麼來的不是神，也不是人，卻是一條膩膩歪歪的蛇呢？蛇要是能救活你的爹，莫非我還真要認蛇做女婿？」

金鳳銀鳳走過來聽見了，一齊叫出聲：「不行不行，妹子你快把這藥扔了，嫁誰也不能嫁條蛇！」

草鳳抬頭看看奄奄一息的爹，想了一想，平平靜靜地說：「娘啊，姐啊，你們都放心吧，這藥真要是能管了用，讓我的爹爹活過來，嫁蛇就讓我去嫁吧。」

李家老婆子勸她不住，只好暗自歎氣，心想她這個小女兒怕是憨得腦子裏面塞進稻草了，十七八歲花朵一樣的人，要是真嫁條蛇過日子，不說別的，天天眼睛裏看着那麼個醜東西，嚇也要嚇死了。

草鳳不管娘和姐姐怎麼想，搗好了藥汁就忙着去敷老漢的腿。敷一遍，傷口由紫轉了白，長出一叢一叢蘑菇樣的水泡泡。敷二遍，泡泡破開了，腥臭的膿水流了一牀一地，熏得樑上的老鼠都發了暈，劈里啪啦往下掉。敷三遍，老漢睜眼了，說話了。老漢說：「一覺怎麼睡這麼長！餓壞啦，盛一碗米湯來喝吧。」

草鳳喜得把個藥缽子都掉在地上砸碎了，趕緊奔灶屋，點火煮米湯。老漢不要別人扶，自己利索地坐起身，抱着個碗，咕咚咕咚一口氣喝得底朝天。喝完，臉上紅油油冒出光，被子一撩，起牀下地，拿上砍刀就要出門砍柴啦。

草鳳又去了溪水邊，要尋着白蛇，好好地道一聲謝。草鳳不是忘恩負義的人，也不是好了傷疤忘了痛的人，該嫁甚麼是甚麼，她認命。

溪水依然清碧如鏡，水中的魚兒條條可數。溪石上卻不見蛇的影子，只一個白衣白靴的少年郎端端正正盤腿坐着釣魚。

少年郎看見草鳳尋來尋去一臉焦急的模樣，含笑問她說：「小妹妹，找誰呢？」

草鳳輕聲答：「我找我的情郎哥哥呢。牠救下了我爹的命，我娘對着山神起誓把我許給了牠。」

少年郎接着問：「他長得甚麼樣？是高還是矮，是俊還是醜？」

草鳳羞紅了臉，掩着嘴，不肯答。

少年郎催促她：「說啊，說出個模樣來，我可以幫你找啊。」

草鳳想了想，細聲細氣地描述道：「個頭長長的，腰身細細的，臉兒白白的，汗毛金光燦燦的。」

少年郎撲哧一笑，說：「像我這個模樣嗎？」

草鳳撩起眼梢，瞥一眼俊美的少年郎，想到自己要嫁的郎君卻是一條怪模怪樣的蛇，心裏一酸，頭一低，淚珠啪嗒一聲落進了溪水裏。

少年郎坐不住啦，腳一蹬起了身，跨過溪水上了岸，袖筒裏抽出一塊白綢帕子，替草鳳擦去淚，又拉起她的手，萬般憐愛地勸她說：「好妹妹，別哭啦，聽我一句話，你要嫁的人會疼你又愛你，讓你天天笑着過日子。」

草鳳不相信，又不好意思當面駁人家的話，就掉轉了頭，委委屈屈回家去了。

一路上她心存僥倖地想，蛇到底是個蛇，牠今天不露面，是不是壓根就不想要個甚麼老婆呢？

哪成想，第二天一大早，太陽還睡着懶覺沒有抬身呢，李家的門外嗩吶哇啦吹起來了，鑼鼓咣噹敲起來了，來接新娘子的媒人已經把八人抬的花轎停在路上，八人抬的聘禮堆到門檻邊了。

草鳳開門一看就哭了。她爹她娘也哭了。老漢跺着腳說：「閨女是為了我才應下這門親事的，要去我去呀，我把我的閨女換下來。」

媒人笑話他：「你個老漢，去了能頂甚麼用？能做飯？能洗衣？日裏能跟新郎說話，夜裏能給新郎做伴？」

老漢口拙心實，應對不出媒人的話，嗚嚕嗚嚕哭成淚人。

只有金鳳銀鳳躲在一旁偷偷地笑，笑草鳳太糊塗，病急亂投醫，管誰送來的藥都敢要，自然是自己種下的苦果自己吃；又笑她們的爹娘太實誠，隨口對山神起個誓，人急了做出來的事，哪裏就能當得真；還笑那白蛇癩蛤蟆想吃天鵝肉，不看看自己長甚麼磣樣，不討青蛙不討魚，偏要討個水靈靈的姑娘做老婆。

金鳳拍着胸口說：「哎呀呀，好在今天的新娘子不是我。」

銀鳳跟着吐舌頭：「小妹子夜裏一覺睡醒來，手一伸摸到一條冰冰涼的蛇，嚇不死，也要恨死。」

兩個人慶幸着，嘲笑着，數落着，躲在屋後不出門，卻把新郎送來當聘禮的點心狠狠地吃了個飽。

耗到日頭過午了，媒人一個勁地催促新娘子起程。草鳳看看捱不過，撲通一聲對着老婆子老漢跪下來。「爹呀，娘啊！」她哀哀地說，「許過的願就要還，答應過的事情就要做，我們窮戶小家的，處世做人就靠着這點信譽呢。女兒這就走啦！爹放心，娘也放心，女兒嫁給蛇郎做新娘，是自己願意的，以後的日子過得好不好，女兒自己熬煎着，不會埋怨爹娘一個字。」

說完這番話，草鳳連磕三個頭，站起身，轎簾一撩鑽進去，任憑老爹老娘哭天喊地，她再沒有把頭探出來看一眼。

花轎晃晃悠悠地走，嗩吶班子吹吹打打地鬧，翻山越嶺，蹚水過橋，把淚眼花花的草鳳送到了蛇郎的家。

草鳳鑽出花轎就愣住了：家在哪呢？眼前沒有一片瓦，一張牀，一條凳，一眼灶，有的只是平平整整的地，清清亮亮的泉，茂茂密密的林。悠揚的竹笛聲從看不見的高空中飄下來了，樺斑的彩蝶成羣結隊從樹林子裏舞出來了，跟在彩蝶後面露面的，是一個白衣白靴的翩翩少年郎，細細高高的腰身像銀樺，臉上的笑容像雲霞，手上和脖子上的汗毛金光燦燦的，晃得草鳳心裏樺地跳。

是昨日溪邊碰到的小哥哥？他是新郎今天找來的伴郎？

白衣少年朝着草鳳走過來，老遠地就伸出了兩隻手：「可愛的小新娘，看見你的新郎官，臉上總要給個笑吧？」

草鳳回頭四下裏看，遲遲疑疑地問：「誰是我的新郎官？」

白衣少年開開心心地笑：「我呀！我就是你今天要嫁的蛇郎啊！」

草鳳看定眼前的白衣郎，一下子心都不跳了，也聽不見林子裏的鳥叫，聞不出草地上的花香，感覺不出山谷裏的風吹了。她臉紅得像櫻桃，眼睛亮得像泉水，呼吸柔得像白雲。她痴痴呆呆、恍恍惚惚地說：「我不是在做夢吧？我是在做夢嗎？」

蛇郎笑着拉起她的手：「摸摸我的臉吧，捏捏我的手吧，我就是你真真切切、能說會笑的蛇郎。」

草鳳就摸了摸他的臉：臉是燙燙的，滑滑的。她又摸了摸他的手：手是暖暖的、軟軟的。草鳳的眼淚流下來，一時間想哭又想笑：「蛇郎，蛇郎，我的親親的蛇郎！」

她踮起腳，抱緊了蛇郎的頭，親他的眉，親他的眼，親他的鼻子和耳朵。她長到十八歲從來沒有這樣開心過，她開心得想要變成一片雲，纏上蛇郎忽悠悠地飛起來。

一對年輕的新郎和新娘，在林子裏相擁相抱，纏纏綿綿，忘了時間會從身邊輕悄悄地滑過去。到他們覺得肚子餓了的時候，天色已經是黃昏，夕陽西下，鳥兒歸巢，清風止息，林子裏一片靜謐。

草鳳輕輕踥腳說：「糟了糟了，我們應該早早動手搭個窩，要不然夜裏霧濃寒重，我們兩個無遮無蓋會凍死。」

蛇郎笑着問她：「妹子，你會剪紙嗎？」

「會。」

「這裏是紙，這裏是剪，你心裏想蓋一座甚麼樣的房，就剪個甚麼樣的房。」

草鳳就剪。她的手兒巧，心思密，剪出的房子有翹翹的簷，粗粗的樑，厚厚的門，花格子的窗，簷上還鋪一層金燦燦的草，簷下掛着風吹就響的鈴兒。草鳳剪完了，蛇郎接過去，托在手掌心，努嘴輕輕吹一口氣。紙房子飛起來，翻着跟頭，打着旋兒，越變越大，越變越沉，一頭栽在空地上，成了漂漂亮亮的一幢瓦房子。草鳳疑疑惑惑地往房子裏走，門推開來吱吱呀呀的叫，金黃的苫草散出撲鼻的香，碰一碰簷下的鈴兒，鈴兒叮叮噹噹響起來，山歌一樣地清亮和動聽。

草鳳軟軟地倚在門框上，臉上笑成了一朵花。她接着又剪，剪出了牀，剪出了灶，剪出了桌子和板凳。蛇郎說：「剪吧剪吧，你剪出甚麼，我就能給你變出甚麼。」

草鳳不剪了，她認為人不能貪心，有住的房、睡的牀、坐的桌子和板凳就可以了，剩下的衣物和家什，她要和蛇郎用勞動掙回來。

靠山吃山，靠海吃海。小倆口守着這麼大一座山，有力氣，肯吃苦，就沒有過不好日子這一說。他們總是天不亮起身出門去，帶着弓箭和柴刀，碰上野味打野味，碰不上野味就打草砍柴。野味和柴草背到山外集市上，賣了錢，再買回來吃的、穿的、用的。得空的時候，蛇郎在山坡上開荒地，種了包穀、土豆和藥材。草鳳還養了幾隻羊、一羣雞、一箱蜜蜂，小日子紅紅火火過起來。草鳳愛蛇郎，怎麼愛都愛不夠。她變着法給蛇郎做吃的，今天蒸饅頭，明兒點糕，後天烙餅，大後天煎米粑，十天八天飯食不重樣。蛇郎心疼她，生怕她累着，總是勸她多歇歇，說是只要有她在跟前守着，吃甚麼都是香的。草鳳抿着嘴笑：「我不累。我做給你吃，心裏高興。」

因為日子過得富足和快樂，草鳳的模樣比在家的時候變了，越變越漂亮：臉兒紅紅的，眉眼俏俏的，皮膚潤潤的，腰身細細的，胸脯挺挺的。有時候她走到溪水邊，對着水面看自己，要不是眼角下那顆緋紅的痣，她怎麼都找不出自己先前的模樣來。

女人愛上了一個人，會愛得連模樣都大變嗎？

我的親親的蛇郎啊！

再說草鳳的娘家人，最疼草鳳的還數她爹李老漢。老漢聽說了草鳳嫁給蛇郎之後日子過得好，可是到底好到甚麼樣，他心裏憑空想不出。一個蛇郎，細細弱弱的小後生，有多大能耐操持好一個家？耳聽為虛，眼見為實，老漢選了個好日子，要親自到小女兒家裏看個究竟。老漢連翻過兩座山，從日出走到日落，總算踏進了草鳳的家門。老漢是真的老了，走這一程的路，用了別人兩倍的工夫，還腰痠腿乏，喘氣不勻。蛇郎服侍他歇下來，又拿自家種的藥材熬水給老漢泡腳洗澡，效果出奇的好，老漢一夜睡過，精神抖擻，筋筋脈脈都暢通，伸一個懶腰，骨節眼裏舒服得叭叭響。

　　草鳳天天在家裏陪着老漢扯家常，好飯養着，好煙供着，好酒伺候着。草鳳對老漢說：「爹呀，從前是你養我的小，現在該輪到我養你的老了。蛇郎性子好，為人也大方，爹就在女兒家裏住下吧，住到百年之後，女兒給你送終。」

　　老漢答：「不行啊，爹有去處了，你娘和你的兩個姐呢？那個家裏沒了我，她們怕是連吃的喝的都尋不上。」

　　老漢說走就要走，草鳳淚眼婆娑也留不住。臨走時，蛇郎送了老漢一把砍柴的斧。斧子小小巧巧，卻是鑲銀的把手，純金的斧口，揣在懷裏沉得墜腰。

　　老漢走到半路上，看見一棵半枯的樹，忍不住把斧子掏出來，往那樹根上不輕不重砍一下。說來也奇怪，老漢用的力氣不到平常一半的多，那棵樹卻齊齊地斷了根，喀嚓喀嚓倒向一邊去。老漢吃了一驚，索性揮斧把樹幹劈成柴。斧頭碰到的地方，樹幹像泥巴捏起來的玩意，手起枝斷，眨巴眼的工夫大樹變成一堆柴禾段。老漢開心得一路笑回了家。

　　到家一說草鳳的好日子，老太婆和兩個大女兒都撇嘴，怎麼也不肯信，以為老漢不肯揚草鳳的醜，盡拿虛話哄着她們耍。老漢掏出金斧頭給她們看，還當場砍了一棵樹。老漢砍樹劈柴就跟擺弄稻草一樣地輕省不費力。三個女人都驚呆了，搶着去拿斧頭試。叫她們傷心的是，斧頭一到她們手裏，死沉死沉，半天都砍不下來一塊樹疙瘩。三個人氣得白了臉，扔了斧頭，再不理老漢。

　　老漢從此有了養家活口的好幫手。憑着蛇郎送他的金斧頭，他上山想要砍多少柴就能砍多少柴。砍下的柴草換米換油，換鹽換布，日子就能夠細水長流地過。

　　老太婆看着眼熱了，也想到草鳳家去一趟，讓蛇郎送她點甚麼。

　　老太婆去了之後，草鳳和蛇郎一樣熱湯熱水把她服侍得周周到到。偏心的老太太在草鳳家一住半個月，看看屋裏的米糧囤，摸摸牀

上的花綢被，後悔當初沒有讓金鳳銀鳳嫁過來，享到這份福。老太婆就問蛇郎可有兄弟？

她心裏想，金鳳銀鳳嫁不到蛇郎，嫁給蛇郎的兄弟也不會錯。蛇郎沒有兄弟。再問有沒有表兄弟？堂兄弟？蛇郎也沒有表兄弟和堂兄弟。老太婆只好唉聲歎氣，好日子都沒有過出好滋味。

臨走時，老太婆貪心沒個夠，樣樣東西都想往家裏拿。蛇郎僱了一輛牛車，才勉勉強強把老太婆看中的東西全都帶上走。蛇郎心裏不高興，臨別時只送了老太婆一根烏木削成的燒火棍。老太婆回家燒飯，甚麼柴草都沒有備，燒火棍往灶肚裏一捅，火苗呼呼地冒出來，差點兒燎了她的眉毛。老太婆不樂意地想，這算甚麼呀？燒飯省了柴草，落下便宜的還不是日日出門打柴的老漢嗎？

草鳳跟蛇郎恩恩愛愛一年整，生下一個白胖白胖的大小子。這回金鳳找到去蛇郎家的理由了。金鳳告訴老漢說：「我去服侍小妹坐月子啊。」她就把自己收拾得光光鮮鮮，搽得香香噴噴，扭着水蛇樣的腰肢，一步三搖地去了蛇郎的家。

金鳳才看見蛇郎的第一眼，目光就直了，臉發紅，心發跳，妒火一個勁地往上冒。她萬萬沒有想到蛇郎會是這樣一個玉樹臨風的美少年，也沒有想到草鳳的日子過得這樣富足和快樂。她痛恨自己當初眼皮子淺、目光短，沒有跟蛇郎做成這段好姻緣。她悔得心兒都顫了，腸子也疼了。

她開始甜言蜜語拿話哄着草鳳，說：「妹子啊，坐月子的女人不能下牀，往後你就放心躺着享福，甚麼都不用管，家裏的事情有我呢。」

草鳳生下孩子才三天，高興都沒有高興夠，做夢也沒有想到親姐姐會有害她的心。

金鳳做飯，給蛇郎精心做了一鍋乾的，給草鳳馬馬虎虎做了一鍋稀的。飯食端上桌，蛇郎卻不忙吃，先到裏屋看看草鳳碗裏有甚麼。

看完之後他出來，把自己的飯食端進去，換下了草鳳手裏的碗。蛇郎鄭重其事地告訴金鳳：「從今往後，你妹子的飯食只能比我好，不能比我差，這是我們家的規矩。」

金鳳馬屁沒拍上，反討了一鼻子的沒趣，心裏不恨蛇郎，倒對草鳳窩上一肚子的火。

等蛇郎一出門，金鳳馬上就不哄孩子了，也不洗尿片子了，在家裏可着勁打扮自己：搽了草鳳的粉，抹了草鳳的胭脂，還到山坡上採來各色各樣的花，紅紅綠綠插滿一腦袋。她顧影自憐地走到屋後泉水邊，左照照，右照照，照來照去還是覺得自己要比草鳳美。草鳳雖然比她年紀輕，可是草鳳眼不柔，腰不軟，舉止神情也不及她的媚，男人喜歡的一定是她這樣的人。

天黑了，蛇郎收工回家了，看見金鳳妖妖嬈嬈的樣，眉心裏皺起了肉疙瘩，一臉厭惡地說：「快把那些花摘了吧，招上了蜜蜂，叮疼了草鳳和孩子，可不是好玩的事。」

金鳳吃一個癟，只好氣恨恨地摘了花，扔出門外，拿腳底板碾得稀巴爛。

蛇郎家裏有兩條板凳，吃飯時，草鳳的飯桌放在裏屋牀邊，蛇郎金鳳一人一條板凳合用外屋飯桌。金鳳偷偷把她坐的板凳腿鋸斷，吃飯時一屁股坐上去，叭嗒一聲摔一個仰巴叉。她揉着屁股齜牙咧嘴朝蛇郎哭訴：「你的板凳欺負人，讓我跟你坐一條凳吧。」

蛇郎沒辦法拒絕她，只好抬起身子往旁邊讓一讓。

金鳳眼淚都沒有擦，就滿面春風地坐到蛇郎身邊去。她先坐在板凳邊上，跟蛇郎隔了三尺遠。吃一口飯，她往蛇郎那邊挪一寸。喝一口湯，她又往蛇郎身邊挪一寸。

蛇郎皺眉說：「天熱呢，擠在一處出汗發餿呢。」

金鳳撒嬌發嗲地回答他：「哪裏是我要往你身邊擠呢，是你家的板凳這頭長蟲啦，蟲子咬得我屁股疼。」

蛇郎想說話，張張嘴，又沒說，端着飯碗起了身，板凳讓給金鳳一個人坐，自己蹲到了門檻上。

金鳳臉一沉，筷子一扔，飯也不吃了，躲進裏屋生氣了。

可是她不甘心就此為止，心思一轉，反過來對草鳳使上了挑撥離間的計。她裝出自家姐妹貼心貼肺的樣子，盤腿坐到草鳳牀邊：「妹子哎，跟你說件讓你傷心的事！你躲在裏屋坐月子，你的郎君耐不了寂寞非禮我。」

草鳳問：「他怎麼非禮你？」

金鳳說：「我梳頭，他給我拿頭油。」

「那是他把你當客人待。」

「我做飯，他給我打扇子。」

「怕你熱着。」

「我睡覺，他給我蓋被子。」

「怕你凍着。」

草鳳臉上笑嘻嘻，一句一句回答得乾脆又利索，金鳳反倒噎住了，再找不出話來了。她一輩子都沒見過這麼相親相愛的兩個人，心和心貼得連根木頭楔子都塞不進。她嫉妒得要命，活像肚子裏打翻了醋罈子，酸味從每一個毛孔根根裏往外冒。

下了幾天的雨，太陽又出來了，山坡上一片水潤潤的亮，青草的香味濃得叫人鼻子都發癢。鳥兒在枝頭嘰嘰喳喳地鬧，羊兒踱着方步咩咩地叫，母雞在院子裏比賽下蛋，尖聲高嗓吵成了一鍋粥。草鳳的兒子吃飽了奶，在草鳳懷裏舞手舞腳嘻着嘴巴笑。金鳳把自己打扮一新，招呼草鳳說：「妹子啊，你坐月子躺了這麼多天，骨頭都要長霉了吧？不如我帶你出門散散心，回家多吃兩碗飯，奶水會流得山泉一樣旺。」

草鳳很開心，把孩子哄睡着之後，歡歡喜喜地起了牀，穿好衣，梳好頭，和金鳳手拉手地往門外走。

　　山間景致好，蜂飛蝶舞，林深草密，一路上怎麼都看不夠。不知不覺走到了山腳溪水邊。無數道細細的泉水從山上流下來，一沖沖到山腳處，匯成洶湧的急流，浪花四濺，涼意森森。站在堤岸陡峭處，看一眼會叫人心裏嗵嗵直跳。金鳳一屁股在溪邊石頭上坐下來，撩起衣襟說：「走累啦，歇歇吧。」

　　石頭被太陽曬得暖烘烘，平平展展坐上去很舒服。可是草鳳一頭惦記着牀上睡熟的孩子，一頭惦記着地裏幹活的蛇郎，心急火燎怎麼都坐不住，不住聲地催着金鳳往回走。金鳳卻死賴着不肯動，還笑嘻嘻地逗着草鳳說：「妹子，我們兩個同胞所生，說句心裏話，你看你和姐到底誰俊誰醜？」

　　草鳳想都不想就回答：「你俊，從小兒就是姐姐你最俊。天不早啦，我們回吧。」

　　「要是我們兩個站在蛇郎面前讓他挑，你想他會挑上哪一個？」

　　「是你，肯定會是姐姐你。回吧。」

　　「我們來耍個把戲好不好？讓我回家時穿上你的衣裳，戴上你的耳環，套上你的銀鐲子，看蛇郎能不能一眼分出你和我？」

　　草鳳一心只想快快地起身往家走，金鳳說甚麼她都會照辦不誤。她往四下裏瞄一眼，山上山下都不見有人影，就飛快地脫了她的藍花花染線的衣，摘了耳朵上金線絞絲的環，卸了手腕上一對純銀鏤空雕花的鐲。

　　金鳳不慌又不忙，先把自己的衣服脫了給草鳳，又把草鳳的衣服首飾一件一件往身上套，抬了手臂上上下下地摸，扭着脖子前前後後地看。

　　「妹子啊，你看我這副打扮好看不好看？」金鳳心裏不自信。

　　「好看，天仙一樣。」鳳的讚美卻是真心實意。

　　「蛇郎他會不會真的把我當成了你？」

　　草鳳猶豫一下說：「要是我這顆紅痣也長在你的眼睛下⋯⋯」

話還沒說完，嘻嘻笑着的金鳳突然之間變了臉，揚着眉，咬着牙，兩眼颼颼地冒兇光，手叉着細腰一副惡形惡狀。

草鳳吃驚地睜大眼睛：「姐姐你……」

金鳳一步一步朝着草鳳逼過去：「妹子哎，不要怪姐姐我心狠，你臉上長着這顆等淚痣，本該是個一輩子受苦的命，現在嫁了蛇郎，又生了兒，享這一年的福，好運氣也應該到頭了，排隊輪班也要輪到姐姐我了。」

草鳳步步後退，滿臉驚恐，不知道親姐姐發了哪門子邪。

金鳳一直把草鳳逼到陡岸邊，伸手狠命推了一把。草鳳腳下踩一個空，哀叫着落進了水勢湍急的山溪中，身子浮幾浮，在水裏滴溜溜地打了幾個轉，荷葉一般漂出了山。

金鳳掉頭就往蛇郎的家裏跑。趁蛇郎下地沒回來，她找出剪刀和銅鏡，咬牙剜去了自己眉心的痣，貼在眼角下，不偏不倚跟草鳳臉上的紅痣一個樣。而後，她往額上勒了一塊頭帕子，遮住了眉心那個血糊糊的洞，上牀鑽進被窩裏。

蛇郎收工從地裏回了家，舀一盆清水洗了手和臉，總覺得這一天跟平常不一樣。他進屋摸摸灶，灶是冷的；看看桌上的碗，碗是空的。他走到裏屋喊草鳳：「草鳳草鳳，今日怎麼不見了金鳳呢？」

金鳳在被裏甕聲甕氣答：「我娘生病，我大姐回家了。」

蛇郎心裏疑疑惑惑：「我怎麼聽你說話的聲音不大順耳了呢？」

金鳳哼哼唧唧：「傷風啦，感冒啦，渾身的骨頭疼死啦。」

蛇郎顧不上想別的了，心急火燎問：「燒得高不高？要不要找個郎中來看病？」

金鳳慌忙攔住他：「不要不要，我見了生人羞得慌。你讓我一個人睡兩天，出身汗，毛病自己就好了。」

蛇郎不放心，走到牀邊看金鳳。金鳳用帕子勒着頭，被單拉起來遮下巴，乍一看跟草鳳沒兩樣。蛇郎說：「那你睡着，我做飯。」

蛇郎做了一鍋爛糊麵，給金鳳端過去一大碗。金鳳趴在牀邊上，呼嚕呼嚕吃光了，熱得滿腦門子都是汗。

蛇郎吸着鼻子東嗅西嗅說：「真怪了，往常你身上的汗味是甜的，怎麼今天你的汗味是酸的？」

金鳳愣了一愣，眼珠一轉，回答他：「蛇郎啊，忘了告訴你，白日裏我發燒嘴巴苦，壇子裏舀了一碗酸醋喝。」

蛇郎叮囑她：「酸醋喝了傷肚腸，下回嘴苦了就喝蜜糖水。」

金鳳裝腔作勢說：「哪能胡亂地糟踐東西呢，蜜糖水要省給我的兒子喝。」

蛇郎心裏想，要不是親親的娘，誰能夠喝糖水還想着留給兒子呢？蛇郎心裏的一點點疑惑消除了。

蛇郎的兒子大半天沒有喝上親娘的奶，餓得小臉發了白，扯開了嗓門上氣不接下氣地哭。蛇郎心疼地抱起兒子說：「草鳳啊，兒子怕是肚餓啦，你要是身子能夠撐得住，就解懷餵上他幾口奶吧。」

金鳳沒辦法，側過了身子，裝模作樣地解衣扣，掏出一隻乾巴巴的奶頭塞到娃娃嘴巴裏。娃娃咂一口，沒滋味，咂兩口，知道上了當，奶頭一丟哭得震天動地響。金鳳回頭望着蛇郎，一臉愁苦說：「蛇郎啊，你兒子食量太大啦，我的奶水已經被他早早地咂乾了，往後怕是很難再裹住他的嘴呢。」

蛇郎說：「不怕，有我來想辦法。」

蛇郎沖了一碗濃濃的蜜糖水。兒子嚐一嚐，不喝了，因為糖水不如媽媽的奶水香。蛇郎又煮一碗稀稀的米糊糊。娃娃吃一口，小舌頭一頂，吐出來，米糊糊沒有奶水甜。蛇郎沒有主意了，抱着兒子東一顛，西一顛。娃娃餓狠了，也哭累了，嗓子裏嗚嗚咽咽像貓叫。蛇郎的心裏跟着也如貓爪子可着勁地撓。

半夜，金鳳在裏屋呼呼地睡着了，蛇郎抱着兒子在院裏不住聲地哄着，打轉轉，哼山歌，拋高高，想方設法逗着兒子笑。可憐小娃娃

一天沒進食，已經哭腫了眼，哭啞了嗓，趴在蛇郎肩頭蔫蔫巴巴有氣無力。

月牙在天邊掛着，淡淡的月光滿院落照着，蛇郎抱兒的身影在月亮地搖來晃去，拖得很長很長。忽然，身影胖出來了，腳邊多出一頭白母羊。不知牠從哪鑽出來，是哪家養的寶貝。母羊的皮毛長長軟軟，角兒細細彎彎，眼睛烏烏亮亮。最奇是眼角下長的小小紅疙瘩，月下看着，柔柔媚媚像嬌豔的花。

蛇郎驚訝萬分，慌忙把懷中的兒子摟緊，小心翼翼後退，生怕不知來歷的母羊傷了他的孩子。

母羊拖着鼓脹的奶頭，緊走兩步撐上他，哀求說：「蛇郎啊，我是聽到孩子的哭聲尋來的。我的孩子剛剛沒有了，奶水脹得難受呢，求求你，讓你的孩子吃我幾口奶吧。」

蛇郎很為難：「不是我不幫你，我的兒子嘴很刁，吃慣了他媽媽的奶，死活不肯換口味呢。」

母羊仰起頭，眼睛裏的哀傷像夜晚小溪中流淌的水：「求求你，蛇郎，讓你兒子試試吧，說不定他就能認我做奶娘呢？」

蛇郎想了想：兒子實在餓得太可憐，就讓他試試吧。他蹲下身，把兒子小小心心送到了母羊的肚皮下。

奇怪的事情發生了：小娃娃鼻子嗅一嗅，一口叼住了羊奶頭，小嘴咂巴着，再也不肯放下。

蛇郎欣喜萬分地問：「好心的奶娘，你從何處來？又姓誰家的姓？我怎麼沒有見過你？」

母羊被他這一問，眼睛裏流出淚：「親親的蛇郎啊，你被我狠心的姐姐欺騙啦，我才是你天天抱在懷裏的妹子，吃我奶的娃娃就是我親生的兒啊。」

蛇郎倍感驚奇，摸了摸母羊的頭，剛要開口再問下去，金鳳已經聽到了院裏的說話聲，披頭散髮從裏屋出來了。她惡聲惡氣呵斥白母

羊：「閉上你的嘴！餵奶就餵奶，大不了明日我多添你兩把草，再要瞎說八道，當心我一刀宰了你！」

蛇郎皺皺眉，輕聲責備她：「這羊奶了我們的兒，就是兒子的半個娘，你不能待牠像待別的牲口一個樣。」

金鳳做出楚楚可憐的模樣說：「蛇郎，你人長得俊，心又善，不是我多慮，這屋裏的桌子板凳要是能說話，只怕爭着嫁給你，我要是不多兩個心眼提防，你懷裏總有一天抱上別人。」

蛇郎推着金鳳往屋裏走：「擔心甚麼呀！回屋吧，你還是個月子婆，小心外面天寒露重凍着了。」

蛇郎在院子裏砌了一個圈，把白母羊好草好料地養上了。娃娃日日吮着母羊的奶，長成個肥肥胖胖的肉團團，會笑，會爬，會拍着小手要爸爸抱。蛇郎愛兒子怎麼也愛不夠，心裏就格外感念白母羊的好。他摸着母羊的腦袋問：「羊啊羊，你為我兒子貢獻了這麼多，我可以為你做甚麼？」

母羊歎口氣說：「你只信我那個狠心姐姐的話，不信我是你親生兒子的娘，是非黑白都不辨，我還有甚麼要你做的呢？要是實在想為我做件事，就求你把我留在這個家裏，別賣我，也別殺我，讓我能夠天天伴着兒子，伴着你。」

蛇郎點頭答應：「放心吧，我會盡心盡意地養着你，這輩子不會賣你，更不會殺你。」

母羊的眼圈一紅，一顆淚珠「叭」地掉落在地上。

一個月過去了，金鳳坐完了「月子」下牀了，夫妻兩個坐在堂屋裏臉對着臉吃早飯。

外屋光照比裏屋好，蛇郎盯着金鳳左看右看，越看越覺得妻子的模樣跟從前不一樣。

蛇郎問：「妹子啊，從前你的皮膚亮光光，今日怎麼毛毛糙糙像堵泥巴牆？」

「全怪你那個頑皮的兒，是他的小嘴巴唒的，小手小腳蹬的。」

「從前你的腰身細細柔柔賽楊柳，今日倒比山坡上的紅松還要粗。」

「懷胎十月，撐出來的。撐出來容易收進去難。」

「眉心怎麼多出來一個麻坑坑？」

「出門上茅廁，不小心磕到樹椿椿上了。」

蛇郎問一句，金鳳答一句，不慌不忙，滴水不漏。如何應答這樣的問話，金鳳躺在牀上坐「月子」的這些天裏，已經在肚裏想過十遍百遍了。蛇郎挑不出她的錯，疑心再重也沒有法子想。

早飯吃完，蛇郎出門幹活。金鳳沒事在門檻上坐着曬太陽，看見娃娃趴在羊肚子上喝着香香甜甜的奶，嘴巴忽然覺得渴，覺得饞，也想把那羊奶痛痛快快喝上一大碗。她起身把娃娃拉開，拿個瓦缽子湊在母羊的奶頭下，咕哧咕哧地擠，擠了半瓦缽子的奶，端起來就往肚裏灌。香噴噴的奶子才進嘴，怎麼不對勁呀？又苦又澀變成鹽滷的味。她扔了瓦缽子，拿上小銅鏡照一照，嘴巴上一圈都燎得紅腫啦，起水泡泡啦。

她心裏又氣又恨，找出蛇郎雪亮雪亮的砍柴刀，奔到羊圈裏，一刀就把白母羊砍死了。狠毒的女人一不做、二不休，乾脆就手把母羊剝皮剁肉，撒上葱薑和大料，點起柴火，美美地燉了一大鍋。

蛇郎回來看見兒子哭，才知道母羊沒有了。他心急火燎地四處找，金鳳卻兩手抱肩笑瞇瞇地說：「別找啦，頭晌一隻餓狼下山來，咬斷了母羊的喉嚨骨，眨眼工夫羊就沒氣啦，被我剁巴剁巴煮熟啦。」

蛇郎很傷心，望着桌上熱氣騰騰的肉，抬手捂住了臉，眼淚從手指縫裏往外流。

金鳳若無其事說：「你看你，家裏的母羊又不只牠一個，死了白的，還有黑的花的，哪裏就值得你這麼傷心？」

蛇郎說：「你不懂，你不懂，我曾經答應過白母羊，永遠都不賣牠，永遠都不殺牠。可你卻把牠剁成塊，煮熟了放在我的眼皮下！」

金鳳撇撇嘴：「誰也沒殺牠，是餓狼咬了牠，不怪別人，怪牠自己的命不好。」

蛇郎仍然是傷心，別過臉，看都不肯看那碗裏的肉。

金鳳才不管呢，她一個人霸着肉碗美美地吃。吃一口肉，肉是酸的。吮一塊骨，骨頭卡到她的喉嚨裏。要不是蛇郎眼疾手快上去拍她的背，羊骨頭就把她活活地卡死啦！

金鳳氣壞了，到院裏掘坑，連湯帶水倒進了深坑。

隔了一天，埋羊肉的地方無緣無故冒出來一棵酸棗樹的苗。樹苗長得飛快，早晨才露頭，到傍晚的工夫，枝幹已經有屋樑那麼高，枝上的硬刺一根一根，鐵蒺藜一樣地扎着。金鳳到園子裏摘菜做晚飯，酸棗樹的枝幹像胳膊一樣伸過來，攔着她，刺破了她的襖，扯爛了她的褲，還勾疼了她的頭髮，劃傷了她的臉和手，嚇得她扭頭逃回了屋。

回屋後，她對着鏡子左看右看，心疼自己，怨恨草鳳，惡念一轉，把細皮嫩肉的娃娃抱出來了。她心裏想，妹子啊妹子，你扎我扎得這麼狠，我要讓你的兒子同樣挨上一傢伙，看你這個做娘的心疼不心疼。

怪事啊，酸棗樹碰上娃娃的肉，棗刺馬上軟了，小手指一樣撓着娃娃，把娃娃逗得咯嗒咯嗒笑。樹上還結出水靈靈的紅果子，娃娃小手一伸摘到一顆，果皮薄得像紙，果肉白得像奶，甜味把蜜蜂都招來。金鳳看娃娃吃得香，也跟着摘一顆扔進嘴。啊呀，果殼邦邦地硬，一下子硌掉她兩顆大門牙。果肉又酸又苦又腐又臭，還有怪怪的腥臊味，吐出來一看，原來是羊糞疙瘩蛋。

金鳳氣得肺都要炸啦，把娃娃往樹底下一扔，又哭又鬧又跺腳，把剛進家門的蛇郎攔在院子裏，一定要他砍了這棵作孽的樹。

蛇郎捨不得動斧子。青枝綠葉的樹，直不溜溜的幹，油光光的葉子嘩啦啦地響，院子裏還遮下了半邊的涼，多好嘛！

金鳳叉腰指揮他：「你從樹底下走過來！」

蛇郎倒背着手從從容容打樹下走。一片樹葉掉下來，落在他的頭髮上，變成一張光燦燦的金葉子。一根棗刺伸過來，鈎住他的襖，襖上長出一塊白亮亮的銀疙瘩。蛇郎從屋門口走到院門口，臉沒破，手沒傷，反倒是揀到了金，揀到了銀。

金鳳哪肯服輸啊，一口氣沒憋過來，活生生吐出了一口血。

第二天，趁蛇郎下地收包穀，金鳳磨亮一把鐵斧頭，拿麻片裹紮了臉和手，衝上去把酸棗樹砍倒在院子裏。砍下的樹幹和樹枝，她七釘八釘做成一張小板凳，指着板凳詛咒說：「我坐你一生！坐你一世！叫你一輩子別想再翻身！」

板凳縫縫裏吱嘎吱嘎地響，不知道是在哭呢，還是在歎氣呢。

蛇郎回來在板凳上坐，汗落了，胳膊不痠了，人也不乏了。板凳好像從前草鳳的手，托他的腰，撫他的背，一下一下，把他心裏揉得醉了蛇郎一走，金鳳趕緊把屁股挪上去。這時候，板凳上忽然冒出無數鐵釘，狠狠地扎到她的骨頭裏，疼得她捂着屁股哭爹喊娘。

這一回，金鳳不再找蛇郎去訴苦了，操起斧頭把板凳三兩下劈開，凳腳凳面統統塞進灶膛。青煙從灶間裊裊地飄起來，飄到了裏屋娃娃睡着的小牀邊，漫漫地舞，輕輕地搖，散出一屋子帶奶味的香。

半夜裏，蛇郎一覺睡醒，聽見灶間有吱呀呀的紡車聲。他披上衣服爬起牀，躡手躡腳走過去看。月光從天窗透下來，灶間裏灑着一層銀粉似的霜。灶膛裏的火苗紅紅的，燉着一鍋蛇郎愛吃的青苞米。鍋中滾水咕嘟嘟地響，甜絲絲的苞米味讓蛇郎想起從前的好時光。灶火的紅光中，他嬌嬌的妻子草鳳正在含淚紡紗呢。

蛇郎驚呆過來，猛醒過來，認出了自己的親人。他奔過去抱住草鳳，兩個人臉貼着臉，淚眼模糊。

「我的親親的蛇郎啊，我變成牲口，變成樹，變成灰，心裏還是丟不下你。」

「好妹子，別說了，要怪只怪我心眼不明，是非不辨。來吧，你現在跟我回房間，我們還做從前的好夫妻。」

蛇郎一把抱起草鳳。草鳳的身體在他臂彎裏輕得好像一片雲。

「蛇郎啊，別抱我，我還沒有長成骨頭呢。你要拿高山上的冬雪做衣裳，拿雪裏的梅花做臉面，拿挺挺的雪松做骨骼，安到我身上，我才能變得和平常人一模一樣。」

這是山神對蛇郎的小小懲罰。誰叫他讓善良的草鳳受了這麼大的苦呢。

蛇郎一口答應：「妹子啊，我這就去照你說的做，你可千萬在家裏等着我回來啊。」

他拿一個麻布口袋，把鍋裏滾燙的苞米裝了一袋子，背上肩，出門上山了。

蛇郎出門時，節令才剛過白露。到他精疲力盡返回家門，山裏面已經紛紛揚揚飄起了雪。蛇郎走了七七四十九天的路，翻過了七七四十九條溝，爬過了七七四十九座小山頭。他一直走到最高最高的山頂上，找到了最潔白的冬雪，最美麗的梅花，最挺拔的雪松。他把這些東西小心翼翼帶回家，一樣一樣安到了草鳳的身體上。

雪水叮咚，梅花搖曳，松柏常青，草鳳在灶屋裏重新誕生了。她骨頭裏留着松枝的香，臉頰上泛着梅花的豔，衣裙中透着雪水的亮。她眼角下的那顆紅痣也消失不見了，變成小小一朵紅梅的印，把眉眼襯得俏麗又媚人。

金鳳聞聲走過來，看見眼前的這一幕，又氣，又恨，又悔，又羞，沒臉再回家見爹娘，只好拿黑布蒙住自己的眼，一頭跳下山崖去，變成一隻黑烏鴉，撲楞一聲飛走了。

歡喜河娃

皇帝穿着織金的緊身獵裝，腳蹬一雙蟒皮軟靴，騎着他最寵愛的栗色駿馬衝出森林時，看見一頭馬鹿在他的眼前閃了一下，一股灰黃色的旋風捲過去一般，倏忽不見了蹤影，彷彿故意引逗着他的好勝心似的。那馬鹿高大肥壯，鹿角威風凜凜，灰黃色的鹿皮泛出一層油油的光亮。皇帝驚喜地張開了嘴巴，心裏想，要是有這樣一張漂亮的鹿皮鋪在他的寶座上，臣子們和鄰國的皇帝們一定會對他佩服得五體投地，他的百姓們也一定會將他視為神勇，山呼萬歲。

那是一個以狩獵為榮的時代，一個以神武征服天下的時代。

皇帝決心要追上去射殺這頭馬鹿。

皇帝從少年登基時就喜歡狩獵，他對這個遊戲的迷戀已經到了匪夷所思的程度。為了滿足他的愛好，他可以整年整月地在山林中遊蕩，不理朝政，不思百姓疾苦。他的皇宮裏，精心餵養的都是為打獵準備的駿馬和獵狗，收藏的都是良弓和利箭。每日裏在牀上，眼睛一睜，他想的就是哪有飛禽，哪多野獸，弓應該怎麼張，箭應該怎麼射。當年老皇帝把皇位傳給他的時候，這個國家還是個富庶的國家，年年五穀豐登，人民安居樂業。等他這些年折騰下來，百姓們已經是民不聊生，怨聲載道。可是皇帝仍然不思進取，只要有獵可打，哪怕這個國家的人都窮死餓死，他也不理不睬，照獵不誤。

現在，那匹神馬鹿在他的面前閃了一下，就再也不見了。這不是存心撩撥他，讓他起急嘛。皇帝興沖沖地拍馬猛追。跟隨他身後的龐大的馬隊也掉轉了方向，緊跟其後。剎那間山林中風煙滾滾，黃塵萬丈，樹林、草地、莊稼統統都被馬蹄踐踏着、蹂躪着，一片殘敗。

皇帝的馬是百裏挑一的馬，跑起來快如閃電，侍從們騎的劣種馬自然不能望其項背。轉眼間，整個馬隊就被皇帝拋在了身後。皇帝

此刻的心思全在馬鹿身上，哪裏還顧得上招呼他的臣子們。他單人單騎，翻過了九山十八溝，越過了十嶺八道梁，鑽進一片異常茂密的原始森林中。他抬頭四望，只見密林森森，山風陣陣，怪石嶙峋，哪裏還有甚麼馬鹿的影子？這時候，夕陽西下，林子裏寂靜無聲，紫色的暮靄像一張網一樣漸漸地收攏來，涼意跟着從腳底下蛇行樣地浸漫全身。皇帝汗濕的衣袍被冷風一吹，渾身都起了雞皮疙瘩，忍不住簌簌地發起抖。他縮着脖子想，隨行的馬隊不知耽在何方，自己現在又冷又餓，天快黑了，偌大的森林根本辨不清方向，要摸出去恐怕很難，萬一林子裏趁黑竄出來幾隻老虎豹子，那就不是皇帝打獵，而是獵物反過來獵食皇帝了。

這麼一想之後，皇帝心裏真正害怕起來，熱汗變成了冷汗，處境十分狼狽。他騎在馬上，像隻關進籠子的野貓一樣，在密林中亂鑽亂拱，總算被他找到了一戶燒炭人家搭的草棚，一頭鑽了進去。

皇帝到底是皇帝，面對他的子民時，膽氣立刻又壯了，拿出一副至尊至上的派頭，用馬鞭指住這家裏年老的燒炭翁，立逼着老人給他帶路，送他回到皇宮。

燒炭翁年紀已經很老啦，眉毛鬍子都白了一大把。他對着皇帝苦苦哀求：「皇上啊，不是我不肯送你，實在是今晚我不能走開。我的媳婦就要生孩子了，這會兒正躺在牀上叫喚。我兒子偏偏又出門賣炭，今晚趕不回來，家裏僅自己一個老頭子，我是萬萬走不開啊。」

皇帝用馬鞭戳着老漢的額頭，蠻橫得一點道理不講：「我是當今皇上！你媳婦是甚麼人？她的命能有我的命矜貴嗎？不行，今晚你必須送我離開！」

燒炭翁膽小怕事，不敢抗命，哆哆嗦嗦走到牆邊拿他的砍刀。

皇帝警覺地喝住他：「拿刀幹甚麼？」

老人回答：「防個身啊。深山老林，夜裏漆黑一片，要是碰上個野物，那可夠嗆。要是碰上一羣野物，那我們兩個人的性命都會難

保。我老漢的命是不值甚麼，可要是讓野物傷害了皇上的千金之尊，我怎麼擔得了這個責任！」

皇帝聽這一說，倒先軟了下來，不再堅持連夜上路了。他跟老漢說好，暫且在這個家裏住上一晚，明天一早出發上路。

燒炭翁翻出所有的家底，好飯好菜地服侍皇帝吃飽喝足，又拿出新洗的被褥鋪好在閣樓上，小心照料皇帝睡下。皇帝騎了一天的馬，也真的是累了，睏了，倒頭便睡，呼嚕打得山響。

睡到半夜，他卻被樓下一陣緊似一陣的呻吟聲驚醒了：燒炭翁的兒媳果真就要臨盆。女人好像是難產，叫聲慘烈，聽得人汗毛直豎，心裏揪起個疙瘩。燒炭翁一個男人家，對女人生孩子的事束手無策，急得屋裏屋外團團直轉。

皇帝被攪得睡不成覺，心裏惱火，坐起身子，剛要開口呵斥，忽見門外紅光一閃，門被一陣仙風吹開，進來一個白鬍子飄飄的矮老頭。那老頭身高不足三尺，腰圍卻圓滾滾的像個水缸，穿的是一件火紅色寬大的長袍，那袍子無袖無領，不像衣服，倒像是披裹在身上的一條牀單。

他徑自走到女人的牀前，伸出一隻胳膊，手張開，掌心朝下，懸在距女人的身子約莫有兩寸高的地方，停住不動，好像是在運氣。然後，他緩緩地、慢悠悠地順着女人的身體，從上往下虛空裏一抹。只聽呼啦一聲，嬰兒滑溜溜的身子掉落在牀上，仰面朝天，四肢揮舞，張着沒牙的小嘴巴，咯咯直笑。

燒炭翁聽到孩子的笑聲，愣住了，戰戰兢兢走上前去看，自言自語地嘀咕：「哎呀，這孩子生下來不哭反笑，不要是個怪胎吧？」

白鬍子老頭要一根蠟燭點着了，舉起來，湊到孩子面前，細細觀看他的嘴臉，笑眯眯地點着頭：「歡眉笑眼，鼻隆耳大，是個有福氣的娃娃。要好生養着，將來他長大了會做皇帝的女婿，說不定還要做上皇帝。」

燒炭翁聞言又驚又喜，對着白鬍子老頭倒頭便拜，口中謝了再謝，又點上火把送他出門。

皇帝在閣樓上聽見了一切，氣得鼻子都歪到了一邊。這個容貌和舉止都很怪誕的老頭擺明了是個仙人，仙人說出來的話總是不會錯的。咯咯笑着的窮娃娃將來要做他的女婿？這不是羞辱他的皇家門庭嗎？仙人還說甚麼來着？做了女婿不算，還要做皇帝？唉呀呀，這簡直就是謀反，是大逆不道！

皇帝想到這裏，咬牙切齒，鼻子裏呼哧呼哧噴出粗氣。他心裏盤算，放着這樣的邪頭不除，還等甚麼？等他真長大了，豈不是麻煩多多？弄不好真給這小子顛覆了皇位，顛倒了乾坤，他這個真龍天子還有甚麼臉活着？

皇帝想妥了之後，趁燒炭翁出門送客，悄悄溜下閣樓，摸到娘兒倆的牀邊，想把嬰兒掐死。手才伸出去，那孩子忽然又一次咯咯地笑出聲來，笑聲銀鈴一樣清脆，小手撓心一樣地喜人。

皇帝不由一驚，想到這孩子如果真是天命，他就這麼掐死了孩子，最起碼剛才那個白鬍子老仙就不能饒他。皇帝一個轉念，就不碰那孩子了，反過手來掐死了孩子的母親。

燒炭翁返回家門，樂滋滋地到灶間煮了一碗白米粥，端去給媳婦吃，好讓她吃飽了肚子下奶。誰知他一眼看見的卻是媳婦烏青的面孔和瞪大的眼睛。燒炭翁心裏一急，胳膊一麻，粥碗咣噹摔在地上，熱粥白花花地灑了一地。他也顧不得樓上還有個皇帝，嚎啕大哭起來。

皇帝裝作甚麼事情都不知道，穿衣從閣樓下來，一迭聲地問老頭：「怎麼回事啊？你新添了孫子，應該高興，怎麼還哭啊？」

燒炭翁捶打着牀板，嚎啕着：「我這個媳婦苦命啊，才生下娃娃就死了。孩子剛落地，貓仔大的一團肉，沒了娘，我上哪兒找奶餵活他呢？老天不是明擺着也要我這個孫兒死嗎？孫兒和媳婦都死了，兒子回來我又怎麼對他交代呀？」

皇帝假惺惺地在一旁唉聲歎氣着，又為老漢出主意：「這事我有個辦法：我皇宮裏奶娘多的是，明天你送我回宮，順便把孩子也帶上，放在皇宮裏餵養，餵大了再抱回來，不是很好嗎？」

燒炭翁不敢相信皇帝有這樣的好心。他一個燒炭人家的孩子，要喝皇宮裏的奶？折壽呢！說給人聽人都不信呢！

皇帝拍拍他的肩膀：「放心啦，你看這孩子白白胖胖，歡眉笑眼，看着多叫人喜歡！放在我身邊寄養，我會把他當親兒子待的。」

燒炭翁見皇帝情辭懇切，不像是開玩笑的，也就動了心。看起來，要把這麼小的娃娃養活，也只有這條路可走了。燒炭翁把孩子親了又親，包裹得嚴嚴實實，含淚交到了皇帝手上。

天一亮，他就牽上皇帝的栗色駿馬在前面引路，把皇帝帶出了森林。

「皇上啊！」臨別時，燒炭翁感激涕零地跪在馬前，「我的孫兒就託付給你了，將來他長大了要能夠有點出息，我一定叫他不忘皇上的恩德。」

皇帝哈哈笑着，用馬鞭戳了戳他的肩膀：「起來吧，小事一樁，不必放在心上。」

可是，皇帝一回到皇宮，行裝還沒有顧得上換下，馬上叫來一個老臣：「去，找一口鐵箱子，把這個小娃娃裝進去，沉到大河裏。」

老臣把孩子接過去一看，孩子眼睛瞪得烏溜溜的，咧開的小嘴巴紅果子一樣的，正咯咯地朝他笑呢。老臣心裏就忽悠了一下，朝皇帝求情說：「皇上啊，能不能……」

皇帝眉毛一豎，鬍子一吹：「你捨不得他是不是？捨不得也行，就用你自己的腦袋換下他吧。來人哪！」

老臣嚇得臉都灰了，不等士兵衝過來，馬上衝皇帝雙膝跪下：「求皇上饒命！老臣這就去辦，一定把事情辦得漂漂亮亮，讓皇上滿意。」

他跌跌爬爬出了門，到鐵匠鋪子裏專門打了一口鐵箱子，把愛笑的娃娃放進去，一咬牙，一閉眼，悶上了箱蓋。

娃娃不知人事，躺進去的時候還手舞足蹈，笑得眉眼花花的。老臣不敢耽擱，一邊在心裏哀歎：「作孽！作孽！」一邊快馬將鐵箱子馱到河邊，狠着心腸丟進水中。

老臣回宮對皇帝作過交代後，皇帝又派了另一個小臣去找到深山裏那個燒炭的老頭，說是他的孫子腸胃太嫩，進皇宮後水土不服，拉肚子死了。皇帝還假充善人地帶給燒炭翁幾兩銀子，作為安撫。老頭手捧着銀子，哭得昏天黑地。可是皇帝的話他不能不信，也不敢不信，只能把一切歸結為孩子命不好。人家的孩子都是大哭着來到世界，他這個孫子卻是生下來就笑個不停，不是異數又是甚麼呢？

卻說那個裝娃娃的鐵箱子在河水裏滾了幾滾，等老臣走後，竟奇跡般地浮了起來，小船兒一樣在水面上漂漂蕩蕩。它不往左靠，也不往右靠，就在河面的中間，不緊不慢地順流而下。岸邊有行人聽到了箱子裏孩子的笑聲，停下腳步想看個究竟，因為箱子離岸太遠，只能眼睜睜看着它漂下去。

箱子漂啊漂啊，不知道漂了多久，也不知道漂了多遠。在一個海邊的漁村前，一對打魚的老夫妻發現了箱子，把它撈起來了。

老兩口用鐵釺撬開被海水侵蝕得鏽跡斑斑的箱蓋，驚喜地看見睡在箱子裏吮手指的娃娃。娃娃白胖喜人，一雙烏亮的大眼睛撲閃撲閃地眨動着，會說話一樣，看見了人，揮手舞腳，咯咯地笑出了聲，把老兩口樂得心花怒放。

這老夫妻年過五十還沒有一兒半女，正愁着將來墳頭上沒有香火，冷不丁地從水中就漂來這麼個嫩藕節樣的胖娃娃，真是怎麼稀罕也不夠。他們就把孩子抱回家去，取個名字叫「河娃」。女人還特地跑到河神廟裏，燒了七七四十九天的香，感謝神的恩賜。老兩口一口飯一口粥，心肝寶貝樣地守着河娃長大。

　　河娃一年年地長成了個歡眉大眼的小伙子，紅撲撲的臉，白生生的牙，直挺挺的鼻樑和微微翹起來的嘴。他生下來就愛笑，長大了還是愛笑，早晨睜開眼笑，中午坐到飯桌上笑，晚上睡到牀上還是笑。一村子的人都被他笑得心裏舒坦。多苦的日子，多重的活計，到了河娃那，齜牙一笑，苦也不覺得苦了，累也不覺得累了。老夫妻的日月中有了河娃的笑，就像糠菜餅子抹上了蜜，怎麼吃都是甜的。他們慶幸自己老來有福，撿到了這麼個開心果一樣的兒子。

　　河娃十七歲的那年，皇帝又一次帶着人馬浩浩蕩蕩出門打獵，因為追趕一羣罕見的麋鹿，一直追到河娃住着的漁村裏。馬渴了，人乏了，這個小小的漁村看上去也還算乾淨，皇帝就招呼他的馬隊歇下來，進村子飲水吃飯。

　　一村子的人都是沒有見過世面的莊戶漢，不知道皇帝來了怎麼侍候，心也慌，腿也軟，哆哆嗦嗦的誰也不肯往前站。河娃笑嘻嘻地說：「我去吧。」就下河挑來了兩桶水，送到皇帝的馬跟前。河娃一邊給馬刷毛洗塵，一邊咯咯地笑得很歡暢。

　　皇帝一眼看見河娃歡眉大眼討人喜歡的臉，心裏猛一動，覺得這小伙子的笑容好生面熟，像是在哪兒見過。

　　再聽到他無論走到哪裏都聽得到的咯咯的歡笑聲，心裏更疑惑了，就招手喊來了老漁夫，詢問說：「愛笑的這個小伙子，他是你的親生兒子嗎？」

　　漁夫不敢撒謊，老老實實告訴皇帝：「比親生的兒子還親吶！十七年前我和老太婆在河水裏撈起了他，我們就認了他做兒子，他也管我們叫爹媽，是個孝順聽話的好兒子。」

　　皇帝心裏發慌，又不肯露出絲毫，接着盤問老漢：「河水那麼深，孩子那麼小，他怎麼會漂在水裏還淹不死呢？」

　　漁夫歎口氣：「也不知道是哪個作孽的人家，生下了兒子又不要他了，打一口鐵箱子裝進去，成心要把孩子淹死的。誰知孩子偏命

大，鐵箱子裝了他都不肯沉下去，一直漂到了我們村子前，讓我們老兩口撈着了。」

皇帝坐在河灘的太陽地，拍腦袋想，心生一計。他叫人備紙備墨，倚馬背刷刷地寫信。信上說：「送信人是我不共戴天的仇人，接信後，不必等我，立即將他殺死，切切。」

他把信裝進羊皮口袋，熔蠟封好，招手喊河娃過來，拍着他的肩，皮笑肉不笑地說：「小伙子，我看你身高體壯，膽大心細，派你個差事：把這封信送往皇宮，交到皇后的手上，請她一定當你的面拆閱。記住了嗎？」

河娃說：「記住了。」河娃的臉上樂呵呵的，一點兒都沒有想到皇帝這是要害他。他帶足乾糧，背上行裝，辭別了漁夫父母，動身往京城出發。

河娃第一次出門走這麼遠的路，也不知道京城在哪個方向，只能邊走邊問。好在他嘴甜手勤快，長得又討人喜歡，一路倒也沒有覺得多為難。

走了三天三夜，京城還是遙不可望。河娃的乾糧吃光了，腳上打起了泡，鞋子磨得通了底，用幾根藤條勉強捆綁着，很狼狽。他看見前方不遠處有一片密密的樹林子，心想興許能在林子裏揀到果子吃，就糊裏糊塗地走進去。

原來這就是河娃當年的誕生地。可惜燒炭翁早死了，河娃的父親走出密林另外謀生了，那座住過皇帝的草棚也已經坍塌不見了。

河娃從小在水邊長大，根本不諳山路，一進林子就轉了向，果子還沒有吃着，卻七拐八繞怎麼都摸不出森林的邊。正着急呢，看見前面有一座白瓦白牆的廟，青青的、暖暖的炊煙從廟頂冒出來，叫人心裏頓時鬆下一口氣，彷彿回到老家、見着了自家灶膛裏的火那般的親切。

河娃直奔那廟而去，踏進廟門，看見一個白鬍子飄飄的老頭坐在灶間燒火做飯。那老頭身材矮得像板凳，腰身圓得像水缸，披一件怪模怪樣的火紅色長袍子，見了河娃，一點都沒有驚訝，好像算好了今天有人要來似的，揭開鍋蓋就給河娃盛飯。老頭做的飯香得要命，河娃肚子餓得很了，也沒有客氣，朝老人咧嘴一笑，一口氣扒下了三大碗。白鬍子老頭笑瞇瞇地看他吃，不住手地給他添飯添菜。河娃直吃到額頭冒汗，肚皮滾圓。

吃過飯，老人又燒水給河娃泡腳，還親自動手挑去了河娃腳底板的水泡，把河娃穿髒的衣服鞋襪都洗了，在灶火前烤乾，縫補得服服帖帖，拿河娃當自家的小孫子一樣寵愛。河娃吃得飽飽的，被灶間的爐火烤得暖暖的，不知不覺就歪在草墊子上呼呼睡着了。

老頭這才起身，亮燈，從河娃身上摸出皇帝手書的快信。他舉起裝信的羊皮袋，看看封口的熔蠟，吹口仙氣，蠟化開了。老頭抽出信紙，展讀信的內容，不以為然地一笑，食指當筆，口水當墨，寫出跟皇帝筆跡絲毫不差的字：「送信人是我情重如山的恩人，接信後，不必等我，即刻讓他和公主成婚。切切！」

再說河娃，結結實實地睡過一覺之後，醒來筋骨舒展，精神倍增，好像渾身又有了使不完的力氣。可是等他起身四顧之後，卻發現身邊景物全非，昨夜的白色廟宇和白鬍子老頭都不見了蹤影，自己是睡在一棵參天大樹之下，身下墊的、身上蓋的全是軟和和、暖融融的樹葉和枯草，手邊還擱着一袋子噴香噴香的油炒麵。河娃驚出一頭冷汗，慌忙摸摸懷裏揣着的信，倒是沒有丟失。河娃心裏驚奇了半天，也不知道應該對誰感謝，乾脆對着大樹連作三個揖，背起那袋油炒麵，重新上路。

他很快就到了京城。京城鱗次櫛比的房屋和摩肩接踵的人羣使河娃頭暈眼花，也令他大長見識。他一路打聽着皇宮的位址。人們起先因為他鄉下人的裝扮和口音而對他白眼相向，可是河娃一點不惱，受

到呵斥之後依然是好脾氣地笑着，滿臉的坦誠和真摯，順便還幫人家挑個擔，拉個車的，眼裏頭總是有活幹。這一來，呵斥他的人反倒不好意思了，收起白眼，改換笑容，盡心盡責地為他指點道路。

皇宮門口的衞兵更加粗暴，橫眉豎目的，手裏的長矛差點兒挑破河娃的夾襖，根本不容他走近一步。河娃拿出皇帝手書的信件，遠遠地對他揚了揚，衞兵才傻了眼，乖乖地放河娃進門，還抬手敬上一個禮。

河娃覺得城裏的人要比漁村裏的人勢利很多，他一點都不能習慣。

皇后是一個雍容華貴的婦人，胖胖的圓臉像個白粉團，身上一件綢衣的價錢要抵得上全漁村的家當。而且她走起路來的時候，環佩叮噹，香氣四溢，站在她面前的河娃被熏得一個勁要打噴嚏。

皇后看完了河娃交上去的信，皺起眉頭審視河娃的模樣。皇帝在信中說：「即刻讓他和公主成婚。」皇帝這是怎麼了，發的哪門子邪呀？這樣一個破衣爛衫的鄉裏娃娃就要當她的女婿，而且是「即刻」？皇后心裏怎麼也不情願。可是在從前那個時代，皇帝說的話是「聖旨」，是至高無上的命令，儘管她貴為皇后，聖旨還是難違。皇后只好苦着一張臉，唉聲歎氣的，動員宮中的臣子後妃們緊急行動，張燈結綵，佈置新房，還親自為河娃挑選新衣新帽，讓人伺候他沐浴更衣，按摩熏香。一番折騰之後，面目一新的河娃站在皇后面前，腰板直直的，臉膛紅紅的，歡眉笑眼，不亢不卑，好一個討人喜歡的後生！皇后瞇眼樂了，心裏想，人靠衣裳馬靠鞍，這話還真是不假，小伙子裝扮起來，倒是有模有樣的。看起來，皇帝為公主挑選了這個鄉下小伙兒做女婿，興許是有他的道理的。

河娃跟公主正式拜堂結了婚，成了皇宮裏的駙馬爺。但是河娃本性善良，從不恃寵驕橫，更不仗勢欺人，跟皇宮裏上上下下的臣子僕人都相處得很好。他對公主也是溫柔體貼，笑口常開，公主喜歡他到

了一刻都不能離開的地步。皇帝打獵未歸的這段日子裏，皇宮裏總是歡聲笑語不斷，主僕間其樂融融。

終於有一天，皇帝在外面過足了打獵的癮，帶着他的馬隊浩浩蕩蕩回宮來了。他一眼看見迎接他的人羣中還有河娃，驚得差點兒從馬上跌落在地。真是怪事啊，他明明囑咐皇后「即刻將送信人處死」的，怎麼這人還活在世上？待到他得知小伙子已經成了他的女婿，他簡直要氣昏過去，怒不可遏地找到皇后，責問她怎麼敢違抗聖旨？皇后十分委屈地回答說，怎麼是違抗聖旨呢？不是你自己在信上吩咐這麼辦的嗎？還好皇后保存着那封信，就找出來，讓他自己看。皇帝只瞥了一眼，眼睛都直了：信紙是皇宮裏的，筆跡和印鑒都是他自己的，連用語、口氣都跟他一般無二，就是信中內容完全變了，與他的本意截然相反。

皇帝拿着這封信，左思右想不得其解，把河娃叫來詳細問他送信的經過。河娃自然一點都不隱瞞，一五一十地說了，尤其提到那晚森林中突然出現、第二天早晨又突然消失的好心老頭。河娃細細描述了老頭的音容笑貌，皇帝才恍然大悟：這是河娃出生那天見到的白鬍子仙人。皇帝不由跌足頓歎：一切都是天命啊！

但皇帝覺得自己也不是凡人，皇帝一向稱為天子，天子憑甚麼受仙人制約？何況皇帝最耿耿於懷的是仙人預言河娃要替代他當皇帝那句話，無論如何，他不能坐視悲劇發生，要把劇情扼殺於萌芽之中。

皇帝假意病倒，額頭上紮着一方白綢帕子，在牀上半倚半躺着，被單一直拉到下巴殼兒上，把河娃叫到牀邊來，哼哼唧唧嘰地說：「好孩子啊，你現在是我的女婿了，女婿半個兒，你能不能替我辦成一件事呢？」

河娃的心從來都是水晶一樣透明，壓根兒就沒有把皇帝的話往壞處想，一口答應：「父王，您說吧，我一定想方設法幫您辦。」

皇帝就假意歎口氣：「這件事啊，說難恐怕還真是難。我昨夜做了一個夢，夢裏有個仙人指點我，要拿太陽姑娘的三根金髮燒成灰喝下去，我這病才能夠好透。兒啊，你願不願意替我去找這三根金髮啊？」

河娃毫不猶豫說：「您是我的岳父，只要能治好您的病，老虎頭上的毛我也要去拔回來。」

皇帝暗自高興：「好，好，是個孝順的孩子。這樣吧，你找到了金髮，就馬上送回來給我。要是找不到呢，就不必回宮了，我要招一個更能幹的女婿替我辦這件事。」

公主聽河娃回房一說，不禁淚流滿面。公主是愛河娃的，可是她也知道父親嫌棄河娃，存心要讓他送命。太陽姑娘到哪裏去找？她的金髮又哪裏是容易得到的呢？公主抱住河娃，死活都不放他出門。河娃不忍讓她傷心，笑嘻嘻地問：「你相信不相信我們兩個是一對恩愛夫妻？」公主含淚點頭。河娃說：「這就行了，你信得過我，就高高興興地送我出門，為了你，我想盡辦法也要拿到太陽姑娘的頭髮，回來跟你團聚。」公主被他說得破涕為笑，想想父親既然開了這個口，躲也是躲不開的，只得千叮嚀萬囑咐地送他出了門。

河娃不知道太陽姑娘的家住在哪裏。上路之後，問了挑擔的人，問了種田的人，問了打獵的人，還問了走南闖北做生意的人，誰都搖頭說是不知道。也是啊，誰會沒事去招惹那個脾氣火暴的太陽呢？河娃沒有辦法了，心裏揣摩着，太陽每天是從東方升起來的，一路朝着東方走，總是不會錯。

他夜以繼日地走，餐風露宿地走。河娃心裏想着美麗賢慧的公主，想着她在宮裏以淚洗面寂寞等待的日子，腳底下就有使不完的勁，多大的苦和累都咬牙受下了。

走了整整一月，路斷了，面前是寬寬大河，河水清澈，波瀾不興，河邊的蘆葦密密實實，清香四溢。河娃扯開嗓門喊：「有人嗎？」

蘆葦叢裏應聲竄出一條船，尖尖的船頭，平平的船底，划船的老漢頭戴斗笠，肩披蓑衣，身上背大水葫蘆，竹篙把船划得又快又穩。

「請問客官往哪去？」划船的老漢開口問。

河娃笑嘻嘻地答：「我要到太陽姑娘升起的地方去，討要她頭上的三根金絲髮。」

「你這人真叫怪，沒事要那個東西幹甚麼？」划船的老漢覺得不理解。

「我的岳父生病啦，要太陽姑娘的金髮治病呢。」

划船老漢嘖着嘴：「哎呀呀，你這孩子倒是有孝心。可是那地方恐怕不好找，路也不近哪。」

河娃快快樂樂說：「我不怕，我年輕，有的是腳力。往前走的路再遠，我走一步就少一步，總是會有個頭。」

划船老漢受他的感染，也跟着笑起來：「好，我喜歡你，你這樣的小伙子有朝氣。」

老漢讓河娃上了船，一點篙，船輕輕地漂開去，吃頓飯的工夫就到了河對岸。

河娃上岸之後問：「划船的大叔，我該拿甚麼謝你呢？」

划船老漢想了想：「這樣吧，你要是見到了太陽姑娘，麻煩替我問一問：說好了十年一換人，為甚麼我在這裏划船划了二十年，還是不見有人過來替換我？我已經老了，眼睛花了，臂力也不夠了，要是哪一天突然病倒，過河的客人找誰擺渡呢？」

河娃爽快地答應他：「好啊，等我回來的時候，一定會問明白了告訴你。」

河娃又走了一個月，走進一座石塊壘起來的四四方方的城。高高的城牆石縫嚴整，樓閣巍峨，城門包着黃銅的門釘和門環，一看就知道當初築城的時候很講究。可是走進去才知道，城裏人的狀態很奇怪，不是瞎，就是瘸，要不就是面黃肌瘦病病歪歪。因為有這些病，

無人做工，無人蓋房，也無人修路，整座城市裏草不綠，花不開，死氣沉沉，鬼氣森森，滿耳朵聽到的都是哼哼唧唧的呻吟聲，恐怖得讓人心裏憋悶。

河娃找到守城的瘸腿士兵問：「大哥啊，城裏的人都是怎麼回事啊？莫非前不久才染了瘟疫，遭了大災？」

瘸腿士兵揉着他那條爛掉半截的腿，唉聲歎氣回答他：「小老弟啊，不瞞你說，我們這城裏的人有個怪毛病，生下來就要吃一顆城頭上長生樹的果，吃下這顆果，一輩子沒病沒災，健健旺旺，日子過得美着呢。可是不知道甚麼原因，那棵樹已經整整二十年沒有結果子了，吃不着果子，一城的人病的病，殘的殘，眼見得就要死得一個不剩啦。」

士兵說着，心裏面難過起來，嗚嗚地哭了。

河娃按照士兵的指點，爬上城牆，找到了城頭上的那棵樹。只見枝幹粗大，樹冠如蓋，想必有幾百年的壽命了。只是眼下這棵樹枝黃葉枯，蟲跡斑斑，病容明顯，不說是結果子，能不能活過這個冬天都是個問題。

河娃撫着樹幹，很替這城裏的人擔憂，天生的一張笑臉上頭一回有了愁容。他恨他自己不是神醫，也不是巧手的花木匠，無法替全城可憐的百姓們排憂解難。

河娃於是又找到那個瘸腿士兵，詢問自己能夠幫甚麼忙，有甚麼好辦法能夠讓枯木再逢春。

士兵歎口氣說：「除非你能夠找到萬能的太陽姑娘。」

河娃聞言大喜：「實在太巧了，我就是出門去找太陽姑娘的呀！」

士兵搖頭：「那可不好找。太陽姑娘脾氣壞，根本不樂意見生人。」

河娃笑呵呵地：「不怕，我這個人有耐心，會用好言好語求着她，一天不行兩天，兩天不行三天，總有把她求得動心的那一天的。」

士兵也高興起來：「小老弟，要是太陽姑娘真的肯見你，麻煩你問一問她，長生樹二十年沒有結果，到底是因為甚麼？」

河娃脆脆地答：「行，你就等着聽消息吧。」

河娃穿過城，繼續走了一個月，走到一個土牆圍起來的圓圓的堡。還沒有進到堡子裏呢，河娃先看見堡子外面的土地乾渴得裂開了一道一道手指頭寬的縫，那些裂縫縱橫交錯，魚網一樣稠密。在這樣乾旱的土地上，寸草不生，沙塵飛揚，遮天蔽日的渾黃一片。

繞着土堡的那條河溝，早先應該是青草萋萋，碧水長流，如今已經乾涸得不聞一星點潮氣，溝裏的魚鱉蝦蟹也死得一隻不剩，白生生的骨架在溝底橫陳累疊。

河娃進到堡中，發現居住在土堡裏的百姓們比一個月前見到的石城百姓更加憔悴和乾瘦，他們的皮膚蛻着一層一層的皮屑，頭髮乾燥得像柴草一樣，點個火就能燒着，就連眼睛裏也是紅腫出血，乾澀無光。街巷裏的幾個孩子為爭搶小半罐渾黃的髒水，打得頭破血流，哭爹喊娘，河娃過去拉勸了半天，自己的手都被掐破了，才算是把他們拉開，把那小半罐水公平合理地分給他們每人一小口。河娃自己也是口乾舌燥，也想喝水，轉了好久，沒見一處水源，只好忍着。

河娃問城裏的一個大爺：「這麼乾旱的地方，你們是怎麼生活下去的呢？」

大爺搖着頭，嘴巴被乾乾的唾液黏着，費好大勁才張開口：「故土難離啊！明知道沒有水喝，還是捨不得走。」

「那麼你們的祖先又為甚麼選擇這個地方落腳？」

大爺的神情很不服氣：「為甚麼不選這裏？這可是一塊寶地！早先這堡裏有一眼長流不息的泉水，水旺的時候湧上來一丈多高，又清又甜，喝這水長大的姑娘們都比別處漂亮！堡裏的牛呀羊啊，堡子四周的莊稼呀草地啊，有這眼泉水的滋潤，要多鮮活有多鮮活，那日子真是神仙不如。」

「後來呢？」

「也不知道甚麼原因，突然地有一天，泉水就不再冒了，河流乾涸了，莊稼樹木旱死了，堡裏的人只能靠天落雨水度日，爭搶打架的事情時不時發生。唉，難怪呀，都是為了活命嘛！」

「就沒有想辦法挖一挖泉眼？」

「挖了。才挖開一層土，土裏忽然就冒金光，還有東西在拱呀拱的動。大家都嚇壞啦，說是神靈不讓動這個泉眼。後來就再也沒有誰敢去碰。」

「大爺，我能夠幫你們甚麼忙呢？」河娃說得誠心誠意。

大爺歪頭想了想：「除非你能找到太陽姑娘。可你又怎麼能找到她？唉，我這話說了也是白說。」

河娃快樂地叫起來：「大爺啊，我正是要去找她討頭髮的！你就說吧，如果我真找到了她，我能夠為你們辦甚麼事？」

大爺的兩眼放出光亮來：「好心的小伙子，你要是見到了太陽姑娘，就幫我們問一問她，活命的清泉為甚麼二十年都沒有水出來？再這樣旱下去，我們這個堡子裏的人就會死光了。」

河娃點頭：「好嘞，放心吧，我一定會問到。」

河娃忍着飢渴離開城堡，走出去一天一夜才見到了清清的河流，吃到了用水煮出來的食物。

又過了一個月之後，他走到一片高高的綠草甸子上。離老遠，他聞到了一股奇異的香味，不是花香，也不是飯香，是暖烘烘的曬被子的香。河娃忽然明白了，這就是太陽姑娘的氣味啊，不知不覺中他已經走到了她居住的地方。他欣喜地想，怪不得草甸子上的草特別綠，樹特別高，花特別豔，水也特別甜，原來是太陽姑娘生活在這裏，她的光芒每天都是最早照亮了這一片土地，這裏的生命才會比別處更加健旺。

他沿着清清的河水往草甸子的深處走。草甸子上的迎春花是金黃色的，醉魚草是紫藍色的，錦帶花開出玫瑰紅的嬌羞，飛燕草的花

像無數隻棲落在花枝上的小乳燕，風信子有白有紅有藍有紫，是隨風給人們帶來福音的快樂信使。還有香石竹、虞美人、白繡球、金盞菊……它們朝着太陽綻開笑臉的樣子多麼漂亮啊，好像生長在這片光明和温暖的草甸子上是它們最最渴望、最最滿足的事情，它們願意讓自己蓬蓬勃勃的生命在陽光下噴發出來，飛舞起來，把活着的每一天都過成一個狂歡的節日。

河娃一邊走，一邊伸手撫摸着簇擁在他身邊的花朵和草葉，嗅着它們芳香醉人的氣味。他走到河灣處青石板鋪出來的水碼頭，看見一個年老的媽媽蹲在石板上洗衣服。老媽媽把一頭黑亮亮的頭髮在腦後盤起一個圓圓的髮髻，髮髻上插着一個太陽形狀的銀髮簪，耳朵上還掛着兩個太陽形狀的銀耳環，富富態態，慈眉善目，一看就知道是一個好脾氣的人。

她手裏洗的那件衣服，不是綢，也不是緞，卻比綢緞更滑、更亮、更華貴，在河水裏嘩的一下子甩出去，方圓足足能夠鋪滿一個打穀場，金光燦燦的顏色看上去好像一團火，把河裏的魚兒都驚得四處逃散。因為衣服太大了，在水裏展開和收起都吃力，老媽媽又洗得過於認真和仔細，她的身體就有點力不從心，額角沁出了亮晶晶的汗，時不時地還伸手到背後捶一捶腰。

河娃趕緊丟了行裝衝過去，笑嘻嘻地在老媽媽身邊蹲下來：「老阿媽，你年老體弱，洗這麼大的衣服太累了，還是讓我來幫你的忙吧。」

老媽媽抬頭打量河娃，看見歡眉笑眼的小伙子，人勤快，嘴巴甜，一下子喜歡上了他。

老媽媽客氣道謝說：「啊呀呀，那麻煩你啦。」

她站起來，讓開身，在衣襟上擦一擦濕淋淋的手。河娃利索地下到淺水裏，雙手扯住衣服的邊，胳膊舒展開，嘩的一聲，甩漁網一樣，將這件金燦燦的衣服用力甩出去，在清清的河水裏來回蕩滌着。

　　河娃一邊洗衣服一邊跟老媽媽扯閒話：「這麼好看的衣服，我長這麼大還從來沒見過。」

　　老媽媽告訴他：「這叫『霓裳羽衣』，世間只有這一件，獨一無二呢。」

　　河娃說：「穿這衣服的人，一定是世上絕頂尊貴的人物了。可是她穿髒了衣服卻要讓老阿媽你來替她洗，真是有點不應該。」

　　老媽媽又是抱怨又是幸福地歎口氣：「你是不知道，穿這衣服的人就是我的女兒啊，她天天一清早就要出門遠行，在天空裏跑出十萬八千里，天黑透了才能回到家。她做事做得很辛苦，回家一挨枕頭就睡着了，哪裏有時間來洗她的衣服呢？要是我這個做阿媽的不來心疼她，她真是要活活把自己累死了。」

　　河娃一聽，心裏已經有了數：老媽媽就是太陽姑娘的老母親。他很高興，萬人景仰的太陽姑娘，遠在天邊近在眼前啊！

　　河娃做事又利索又周到，半天的工夫，他已經幫老媽媽洗好了衣服，擰乾水晾在門前，還幫忙打掃了屋子，劈好一大堆柴火，擔水澆了菜園，壘好了雞窩羊圈，最後爬到屋頂上堵好了漏子。

　　老媽媽扎煞着兩隻手跟前跟後，心裏又感激，又歡喜，恨不得河娃從此住下來，成為她的一家人。老媽媽咂着嘴巴說：「我那個女兒的長相是沒說的，可惜是個火暴性子，又要強得很，一個人獨來獨往慣了，早就說過了一輩子都不肯嫁人，要不然，我招了你做女婿，一家人的日子過得該多美氣呀！」

　　河娃笑着告訴她：「老阿媽，我已經是討過老婆的人了，我的媳婦又溫柔又美麗，我出門的日子裏，她天天都會倚着門框等我回家呢。」

　　老媽媽又是替他高興，又是覺得失落：「啊呀呀，世上的好小伙子都給好人家的姑娘分走了，就像金鳳凰都落到了梧桐枝上！」

　　河娃安慰她：「老阿媽呀，你不要傷心，你的女兒又尊貴又能幹，她會讓你一輩子都有福氣的。」

老阿媽被河娃說得心裏很熨貼。

可是眨眼她又發起了愁，為難得在屋裏團團轉：「好孩子啊，你幫我做了這麼多的事，我該拿甚麼謝你呢？你看我這個家裏，也沒有甚麼稀罕的東西好送給你。」

河娃實心實意說：「老阿媽，我別的沒有甚麼需要，就請你送給我太陽姑娘頭上的三根金髮吧。」河娃就把他來到這兒的目的，這一路上見到的奇怪現象，以及人家託他詢問的事情一一地告訴了老媽媽。

豈不知河娃這一天幹的活太多，等他空下來跟老媽媽細說一切的時候，天色已經向晚，他說着說着，先是聞到窗外的遠方有一陣奇異的香味飄過來，而後就聽到了天邊隆隆的腳步聲。老媽媽側耳一聽，臉色大變，對河娃說：「糟了，是我的女兒回來了！她不喜歡有陌生人進這個家門⋯⋯」

她起身，慌忙找地方讓河娃躲藏，心急慌亂中怎麼也找不到，聽聽腳步聲已經到了屋門口，急中生智，用胳膊把河娃一擋，把他藏到了自己身後。

太陽姑娘到家的刹那間，河娃即便是藏在老媽媽的身後，還是覺得眼睛裏刺進了千根萬根的金線線，覺得整個的屋子，從屋頂到牆面，從窗台到灶台，金光燦爛，煌煌耀眼，原先那些普普通通的桌子板凳都好像罩上了一層金羽衣，漂亮得不再是原先的那模樣。太陽姑娘叫了一聲：「阿媽！」便動手卸下衣裝，挽起金髮，換上了家常穿的布睡袍。屋子裏耀眼的金光跟着慢慢暗下來，河娃的眼睛也恢復了正常。

太陽姑娘很敏感，坐下喝了一口水，立刻覺得家裏有甚麼地方不對勁。她開始東嗅西嗅，神色不安。「阿媽呀！」她喊道，「我們家裏是不是有陌生人來過了？」

老媽媽把手臂別到身後，攬緊了河娃：「沒有，沒有，家裏只有阿媽我一個。」

太陽姑娘皺着眉：「不對，家裏肯定還有別的人。」

她站起來，走到老媽媽身後，一伸手拉住河娃的胳膊，把他扯出阿媽的臂彎：「你是誰？到我的家裏幹甚麼？」

她眉頭緊皺，美麗的嘴巴撅起來，眼睛裏已經燃起了閃閃爍爍、金光四濺的火星子。

河娃想要開口說話，就像剛才跟老媽媽細拉家常一樣，坦白告訴她一切的事情。可是太陽姑娘的脾氣是真不好，她根本不想聽，也沒有耐心聽，她拎住河娃的胳膊，只一甩，就把他甩出了門外。

「走開走開！」太陽姑娘怒氣沖沖地說：「我累了這一天，要休息了，看見生人心裏就很煩！」

河娃體諒到太陽姑娘的辛苦，不想惹她動火，只得離開。剛走出幾步，老媽媽抱着一牀被子匆匆地趕上來。老媽媽一臉歉意說：「孩子啊，我女兒就是這個壞脾氣，還請你不要見怪。今晚你就在野外找個地方對付一夜吧，裹好被子別受涼，明天我們再作打算。你放心，我女兒脾氣雖不好，卻是個孝順的孩子，我一定有辦法讓你滿足所有的願望。」

河娃快快樂樂地說：「老阿媽，太陽姑娘一天工作太辛苦，她心裏的火氣總要發出來，晚上睡覺才能香，你說是不是這個理？」

老媽媽連連讚歎：「你真是個通情達理的好孩子！」

河娃爬到一個高高的草垛子上，身下墊着軟軟的麥草，身上裹着老媽媽給他的棉被，眼睛看着天上的星星，鼻子裏聞着青草和鮮花的香味，不一會兒就香香地睡着了。

黎明前，河娃的睡夢正甜呢，隆隆的腳步聲把他驚醒，他睜開眼睛，看見半空裏金光耀眼，太陽姑娘已經披着她的霓裳羽衣，周身飄散着那股暖烘烘的異香，急急忙忙開始她一天的工作了。河娃趕緊爬

起來，回到老媽媽的家。老人家已經做好豐盛的早飯，正望眼欲穿地等他來呢。小米粥，貼餅子，拌豆腐，炒雞蛋……東西真多啊，老媽媽笑眯眯地坐在一旁，左一碗右一碗地催促河娃吃，好像要用飯食彌補這一夜對他的怠慢。

河娃這一天所做的事，是為老媽媽開出了半畝地的菜園子，種上了辣椒、茄子、豆角、青菜。大概因為草甸子離太陽最近，水美土肥的緣故吧，那些菜秧兒栽下去才幾個時辰，就長得青翠茁壯，開始抽枝牽蔓。河娃驚喜地說：「這地方真好啊，插根木棍兒都能發芽長葉！照這樣長下去，不出三天就能夠吃到新鮮的蔬菜啦。」

老媽媽端個小板凳坐在一旁看着，笑得合不攏嘴：「多虧你想得周到啊。」

有了昨天的教訓，老媽媽不肯讓河娃在屋裏屋外耽擱時間太長，太陽還沒有完全落山，她就找出一口大木缸，讓河娃躲到缸裏面。怕女兒回家聞到生人的味，她又把女兒換下來沒洗的一件衣裳蓋在河娃的身上。

「孩子啊，委屈你啦。忍着點，別出聲，你想要的東西今晚都能夠得到。」老媽媽慈愛地叮囑他。

傍晚，太陽姑娘精疲力盡地回家了。她一眼看見屋裏多出來一隻大木缸。「阿媽呀！」她皺着眉頭叫起來：「這麼大的木缸，放在屋裏多難看，不留神還會絆你跌跟頭，我幫你搬出去吧。」

老媽媽衝上去護住缸：「別動別動！你沒看見我在園子裏種了菜嗎？等茄子豆角甚麼的下來了，我要拿木缸盛它們。」

太陽姑娘就沒有再堅持。她幹完這一天的工作真是很累了，吃過晚飯趴在老媽媽的腿上跟她說話，說着說着頭枕着阿媽的腿迷糊起來。老媽媽靠在火爐邊，嘴裏哼着催眠曲，手裏抓着太陽姑娘金絲般的長髮一下一下輕輕地梳。從髮根梳到髮梢時，她拈住了其中最長最

亮的一根，繞在指尖上，猛地一扯。頭髮扯下來了，太陽姑娘也被她弄疼弄醒了。

太陽姑娘動了動身，抬手摸一摸癢刺刺的頭皮，睡眼惺忪地問阿媽：「阿媽，你幹甚麼扯我的頭髮？」

老媽媽連忙說：「女兒啊，我剛才做了一個很奇怪的夢，夢見很遠的河邊有一條擺渡的船，老艄公已經在那船上擺了二十年的渡，老得快要拿不動槳了，他問我，怎麼還沒有人去替換他？難道要等他死了才會有人去接他的班？」

太陽姑娘迷迷糊糊答道：「那渡口太小啦，找他擺渡的人太少啦，也難怪別人忘記了他。這樣吧，等下次有人從他那裏過河時，他只要把槳丟給那個上渡船的人，那人就會接替他把船划下去。」

老媽媽故意大聲地重複了一遍她的話，然後說：「是這樣啊！我知道啦。」

老媽媽接着哼催眠曲，用手指替熟睡在她腿上的太陽姑娘梳頭髮。她用手指拈起女兒的第二根長絲髮時，心顫抖了，怎麼也下不去狠手了。她歎口氣，彎腰吻一吻女兒睡得紅撲撲的臉，改變了主意，坐着守護女兒到天明。

黎明時分，太陽姑娘一覺睡醒，披上金燦燦的霓裳羽衣，轟隆隆升上天去。

老媽媽趕快過去揭開了木缸的蓋，伸手把河娃拉上來。「孩子啊，憋了這一夜，可把你憋壞了。夜裏你聽到我和女兒說的話了吧？」

河娃笑嘻嘻地點頭說：「聽到了。謝謝好心的老媽媽。」

老媽媽卻歎口氣：「我想要扯她的第二根長頭髮，向她問第二個問題，想來想去怎麼都下不得手。我覺得對不住你。」

河娃趕緊攔住她的話：「阿媽你不要這麼說，天底下做母親的人都會這樣的。」

「今天夜裏，我一定幫你完成心願。」老媽媽對河娃保證。

河娃又在太陽姑娘家裏留了一天。他是個勤快的人，手腳不能閒，留下來的這天裏，他看見老媽媽屋頂上的苫草用得太久了，草稈已經腐爛發黑了，就搬梯子上房，扒掉了全部舊草，換上剛打下來的黃亮亮的新麥草。

這一夜，阿媽狠着心腸扯下女兒的第二根頭髮。太陽姑娘被弄醒之後皺着眉：「阿媽呀，往日你總是很心疼我的，這兩天怎麼老是不讓我好好睡覺呢？」

老媽媽抱歉地說：「我剛才又做了一個夢，夢見遠方的城堡裏有一棵能結長生果的樹，城裏的人生下來就要吃一顆那樹上的果，不然就會百病叢生，年輕輕地死去。可是不知道為甚麼，那棵樹二十年沒有結果子了，那地方的人病着的死了的已經很多了。」

太陽姑娘打一個哈欠，睡意朦朧地答：「這沒有甚麼奇怪的，因為那棵樹的樹根底下盤踞着一條蛇，蛇吸附了長生樹的精氣，樹自然不結果。只須翻開土，打死那條蛇，一切都會跟從前一樣了。」

老媽媽拖長了聲音答應道：「噢，原來是這樣！」

很快，太陽姑娘細細的鼾聲又起，在老媽媽膝蓋上睡得香香的，臉蛋紅紅潤潤的，呼出的氣息像棉線一樣長長的。

老媽媽手摸着女兒的頭髮，實在不忍心下手再扯第三根，攪擾得女兒一夜睡不好，萬一明天升到天空之後，女兒睏極了乏極了從天上掉下來，那可是一件要命的事。

她又留河娃住了一整天。河娃在這一天裏做起了細木工的活，幫老媽媽把家裏破了門的衣櫥補好了，鬆動了腿的桌子凳子也整好了。

太陽姑娘回家歇下來之後，老媽媽掌着燈，咬着牙，扯下了她的第三根頭髮。

太陽姑娘真的有些生氣了，她睜開一雙紅通通的眼睛跳起來：「阿媽呀，你這幾天莫不是糊塗啦，一次一次地弄醒我，到底是要做

甚麼呀？」

老媽媽看着她委屈的模樣，心疼得眼淚都要流出來：「乖孩子，我不是故意的，我實在是心裏有事，煩惱得慌。」

太陽姑娘催促她：「有甚麼事，你說吧。」

老媽媽輕輕地歎一口氣：「這兩天我怕是中邪了，一閉上眼睛就做夢。我夢到離這不太遠的地方有個荒涼的土堡，堡子裏活命的水泉被堵了二十年，人吃不上水，牲口喝不上水，莊稼也澆不上水，眼看着堡子的百姓都要旱死啦。」

太陽姑娘鬆了口氣：「這小事呀！泉眼不出水，是因為出水口堵了大青蛙，把牠趕出來，打死，水就像從前一樣流得暢快了。」

老媽媽鬆了一口氣，把三根金絲髮小心地藏在衣袋裏，拍着女兒的背，要她再接着睡。

太陽姑娘卻不肯再睡啦，她目光灼灼地盯住阿媽的臉：「阿媽，你老實告訴我，這幾天家裏來了甚麼人？」

老阿媽慌得臉都紅了：「沒有，沒有，甚麼人也沒來過。」

太陽姑娘揚了揚眉：「別騙我，我都看到了：菜園子裏長出了新鮮的瓜果和蔬菜，屋頂上苫了新麥草，屋裏面桌椅板凳修得漂亮又結實。阿媽你告訴我，甚麼人這樣勤勞又手巧？」

阿媽只好走過來，揭開木缸的蓋，拉出了憨憨笑着的俊小伙。

太陽姑娘愣住了：「原來是你！你還沒有走！」

河娃笑容滿面地解釋說：「好姐姐啊，拿不到你的三根頭髮，完不成百姓對我的囑託，死活我都不能走呢。」

太陽姑娘終於耐下性子聽河娃說了一切。她大膽熱烈地看着面前這個眉清目秀的小伙子，心裏面不但不怨他，反倒愛上他啦！太陽姑娘長這麼大，還是第一次喜歡上一個陌生的男人呢。

可是河娃不能接受她的愛，因為他已經娶了美麗又善良的公主，公主正在皇宮裏日日倚門盼他歸呢。

太陽姑娘求愛不成，又氣又羞，一張臉漲得比從前更紅，一跺腳，一甩手，早早地就出門上天去了。這一天就是夏至，一年中日照最長的一天，因為太陽姑娘得不到她喜歡的人，氣得遲遲都不肯收工回家門。

老媽媽不得不替她向河娃道歉：「孩子啊，你沒有錯，你娶公主在先，自然不能為了新歡放棄舊愛。我女兒的脾氣太不好，是我把她從小寵壞了。拿上這三根金絲髮，你趕快走吧，去為那些可憐的百姓排憂解難，去治你岳父的病，見你久別的妻子。」

河娃接過金髮，倒身對老媽媽拜了三拜，又擔水給菜園子澆了最後一遍水，拿柴刀到林子裏砍回一大捆柴，幫老人家裏家外收拾了又收拾，實在找不到甚麼活可幹了，才一步三回頭地離開了太陽姑娘的家。

河娃走了一個月，重新回到無水的土堡時，堡子裏的人早就攜兒帶女等在三里開外處，一個個伸着脖子，踮着腳，盼他盼得眼睛都直了。河娃仔細看去，發現這裏乾渴的情況比他走的時候更加嚴重，女人們的頭髮因為缺水都掉光了，那個跟他說過話的老大爺，嗓子已經發不出聲，只能努力用手勢比劃着，表示對河娃的盼望和希望。

河娃顧不上多說話，急急地帶着堡子裏的人往泉眼那邊走，路上還借了鐵匠店裏的一把大鐵鍬扛着。到了泉眼處，他扯開雜草，搬開石塊，開始用鐵鍬挖掘堵在泉眼上的土。

大爺慌忙拉住了他，比劃着說，這土動不得，土一挖開，地下會冒金光，還有東西動，說不定是龍王爺霸住泉眼在這兒住下了。動了龍王爺的土，得罪了龍王爺，那可不是鬧着玩的事。

河娃笑了笑，大聲地告訴他：住在泉眼裏的不是龍王爺，是一隻成了精的大青蛙。

說着，他手裏的鐵鍬舞得更快，肩膀上下地起落，肩胛上的肌肉小老鼠一樣地滾滑，額頭上汗珠滾滾。不一會兒，只聽「呱」的一聲

大叫，一隻金黃色體大如牛的青蛙果然怒氣沖沖地拱出土來，眼睛鼓得像兩口大鐵鍋，鼻子裏噴着黃黃的霧氣，嘴巴嚇人地張開着，伸出紅通通的門板那麼寬的大舌頭。

堡子裏的人呼隆一下子散開了，退後到十幾步外的地方，害怕得渾身哆嗦。河娃也沒有見過這麼大的青蛙，但是他一心一意要為民除害，也就顧不得擔心和害怕。他機智地繞到青蛙的身後，準備從牠的背後突襲。青蛙體形龐大，行動笨拙，看似兇狠，其實也就是白長了一副嚇唬人的樣子。河娃從牠的背後蹬着牠的脊樑爬上去，一直衝到牠脖頸處，拿鐵鍬朝着牠頭頂心猛一拍。青蛙腦袋一縮，立刻就被拍暈了，癱軟了，眼睛迷瞪瞪地發愣，涎水流下來一尺多長。

堡子裏的百姓見狀，膽氣馬上又壯了起來，發一聲吶喊，幾十個人一擁而上，你一扁擔，他一鋤頭，就把青蛙打得沒了聲氣。

老大爺走過去，把泉眼裏堵着的土掏了掏，就見一股清冽清冽的水頭嘩地噴出來，在太陽下面筆直地衝出幾丈高，水珠映着陽光，五顏六色，晶亮晶亮，好看得就像在半空裏盛開了一片透明的花朵。人們喜笑顏開，仰起腦袋，張開嘴巴，爭先恐後地等着承接從空中灑落下的甘露。孩子們乾脆就脫光了衣服，跳到那一片水簾子裏，嬉鬧歡叫。

河娃驚奇地發現，因為有了水，才半天的功夫，堡子裏的景況已經變了一個模樣：人們喝足了泉水之後，又拿水洗了臉，洗了頭髮，洗了身子和衣服，還洗淨了街道的塵土和門窗上的泥垢。洗刷之後的人們再走上街頭時，女人們一個個白淨水靈，花苞一樣滋潤；男人們都是眉眼俊朗，松樹一樣挺拔；老人們也都顯得耳聰目明，精神健旺。泉水流過去的地方，街道像河流一樣閃光，樹木葱綠得要淌出油來。水接着流淌，嘩嘩地衝到土堡外面，洶湧漫溢，澆灌着大片乾渴的農田，莊稼一轉眼挺直了腰身，伸展了葉片，滿世界都聽得見它們嘎嘎的伸腰拔節的快樂聲響。

　　河娃高興地想，有泉水的堡子，原來是這樣一個地肥人美的好家園啊。

　　堡子裏的人為了感謝河娃，送給他二十匹黑馬，二十馱白銀。

　　河娃趕着馱白銀的馬匹繼續走，又一個月，走到長生樹不再結果的病城中。

　　瘸腿的守城士兵已經瘸得不能走路了，那條病腿又流血又淌膿，蒼蠅圍着他嗡嗡地飛，白花花的蛆蟲從傷口裏不斷往外爬。他勉強坐在一個蒲團上，用手撐着一點一點地往前挪，挪到城門口，痴痴地等候河娃回轉來。見到河娃的面，他激動得眼淚都要往外流：「好兄弟！我就知道你還會回來的。從你走了之後，我天天在這裏等，等了八八六十四天整。要是再過八八六十四天還見不到你的面，大哥我怕就等不上啦。」

　　河娃說：「別擔心，這事情容易辦，找一把鋤頭來，打死長生樹下盤着的一條蛇，樹就能夠再結果子了。」

　　城裏的人都心急如焚地跟在河娃身後去打蛇。用鋤頭刨開樹根，果然有一條黑白相間的大花蟒伸着懶腰不緊不慢爬出來。蟒蛇的頭大如栲栳，眼睛像兩盞牛角做的燈籠，身上的鱗片比鎧甲還厚，突突地吐着比小孩子胳膊還長的蛇信子，渾身上下散發出一股濃濃的腥臭，熏得在場的人頭暈作嘔。

　　看樣子蟒蛇正酣睡未醒，迷蒙着，腰身尾巴都擺動得不利索。河娃趁牠沒有醒過神的工夫，上去一鋤頭，剛好打在牠的七寸處。人們湧上去抓住牠的尾尖尖，拚命地抖落着。蟒蛇的腰節嘩地一下子散開來，在地上軟成了一堆爛繩頭。

　　大家齊心合力搬走了死蛇，又七手八腳為長生樹鬆土，施肥，澆水。眼看着那樹皮泛了青，出了綠，樹枝爆發新芽，長出嫩葉，有說不出來的清香從每一片新生的綠葉上溢出來，用不着吃果子，光是聞

一聞樹葉上的這股香，人們就已經眼明心亮，神清氣爽，渾身上下舒坦得像麥子要拔節。

一城的人對河娃跪拜作揖，感謝他給他們帶來了再生的機會。那個傷癒之後健步如飛的守城士兵，更是執意要讓河娃作他拜把子的兄弟。全城人商議送給河娃二十匹白馬，二十馱黃金。

他們說，要是河娃不肯收下這些禮物，他們會趕着馬匹，馱着黃金，攆在他的身後走。

第三個月過去，河娃回到了當初擺渡的河邊。撐船的艄公鬍子又白了許多，抓着船篙的雙手也有點哆哆嗦嗦。他一見河娃就着急地問：「見着太陽姑娘沒有啊？」

河娃笑着說：「見着了。」

「我的事情她怎麼說？」

河娃剛要說出太陽姑娘的話，轉念一想，不行啊，要是艄公把船槳塞到了他的手中，他不就回不去皇宮，見不着盼他團聚的公主了嗎？河娃機靈地把話嚥下去，吩咐艄公說：「你先渡我過河，我再告訴你一切。」

艄公把船從蘆蕩裏划出來，載了河娃過河，一路上都在絮絮叨叨。

到了河對岸，河娃跳下船，回頭對艄公說：「大爺啊，對不起了，我的岳父等着我尋找到的藥引子治病，我的妻子盼望我平安回家團聚，原諒我這次不能幫你的忙，下次再有人來擺渡，你只要把船槳丟給他，他就是那個接替你的人。」

艄公後悔沒有早點把船槳塞到河娃的手裏，但是來不及了，河娃已經上岸了。

河娃騎上了黑馬，急奔百里之後，再換上白馬，黑馬白馬來回倒換着騎，一路疾跑如飛，不幾天就看見了皇城牆上高高的城樓。

　　半年不見，皇帝打獵的嗜好未改，朝中的政務比從前更亂，國人的生活也比從前更加不如。而美麗賢慧的公主因為思念河娃，害怕他一去不能回返，日夜啼哭，已經哭瞎了一雙水汪汪的眼睛。

　　河娃見到公主的模樣，心疼如割，想起身上還帶有喝剩下來的不老泉的水，趕快拿出來，灑了幾滴在公主的眼睛上。真是怪啊，公主覺得眼睛裏的清涼順着鼻腔喉管一直滲透到心裏，身上的每一個毛孔都舒爽得如花蕊綻開，如泉水浸潤。不一會兒，她的眼睛眨了幾眨，慢慢地張開了，瞳仁亮亮的，眼神清澈像初生的嬰兒。她驚歎一聲撲到了河娃身上，又哭又笑地說：「我的郎君啊，我又能看到你了！我看你看得比從前更清楚了！」河娃就拍着她的肩背說：「公主啊，眼睛復明了，就不能再哭了，應該開開心心笑起來才是啊。我要你笑着把日子過下去。」

　　公主就笑着抹去眼淚，笑着拉住河娃的手，一直一直都笑着，腮邊的笑靨像兩汪清亮的泉水。

　　河娃從懷裏掏出三根金燦燦的長絲髮，連同人們送給他的二十四黑馬，二十匹白馬，二十馱白銀，二十馱黃金，一起交給了打獵歸來的皇帝。皇帝先是喜得圍着金銀馬匹團團直轉，而後扯着金絲長髮反反復復地看，不敢相信地問：「這真是太陽姑娘的頭髮嗎？」河娃笑嘻嘻反問他：「不是太陽姑娘，誰能夠有這樣漂亮的金髮呢？」

　　皇帝拿着金髮，感慨不已。他奇怪河娃是怎樣找到太陽姑娘，又怎樣得到了脾氣暴怒的太陽姑娘的長頭髮。公主在旁邊替河娃回答：「因為他生下來就會笑，他面對整個世界都是笑着的，笑容會融化這世上所有堅硬的東西，包括人的心。笑容也會讓他得到應該屬於他的一切。」

　　皇帝聽不懂，也不可能理解。他開始打聽河娃從哪兒得到這麼多的財寶和馬匹。聽河娃把這一路上的經過細細講述一遍之後，皇帝不覺心裏生出好奇和嚮往，他想的是：我年紀也這麼大了，打獵都打不

動了，不如出門去找那長生果和不老泉，吃過了，喝過了，讓自己恢復年輕和健康，好回來永遠當皇帝。

皇帝說走就走，一時半刻都不肯耽擱。河娃為了國家和家庭還想拉住他，勸一勸他，皇帝卻袖子一甩，騎馬奔出了城外。

到了那條有人擺渡的大河，皇帝吆三喝四地上了船，態度兇蠻又霸道。艄公想，這樣的人，就該磨磨他的性子，讓他老老實實做點有用的事。艄公等船行到河中央時，忽然把手中的槳往皇帝手裏一塞。就這樣，皇帝成了接替艄公的人，再也下不了船啦，從此年年月月在河上替人擺渡。

河娃被全國上下擁戴着當了皇帝。他成了世上第一個用微笑和誠意治理國家的人。

含羞草

　　貨郎是一個模樣俊俏的小伙子。還得謝謝他的爹媽先天就把他生得好：頎長的身條，玉色的皮膚，眉眼鼻子樣樣在地方，怎麼看怎麼舒服。

　　他不光長相好，嗓音也好，笛子吹得更好。雖然沒有人教過他，也沒見他正經八百學過多少，但是笛子拿到手裏，三擺弄兩擺弄，他就能把它吹響了，吹出好聽的曲調來了。怎麼說呢？貨郎的聰明全在這上頭，他從小注定了是塊走村串鄉做生意的料。一年四季，他穿一身乾乾淨淨的紫花布的對襟衫，戴一頂白白生生的麥草編的寬邊帽，挑一副咣噹作響的貨郎擔，東莊跑到西莊，南鄉跑到北鄉，一個銅板一個銅板，有滋有味地做他的小本生意。每次他走到一個村頭上，擔子一放下，後腰裏就抽出那桿紫油油的竹笛，六個指頭摁住笛孔，笛子橫放在嘴邊上，試一試笛音，快樂的小曲就活蹦亂跳地從他嘴裏飛出來。貨郎的笛子一響，人還沒有來得及反應，全村的狗先開始興奮，奔來奔去地吠叫，一家家地跑動，喊人，拖着主人家孩子的褲腿往貨郎挑子這邊撕扯，熱情得像是貨郎的義務推銷員。

　　這樣，貨郎每到一個村子，因為人緣好，生意跟着就好。姑娘買他的胭脂擦臉，小媳婦買他的絨花插頭髮，孩子拿廢銅爛鐵換他的麥芽糖、米花糖，老太太買個耳勺掏耳朵，老頭買根撓癢癢的「老頭樂」。那些當家主事的男人和女人，就買些針頭線腦、油鹽醬醋、鍋碗瓢勺回家派用場。貨郎擔挑進村頭的日子，就是這村裏小小的節日，大人樂，孩子笑，狗兒叫，買東西的人，看熱鬧的人，站着聽他吹笛子的人，心裏都是滿足和快樂的。

　　可是，到了晚上，貨郎收了攤子，一個人回到冷鍋冷灶的家裏後，就覺得空虛和寂寞。貨郎已經二十出頭了，村子裏跟他差不多年

歲的年輕人，孩子都已經抱在手上，大一點的甚至滿地爬了，貨郎還
是一個人單過着。他的爹媽死得早，上無哥嫂，下無弟妹，做小本生
意攢了幾個小錢，吃飯穿衣是夠的，置房子買地還談不上。貨郎每天
串街走戶，也算見多識廣，難免比村裏的莊戶小伙子心氣高一些，
相貌平常的女孩子給他做老婆，他眼睛看不上；他看上的那些個女孩
子，人家又嫌他無錢無勢沒有大出息。就這麼着，貨郎的婚事高不
成，低不就，一天天地耽擱了下來。

貨郎的家臨水背街，每天他挑着擔子出門時，都要過一座小橋才
能折向大路。橋下有一個石墩子，一尺高，二尺寬，一個白鬍子老漢
常常坐在石墩子上悠悠閒閒地釣魚玩。老漢的相貌普普通通，衣着也
是普普通通，卻說不上哪透着一股子仙氣。就看他手裏的那根釣竿，
只有扁擔那麼長，小手指頭那麼細，竿頭上拴一根白繩線，繩線上繫
一個光禿禿的鐵鈎鈎，任甚麼魚餌都不放，可是老漢只要把釣竿輕輕
甩出去，嘴裏唸叨幾聲：「釣釣釣，釣釣釣，小魚不到大魚到。」小
魚潑刺刺地從他身邊游走了，大魚嘩啦啦地往他身邊游來了。大魚的
嘴巴一口咬住了魚鈎，打死都不肯放開。老漢隨隨便便一抬胳膊，看
似纖細的釣竿和繩線居然就能把大魚輕輕鬆鬆拎出水面來。大魚出水
之後嘴巴還是死咬着鈎，身子在陽光下銀閃閃地發光，尾巴歡快地搖
來擺去，好像很願意被老漢這麼輕易釣住似的。

貨郎看得呆了，常常在橋上一站就是半袋煙的工夫，肩上的貨郎
擔子都忘記放下來。

他心裏羨慕地想：這營生來得多容易啊，又不花本錢，又不花力
氣，連玩兒帶耍樂的，一天裏只要釣上那麼三兩條大魚，拿到集上賣
了，比他挑一天貨郎擔要來錢多了。

貨郎就把他的擔子扔在橋面上，下得橋去，走近了白鬍子老漢，
恭恭敬敬地作了個揖：「老大爺，我天天在這看你釣魚，看得好眼
饞！你有甚麼好法子能讓這些魚聽你的話呢？」

老漢抬頭看看他，把鬍子捋一捋，笑呵呵地答：「我釣魚不為錢，也不為饞，釣上了還放牠回河裏，只為了打發時光，圖個樂子，魚兒當然樂意陪我耍。」

貨郎說：「我能不能拜你老人家做個師傅，請你教會我釣大魚的法子呢？」

白鬍子老頭停了手，認真地打量着貨郎，把他從頭看到腳，從上看到下，完了之後沉吟片刻，說：「小伙子，我看你生得一表人才，討人喜歡，雖然說不上多忠厚，倒也不是個偷奸耍滑的人，你不要跟我學釣魚啦，釣魚算個甚麼本事？你聽我的話，把你的貨郎擔挑上，順着這條河邊往前走，一直走一直走……」

貨郎迫不及待問：「那會怎麼樣？」

老漢和善地笑笑：「你走下去，會碰到一椿好事。」

「甚麼樣的好事啊？」

貨郎的眼睛裏閃出光亮來。

「咳！」老漢捋着鬍子，眼睛裏閃着孩子般的狡點，「甚麼樣的好事，我自然不能說，你碰到就會知道了。當然囉，好事到了你面前，還得看看你這個人有沒有福氣，有沒有運氣……」

「老大爺啊……」

貨郎還想要問得再仔細點。

白鬍子老漢不樂意地擺擺手：「別再問啦，凡事說透了就沒意思了。你要是相信我的話，只管順着河邊走就是。」

老漢說完這句話，展袖朝水面一拂。水面上立刻閃出金光萬點，把貨郎的眼睛刺得又疼又痠，不能不緊緊地閉上。片刻後，等他把眼睛再睜開來時，老漢不見了，他的釣竿和他釣上來的大魚都不見了，石墩子上光溜溜的，好像從來就沒有坐過甚麼人。貨郎驚奇地咂着嘴，心裏想，這白鬍子老漢八成是個神仙，神仙說的話總是不會錯的，就讓我順河邊走下去試試運氣吧。

貨郎回到橋上，挑起他的擔子，按老漢指點的方向一路往下走。因為心裏有個盼頭，腳底下就非常輕鬆，真的是身輕如燕，疾走如飛。

路上有熟人叫住他：「貨郎啊，你走這麼快幹甚麼？停下來讓我看看有甚麼稀罕的東西吧。我家的婆娘要頂針，我家的姑娘要繡花針，我的老娘還想要根縫被的針。」

貨郎邊走路邊回答：「今天不行，今天我不賣針，我有更要緊的事情做。」

熟人哧地笑出來：「看你急慌慌的！錢不掙，莫不是相親去？相親也不能挑個貨郎擔，該穿新衣服，戴新帽子呢！」

貨郎不理熟人的嘲笑，腳步不停地走過去，肩上的貨郎擔顫悠悠，像隨波搖晃的小船。

貨郎是走慣了遠路的，十里八里，打個水漂就到了；二十里三十里，也就是頓把飯的工夫。走着路，哼上一支小曲，再敞開懷，讓陽光清風灌滿胸膛間，真是快樂的享受。要是中途歇下腳，摸出紫油油的竹笛來，信口吹上幾聲，逗得鳥兒叫了，魚兒蹦了，紅花白花呼啦啦地朝着他開了，那更是美得都忘了自己姓甚麼。

從中午飯後開始走，走到太陽落到西山後，走到星星一顆一顆升起來，月亮羞答答地被星星簇擁着踱出來，河水泛出一層銀粼樣兒的亮，田野裏的霧氣白紗一般裊裊地飄，輕輕地蕩，貨郎的眼前突然出現了一大片長滿了荷花的淺灣。在明月和繁星的輝照下，滿灣荷葉是淡淡的靜白色的綠，亭亭開放的荷花粉得似乎透明，每一朵都如碗盞那麼大，撲鼻的清香讓人醉得心裏發軟，不知道應該說些甚麼，幹些甚麼。

貨郎挑着他的雜貨擔，深一腳淺一腳地沿河走，不錯眼珠地盯着河灣裏的荷花看。看着看着，眼睛裏的東西開始發虛了，腦殼子也有點暈暈的悶脹，好像滿灣荷葉波浪樣地翻動，滿灣的荷花也曳曳地搖

擺，從天邊爭先恐後地朝着他的身子湧過來，湧過來，要把他撲倒在地，無邊無際地淹沒……貨郎一聲驚叫沒有來得及出口，腿一軟，腳下一絆，人事不知地倒在地上，貨郎擔裏的東西釘鈴鐺鋃滾滿了河岸。

也不知道過了多大的時辰，貨郎的腦子醒轉過來，水洗過一樣透亮透亮，身子輕輕鬆鬆，從來沒有發生意外一樣。他一骨碌地爬起來，往四下裏一看，驚訝得一個勁掐自己的大腿根。只見他眼前原先的河灣不見了，滿灣的荷葉和荷花也不見了，月亮躲到了雲背後，星星從天空中螢火蟲一樣飄下來，照得他身前身後整片的桑林一閃一閃的亮，碧綠碧綠的亮。林子裏有一條扁擔寬的小路，路上的細沙子銀子一樣地白，人一踏上這條路，身子忽然間輕得沒了分量，不由自主地朝着前面走過去。不不不，也不是走，是在飄，在飛，在無聲無息地滑行着。

這樣，貨郎在恍然如夢的驚訝中，身不由己地被帶到了桑林裏一座金黃色茅草搭成的小屋前。小屋裏點着燈，黃黃的燈光從敞開的門洞裏瀉出來，說不出來的柔美和溫暖，磁石一樣把人吸過去。貨郎站在門框裏，看見了一個坐在織機前的美如天仙的大姑娘。她穿着一身淺綠色的長裙，領口、袖口和裙邊都打着一圈同色的花邊，裙擺的褶皺波浪一樣散開着，把她窈窕的身體襯得清新動人。她的脖頸細長，低頭織綢的時候，脖頸彎曲的樣子像天鵝一樣優雅。她的髮根上還插着一枝小小的荷花骨朵，綠色的枝桿，粉色的花苞，花尖尖有豔豔的一點紅，好像這朵花隨時隨地都有可能在她頭髮上開放。

貨郎屏住呼吸，生怕因為自己的唐突而驚擾了織綢的姑娘，卻又忍不住要跟她說上幾句話，讓她從織機上抬起頭來看自己一眼。貨郎就輕輕地咳嗽一聲，開口道：「請問姑娘，這裏是甚麼地方？」

姑娘只撩起眼梢，瞄了瞄他穿着麻草鞋的腳，又低頭忙織綢，一邊回答說：「這是荷花莊。」

貨郎輕歎：「怪不得我進河灣時滿眼荷花呢。可是我不明白，怎麼我跌一個跟頭爬起來，荷葉荷花都不見，眼前成了桑林呢？」

姑娘這才抬起頭，笑瞇瞇地看着他。姑娘的臉蛋粉白嬌嫩，活像含露帶羞的一朵荷花。她的目光落到貨郎臉上的瞬間，臉頰泛出微微的紅暈，也像極了荷花剛開時花瓣上的那一抹嬌潤。

「遠方的貨郎哥，你既然已經知道了這裏是荷花莊，還東問西問幹甚麼呢？要是你走累了，就進屋歇歇腳吧。」

貨郎受到邀請，喜不自禁地跨進屋裏，在姑娘的旁邊坐了下來。屁股剛落凳，他忽然又想到了甚麼，自言自語嘀咕着表示他的驚奇：「咦，我又沒有挑着貨郎擔，別人怎麼知道我是個貨郎？」

姑娘不答話，只垂下眼睛，抿着嘴兒，偷偷地笑。貨郎大着膽子問：「姑娘，既然你已經知道了我的名字，我能不能有幸知道你的名字呢？」

姑娘的臉上又紅了一紅，低聲答：「我叫荷花女。」

「荷花女！」貨郎大聲稱讚說：「多好聽的名字！跟你多相稱的名字！你長得就跟那含苞開放的荷花一樣漂亮！」

荷花女回答他：「貨郎哥哥的嘴巴真像巧八哥，說出話來蜜糖一樣甜。」

貨郎着急道：「我說的是真話呀，是我心裏一千遍一萬遍想着的話！你不光人長得漂亮，你的手也巧，看看你織出來的這些綢，多麼細密，多麼光滑，不用說做成衣服穿了，抓在手裏就舒服得很。我們鄉裏女人織的那些布，跟你簡直就不能比。」

荷花女抿嘴一笑，眉眼淡淡的，不再回答他的話，只顧埋頭做活，也不知道她心裏是惱了呢，還是喜了。她的手細巧巧的，白嫩嫩的，貨郎看不見她的手指動，只看見織機上綢布飛快地長，瀑布一樣飄落到地上，眨眼間積起白亮亮的一堆。她專心幹活的時候，就再也顧不上跟貨郎說話，也不再抬頭看他一眼。除了織機有節奏的喀噠

聲，和荷花女細微的呼吸聲，屋裏靜得能聽到屋外桑林裏的夜風吹，蟲兒叫，露水落在花草上的滴答響。

貨郎坐了一會兒，始終猜不出來姑娘的心裏到底是怎麼想的。看看人家忙着做活，覺得自己再坐下去有點不識趣，就站起身，打個招呼說：「荷花妹子，我走了。謝謝你讓我進屋歇個腳。」

荷花女沒有留他，卻停住了手說：「那我送送你。」

她起身，撣落掉衣裙上沾着的絲頭線尾，把貨郎送到門口。她的身材纖細苗條，走路的步態嬝嬝婷婷，如同在水面上飄着一樣，美好得叫人驚歎。

走出屋子兩步，貨郎覺得身邊靜得無聲無息，猛然一回頭，才發現荷花女不見了，那間金黃色麥草蓋成的小屋不見了，連身前身後大片的桑林也不見了，眼前又出現了剛來時見到的一灣河水，水面上碧綠連天的荷葉，和大朵大朵探出水面的粉色荷花。他絆倒在地時摔出老遠的貨郎擔子還在，滿地滾落的針頭線腦七零八碎還在，剛才見到的美事就像做了一個夢。

貨郎眨了眨眼睛，定心一想，忽有所動：小屋裏美如天仙的姑娘，不是桑林裏普普通通的織綢女，一定是荷花變成的仙女，世間只有花仙子才有那樣閉月羞花的容貌。貨郎悵悵地想，可惜他當時沒有想明白，沒有仔仔細細問一問她。一個不留意，他失去了多好的親近佳人的機會啊。

貨郎唉聲歎氣地把散落一地的零碎揀起來，歸置好，挑着擔子順原路回到家。到家後他腳不洗，臉不擦，肚子也不覺得餓，一頭栽倒在牀上，眼前晃來晃去都是荷花女俏麗的影子，翻來覆去，長吁短歎，怎麼都不能睡着覺。第二天一早，他挑上貨郎擔出門做營生，到了村裏才發現，人家要買針，他偏只帶上了線；人家要買鍋，他的貨擔上只有碗。唉呀，亂了亂了，心亂了，生意也亂了，做甚麼都不是原來的意思了。

　　村裏人看他丟三落四心不在焉的樣，奇怪地問他說：「貨郎你是不是出門撞見大頭鬼了？你生意不想做，兩眼直發愣，眼圈兒還烏青青的，看上去不大好。要不要請個神漢給你驅驅魔？」

　　貨郎聽了很生氣，啐人家說：「你才是出門撞了大頭鬼呢！狗嘴裏吐不出象牙。」

　　別人被他這一罵，更加認定了貨郎的狀態不對，大家一哄而散，都不買他的東西了。

　　不買更好，省得他心煩出錯。貨郎乾脆拾掇了擔子，收工回家。

　　到家也是心慌意亂，坐立不安的。他早早地就點火做了飯，胡亂吃幾口塞飽肚子，出門散心。腳一邁上路，不由自主地又順着河邊往荷花莊的方向走。

　　時間比昨天要早一些，他走到開滿荷花的水灣時，日頭還沒有完全落山，晚霞映紅了清粼粼的河水，滿河的綠葉紅花鑲着亮閃閃的金邊，比夜晚見到的景色又有另一種富貴華麗。貨郎看不見桑林和小屋，不知道荷花女此刻是在哪裏。他又不敢亂叫亂喊，生怕行為粗魯唐突了佳人，就一屁股坐在河邊上，兩手抱着膝蓋，下巴擱在膝頭上，痴痴地等着昨夜的情景重現。

　　不知不覺，他就這麼坐着迷糊了過去。一隻螢火蟲調皮地落在他的眼皮上，薄薄的翅膀扇啊扇的，把他弄醒了。他睜眼一看，繁星滿天，明月高照，荷蕩不知在何時已經變成了桑林，金黃色的麥草小屋在月光下像金子砌成的宮殿，虛掩的屋門後射出溫暖誘人的燈光。貨郎一下子跳起來，抬手抹了一把臉，慌慌張張地就往小屋門口走。走到門口一看，他臉上浮出笑容，緊張不安的一顆心也放了下來：荷花女和昨天一樣地在織機前坐着，雙手飛快地織她的綢布。

　　荷花女這一天看見貨郎的時候，已經像看到熟人一樣的親熱。她笑着請他進屋，拿凳子讓他坐下，發現他衣服肘上有一個昨天跌跟頭摔壞的破洞，很自然地拿出針線，要給他縫補。貨郎身上只有這一件

衣服，沒法替換，荷花女是就着他的身子為他縫衣的。他的這一輩子還從來沒有人這樣關心過他，體貼過他，他心中的幸福像潮水一樣漲了又退，退了又來，一波一波沒有止息。他想，要是荷花女肯做他的妻子，他們兩個人年年月月這樣恩愛相處，那會是一樁多叫人快樂的事啊。

心裏這樣想着，貨郎忍不住說了出來：「荷花女，我上無父母，下無弟妹，更沒有婚娶，我是一個孤身過日子的小伙。」

荷花女聽明白了他的意思，卻故意把話岔了開去：「貨郎大哥，你這件衣服穿得太苦了，該縫件新的了。」

貨郎歎一口氣：「我就是有錢買布，又有誰來替我縫衣呢？」

荷花女臉一紅，不答他的話，張嘴用牙齒咬斷了縫衣線，重新回到織機前坐下。

那一晚，無論貨郎怎樣痴痴地盯着她，柔情蜜意地跟她說甚麼話，荷花女都不再抬頭，也不作回答。貨郎心裏很惶惑，不知道荷花女到底是惱了，還是羞了。姑娘的心思有時候就是叫人摸不清。看看時候不早，貨郎怕荷花女有所不便，只好歎着氣告辭出門。

荷花女依舊是客客氣氣送他出去。走到門外，燦爛星光下，貨郎無意中一回頭，看見荷花女的眼睛裏有依戀的神色閃了一閃。

就是這麼一個微妙的眼神，把貨郎的心徹底攪亂了。他暈暈乎乎地沿着河邊走回家，才進門，在牀上躺了不到一頓飯的工夫，又跳起來，穿衣繫鞋，出門再往原路走。不把兩個人的事情說清楚，他在家裏一時一刻也呆不住。荷花女就是他的夢中新娘，他已經把魂丟在她的身邊，離開了荷花女，他就是一個沒有靈魂的人，糊裏糊塗不知道怎麼把日子過下去的人。

夜晚的田野幽靜空濛，後半夜星光已經開始暗淡，霧氣卻是一點點地濃重，白紗一樣飄舞，裹緊了貨郎，把他的頭髮、衣服和鞋襪打得濕透。河水流動的聲音像精靈的歌唱，若有若無，卻又綿綿不絕。

偶爾有大魚從水中躍出來，潑剌一聲響，把走夜路的貨郎嚇一跳。河邊的蛙、蟲聽見貨郎的腳步聲走過，紛紛往路旁草叢裏鑽，窸窸窣窣地忙亂一片。

走着走着，東邊天空漸漸露出了魚肚白，田野裏看得見莊稼的影子，樹林和房屋的影子。霧氣像一些害怕陽光的鬼魂，一縷一縷飛快地消失，有的變成露珠凝在莊稼葉子上，有的升到半空裏，然後不見了蹤影。整片大地水洗過一樣地乾淨動人，散發出青草和濕潤泥土的清新香味。

貨郎走到了荷花灣的那一刻，太陽剛好從水面升起，萬道金光把他的面龐照得亮亮堂堂，他覺得自己的眼睛從來沒有這樣清爽過，精神從來沒有這樣振奮過，就連體力也從來沒有這樣健旺過，一夜的行走絲毫不感到疲憊、勞累。

他看到成羣的鳥兒從水面上飛過去，無數的彩蝶迎着陽光舞過來，肥大的荷葉上露珠兒閃得像寶石，碗口大的荷花粉白紅潤得要脹破皮。貨郎神清氣爽地繞着河灣走，新鮮的荷葉香味把他的五臟六腑蕩滌得乾乾淨淨。他的目光在滿灣荷花中逡巡，看見了其中一朵最粉最美的，心裏咯噔一跳，忽然生出奇想：這就是她了，我的荷花女就是這朵花，她藏在無數的花中等着我呢。

貨郎開心地坐下來，從腰裏抽出那管紫油油的竹笛，一心一意地對着那朵荷花吹。

他耍出全部的技藝，一支小曲接着一支小曲，把心裏想到的曲調都歡快地吹出來了，把從前沒有吹過的、此刻從心底模模糊糊湧出來的曲調也婉轉地吹出來了。

他吹了一個百鳥朝鳳，又吹一個彩蝶飛舞，再吹一個花好月圓，還吹了一個山高水長。他手裏的竹笛就像一個會說話的小人兒，代替了他的心和他的口，把他對荷花女的思念和愛慕滾燙滾燙地說了出來。悠揚動聽的笛聲讓河邊的鳥兒噤聲，蝶兒停飛，水波也收斂不

動。貨郎這一輩子中，還從來沒有把笛子吹得如此傳情傳神過，吹得連他自己都被感動了，不知不覺中眼角已經濕潤了。

就在這時候，河中央那朵最粉最美的荷花忽然有了感應，枝桿跟着貨郎的笛聲搖曳起來，花瓣也張合起來，輾轉騰挪，舞蹈生姿，像一個美麗精靈的曼妙表演。貨郎一下子發了呆，笛子橫在嘴邊都忘記吹了，就這麼傻痴痴地看着荷花在水中舞動。可是笛聲一停，荷花的舞蹈跟着停止，有一團清霧嚴嚴實實地罩在了荷花上。然後，霧氣破散，升起，變幻，在原先長着荷花的水面，花枝和花朵都消失不見，凌波站立着笑盈盈的荷花女。她輕輕地一邁腿，水面翻出一個小小的浪花。她踩着水面就像腳踩平地，水綠色的長裙在水波上飄飄拂拂，一直向貨郎走了過來。

「荷花妹子啊！」貨郎忍不住叫了一聲。他下意識地伸出手，要去拉她。荷花女用手指尖搭着他的掌心，腿腳一抬，就到了岸上。

貨郎總以為自己是在做夢，他用手緊緊地拉着荷花女的長裙，生怕一鬆開又會不見了她的影子。他不住地嘟囔着：「你到底來見我了！我想你想得做不成營生，睡不着覺……」

荷花女紅着臉兒說：「貨郎大哥，你把手拿開好不好？叫我爹看見了，他老人家要生氣發怒。」

貨郎傻傻地問：「你爹他是誰？」

「我爹是住在河底的龍王爺，他老人家脾氣躁得很，一個不如意發了火，河兩岸的生民就要遭殃了。」

貨郎想了一想，問她說：「荷花女，要是我想跟你好上一輩子，你答應還是不答應？」

荷花女別過臉，嘴角卻漾開了一絲掩不住的幸福，掩不住的笑靨。

貨郎忙不迭地扯着荷花女的袖子：「這就行啦！快帶我去見龍王爺他老人家，我要懇求他把你嫁給我。」

　　荷花女的臉色轉喜為愁：「貨郎大哥，你聽我說，行不得的！我爹家法嚴厲，他不會允許我跟凡世間的男人來往，更別說出嫁成婚這樣的事。」

　　「我會跪着求他！」

　　「你就是躺着也沒有用啊，我爹是龍王，不是凡人，他的心從來就不會軟。」

　　貨郎好似晴天遭一個霹靂，打得他頭也懵了，眼也暈了。他拉着荷花女的衣服，怔了半天，不由得淌出淚來，神情好不傷心。

　　荷花女見狀，十分地不忍，她低頭想了一想，忽地把頭髮一甩：「貨郎大哥，我只問你一句話：你是真心真意地愛我嗎？」

　　貨郎舉起手：「我可以對天發誓。」

　　「你一輩子都會愛着我，伴着我，生生死死不分離嗎？」

　　「肯定會。」

　　「哪怕我老了，醜了，你都不會嫌棄我？」

　　「不會。」

　　荷花女含淚笑起來：「好，我相信你，我願意離開我的家，離開我的爹爹和媽媽，跟着你逃到天涯海角去。」

　　貨郎大吃一驚：「你不怕你爹追上來，把我們打死？」

　　「只要逃離河邊一千里，我爹的法力就夠不着我了。」

　　「可我們兩手空空地走，你跟着我要吃苦的。」

　　「有了你對我的愛，我甚麼樣的苦都能夠吃得下。」

　　貨郎熱淚盈眶，一把拉起荷花女的手，貼在他滾燙的胸口上：「親親的妹妹呀，我們這就走吧！」

　　荷花女點一點頭，抬手從她的髮根上拔下那枝粉中帶紅的荷花骨朵，吹一口氣在花苞尖尖上。說時遲，那時快，花兒應着那口氣撲啦啦地盛開了。那不是一枝普普通通的荷花啊，它張開的每一片花瓣中，都滾動着一顆照亮黑夜的明珠，它的花蕊裏聚滿了金色的小星

星，它環抱在懷中的蓮蓬是一塊純粹的碧玉，那根細細的枝桿滑潤而又冰涼，柔軟卻又堅實，能夠順應着需要伸長或者縮短。

荷花女把荷花往天空裏一指，花枝即刻伸了出去，花瓣往四面打開，晴空裏好像忽地張開了一把荷花做成的傘。美麗的姑娘一手舉着荷花，一手拉住了貨郎的胳膊，腳尖一踮，兩個人就齊刷刷地飛到天空裏去了，輕飄飄地像兩朵繫在傘下的棉花。

貨郎一開始感到害怕，閉着眼睛，抓緊了荷花女的手，只覺兩耳呼呼地生風，鼻子裏嗅到的空氣越來越涼。片刻之後，他適應了變化，嘗試着睜眼四望。白雲在腳下飄飛，老鷹在腳下翱翔，大地和河流像繡在巨幅綢緞上的畫兒，色彩分明，無比壯美。他從來沒有置身在高空中展望世界，覺得飛翔的感覺真好，親近藍天的感覺更好。他想，如果一個人可以不吃不喝，他真願意永遠就這麼飛着，身邊伴着他最心愛的女人。

貨郎記不清自己飛了多長時間，飛過了多少河流和村鎮，只知道起飛之前太陽是在東邊天上灼灼地照着，到荷花女把他的手往下一拉，帶着他緩緩下落時，太陽已經移到了他身體的西邊。

他們降落在一個偏僻的山窪裏。荷花女收起荷花骨朵，重新插在自己的髮根上。

貨郎木呆呆地東張西望，前後都不見村莊和人影，腳下是一灘灘的荒草亂石，遠處是一座又一座的高山峻嶺，連照在山窪裏的陽光都比別處來得暗淡和陰冷。

貨郎忍不住發愁說：「這麼一個兔子不拉屎的地方，你爹倒是不可能找到我們了，可是我們住甚麼呢？吃甚麼呢？你這般嬌嬌的身子，怎麼抗得過深山裏的寒涼呢？」

荷花女卻抿着嘴兒快樂地笑：「多好啊，這裏只有我們兩個人過日子！就憑我們兩個人的兩雙手，你打獵，我織綢，我們不會缺吃，也不會缺穿，別人家有的，我們也都會有。」

　　貨郎歎口氣：「眼見得天就黑下來了，我們總要尋摸一個能住下來的山洞才好。」

　　荷花女不慌不忙說：「貨郎大哥你等着。她說着脫下那件水綠色的長裙，隨手向前扔過去。長裙像一團綠色的光球，撲剌剌地往前翻滾和旋轉，一邊轉，一邊無邊無際地鋪展開。荷花女拉了貨郎踩着裙邊走上去，只見腳底走過的地方都成了茵茵的綠草地，草地的正中有一灣小湖，一條窄窄的木橋跨過湖水，直通水中央聳起的一座木屋前。走過小橋進了屋，裏面窗明几淨，牀也有，櫃也有，桌也有，凳也有，鍋碗瓢勺一樣不缺，米麵油鹽整整齊齊，一架織綢的機子牢牢實實地豎在窗邊上。

　　貨郎轉頭看着荷花女：「你的本事真大啊！我怎麼覺得自己是在做夢呢？這麼一眨眼的工夫，天地就變了一個樣？」

　　荷花女忙着點火做飯，一邊回答他說：「我身上能變的東西就是這麼多了，往下的日子，要我們一步一步踏踏實實走了。」

　　貨郎信誓旦旦：「你放心，只要我們日日相守，沒有我吃不下來的苦。從明天起，你在家裏洗衣做飯，我出門為你掙下吃的喝的。」

　　荷花女頭靠着貨郎的胸脯說：「有你這句話，我心裏覺得足夠了。」

　　第二天，荷花女一大早就起牀給貨郎做早飯。吃完早飯，貨郎要出門打獵了，荷花女送他到門外，冷暖飢餓的事情叮囑了又叮囑，好像貨郎出門不是一天，卻是一年那麼長。最後，荷花女又從髮根裏拔下那枝神奇的荷花骨朵，遞給貨郎說：「你拿上這個吧，出門要是遇上會傷人的豺狼虎豹，只要拿荷花對着牠們一指，誰都不敢再近你的身。可是你千萬要記住，無論是甚麼人，無論他對你怎麼親熱怎麼好，你都不能把這個東西交到他手裏。千萬千萬啊！」

　　貨郎笑嘻嘻地答應：「娘子你放心，你的寶貝就是我的寶貝，我不會那麼傻，平白無故交給別人的。」

　　貨郎懷揣着那枝荷花骨朵上山了。太陽是從東面升起的，所以他先爬上了東面的那座山。山上全是碗口大的石疙瘩，稀稀拉拉的草根子，不見泉水也不見樹。野雞野兔倒是多，牠們沒見過人，也就不怕人，看見貨郎走過去，反倒好奇地停下來，歪了小腦袋，眼睛滴溜溜地打量他。貨郎左邊一伸手，攄住了一隻花脖子野雞；右邊一伸手，按住了一隻灰腦袋野兔。他從腰間掏出繩子，把傻乎乎的野雞野兔拴在石頭上。

　　牠們這才開始害怕了，身子簌簌地發着抖，目光裏全都是乞求。貨郎不理牠們，轉到另外一片山坡上，一手一隻接着逮。逮夠了十多隻，看看回家應該能夠交代得過去了，就找個向陽處坐下來，掏出笛子悠悠閒閒地吹。他一邊吹着一邊想，打獵的工作原來這麼容易，一天的活輕輕鬆鬆就做下來了，早知如此，睡到日上三竿再出家門也不遲。

　　貨郎怕荷花女責備他幹活不賣力，在山上耗到了太陽西斜才回家。剛翻過山樑，就見家門前的山坡上已經長起了一片碧綠的桑林。夕陽的餘輝照在林梢上，綠色中染上了一點紫，又泛着一些青，整個的山窪都因為這片林子活起來了，鮮豔和生動起來了。貨郎心裏很驚奇，不知道奇跡是怎樣發生的。直到他下了山坡走到林邊上，才看見荷花女穿着農家女兒的青布衣，頭髮挽起一個髻，腳上蹬一雙草編鞋，正彎腰不停手地把掐下來的松枝插在石縫裏。每插一枝，她都要用手指捏一撮泥土撒上去，再接着吹上一口氣。轉眼的工夫，松枝就活了，冒出兩片葉子，是桑葉。再一轉眼，小桑樹拔節一樣地旋着身子往高裏長，往粗裏長，掙破了石縫，根紮到地底，枝繁葉茂，連綿成翠綠的桑林。

　　荷花女不停手地掐呀，插呀，掐呀，插呀。她的臉被太陽曬得蝦子一樣紅，鼻尖脫了皮，汗水攪着灰沙，把額前的黑髮黏得一綹一綹的。她的手指被松枝和石塊扎破了，指甲毛刺刺的，指尖血淋淋的，

手背手心還有一道一道長長的劃口。她不直腰，不抬頭，依舊是一個勁地朝前插。

貨郎真心地疼愛荷花女，捨不得她做這麼累這麼苦的活。他走上去抱住了她的肩：「別幹了，回去歇歇吧，有這片林子，足夠你養蠶織綢了。」

荷花女疲憊地笑笑說：「貨郎大哥，你要是累了，就先回去歇着吧，我還能再幹。」

貨郎說：「這麼大的一片山，你不可能一天都把它鋪上綠。」

荷花女說：「我想要早點讓你過上好日子。我能把所有的山坡變成桑林，所有的窪地變成大湖。」

貨郎想，荷花女也太要強了，如果他不加阻止，她真能夠把自己活活累死。貨郎就不由分說，攔腰抱起荷花女，把她扛回屋裏，強令她休息。卻不料這樣一來，荷花女更覺得貨郎對她好，心裏生出了更多的報答他的心思，越發地要追着日頭幹活。

隔一天上山，貨郎選擇了西面的山。既然在這裏紮根過日子了，他總要四面八方看一看。上了西面的山，他心裏更高興，山上雖說也荒涼，卻有一大片差強人意的草場，成羣的野馬在山上啃草，成羣的白羊在坡底撒歡。貨郎把手指放在口邊打一個唿哨，居然有十多匹馬兒朝他奔過來，羊羣也像白雲般地往他身邊湧動。貨郎順手拉住一匹最漂亮的馬，躍上馬背。馬兒溫順得就像羊羔，馱着他把山前山後走了個遍。貨郎逛夠了，看夠了，在太陽快落山的時候抓兩隻白羊搭在馬背上，顛顛地騎馬回了家。

一進家門，貨郎的眼睛就花了，因為荷花女在這一天裏已經用桑林裏的蠶吐出的絲織成了一匹又一匹的綢，牀上、桌上、地上、灶台和窗台上都堆滿了，連進屋插腳的地方都沒有。看見貨郎回到家，荷花女連忙招呼他幫忙，兩個人抱着綢布出門去，找一片長着荒草的低窪地，把綢布一匹匹地鋪展開。綠色綢布鋪到的地方，也是轉眼的功

夫，地裏滲出水，水很快地匯成湖，湖連成了片，碧波蕩漾，鳥飛魚躍，好一派美麗風光。

可惜綢布不夠多，湖水還不能把山窪都填滿。荷花女意猶未盡，回到家裏掌上燈，一屁股又坐到了織機上。她已經累得腰都直不起來了，胳膊腫成了水蘿蔔，眼睛裏紅紅地佈滿了血絲。

半夜裏，貨郎已經在牀上睡過一覺啦，他翻一個身睜開眼，看見荷花女還坐在織機上，心疼地喊她說：「快停了手歇着吧，你每天都累成這個樣，身子會很快累垮的！」

荷花女回頭笑笑說：「我一想到很快能夠過上好日子，怎麼都不覺得累了。我多栽一棵樹，多織一匹綢，山林就能多變一點樣。」

一天又一天，貨郎日日出門打獵，荷花女在家裏栽桑織綢，日子就這麼平平淡淡、波瀾不驚地過下去。山裏面沒有月份牌，貨郎不知道時光具體過去了多少天多少月，他只覺得荷花女漸漸地不像從前那麼嬌美水靈了。她的頭髮開始枯黃，顯出乾草一樣暗淡的顏色。她的皮膚粗糙乾裂，脫過皮的地方發紅，沒脫皮的地方發黑。她的眼睛不再閃亮，目光混濁，血絲遍佈。

貨郎心裏感歎，無限憐愛地說：「都是幹活太累了！荷花女啊，你不能再這麼累下去，女人累過了頭會老得快。」

荷花女搖頭說：「跟勞累沒關係。」

貨郎問：「不是太累，那又是為甚麼？是你的身子不舒服嗎？」

荷花女還是搖頭，甚麼都不肯說。

貨郎再摟着荷花女的時候，心裏不覺得甜蜜了，身子也不像從前那樣會激動得發抖了。

他摟一下就鬆開她，翻一個身，自顧自地睡過去，把荷花女冷冷清清地撇在旁邊不理睬。

又一天，貨郎吃過早飯出了門。說打獵是假的，因為滿山的獵物乖巧得任他隨手逮，他想逮甚麼有甚麼，想甚麼時候逮就甚麼時候

逮，簡直不費吹灰之力。他出門上山，只為了避開荷花女，他不願意看她日日夜夜辛苦勞作的樣子。

貨郎騎馬上山，信馬由韁地走，不知不覺過了一座山頭又一座山頭。荷花女的日夜勞作僅僅改變了家門口的模樣，更深處的大山裏，還是從前的寂寞和荒涼。貨郎轉了一上午，覺得沒意思了，剛想返身回家，忽然間抬頭看見半山腰的懸崖上有一個黑漆漆的洞口，洞周圍沒有野花也沒有野草，連岩石都是灰乎乎的一片，透着一股沉沉的死氣。貨郎瞇眼看着，感覺有一股說不出來的力量把他抓攏着往那洞口吸引。心思活泛的貨郎自然克制不住這種奇特的又是神祕的誘惑，翻身下了馬，手腳並用地往山腰上爬。

洞口約莫一人高，扶着洞壁探頭看去，裏面幽深陰冷，寂靜無聲。貨郎心裏面多少有些忐忑，不能確定走進去的結果是禍是福。他雖說閒極無聊要給自己找點樂子，畢竟性命更要緊，深淺莫測的事情他不想隨便做。

就在他縮回身子準備打退堂鼓的當兒，手肘無意中觸到了懷中那枝神奇的荷花骨朵。他心裏的火花忽然一亮，情緒又興奮起來，想：有荷花女的寶貝護佑着，豺狼虎豹都奈何不得他，還怕個甚麼呀？他就用勁地咳嗽一聲，放大了膽子往洞裏走進去。

走了不幾步，回身往後看，天光很快縮成了洞口那麼大的一塊亮。往前，陣陣陰風撲面而來，帶着森森的涼意，還有一股說不出來的腥臭氣。洞子倒是越走越大，又高又寬敞，上上下下幾層樓台一樣，四面有水滴的聲音，也有風嘯的聲音，還有奇怪的吟哦喘息聲。貨郎手扶着岩壁，一步一步小心翼翼地走着，心裏面又是緊張，又是興奮，好幾次想折返，但忍不住好奇心，還是堅持着一步步地往前挪。

一聲低沉的吼叫從上面傳過來，貨郎頭皮一麻，心裏喊一聲：「不好！」還沒等他讓開身子，一隻丈多長的老虎從岩石上撲下來，

捲起的腥風熏得貨郎噁心要嘔。老虎撲過來的同時張開了大嘴，貨郎
藉着洞隙的光亮，只看見紅通通的一張血盆大口，帶刺的舌頭和尖利
的虎牙清晰可見，黏嗒嗒的涎水在虎口邊掛了一尺多長。他慌得腦子
裏嗡嗡地響，兩條腿篩糠一樣地抖，額角上滲出一片冷黏的汗，手伸
進懷中掏了幾次，才把那支荷花骨朵掏出來。

　　這時候老虎的眼睛已經跟他的眼睛近在咫尺，他連虎眼四周的一
根根刺毛都看得清清楚楚。他抓着那支荷花骨朵，心裏不住聲地說：
救救我，荷花女，你快救救我呀！

　　心念甫動，那花骨朵自動地抬起頭來，尖尖上飛快地射出一道紅
光，閃電一樣明亮，箭一般地直對着虎喉而去，飛動中還帶出錚錚
的哨音。老虎被紅光刺中，渾身戰抖，尿都激了出來，從喉嚨深處
發出負痛的慘號，嗚嗚咽咽地，掉頭就逃，不知躲到洞中的甚麼地方
去了。

　　天哪，這荷花骨朵的神力還真是了不得啊！貨郎大喜過望，把花
枝舉到嘴邊親了又親，心裏非常得意，膽子立刻又壯了許多，連腰背
都挺了起來，一副躊躇滿志的樣子。再往前走時，他乾脆把荷花骨朵
攥在手裏，方便隨時使用。

　　果然不多久又遇上了一羣狼，狼羣見到貨郎，眼睛紅得如山洞裏
懸掛的一盞盞燈籠，尾巴拖着，耳朵豎着，齜牙咧嘴，卻是一聲不
響，眨眼間就把貨郎團團圍在了中間。貨郎這回不再慌張啦，嘴角甚
至還浮出一絲得意的笑，他舉起荷花骨朵，緩緩地一個轉身，狼羣
一個不剩全被他用花枝點到。一時間花骨朵尖尖上紅光錚錚地閃個不
停，狼羣見到光亮，同樣驚嚇得要命，耷拉了耳朵，夾着尾巴，灰溜
溜地一哄而散。好傢伙，真叫爽氣，真叫痛快呀！

　　貨郎再往前走，甚麼障礙都沒有了，並且他發現洞壁越來越光
滑，洞裏的光線也越來越明亮，他想，大概是洞中的祕密快要水落
石出了吧。果然，不久他看見了洞壁上的一扇石門，門上還安着一個

黃燦燦的銅環，看上去像一處僻靜的住所，也不知道是哪路神仙的住家。

貨郎這時候的膽子已經大到不管不顧了，上前就去推門。奇怪呀，好像門後面長着一雙眼睛，一直都在監視着貨郎的動靜似的，他的手才觸到冰冷的門環，只聽吱的一聲悶響，那門就慢慢地自己就開了。門打開的一剎那，貨郎的眼睛被一道明晃晃的燈光刺得眩暈，他不由自主地閉住眼睛，在門口站了一站。

到他再把眼睛睜開時，他看見門裏面是一個溫軟香豔的世界：四面懸掛着紅綢的帷幕，中間有一張黃澄澄的銅牀，牀上鋪着雪白的牀單，粉紅的緞被，一對繡着大紅牡丹的枕頭。一個漂漂亮亮的小媳婦坐在牀上，雪白的瓜子臉，油亮的髮髻盤出一個桃子的形狀，拿翡翠簪子高高簪在腦後，露出修長白淨的一段脖頸。身上穿的是一件水紅色滾邊綢襖，粉綠的寬腿綢褲，同樣粉綠色的軟緞繡花小鞋。

小媳婦一扭腰肢從牀上下來，伸手摸了摸貨郎的臉，對着他咯咯一陣笑：「我的情郎哥哥哎，我等了這麼久，到底把你等着了。」

貨郎臉又紅，心又跳，糊裏糊塗問：「你是哪家的小媳婦？為甚麼要等我？我們好像並不認識呀。」

小媳婦笑瞇瞇的，從頭到腳都長了軟鈎子似的，把貨郎的目光勾住不放：「哎呀，好哥哥啊，從前不認識，見了面不就認識了嗎？哥哥你長得好英俊，我就喜歡像你這麼英俊的人。」

貨郎在山洞呆了三天三夜。小媳婦甜言蜜語，笑聲清脆，還做得一手好飯菜，用金盅給貨郎倒上酒，用銀碟給貨郎盛上菜，給他捶背揉腰，敲腿捏腳，把他侍候得雲裏霧裏，魂裏夢裏。貨郎感覺自己過上了比皇帝還要享樂的生活，他樂不思蜀，不知道今夕何夕，把善良勤勞的荷花女完全忘到了腦後，也絲毫不去想荷花女對他有過怎樣的情誼和恩惠。他傻頭傻腦地笑着，花天酒地地樂着，把眼前的小媳婦當作他溫柔鄉裏最好的伴侶，一心一意想守着她過完這一輩子。

　　第四天頭上，小媳婦卻有點變了，從起牀後就一直繃着個臉，悶悶不樂。貨郎上前逗她，她眼淚汪汪撲進他懷裏，撒嬌發嗲：「情哥哥啊，我想我的爹娘了，我要出山洞走個親戚。」

　　貨郎捨不得她走，故意嚇唬她：「去不得！山洞裏有虎還有狼，你只要一出這門邊，啊呀呀……」

　　小媳婦噘着嘴，嫩嫩的臉蛋在貨郎肩窩子裏蹭來蹭去：「你不是有那枝避虎擋狼的荷花骨朵嗎？借我用用不行嗎？」

　　貨郎昏頭昏腦，已經拿出那枝荷花骨朵，要遞到小媳婦的手上了，突然花枝上的小刺兒不輕不重刺了他一下，他一個激靈，想起荷花女的話，慌忙捂緊了花枝：「不行不行，我的寶貝不能借人的。」

　　小媳婦賭氣推開他，水汪汪的眼睛馬上就蒙了一層淚，再接着淚珠一串串地掉下來，順着粉嫩的臉蛋兒往下滑，看着讓人心裏一揪一揪地疼。小媳婦嗚嗚咽咽地說：「我對你這麼好，你卻一點都不相信我，更不肯顧惜我。男人原來都是狠心的……」

　　貨郎怎麼架得住她這樣撒嬌發痴，一哭一說的呢？心裏立刻就軟啦。貨郎就摟住了她，好言好語地撫慰她，把花骨朵塞到她手裏。「只能借你一天啊，你今天晚上就要回來啊。」他嘮嘮叨叨地叮囑她。

　　可是，等荷花骨朵一到小媳婦的手中，她臉上的神情立刻就變啦，眉眼吊了上去，鼻子聳了起來，下巴拉得很長，嬌嬌的媚笑換成了陰惻惻的冷笑：「貨郎，貨郎，你空長了這一副好皮囊，只可惜肚子裏的花花腸子還不夠長啊！」

　　貨郎聽她說出這一句話，心裏冷不丁一涼，知道事情恐怕不好。可是後悔已經來不及了，因為小媳婦舉着荷花骨朵一閃身子就出了門。與此同時，大門在她身後砰的一聲關上，屋裏的油燈蠟燭同時熄滅，四周變得死一樣沉寂。貨郎連叫帶喊地撲過去摸那門上的把手，哪裏還摸得到？大門絲毫不動，鐵石般冰冷。貨郎再沿着牆壁亂摸，手碰到的地方全是齜牙咧嘴的石塊，昔日房間裏的溫暖甜香已經無影

無蹤了。貨郎心亂如麻，一屁股坐到了地上，耳朵裏聽着洞外的風嘯，虎吼，狼嚎，覺得自己落進了一個無人知曉的深淵之中，連鼻子裏呼吸到的空氣都在逐漸稀薄。他心裏那個悔呀，悔得腸子都要打結了。早知道如此，那小媳婦就是個天仙樣的人，就是蜜糖做成的人，他也不該去碰的呀！他怎麼就這麼糊塗呢？怎麼就昏頭昏腦落進了這個温柔陷阱呢？思來想去，又驚又怕，他開始不顧羞恥地放聲大哭，邊哭邊叫着荷花女的名字：「荷花女啊！你在哪兒啊？過來救救我呀！你聽到沒有？我是你的貨郎大哥啊！」

再說荷花女那天在屋裏一心一意地織綢，織得忘記了時間，一天下來飯沒有吃一口，水也沒有喝一口。傍晚，她坐在織機上怎麼都不自在，耳朵裏熱烘烘的，隱隱聽到貨郎的聲音在哭，還在喊她。她心裏一驚，趕快停下織機，側耳細聽，又掐着指頭細細一算。荷花女到底不是凡人，掐算之下，她的目光已經穿越時空，腦子裏回送出一幕貨郎困在山洞裏哀哀痛哭的窘境，也疊放出了他和那個小媳婦親熱的過程。荷花女心裏又生氣又難過，真想讓貨郎在那洞裏餓死悶死算了，這種負心的男人還救他幹甚麼呢？

荷花女拍一拍衣服上沾着的絲絮，起身到灶間給自己做飯。做到一半，看着灶膛裏冒出來的紅紅的火苗，一時間發了愣，想起她和貨郎曾經有過的那些相親相愛、情深意綿的日子，眼淚就落下來了。一日夫妻百日恩啊，不管貨郎他如何輕薄負心，總不能眼睜睜看着他死，卻不去搭救一把吧？貨郎有錯，可是錯不至死。想到這裏，荷花女歎了一口氣，飯也不做了，熄滅了灶膛裏的火，拍拍衣服上的灰，起身出門。

她走得很快，腳步如飛，提氣躍上附近一座山峯，站在山頭舉目四顧，立刻看明白妖洞所處的方位。她想起身飛過去，摸摸身上，醒悟到荷花骨朵沒有了，只好改飛為走。所好她的行走不似常人，走也能趕得上飛。不一會兒，她已經過了幾道山嶺，找到了山腰裏那個黑

漆漆的洞口。貨郎騎過來的那匹野馬還沒有走，還在山腰裏走來走去的啃草皮呢，見了荷花女，抬起腦袋，「咴咴」地一叫，荷花女這才發現洞口被妖精用一塊巨大的山石堵死了，那石塊大得一百個壯漢都抬不起來。荷花女走近去敲一敲石塊，覺得弄走它有點費事，乾脆不理會它，抬腳直接奔上山頂。她在山頂測出了垂直到達山洞的一處地點，從手指上拔下那枚須臾不離身邊的銀白色頂針，輕輕地放在山石上。說也奇怪，頂針放着的地方，從山頂到山洞突然開出了一個筆直的井口。不見半點火星，也聽不到絲毫炸響，那山石就像被甚麼藥物溶化了一樣，乖順得叫人難以置信。

荷花女從衣服上抽了一根絲，變成一根粗粗的絲繩，抓着繩子順那眼深井往下溜，一直溜到山底，才到達貨郎被困的山洞。這時候，洞中的空氣越來越稀薄，貨郎已經臉色青紫，昏迷了過去。荷花女摸索着找到他，胳膊一攬，把他背在身上，拉着那根絲繩，又順直溜溜的井筒子攀升到山頂。

出了井口，荷花女把貨郎平放在山石上，解開他脖頸間的扣子，用衣襟往他的鼻子裏不住地扇進空氣。那枚銀白色的頂針，荷花女隨手又套在手指上，圓圓的井眼也隨之消失。

山頂上的空氣清新甜美，被風兒帶着，緩緩地灌進貨郎的肺腑，他打了一個噴嚏之後，眼睛一睜，醒過來啦。

貨郎睜眼的瞬間，看見了荷花女那張焦急和擔憂的面容，以及臉上的憔悴和辛苦。

貨郎馬上想起了幾天中發生的一切，他羞愧得無地自容，恨不得站起來一頭撞死在山石上算了。

貨郎抓住荷花女的手說：「原諒我，我是瞎了眼睛的人……」

荷花女歎了一口氣，幽幽地問他：「說一句實話，你這麼容易就成了那個妖精的獵物，是被她身上的甚麼迷惑？」

貨郎想了一想，面紅耳赤地答：「她長得實在好看……」

荷花女聞言怔了半天，委屈地落下淚來：「貨郎，你這個負心的人，實話對你說了吧，我離開荷花莊之前，身上帶出來兩樣寶貝，一件是這枚頂針，這是一把開山的鑰匙，我用了它才把你從山洞中救了出來；另一件是那枝荷花骨朵，它不但能讓我自由飛行，而且保我百邪不侵，最要緊的是能使我永遠漂亮和年輕。我是顧惜你，怕你出門在外被野物傷了身，才把它交到你手上。我沒了荷花骨朵就如同沒了魂，就會一天比一天地老，一天比一天地沒有了水色和靈氣。可我沒有想到你竟會因此而嫌棄我……」

荷花女還沒有來得及把話說完，天地間忽然起了一陣陰風，剎那間日頭暗淡無光，山谷裏飛沙走石，虎吼狼嚎。荷花女警覺地抬眼四望，知道是那個媚惑人的妖精又回來了，連忙收住話頭，一把拉起貨郎，拔腿就往山下奔去。

論起來，荷花女和妖精媳婦的力量應該是差不多的，從前荷花女有她的寶物在手，可以不懼怕任何妖魔鬼怪，可是如今形勢不同，荷花骨朵到了妖精手上，妖精的法力就更勝一籌，荷花女要想戰勝她，只有把她引到山窪裏自己栽桑鋪綢開墾出來的家園，用朗朗正氣把對方的妖氣化解。

荷花女打算好了之後，就拉着貨郎腳不沾地地奔走。她心裏那個急呀，恨不能背上生出一對翅膀，腳上生出兩個風火輪子，再或者貨郎忽然變小，變輕，變成個草紮的人，紙糊的人，好讓她輕輕巧巧地帶上他奔出險境。

可是，又哪成呢？貨郎的身子實際上越來越重，他已經喘氣不勻，完全掛在了荷花女的胳膊上，由她托着他、扯着他走。也難怪，貨郎畢竟是凡人肉胎，體力比不得成仙得道的人。

荷花女疾走不成，妖精卻是舉着那枝神奇的荷花骨朵，可以說是身輕如燕，進退自如。這樣，一個慢，一個快，妖精很快追上了荷花女和貨郎，她身上那股陰惻惻的帶香氣的旋風已經吹到了荷花女的

脖子後面，甚至荷花女感覺到貨郎沉沉的身體正在逐漸被對方吸引過去，她需要用更大的力量才能拉緊自己的丈夫。

但是妖精畢竟氣息不正，雖然有荷花骨朵在手，心裏對荷花女還是存有一份恐懼和敬畏的。她不敢走得離荷花女太近，只能夠不遠不近地跟着他們，一邊柔聲媚氣地呼喊着貨郎：「貨郎貨郎，我的情哥哥，你怎麼就走得這麼快，連回頭看我一眼都不肯呢？」

荷花女急忙抓緊了貨郎的手，切切地叮囑他：「千萬不能聽她的話，不能回頭啊，一回頭你就沒有命了！」

妖精不依不饒，高一聲低一聲地叫喚着貨郎：「親親的人啊，俊俊的人啊，想一想我倆在山洞裏過的日子多麼好，你就一絲一毫都不留戀嗎？」

貨郎真想再一次回到洞中重溫舊夢，想得心中癢痛，如同貓爪子在撓抓一樣。

荷花女察覺出他的心思恍惚，再一次提醒他：「蒙上你的耳朵，不要去聽她的話。記住，你要是一回頭，我就再也不能救回你了！」

妖精的聲音嬌喘吁吁：「情哥哥啊，我已經走不動了，我追你追得臉都青了，肚腸子都打結了，你怎麼就不肯心疼心疼我呢？你不肯心疼我也罷了，你回頭看一看我都不成嗎？」

貨郎心裏有無數個小人分成兩撥在爭鬥，一方要他走，一方要他回。他遲疑不決地想：我不跟她走，我就最後看她一眼，看看她現在是甚麼樣子。

這麼想着，他轉身把頭回了過去。

剎那間，只聽見「嗚」的一聲風響，貨郎的身子像一根雞毛一樣被妖精吸過去了，荷花女急急回身想抓，哪裏還能夠抓得住呢？她眼睜睜地看着貨郎飛快地黏到了妖精身上，妖精一手攬緊了他，一手在地上抓起一條金環蛇，邁腿騎上去，咯咯地笑着，荷花骨朵往前一指，風一樣撲向山洞去了。

荷花女呆呆地站了一會兒，無限悲哀，眼睛裏流出紅色的血淚來：「貨郎大哥，不是我不救你啊，你生性如此，我就是搭上性命也無能為力。唉，想不到你我的緣分就斷在一個妖精的手上，幸福是如此短暫！」

不多幾日，貨郎只遺下身上穿的衣服在山洞口。荷花女得知這個結果，特意翻山越嶺去揀回這些遺物，含淚焚上一炷香，在她的屋後挖一個坑埋了。做墳的時候，荷花女想起貨郎初見她時痴痴的目光，想起那快樂又招魂的笛聲，忍不住大哭一場，眼淚把墳頭都浸濕了。從此荷花女一心一意埋頭勞作，白天漫山遍野地養蠶栽桑，晚上點着油燈默默織綢。

幾年過去後，荒僻深山裏的窮山惡水變了模樣：碧綠的桑林一望無際，清澈的湖水映着藍天白雲，牛羊在林間啃着油汪汪的綠草，飛鳥和游魚水上水下嬉鬧騰躍。再幾年之後，深山裏開始有了人家，金燦燦的茅屋蓋起來了，五穀莊稼種起來了，雞鴨牲畜養起來了，集鎮市場也熱鬧起來了，人笑，狗叫，孩子鬧，呈現出一番富足的生活氣象。

荷花女依舊一個人靜悄悄地在她的小屋裏做活，一心只想着把大地上的這幅圖畫修整得更加漂亮和完美。有一天，她勞作之餘，沿着屋邊慢慢地散步，忽然發現貨郎的墳頭上長出了一株柔弱的小草，莖兒細細的，葉兒狹狹的，秋風中瑟瑟地發着抖。荷花女心裏一疼，走過去想為它培點土，手指才觸到葉尖上，小草渾身都哆嗦起來，簌簌地搖動着，所有的葉片都在那一時間羞愧地合攏了，莖兒也怯怯地低下了頭。荷花女愣在那裏，憐惜萬分地想：貨郎啊，這是你嗎？是你的魂在懺悔嗎？

不知道過了多少年，那個一直在河邊釣魚的白鬍子老漢追蹤一條脫鈎的魚兒到了深山裏，偶爾走進了荷花女的家。

老漢和荷花女原本就是相識的近鄰，一見之下，認出了對方，彼此都有說不完的話。這時候荷花女已經是一個垂垂的老婦，眼花了，背駝了，頭髮也白了，憔悴的臉上皺紋密佈，乾澀無光。她把這些年的經歷一五一十告訴了白鬍子老漢。老漢敬愛荷花女，為她的遭遇深感不平，又為自己當初的撮合大呼後悔，一怒之下抬腳出門，找到山洞裏的妖精，一番惡鬥，從她手裏把荷花骨朵奪了回來。

荷花女流着眼淚謝了老漢，把花骨朵插在了斑白的髮根上。只一天一夜的工夫，她的白髮轉黑，皮膚轉嫩，皺紋消失，眼睛裏有了水靈。走到屋後水塘邊低頭照一照：荷花女又是從前那個嬌羞美麗的姑娘了。

為了警戒世人，白鬍子老漢從貨郎墳頭上捋下了那株小草的種子，裝在衣袋裏帶出深山，撒在他的足跡走過的地方。第二年開春以後，靠山的樹林裏，靠海的平原上，向陽的坡地間和背陰的山窪處，到處都長出了這種柔柔弱弱的小花草。後來連皇帝的宮廷裏和富人家的花園裏都蔓生出了小草的身姿。人們想，這麼有靈性的草，總要給它起個合適的名字，就叫它「含羞草」吧。

一直到今天，含羞草還在我們這個世界上生長繁衍着呢。它的體型依然瘦弱，莖兒細細的，葉兒狹狹的，一副瑟瑟縮縮、羞羞怯怯的小模樣。只要有人用指尖輕輕地碰觸它，哪怕是用口氣重重地呵它，它的葉片就羞愧地合攏了，腦袋也懊悔地低下去了。它是在用自己的姿態告訴世上的小伙子：別學它的樣，別做它曾經做過的事，否則你就會一輩子見不得人，抬不了頭啊。

獵人海力布

海力布是個遺腹子。

他還在阿媽肚子裏的時候，他的阿爸上山挖藥材，被開春後冬眠出洞的一隻黑熊瞄上了。當時阿爸發現了一株長在樹下的七葉參，正喜滋滋地彎着腰拿鐹頭去刨，一邊估量着這支參在土底下會有多長的鬍尾，挖出來能賣個甚麼樣的好價錢。他想得眉開眼笑的時候，黑熊踮着腳尖不聲不響摸到他背後，一巴掌把他打得連翻幾個跟頭。阿爸在地上痛苦掙扎，想要逃命。黑熊悶聲不響地撲上去，眨眼的工夫就把阿爸生吞下了肚。

幾年後，那枝阿爸遺下的七葉參的葉子上長出了點點的血痕，參形長得跟阿爸一個樣。這是海力布長大後聽山裏的挖參人說的。

這是一個背靠大山的小村子，古往今來，野物吃人的事情從來都不算稀奇，年年都要有幾個進山砍柴挖藥的大人孩子被老虎豺狼黑熊咬了喉嚨吃了肉。村子裏的幾個好獵手，也曾經打死過老虎捕獲過狼，可是山太大了，林子也太深了，藏幾個野獸在林中，就像一把芝麻撒進了一囤麥子裏，想找出牠們難上加難，靠村裏寥寥幾個獵人，不可能把兇殘的野獸們趕盡殺絕。村裏百姓和山中野物們的仇恨，就這麼世世代代結下來了。

海力布的阿媽挺着個大肚子艱難度日，吃的用的全靠村裏鄉親們接濟。海力布出生那天正是深夜，屋外大雨瓢潑一樣倒着，屋裏熱心腸的嫂子大媽聚了一地。隨着屋外一個炸雷「嘎啦」劈過，海力布的阿媽渾身一抖，嬰兒「嘩」地衝出母腹，哇哇大哭。據村裏大媽們回憶說，海力布出世時的哭聲之響亮，把屋外的雨聲雷聲都蓋住了。人們看着這個滿身通紅、肉蛋一樣結實、不住地舞胳膊揮拳的孩子，都預言說，這娃娃長大了肯定是個力大無比的好獵人。

　　海力布叼着阿媽的奶頭子長到半歲左右時，厄運又一次降臨到他身上。

　　有一天，阿媽拿布帶把他拴在背後下地鋤草，草太密啦，苗都要被雜草吃光啦，阿媽看着心裏着急，一直幹到太陽落山分不清苗草才回家。結果，阿媽走到離村不遠的山坡上，無巧不巧撞上了一隻飢餓的老虎。阿媽一見到遠處的草叢裏忽然冒出那個斑斕活物，就知道自己在劫難逃了。她渾身一哆嗦，撒腿就往村裏跑。自己被老虎吃掉也罷了，懷裏的嬰兒才半歲，無論如何也要留下這條根啊。可是阿媽忘記了，人跑得再快，哪裏能夠趕上老虎的速度快！老虎追着阿媽三跳兩跳，眨眼工夫已經把一股腥臭的旋風捲到了阿媽的後腦勺。阿媽急中生智，扯下胸前捆着海力布的帶子，使出了全身的力氣，一抬手把嬰兒高高地拋到了路邊的穀草堆上。幾乎與此同時，老虎撲倒了阿媽。老虎吃飽了肚子，大搖大擺而去，把穀草堆上的海力布忘在腦後。阿媽用自己的命換來了海力布的命。

　　老虎走了，天黑了，狼羣嗅着血腥味趕來了。狼沒有揀到老虎吃剩下的，卻意外發現了穀草堆上肥肥嫩嫩的嬰兒。草堆很高，狼跳起來也撲不着，怎麼辦呢？牠們可遠比老虎狡猾，互相使一個眼色之後，彼此心領神會了，走開去團團圍住了草堆，用爪子刨，用嘴巴拱，一心一意要把高高的草堆弄得塌下來。

　　活該海力布命大，碰上村裏的孩子趕牛回家，他們遠遠聽到嬰兒的哭聲，又猜出狼羣的陰謀，嚇得魂飛魄散，飛一般地奔回村子報信。人們於是趕過來，點起火把，敲起銅鑼，齊心合力驅走狼羣，這才爬上谷堆救下了海力布。

　　孤兒海力布成了全村人的孩子。從半歲長到大，他喝的是百家奶，穿的是百家衣。媽媽們把他抱在懷裏餵奶時，想到他的命這麼苦，身世這麼可憐，不由自主地就要對他多疼愛一些，餵奶的時間

比自家孩兒還要長。海力布從小一直吃得足，個子比同齡的孩子都要高，力氣也比同齡的孩子都要大。

他被村子裏最好的獵人收為徒弟，五歲開始學習拉弓射箭，六歲能夠用獵刀宰羊，七歲把狐狸攆得滿山遍野逃竄，八歲就用陷阱逮住了一隻豺狼。他在阿爸阿媽的墳前發誓，要當村裏最好的獵人，為慘死的爸媽報仇，也為村裏養育了他的鄉親們保一方平安。

十八歲，海力布長成了一個高大英俊的小伙子。有一天他背着弓箭在山中打獵，路過一條溪流，看見有一條細細長長的小白蛇盤在山楂樹下睡覺。白蛇的腦袋歪着，尾巴捲着，透明而濕潤的皮膚薄得吹彈即破，皮膚上還長出一道一道漂亮的花紋，淺紅色的，寶石一樣的閃着光亮。海力布不由得在樹下停了停腳步，心裏想，多漂亮的小東西啊！他沒來由地對這個嬌嬌小小的生命有了一種憐愛，在牠旁邊站了好一會兒，才輕手輕腳地從牠身邊走過去，生怕驚動了牠的睡夢。

就在他踩着石頭跨過溪流不久，天空中陰雲一閃，有山鷹飛過的影子。海力布忽然想起山楂樹下的白蛇，心裏驟驚，即刻回頭。可是已經晚了，敏捷的山鷹已經發現了獵物，俯衝下來，一伸爪子，把熟睡的小白蛇緊緊擭在爪間，騰空飛去。天空中留下小白蛇哀哀的哭喊聲：「救命！救命啊！」

海力布想也沒想，把弓箭抓在手裏，拔腿直追，噌噌噌地攀上山梁，揀一處空地站住，瞄準了山鷹的翅膀，拉弓搭箭，只聽「颼」的一聲風響，利箭直指藍天，不偏不倚射中山鷹的翅膀根。山鷹負痛，不由地在天空裏打一個滾，爪子間的白蛇掉了下來，落在那棵山楂樹的樹杈上。

海力布急急地奔下山坡，三把兩把爬上大樹，從樹梢枝上取下了那條奄奄一息的蛇。他把蛇托在手裏細看，只見牠閉着眼睛昏迷不醒，嬌嫩的身體被山鷹抓得皮開肉綻，血跡斑斑，軟耷耷的像一條白繩，只在七寸處還摸得着微弱的心跳。

海力布連忙脫下身上的衣服，把白蛇小心地包住，放在背褡裏。他又趕到大山的懸崖邊，腳攀着岩壁採到一束珍貴的止血草，用嘴巴嚼出草汁來，塗抹在白蛇的傷患處。

海力布把白蛇帶回了家。在牠的傷好之前，他不想把牠隨便拋在荒僻處，讓飛鳥走獸再一次傷害牠。

海力布找了一個舊籮筐做白蛇的窩，把筐裏墊上軟軟的草，筐邊纏上細細的繩，好讓白蛇爬進爬出時不要硌得傷口疼。白蛇剛到家的時候傷勢沉重，腦袋抬不起來，嘴巴也張不開，沒有力氣吞吃任何的東西。海力布就把野兔的肉煮熟了，嚼碎了，一團一團地塞進白蛇的喉嚨裏。他的唾液和着肉糜進到白蛇的體內，就好像他把自己旺盛的生命力輸給了對方一樣，蛇的元氣得到修復，體力一點點地增長，傷口也一處處地結痂，脫皮，皮膚重新變得光潔白亮，閃閃動人。

海力布再給白蛇餵食物的時候，牠已經能夠豎起小小的腦袋，用柔柔的目光表示感謝了。牠還會在海力布睡熟的時候爬到他的身邊，靜悄悄地蜷着，或者一動不動地看着他，彷彿聽見海力布的呼吸聲對牠來說是一種安慰和快樂。一條白蛇竟然這樣地依戀上了救牠的人，對於從小與山中野物打慣交道的海力布來說，是想也沒有想到的事。他覺得迷茫，又覺得欣慰。

一個平常的日子，海力布打獵回家，老遠就見他家裏的煙囱冒着煙，走近了還聞見一股股的飯菜香。海力布以為是鄰居家的大媽心疼他沒有人做飯，又到他家裏幫忙來了。這樣的事情往常也有過，海力布一個半大小伙子，不會拈針動線，他的四季衣服是鄰居們幫忙做的，枕頭被褥也是鄰居們幫忙縫的。大恩不言謝，海力布把這一切都點點滴滴記在心裏。所以這天他看見有人為他做好了飯，推門前就笑嘻嘻地先喊一聲：「大媽，謝謝啦！」

可是門推開，家裏空蕩蕩並不見人。鍋裏的白汽裊裊地冒着，灶膛裏的火紅紅地燃着，桌子上已經擺好四碗菜、一盆湯、一摞貼

餅子，還倒上了一盅香氣撲鼻的酒。四下裏再看看，地上掃得灰塵不沾，窗戶擦得明光閃亮，髒乎乎的被子衣服都洗出來了，水淋淋晾在門後邊，清爽的氣味令人愉悅。

奇怪呀，誰做了這樣的好事不言不語，存心給他打謎團呢？

海力布返身出門，朝着村子的方向大聲地問：「大媽大嬸子，今天是誰到我家裏為我做了這麼好的事？」

鄰居們聞聲出了門，你看看我，我看看你，一齊搖頭回答他：「沒有啊，我們今天沒有去過你的家。」

這就更怪了。總不會是神仙給他變出這一桌子好飯菜吧？疑惑歸疑惑，海力布出門一天餓壞啦，放着現成的香噴噴的飯菜，不吃才是個大傻瓜。

海力布就坐下來，喝一口辣滋滋的酒，吃一口熱騰騰的菜，也沒有忘記挾幾塊肉送給籮筐裏的小白蛇。他邊吃邊愉快地想：要是天天都有人為他做這樣的飯，他簡直就是過上了皇帝的日子了。

結果，事情就跟海力布所想的一樣，從那天開始，他每日出門回家，家裏等着他的都是熱騰騰的飯，洗得乾乾淨淨的衣服，收拾得整整齊齊的雜物用具。

海力布不免犯了嘀咕，覺得天天都享這樣的福，卻還不知道該領誰的情，實在是不妥當。不說別的，東西吃到嘴裏，用在手裏，心裏也不踏實啊。他就找到鄰居大媽的門上，說了自己的疑惑。大媽仔細聽完他說的情況，歪頭想了想，兩手一拍，瞇眼笑起來：「海力布啊，你的好運氣來了！這不是明擺着嗎？一定是哪家的姑娘看上了你，偷着為你做這些事的。」

海力布驚訝道：「怎會呢？從沒姑娘託人對我提過親啊！」

大媽對他出主意：「傻小子，這事要弄明白很容易，明天你出門不要走遠，半路上轉回家來，隔着門一看，就知道那人是誰了。如果那姑娘又標緻又能幹，你娶了她做媳婦，是你的福氣呀。」

海力布這一夜輾轉反側，腦子裏把村裏村外見到過的女孩子都想了一遍，怎麼都猜不出來會是其中的誰。第二天，他一早收拾停當，像往常一樣出了門。剛剛翻過一座山頭，打到了一隻野羊，就急急忙忙扛着羊往回趕。走到離家不遠處，眼見得自家煙囱裏的煙正在一團一團往外冒呢，柔柔的，輕輕的，天上翻滾的雲朵似的。他緊張而又興奮地想，這回要把人堵個正着了。

他把打到的野羊扔在院子外，輕手輕腳摸到了屋門口，眼睛貼在門縫上往裏看。他看見灶間紅紅的火光一閃一閃，屋子裏瀰漫着淡淡的一層青煙，陽光從天窗裏照進去，煙霧是半透明的，影影綽綽飄飄搖搖的。在這層美麗的光霧中，活動着一個穿白底子紅條紋衣裙的嬌小身影，灶上灶下忙得正歡呢。她年紀約莫十六七歲，皮膚水一樣的嫩，腰肢柳條一樣的軟。她和麵，洗菜，切肉，兩隻手不停，兩條腿移來移去的像跳舞，把躲在門外的海力布看得呆了。他忍不住從喉嚨裏衝出來一聲驚呼：「哎呀，我的好姑娘啊！」

那姑娘正忙着呢，被他的叫聲驟然一驚，身子一閃，白白的衣裙飄了一飄，煙霧一樣地從灶間消失了。海力布急忙推門進去時，灶裏的火還在呼呼地燒，鍋裏的油還在吱吱地響，屋子裏卻一點人影子都不見了。

海力布好不懊惱啊，他又找到鄰居大媽，把事情的前後過程說了。大媽笑着點撥他：「傻小子哎，心急哪能吃得了熱豆腐呢？明兒你再守着門，見到姑娘時，先別出聲，進去抱住她再說話。」

海力布隔一天又出門，心慌意亂的，本想張弓射一隻老鵰，結果卻錯射了一隻麻雀。他乾脆把麻雀扔上天去餵了那隻鵰，空着兩隻手回家了。海力布自從離開師傅成為真正的獵人，空手回家的情況還是頭一遭呢。

他走到家門外，剛好炊煙又升起來了，姑娘又穿着一身白底紅紋的衣裙灶上灶下忙碌開了。這回海力布閉緊嘴，穩住氣，一聲也不

響，猛地一下子推門衝進屋。姑娘還沒有來得及醒過神，肩膀已經被海力布的兩條胳膊緊緊箍在懷裏了。她拭着推了一推，可是海力布的力氣多大呀，他箍住她身子的胳膊簡直比鐵棍兒還要硬。姑娘心知怎麼掙扎都是白費勁，乾脆縮在他的懷裏不動了，頭低着，臉蛋羞得像山楂果一樣紅。

「姑娘你是誰？為甚麼要天天幫我做飯又洗衣？」海力布不敢太唐突，把箍緊的胳膊鬆開一點點，萬般好奇地問。

姑娘滿面羞澀地說：「我是山腳下東江龍王的女兒小白蛇。好心的海力布，你從山鷹的爪子下面救出了我，又幫我療傷康復，細心體貼得就像我的大哥。海力布大哥，就讓我做了你的妹子吧，讓我天天為你做飯洗衣，報答你的恩情。」

海力布抱着小龍女愛憐地說：「不，我不要你做我的妹子，我要你做我一輩子的新娘。」

龍女想了想，歎口氣：「我是願意的。可是，村裏人要是知道了我的身世，會不會心裏彆扭，從此不再登你的門？」

海力布說：「我怎麼會告訴別人呢？我只會說，你是山外面過來的好姑娘，是我阿媽家的老親。」

海力布當即拉了小龍女的手走到村子裏，宣佈了他要成親的消息。村裏人看見了龍女的俊俏，又知道了她就是那個天天為海力布做飯的姑娘，都誇海力布的運氣好，新娘子是跟他有緣分的人。從前奶過海力布的嬸子大媽們一齊動手，就像幫自己的兒子娶親一樣，幫海力布刷房、縫衣、殺豬宰羊備酒席。全村老少吹吹打打，唱歌跳舞，歡宴了三天三夜，喜事辦得比山裏山外哪一家都要紅火。

夜裏睡下來，龍女摸着海力布的胸口說：「村裏的人對你多好啊，親生的父母都不能夠把婚事辦得這麼周到。」

海力布溫存地摟着她，把她的長髮繞在手指上：「你做了我的妻子，我應該讓你知道，我的父母很早就不在了，是全村人共同把我養

大的，村裏的長輩都是我的阿爸阿媽，村裏的年輕人都是我的兄弟姐妹，等我將來有了能力，我要一一地報答他們。」

龍女稱讚說：「海力布，你是個有仁義的小伙子，我喜歡你這顆金子一樣的心。」

海力布和龍女婚後生活恩恩愛愛，打獵耕田收穫，洗衣做飯織布，日子雖然平凡，卻過得像水流一樣綿長滋潤，像白雲一樣柔軟溫馨。海力布覺得人間最大幸福莫過於娶到龍女。龍女同樣感動，加倍地依戀海力布，連海力布打獵，她的心都跟着他翻山越嶺。

這樣幸福的日子過了不到半年，有一天海力布打獵回家，看見龍女地也沒掃，飯也沒做，一個人淚汪汪地坐在牀邊發愁。海力布放下獵物，逗她說：「怎麼啦？不會是天上又有山鷹要來叼你了吧？」

龍女被他這一問，眼淚乾脆就嘩嘩地下來了，抽抽咽咽地告訴他：「山鷹沒有來，是我的父親派人找到我了。」

「那就請他進來呀，打酒煮肉款待他呀。」海力布滿心高興地搓着手。

龍女淚流滿面地說：「我父親是個壞脾氣的人，他從小就把我許給了南海龍王的小兒子，怎麼能允許我私自到人間跟你成婚？今天來的人已經傳了他的命令，要我即刻收拾回龍宮。」

海力布一聽急了，一把抱住龍女不肯放手：「我們兩個人已經是一條心了，你要是離開我，等於拿刀劈了我的心！」

龍女同樣緊緊地抱住他：「我的好哥哥啊，我比你還要捨不下，可是父王要我走，我不能不走啊。」

海力布說：「不走會怎麼樣？」

「不走的話，父親會發起大水淹了你們的村莊和田地，會讓許許多多無辜的百姓無家可歸，顛沛流離。」

海力布目瞪口呆。他既不忍心讓鄉親受難，又不捨得放龍女回去，一顆心如同放在火上烤，油裏煎，難受得千孔百瘡，破裂成點點

碎片。

「小龍女，我心愛的人啊，難道就沒有一點辦法可想嗎？」海力布用額頭貼緊了小龍女的臉。

小龍女淚汪汪地看着他，猶豫很久，才說出一句話：「有一個辦法。可是那要拿你的生命去冒險，我捨不得讓你邁出那一步。」

海力布下意識地攥緊她的手，臉上的表情簡直是狂喜：「你說吧，快說！只要能夠留住你，上刀山下火海我都願意去！」

龍女說：「在西邊堯山的頂峯岩洞裏有一個寶貝，是當年堯帝治理洪水時留下的一塊石頭，名字叫做『拉河乾』。不論多大的水，遇上『拉河乾』，馬上就乾涸。世上我父親最怕的就是這個東西，你只要拿到了它，就能逼迫父親答應我留下。」

海力布二話不說，馬上整理弓箭和行裝：「好，我這就去。」

龍女一把拉住他的袖子：「可是山高水遠，山頂上還有看守寶貝的猛獸，千百年中從來沒有人能夠進到山洞。」

海力布摸摸她的頭髮，笑了笑：「別人做不到的事情，我一定要做到，因為我不能夠沒有你。」

龍女巴巴地叮囑他：「你一路要小心，我在家裏等着你回來啊！」

海力布離開村莊，直奔東邊的堯山。打獵的人都有一副矯健的腿腳，別人要走三天的路，海力布一天半就能夠走完。再加上他心裏惦記着龍女的安全，越發的疾走如飛，一天一夜就趕到了堯山腳下。他抬頭仰望，只見山石嶙峋，怪崖壁立，頂峯上雲霧繚繞，陡峭如筆，真是個險峻極了的地方。怪不得龍女不放心讓他上山取寶貝，連山鷹都停不下來的地方，人要爬上去真是難上加難。

山下的人見海力布決心要登堯山頂峯，都走過來好心勸他：「攀不得呀，小伙子！我們當地人有句話：堯山陡，堯山陡，堯山頂上有猛虎；堯山高，堯山高，堯山頂上有大鵰。千百年中，年年都有人來到堯山，想取那山頂的寶石，可是他們不是被猛虎吃了，就是被大

鵰擄了，再不然就是攀岩失手摔死了。你沒見山腳下的墳頭連綿一大片嗎？」

海力布笑着謝了當地人的好意，說：「猛虎和大鵰碰上我，就是他們短命的日子，因為我是世上最好的獵人！」

當地人驚訝地打量他：「小伙子，看不出來呀，你一臉忠厚相，卻是個沒魂大膽的拼命郎！」

海力布苦笑笑：「我拿到山洞裏的寶石，才能救回我的妻子。堯山算甚麼，鬼門關我都要去闖。」

人們就咂嘴搖頭，眼神裏露出替他惋惜的意思。

海力布拿草繩紮緊了褲腿和褲腰，把弓箭背在肩後，手拉着岩縫裏的青藤，一步一步地開始往山上攀登。開始的路程還算順當，越往高處，越是艱險，偶然扭頭一看，身下就是萬丈深淵，膽小一點的人不摔死也要嚇死。海力布藝高人膽大，攀到峯頂處，手指摳着岩縫，身子像壁虎一樣貼在石崖上，幾乎是一點一點蹭着上去的。

終於上到山頂，跨過了最險的一處懸崖，海力布的力氣都用光了，渾身上下被汗水浸得濕透，衣服都能擰出水來。他癱軟在峯頂上，躺着歇了好一陣，元氣才一點一點地恢復。他站起來往四面探查一番，果然在一塊巨岩下發現一個一人多高的山洞，洞口被乾枯的茅草和低矮的雜樹遮蓋着，草叢中露出一片黃燦燦的皮毛，仔細一看，原來是一隻面目猙獰的大老虎。那虎的腦袋比籮筐還大，尾巴比樑柱還粗，眼睛瞪得如兩盞燈籠，呼出來的氣息把樹木噴得搖過來，晃過去，如同狂風掃地。海力布剛剛走近兩步，老虎已經聞見了生人的味道，呼地一下立起身子，四腿繃直，鋼尾豎起，朝着海力布大聲咆哮，聲浪像雷霆一樣在山頭翻滾。

老虎的本意，或許是想用吼聲嚇退來人，免得牠接下去再費大事，所以牠吼過幾聲之後，又趴下去恢復了對來人不屑一顧的架勢。可牠沒有料到海力布是一個天生的好獵人，一個聽到虎吼狼嚎就興

奮、就想衝上去拼死一搏的獵人。海力布打量了雙方所處的位置之後，佯作後退，卻藉着滿山岩石做掩護，一聲不響地迂迴到老虎的背後，拉弓搭箭，準備伺機下手。老虎倒是靈醒，嗅出海力布到了牠的背後，馬上察覺到對方的企圖，掉頭向海力布猛撲。

老虎縱身跳起的瞬間，喉嚨暴露在海力布的弓箭之下。海力布眼疾手快，嗖地射出一箭，正中老虎喉部。這一箭力道極大，箭頭深深地扎進老虎的喉管之中。老虎痛得憑空蹦起一丈多高，山呼海嘯地對準海力布猛壓下來。海力布敏捷地跳到旁邊，順手將一把箭鏢戳在原地。老虎體型龐大，眼睛看到了海力布的動作，身子卻閃避不及，落地時整個腹部都被箭鏃刺中，頓時鮮血噴涌，喘息不止。海力布趁勢再往老虎腦門的位置補射一箭，老虎終於翻倒在地，一番掙扎之後，蹬腿嚥氣了。

海力布使出吃奶的力氣拖開老虎，扒拉着腥臊味撲鼻的雜樹和草叢，進到洞內。走了一二十米的樣子，遠遠見到前方紅光閃爍，寶氣逼人。他閉上眼睛，靜默片刻再睜開，昏暗中的一切就清楚起來，果然看見石壁上鑿有一個凹坑，凹坑裏躺着一塊通紅發亮的石頭，大小如鴨蛋一般，盈盈一握，外表白色，光滑透明，紅光是從石頭的內裏迸射出來的，岩壁四周都被這寶光映得通紅透亮。海力布不管三七二十一，伸手去拿石頭，卻聽到岩洞頂上有一聲淒厲的怪叫，然後是呼啦啦一陣風響，一隻通身漆黑的禿頭老鵰平張着翅膀，惡狠狠地朝着他俯衝下來。洞裏的地方太小，海力布蹲下身子都無法讓開，被老鵰那兩隻鐵鈎一樣的利爪抓住了前胸。爪尖刺破海力布的衣衫，扎進他的皮肉，他感覺胸前一陣劇痛，就有兩股血流熱乎乎地淌下，把腰帶都浸得濕了。

老鵰第一個回合得手之後，不免得意，乘勝追擊，彎彎的鐵嘴直衝着海力布的眼睛啄下去。一瞬間裏海力布的眼睛和老鵰的眼睛靠得很近，海力布看到了老鵰眼裏的兇狠和老辣。牠這樣奪人性命肯定不

是一次兩次了，所以牠的動作既穩又準，不容人有絲毫回手的餘地。

　　可是老鵰沒有想到海力布雖然年輕，也是一個歷練多年、很有經驗的獵人，他勇敢敏捷，而且力大驚人。在這千鈞一髮的時刻，海力布沒有躲避，更沒有慌張，而是迎着老鵰的氣勢，藉牠俯衝下來的力道，雙手卡住了牠的脖子。老鵰透不過氣來，雙腿亂蹬，利爪更深地刺進海力布的胸膛，疼痛使海力布撕心裂肺。但是海力布知道他這時候無論如何不能放手，只要他稍一軟弱，老鵰的尖嘴就會把他的眼睛啄瞎。海力布和老鵰就這樣生死對峙着，他的雙臂直直地伸着，雙手像鐵鉗一樣，拼命卡住老鵰的脖子，一點一點地鉗緊、合攏，他甚至已經聽見老鵰的喉管被他卡斷時的咯咯的聲音。終於，老鵰一陣抽搐之後，身子軟了下來，翅膀也耷拉到了屁股後面，腦袋歪在海力布的手上，像塊沉甸甸的石頭。

　　海力布扔下死鵰，把岩壁上的寶石抓過來，揣進懷中。說來也奇，石頭一貼住海力布的胸膛，他流血的傷口就收乾了，長痂了，不再有絲毫的疼痛。這樣，他沿着來時的山道，手腳並用地爬下岩峯，回到山腳。

　　見到海力布平安下山的當地人，驚訝得瞪圓了眼睛，合不攏嘴巴，以為自己一不小心撞上了神跡。

　　海力布懷揣着寶石，心急如焚地趕回山村。一路上他都在想：龍女見他拿到了寶石會如何高興；龍女的父親東江龍王為甚麼要害怕這塊石頭；龍女將永遠留在山村跟他過日子了，他們這一輩子要生幾個孩子，房子翻蓋成幾間，院門壘成甚麼式樣……他手裏摸着那塊寶石，腳底下一刻不停地趕路，直想得渾身發熱，心裏和眼睛裏都是止不住的笑。

　　轉過山腳，進了村莊，正是中午做飯的時候，家家戶戶屋頂上炊煙裊裊，惟獨他家的煙囪口沒有動靜。海力布心裏一沉，雙腿軟軟地靠在門外樹下，連推門進屋的勇氣都沒有了。

鄰居大媽過來招呼他：「海力布啊，你還不知道吧？你不在家的這兩天，你的好姑娘被她的娘家人帶走了。」

海力布如雷轟頂，一把抓住大媽的手：「快告訴我，來人長甚麼樣？我妻子走的時候可曾留下甚麼話？」

「來接她的人紅臉膛，手上只長了兩根手指，不像人手像蝦鉗，模樣兒兇惡煞的。你的心上人走前甚麼話都沒有說，光是哭，不像回娘家，倒像被綁架。唉呀，海力布啊，她肯定是捨不得離開你。」大媽說着，疼愛地望着海力布。

海力布謝了大媽，連家門都沒有進，轉身趕往山腳下滾滾東江邊，對着江水大聲呼喊龍女的名字。江水應聲而動，嗚咽地翻滾起來，浪花越來越大，浪頭越來越高。不大工夫，從浪頭裏湧出一個穿青衣的少女，梳着俏麗的螺絲髮髻，衣服上印着一圈一圈螺形的花紋，眼皮上貼着一片一片閃閃發光的貝母飾物。她對着海力布鞠一個躬說：「獵人海力布，我是龍女的小姐妹，她現在被龍王關在龍宮裏不能出門，知道你來找她了，讓我轉告你說，如果你拿到了拉河乾，就趕快用起來吧。」

說完這句話，浪頭打一個滾，青衣少女消失不見了。

海力布經她提醒，才想起一直揣在懷裏的寶石，連忙掏了出來。紅通通的石頭把他的手心都映成血的顏色了。可是他不知道拿這塊石頭怎麼用，琢磨來琢磨去，想着石頭的名字叫做拉河乾，不如拿繩子拴住在水裏面滾着試試吧。他就把腰間的帶子解開來，拴在石頭上，投進江水中。

奇跡發生啦！在石頭滾過的地方，江水嘩嘩地退後，退得洶湧澎湃，波翻浪滾；退得乾淨徹底，杯水全無。乾涸的江底就像好多年都沒有水流經過一樣，地面板結裂開，灰白一片，死氣沉沉。大大小小的卵石層層堆疊。昔日沉沒江中的漁船殘骸四處散落，隱約可見。來不及隨水退去的魚蝦頃刻間在江底晾成了乾屍，腥臭撲鼻。

海力布驚奇好一會兒，才明白：眼前荒蕪的江底是東江龍王的水底世界，拉河乾把這世界徹底毀了，龍王自然害怕。他明白後，拉寶石在江邊走。走得快，江水退得快；走得慢，江水也退得慢。他一時高興，拉起寶石發力沿江飛奔，江水便拚命從他眼前後退，浪頭來不及翻捲出來，只在水底下發出悶雷一樣的鳴聲。

拉了足有十里路的樣子，江面上終於跳出來一個紅臉大漢，頭髮是硬邦邦往上豎着的，像是龍蝦的鬚毛，手上的指頭果然只有兩根，跟蝦鉗無二。

他遠遠地朝着海力布大喊：「魯莽的年輕人，請你別拉啦，龍王的宮殿都被你動搖啦！」

海力布問他：「你是誰？為甚麼要幫不講理的龍王說話？」

紅臉漢子答：「我是龍宮裏的蝦總管，龍王派我來找你說合，要出錢買下你手裏的這個寶貝。」

海力布搖搖頭：「寶貝是我用生命換回來的，給多少錢我也不會賣。」

紅臉漢子從懷中掏出兩顆明珠，每一顆都是晶瑩圓潤，大得像嬰兒的腦袋。「看見了嗎？這是世上最珍貴的夜明珠，你有了它們，可以換回用不完的錢，娶回人間最漂亮的姑娘，一輩子過上不愁吃不愁穿的好日子。」

海力布咬死說：「再漂亮的姑娘我也不稀罕，只想要我的龍女跟我回家去。」

紅臉漢子故意把夜明珠在手心裏盤來盤去，碰出悅耳的響聲：「年輕人啊，世上跟龍女一樣溫柔的女人有的是，可珍貴的夜明珠不是誰都能夠擁有的。你失去這個發財的機會，將來要後悔的。」

海力布淡淡一笑：「沒有我心愛的龍女，就是金山銀山堆在面前，我又怎麼能夠快樂？」

蝦總管不能把海力布說動，一個猛子扎回江底，找龍王復命去了。

海力布繼續拉着寶石在江邊走，一走又走了二十里。浩浩的江水已經被寶石吸得快乾了，兩邊陡峭的江岸都露出來了，大一點的魚兒已經擱了淺，黑黑的魚背現在水面上，尾巴一甩一甩，呼吸很困難。

一個青臉老頭把腦袋拱出江面，蟹鉗一樣粗壯的胳膊朝海力布揮來揮去，吆喝道：「大膽的獵人海力布，別拉了，我是龍王跟前的蟹大將，你有甚麼要求，龍王爺請你到他的宮裏說。」

海力布心裏想，可別是龍王的計謀，要把他騙到江底淹死。可是他又想，不見龍王的面，怎麼能夠要回龍女呢？他就理直氣壯地跟着蟹大將往前走。

蟹大將倒不像是要害他的樣子，他領着海力布往前走，胳膊一直舉着，不住地左一揮，右一揮，像笤帚拂塵一樣。在他拂過去的地方，江水嘩嘩地往兩邊分開，露出一條貝殼鋪就的亮閃閃的小路，海力布便輕輕鬆鬆踏着這條路往江底深處走。

走到水晶做成的透明龍宮前，海力布舉目四顧，才發現拉河乾的神力實在太大了，龍宮的屋頂已經被急退的江水沖坍，牆壁也裂開了一道道的長縫，一人抱的樑柱歪歪倒倒，再也經不住一點點折騰。

難怪龍王急於求和，再僵持下去，他那把用貝母鑲嵌的寶座肯定不保。

龍王是個圓頭圓腦的白鬍子老頭，兩邊的額角上長着兩個褐色樹椿樣的硬疙瘩，脖子上掛着長長的珍珠串，一共串着九九八十一顆珠子，每一顆都有鴿蛋那麼大，顏色由淺入深，光潔圓潤。他身上的袍子是織金嵌銀的，繡着一條張牙舞爪騰飛的紅龍，被水晶宮的光線照射着，華麗得耀人眼睛。他的眼睛滾圓滾圓，雞蛋一樣凸起在濃眉下。鼻子又扁又平，肥嘟嘟如一塊不規則的肉瘤。嘴巴也怪，嘴角一直咧到耳根，說起話來牙齒關不住風，絲絲地響。

龍王見了海力布，鼻子裏哼一聲，手指頭朝海力布勾了一下，示意年輕人跟着他走。兩個人走到一個紅色珊瑚搭起來的廳堂裏，龍王「嘩」地拉開門，一臉傲慢地說：「魯莽的年輕人，看看我宮殿裏的姑娘們吧，每一個都不比我的女兒長得差，你只要看中誰，我立刻就讓她跟你走。」

海力布一抬頭，只見廳堂裏齊排排地站着十來個美人，穿着一色水紅色的長裙，頭上插着珊瑚雕成的花，每一個都是千嬌百媚，國色天香。她們像是訓練好了一樣，爭先恐後地擁上來，這個拉他的手，那個扯他的腳，飛着媚眼，做着嬌嬌的笑。

海力布急忙地退到門後面，一臉堅決地告訴龍王說：「你給我一個金子做的姑娘，我也不會稀罕，我只想要你的小女兒跟我走。」

龍王驚訝地問：「難道她們一個都不中你的意？」

海力布回答說：「我既然跟龍女相愛，眼睛裏就再也放不進別的姑娘的身影。」

龍王板着臉兒說：「你雖然愛我的女兒，可是你的身份低微，不配做我的女婿。我宮殿裏的任何東西你都可以帶走，就是不能帶走我最寵愛的小龍女。」

海力布說：「除了我心愛的小龍女，別的甚麼我都不要。」

龍王大怒：「如果我不肯答應呢？」

海力布把手裏的拉河乾高高舉起來：「難道你不怕江水完全乾涸，你的宮殿露出水面，在陽光下蒸發消失？」

龍王的臉黃了又紅，紅了又黃，像吃了毒藥一樣地難看。思忖良久，他才跺一跺腳，很不甘心地吩咐蝦總管：「把小龍女放出來吧。」

蝦總管應聲打開了偏殿的一扇門，面色憔悴、眼圈紅腫的龍女一下子衝出來，見到海力布，飛快地撲上去，抱緊了海力布的肩，又哭又笑地說：「我就知道你會取回寶石，會把我救出來！我最親最親的海力布，快快帶我回到你的村子吧，我離開了你，活一天都覺得比一

年更長！我已經一時一刻都等不及了！」

海力布也緊緊地擁抱着龍女，無比感歎地說：「我終於又見到你了，如果不是心裏時時刻刻想到你，我不會有力量殺死猛虎和大鵰，拿到這顆拉河乾。你就是我的太陽，是我力量的源泉！」

「走吧，走吧，讓我們從此再不要分開！」龍女拉緊了海力布的手。

龍王看到他的女兒跟海力布如此相愛，只能長歎一聲，揮了揮手，算是應允了他們的婚事。然而他的心中終究是憤憤不平：這世上愛情的力量果真有這麼強大嗎？任何險阻都不能把兩個相愛的年輕人拆散？他最寵愛的、嬌弱的、從小在錦衣玉食堆中長大的小女兒，居然甘願放棄做南海龍王的太子妃，死活要跟着這個普普通通的獵人，過偏僻山村裏縫補漿洗的貧賤生活？

海力布和龍女見父王不再追究他們的過失，大喜過望，兩個人手拉着手朝龍王拜了三拜，轉身就奔出龍宮，一時一刻都不想在這個華美的殿堂裏多呆。臨走前海力布把拉河乾送給了龍王，告訴他說，只消拿寶石朝東海的方向再滾上一遍，滔滔江水即刻就會漲回到原來的水位。

兩個年輕人剛出龍宮的大門，忽聽蟹大將從後面氣喘吁吁追了上來，邊追邊喊：「停住！等一等！」

海力布心裏一慌，以為龍王老頭想想又後悔了呢，一把拉起龍女，慌慌張張撒腿就跑。蟹大將在後面追得上氣不接下氣，呼哧呼哧地罵海力布：「傻小子！愣頭青！瞎跑甚麼呀？你的龍王爺岳父會吃了你？」

龍女一聽停了腳步，對海力布說：「我父親疼我一場，臨分手也許還有甚麼話要交代，回去看看再說吧。」

兩個人就跟着蟹大將回了頭。龍王已經站在宮殿門口等着了，一見海力布，就哼着鼻子說：「我龍王爺既然嫁女，哪有讓女兒空手出

門的道理，不知道的人還以為我是個多麼吝嗇的老頭呢。我要好好送你們一份禮物。」

海力布慌忙拒絕：「不不，我們甚麼都不要，我有手有腳，還有一身打獵的本領，不會讓你的女兒受委屈的。」

脾氣暴躁的龍王立刻生氣地跺起了腳：「豈有此理！我龍王要送你們東西，你竟敢不要？你瞧不起我？」

海力布連忙解釋：「你能讓龍女跟我回家，我已經感激不盡了，如果再接受你的財物，就是貪婪。人不該貪得無厭。」

龍王憤怒地咆哮着：「不行！你今天要也得要，不要也得要！我非要送你們一樣東西不可！管家，把寶庫的大門統統打開！」

蝦總管提着一大串嘩啦作響的鑰匙，忙不迭地去開一把把寶庫門的鎖。龍王不無傲慢地吩咐海力布：「寶庫裏的東西，你可以儘量地拿，能拿多少拿多少，喜歡甚麼拿甚麼。我既然已經把最心愛的東西送出去了，餘下來的所有一切都不算甚麼了。」

龍女一見這個陣勢，知道她的父親是疼愛她，誠心要做這件事的，就拽一拽海力布的衣袖，把他拉到一邊，小聲地說：「海力布，你看到我父親嘴巴裏鼓出來的一個東西嗎？那是他含在嘴裏的寶石，有了這塊神奇的寶石，世上各種動物的話他都能夠聽懂。呆會兒你甚麼東西都不要，只要他的這一樣寶物。你是個獵人，能聽動物語言的寶石對你的用處最大。」

龍女才說完這句話，蝦總管就恭恭敬敬把海力布引到了龍宮的第一個寶庫前。滿滿一庫都是深海明珠，每一顆都是指甲蓋那麼大小，拿透明的水晶盒子盛着，層層疊疊地擱在寶物架子上。盒子裏的珍珠色彩各異，有粉的，有藍的，有紫的，有黑的，更多的是潔白如玉的，它們通體圓潤，閃出柔和矜持的寶光。

龍王拈着雪白的鬍鬚說：「珍珠是個好東西，做成首飾能把人襯得高貴，磨成珍珠粉能滋養人的身體，就是拿去賣錢，每顆都價值上

萬。年輕人，你想要的話，張開口袋來裝吧。」

海力布笑着搖一搖頭。

他又被蝦總管引到了第二個寶庫前。這是滿滿一庫稀世寶石，有嬰兒拳頭大小的夜明珠，鴿蛋般的貓眼綠，璀璨逼人的鑽石，鮮豔奪目的紅寶石，星星一樣閃亮的藍寶石，整塊整塊未經切割的紫水晶……每塊寶石都是價值連城，拿走任何一塊都能有享不完的榮華富貴。

海力布只淡淡地掃了一眼，就扭過頭去。

第三個寶庫，裝滿了世上奇珍藥材，從千年人參到萬年靈芝，小人兒形狀的何首烏，碗口粗的鹿茸，血一樣通紅的燕窩，高山上的雪蓮……享用這些稀世藥材，不光能延年益壽，還能讓獵人的身體強壯如牛。

海力布依然不置一詞。

龍王急了，臉色也不那麼好看了，鼻孔裏呼出兩股粗氣，甕聲甕氣說：「打獵的小子！你甚麼意思？龍宮裏的這些寶物，你難道一樣都看不上眼嗎？沒有一樣是你稀罕的嗎？」

海力布謙恭地垂手，回答說：「岳父大人，這裏的每樣東西都是我聞所未聞、見所未見的，是絕世珍寶，人間極品。可惜我是獵人，寶物再好，我這樣的人家用不上的，拿回家是糟蹋了，可惜了。」

龍王若有所思地摸一摸額角上的硬疙瘩，點了點頭，臉色緩和了一些：「唔，這麼一說，我倒覺得你是個誠實的孩子。可是作為父親，我總是要送給你們一樣東西才能夠安心吧？」

海力布臉紅紅地說：「父親要送，把你嘴裏的寶石送給我吧。」

龍王聞言一愣，因為這塊寶石是他身邊最寶貴的一樣東西。可是他又一想，外人如何知道他嘴巴裏含着一個寶物？這一定是女兒悄悄給他出的主意。也就是說，女兒希望她的丈夫能得到這塊寶石。這麼一想之後，龍王只好忍痛割愛，把嘴裏的寶石吐了出來，鄭重遞給了

海力布：「拿着吧，但願它能幫助你們更好地生活。但是年輕人啊，你要切切牢記，無論你聽到了甚麼，只能你一個人心裏知道，不可以告訴給身邊的第二個人聽，連你的妻子兒女都不行。如果忍不住說出去了，你的身體即刻就會變成一塊石頭，永遠不能恢復人身。切記，切記。」

海力布點頭致謝，拉着龍女高高興興回到村子裏。

他們的生活又回到了從前的模樣：海力布日日出門打獵耕田，龍女在家中洗衣做飯。傍晚，夕陽西下，龍女倚門等着海力布歸來，他們在窗台上的一盞小油燈下享用簡單的晚餐，彼此說說這一天各自的情況。

海力布一直把龍王的那塊神奇寶石揣在懷中，很長時間都忘了它的存在。好像生活中也沒有非用它不可的地方。有一天出門打獵，他忽然想起它來，就好奇地把寶石含到嘴裏，要試試它的用處。哎呀呀，他的耳朵裏一時間灌滿了各種各樣陌生的聲音，高高低低、遠遠近近、粗粗細細、沙啞清脆……這些聲音離奇古怪，甚至匪夷所思，可是他只要屏息靜氣，仔細聆聽，全都能夠聽懂，不但能聽懂意思，還能聽出來說話者的語氣，想像出牠們說話時的神情和姿態，以及話語背後的暗喻。

海力布驚得瞪圓眼睛，四肢僵直，整個人像泥雕木塑似的，一動也不會動啦！他驚歎地想：世上果真有這麼神奇的東西，能使人這麼方便地就闖進了動物的天地，不光知道牠們的動向，還能夠知道牠們的祕密！

瞧瞧，海力布現在聽到樹上一對鳥兒吱吱喳喳訴說情話：

「親愛的，你的羽毛真漂亮，我特別喜歡你尾巴上的顏色，紅得像瑪瑙一樣。」

「哎呀，你的嘴巴多甜啊，你的眼睛多溫柔啊！」

「過來！過來呀，到我身邊來，讓我用嘴巴梳梳你的漂亮羽毛！」

「你真壞……別讓我的姐妹們看見，牠們會笑話我的。」

「你瞧你，這有甚麼好害羞的呢？」

哈哈，原來世上會說情話的不光光是人啊！海力布抬頭看看樹上相依相偎、幸福得要命的一對鳥兒，開心地捂住嘴巴，拼命忍着才沒有笑出聲來。

走到山腰，他又聽到一隻蜜蜂在對牠的親戚哭訴：「昨天黑熊從樹洞裏鑽出來，不知道怎麼就找到了我們家的蜂巢，叭嗒叭嗒流着口水爬上樹，一巴掌打死了我的好幾個兄弟，打落了蜂巢，把我們一個春天辛辛苦苦釀出的蜜糖全都舔得精光！」

親戚嘶嘶地吸着氣說：「真夠可恨的！這個傢伙老得都掉了毛，嘴巴還這麼饞。我真想看見牠早早地死掉！」

「你們也要當心啊，黑熊就住在山路轉彎處左手第五棵松樹的洞洞裏，牠嚐到了蜜糖的滋味，還會接着再找蜂巢，趕快把你們的家搬到對面的山腰上吧。」

「哎喲，你說得對，真是太謝謝你的提醒了。」

蜜蜂們說着話，嗡嗡地飛走了。

海力布站着不動，心裏咚咚地跳得厲害。他想，蜜蜂們提到的老黑熊，是不是當年咬死阿爸的那個傢伙呢？如果真是牠的話，他可是找這個仇敵找了很久了，他要殺死牠為阿爸報仇。

海力布想到這裏，決定不再上山了，立刻轉頭回家，為明天找黑熊搏殺做好準備。

龍女在院子裏一捆柴禾還沒有劈完，見他早早地回了家，覺得驚奇，笑嘻嘻地問他說：「海力布，你今天是不是出門就想我了？」

海力布從來沒有對龍女隱瞞事情的習慣，所以開口就說：「我今天在山上聽見……」

話才說到這裏，聰明的龍女已經明白了怎麼回事，她飛快地丟下柴刀，抬手捂住了海力布的嘴，提醒他：「海力布，該說的話可以

說，不該說的話就不能說呀！」

海力布驚出一身冷汗，連忙咽住了舌頭底下的話。他很慶幸龍女夠機靈，否則等他不小心把聽到的話全都說出來，也許此刻他就已經變成石頭了。

海力布閉緊了嘴巴，悶聲不響地準備了柴草和火種，又把箭袋裏的每一支箭頭都磨得飛快，把捆黑熊的繩子試了又試。龍女在旁邊默默地看着他，為他遞這遞那，心裏已經大概明白是怎麼回事了，但是一句話都不問，生怕海力布一不留神又要說漏嘴。

第二天大清早，村裏的鄉親和山裏的動物們都還在熟睡着，海力布獨自一個人帶着準備好的東西上了山。按照蜜蜂們交談中提供的消息，他走到了山路轉彎處左手第五棵松樹下，果然聽到樹洞裏有如雷的鼾聲，懶惰的老黑熊正蜷在洞中呼呼地睡得香呢。海力布輕手輕腳把柴草堆在樹洞口，拿火石點着了火。

濃煙熏到樹洞裏，黑熊在睡夢中被熏醒，惱怒異常，拿爪子撥開火堆，氣沖沖地跳了出來。牠的鼻子被煙火熏得不靈了，所以一下子沒有嗅出海力布身上的氣味，只知道一個勁地圍着樹洞兜圈圈，發狠，大巴掌茫然地打來打去。海力布藏身在大石頭後面，瞅準黑熊立起身子露出喉部時，颼地一箭射過去，箭頭不偏不倚扎進黑熊的嗓子裏。黑熊劇痛難忍，仰面躺下，翻滾掙扎。海力布走上去又補一箭，射中牠的心臟。黑熊七竅流血，抽搐了好一陣，死了。

海力布回村喊來鄉親，七手八腳地把黑熊捆了，拿粗木棍抬下山去。他剝下黑熊的皮，給了村裏年紀最大的老婆婆，讓她冬天當褥子用。他又割下黑熊的膽，送給了鎮上最好的郎中，請他做成藥物治病救人。餘下的心呀，肝呀，腦啊，肉啊，他割成一塊一塊，分給全村人共用。

從此以後，海力布知道了龍王這塊寶石的用處啦，他把寶石含在嘴裏時，總是能夠得知哪有成羣的野兔，哪有棲息的野鴨，餓狼甚麼

時候準備進村叼羊。有時候他獨自進山打獵，打來的豐盛獵物分給村裏需要的人家；有時候他召集村中獵人結伴出門，每個人都會大獲而歸。村裏的人更喜歡海力布了，而且越來越尊敬他，管他叫「我們最勇敢的獵人」。

這一年，龍女懷了一對雙胞胎，生孩子的時候遭遇難產，掙扎了三天三夜，嬰兒還是出不來。村裏的大媽們沒見過這個險症，急得沒了主意。

正是寒冬臘月、大雪封山的季節，村中兩個年輕人二話不說，套上爬犁，冒着性命危險出了山，到鎮上請來經驗豐富的老郎中，龍女和兩個孩子的命才算有了救。海力布把可愛的雙胞胎抱在懷裏，對着全村的百姓磕頭說：「鄉親們對我這麼好，我海力布今生今世都難報大家的恩情啊！」

村裏人趕快把海力布扶起來，責怪他：「為甚麼要說這麼重的話？都是一個村子的人，平常你對我們的關照還少嗎？」

海力布心裏想，比照鄉親們對他的情義，他回報給大家的東西實在太少了。他想，只要有機會，他願意為大家獻出生命。

一天進山途中，他把寶石含在嘴裏，聽到頭頂有飛鳥說話：

「哎喲，小黃嘴，怎麼呆在山裏不走？大禍臨頭啦！」

「灰鸛姐姐，有甚麼禍事呀？」

「你們居然不知道嗎？明天山裏要遭逢一場百年不遇的暴雨，到時候山體要迸裂，洪水和泥石流沖下來，整座大山都會夷為平地，無數的人類和牲畜都要遭殃。幸虧我們是有翅膀的生靈，比烏雲飛得更快，趁着暴雨沒有下來，洪水沒有泛濫，趕快逃命吧。」

「灰鸛姐姐呀，多謝你的提醒，我們這就搬家。」

海力布聽得心裏怦怦直跳，但是他一時又不敢相信。誰知道鳥兒的預言是不是準確呢？高聳入雲的大山，堅硬如鐵的岩石，怎麼會說開裂就開裂，說坍塌就坍塌？大山裏的人世世代代住在這裏，從沒聽

說村子會夷為平地的事啊。

海力布腦子裏急劇地鬥爭着。不相信吧，怕誤了大事；相信吧，又覺得沒有可能。他心事重重地繼續往山上走，聽到路邊樹底下有聲音嘀嘀咕咕地很熱鬧，住了腳細聽，是一窩山螞蟻在爭吵。

「快走吧，快走吧，逃命要緊，抬着這些食物，行動就太慢了。」

「哎呀呀，孩子啊，一點吃的都不帶，路上餓了怎麼辦？」

「媽媽你真是老糊塗，晚一步，山洪沖下來，命都沒有了，還談甚麼吃飯不吃飯？」

海力布愣在路邊。他確信消息是真的。他大步地衝上山頂，站在山峯上往四處看，透過滿山高高的密林，他敏銳的眼睛發現了到處都是蠢蠢欲動的動物，耳朵裏聽到了交織成一片的各種語言，呼兒喚女的，詢問逃亡路線的，打聽甚麼地方適宜安家的，惦記着親朋好友的。老虎不緊不慢走出王者的風度；狼羣夾着尾巴一聲不響趕路；狐狸鬼鬼祟祟來回張望；野兔漫山遍野地瞎竄，一副驚魂未定的膽小模樣。海力布心裏一緊，他想，事不宜遲，他要趕快把這個消息通知大家。他奔下山坡，飛快地往村子跑。

他先衝進家門，把龍女從織布機上扯下來，急匆匆地催促她：「龍女龍女，你趕快帶上孩子走，翻過大山，到平原上去。快一點，晚了就逃不出去了！」

龍女驚訝道：「好好的，你說甚麼夢話呢？」

海力布說：「我不是說夢話，災難真的就要來了，這個村子住不得了。我是你的丈夫，你聽我的沒有錯。」

龍女怔怔地看着他，見他神色焦急，一臉想說又不能說出來的為難樣，心裏已經明白了：海力布肯定是從動物兒聽到了災難來臨的確切消息。龍女毫不遲疑說：「好，我這就收拾東西，帶上孩子準備走。你不要再管我了，趕快進村招呼人吧。」

海力布飛奔進村，站在一塊高高的坡地上，兩手套在嘴上做話

筒，高喊着說：「鄉親們呀，請你們仔細聽我說，災難就要降臨了！村子裏住不得了！趕快搬家到平原上去吧，走晚了就來不及啦！」

人們聽見喊聲，紛紛地從家裏湧出來，驚訝地往海力布臉上看，以為他進山打獵時撞了鬼，中了魔症。

「海力布，孩子啊，你說甚麼昏話呢？天藍藍的，太陽亮亮的，河水清清的，哪裏有甚麼災難呢？」一個老大爺溫和地責備他。

「海力布，你不是在拿我們開玩笑、逗樂子吧？今天並不是甚麼愚弄人的節日啊。」海力布從小一起長大的玩伴嘻嘻哈哈地回答他。

海力布滿臉嚴肅和哀求：「鄉親啊，我的大叔大媽、兄弟姐妹啊，你們抬起頭，好好看看我！我沒有撞鬼，沒有中邪，是健健朗朗、清清醒醒的海力布！我知災難要來臨，求求你們相信我！村裏住不得了，假如晚一步逃命，我們大家會葬身山底！」

人們都搖頭，七嘴八舌反駁說，這是不可能的事，多少輩子都住在大山裏，從來沒聽說過一村子的人都會葬身山底。說給誰聽誰都不會信！

「我們世世代代在這裏，不走。」人們用堅定不移的口氣說。

鄰居大媽顫巍巍地走到海力布面前：「好孩子，我們都知道你是個誠實的、有信譽的人，可你講出來的事情太叫人吃驚，我們的腦子裏轉不過這個彎。你能不能對我們說一說，消息是從哪得到的呢？」

小龍女背着孩子、挎着包袱剛巧走到這裏，一聽這話就忍不住地叫出聲：「不！他不能夠說！」

海力布跟着搖搖頭：「對，我不能說，請你們原諒我。」

鄰居大媽失望地看着他：「你甚麼都不肯說，不是讓大家心裏更疑惑嗎？」

龍女流出眼淚來，悲哀地懇求大家：「不要逼他吧，他是一個從來不說謊話的人。至於消息從哪來，他不是不肯說，是實在不能說。如果你們肯相信他，就收拾了東西趕快出山吧！」

　　龍女這麼說了之後，村裏人的想法有了改變，覺得海力布不能說的背後也許確有隱衷。一些人願意接受海力布的勸告，三三兩兩地回家收拾東西了。另一些固執的老人卻還是不願意走。

　　一個白髮蒼蒼的老婆婆擠上前：「海力布，好孩子，我知道你從來不說謊，我願意相信你。可是我的媳婦懷胎九月，萬一半路上孩子要出生，那該怎麼辦？你讓別人都走，我不走，我要留下來侍候媳婦。」

　　又一個鬍子花白的老漢說：「我也不會走。我這一輩子，甚麼樣的天災人禍沒有碰到過？再大的難事都不能把我難倒。讓年輕人逃命去吧，我來替大家守着村子，等災難過去，大家還能夠回來過日子。」

　　海力布不容置疑地搖搖頭：「不，所有的人都要走，抬也要抬着走，一個都不能留。」

　　「為甚麼呀？」花白鬍子的老漢逼問他，「你口口聲聲要我們走，卻又說不出個走的理由，叫我們心裏怎麼相信呢？」

　　海力布憋得臉通紅。他想，事到如此，他只能夠犧牲自己了，要不然的話，村子裏的鄉親們不會相信他。如果他為了保全生命，守着祕密不說，耽誤了一村老小逃命，他活下去也會永遠不安寧。想到這裏，海力布心裏有些悲壯，又有些哀傷。他抬起眼睛看着龍女和他的兩個孩子，想到自己馬上就要變成石頭，要跟他最心愛的妻兒永遠分別，不由得心如刀割，眼圈已經微微地發紅。

　　知夫莫如妻。龍女和海力布這一對夫妻從來都是心心相印，龍女看見海力布眼睛裏的神色，就已經明白了他接下去要幹甚麼。她背着兩個年幼的孩子撲上前，死死抓住海力布的手，哀哀求告說：「海力布，你不能說啊，千萬不要開口啊！想想我，想想我們的孩子，如果沒有你，我們會怎麼活下去？」

海力布抱着龍女，淚如雨下：「龍女啊，我不能不開口，我是村裏的人共同養大的，從小受大家的恩惠太多了，我只有用自己的生命來報答。」

「海力布，我不想看着你變成一塊石頭……」

「龍女，我會記住你的好，我們來世再做夫妻吧。」

海力布說完了這句話，狠心把龍女推開，然後把他如何得到嘴巴裏的寶石、如何聽到了動物的談話、看到動物們搬遷的忙亂，以及他說出祕密就要變成石頭的後果原原本本說了一遍。他說到自己救活了小龍女時，一雙腳已經開始僵硬；說到尋找拉河乾的過程時，雙腿不再能夠移動；說到龍王把嘴巴裏的寶石送給他，胸脯以下沒有了知覺；最後，他喘着粗氣，艱難地說出來自己今天上山聽到的話。他的嘴巴還沒有來得及合上呢，身上的熱氣消失了，眼睛裏的光采沒有了，心臟也不再跳動了。他已經完完全全地變成了一塊人形的大石頭。

龍女悲痛地抱住石塊，哭得天昏地暗。

村裏的人都很後悔，跺着腳，流着淚，責備自己為甚麼不肯相信海力布，眼睜睜地逼着他從生到死。大家在海力布的石像前齊刷刷地跪倒下去，祈求他的原諒。

也就在這時候，烏雲不知不覺地籠罩了太陽，狂風大作，山溝裏飛沙走石，天邊傳來轟轟的雷聲，一場暴雨眼看就要來臨了。龍女站起身，含淚勸告大家說：「趕快收拾東西離開山村吧，不要辜負了海力布的一片心願。」

人們紛紛地回家，騎上騾馬，趕着豬羊，扶老攜幼，踏上了逃出大山的路程。

雨是在半路上開始下的。雷聲隆隆，大山都被震得搖搖晃晃。雨點如銅錢大小，砸在地面上，濺起的泥水有半人多高。山洪漸漸地沖刷下來，急流在谷間奔騰咆哮，掉一隻牲口下去，眨眼間沖得沒了蹤

影。人們在泥濘不堪的山路上艱難地走着，互相攙扶，互相幫襯，一心要快快地逃過這場災難。

一天一夜之後，逃難的人羣總算出了大山。大家找一塊平地安頓下來，還沒有來得及搭起帳篷，安鍋壘灶呢，就聽見遠處轟隆隆的一陣巨響。驚魂未定的人們回頭望去，聳立的山峯忽然沒有了，像是被一隻看不見的巨掌從地面上抹去了一樣，山峯所在的方向，陰雲密佈着，閃電飛躍着，滾滾的泥石流四面八方奔湧着，一切都異樣地陌生和恐怖。人們不由跪下來，對着大山的方向呼喊着：「海力布啊，感謝你救了我們大家！」

洪水過去後，幾個年輕的小伙子結伴回去尋找他們曾經住過的地方。可是高山塌了，溝谷平了，森林不見了，村莊消失了，奔騰的江水改了河道，變了方向。昔日的家園蕩然無存，竟然連一絲一毫的痕跡都沒有留下來。

十分奇怪的是，在溝壑縱橫、滿目瘡痍的大地上，卻突兀地豎立着一塊一人多高的石頭，石頭的正面恰巧是朝着村裏人安身落腳的方向。小伙子們說，這一定是海力布變成的石頭，他心裏惦記着龍女和他們的孩子呢。

他們齊心合力，把石頭抬到了附近最高的山坡上，好讓海力布天天清早能看見新村莊裏冒起的炊煙，聽見他孩子的歡笑。

直到現在，如果你走到了那個地方，還能在荒草萋萋的山坡上看見那塊名叫「海力布」的石頭呢。

美麗的壯錦

　　廣西十萬大山的腳下是壯族人聚居的地方，這裏住着一戶普普通通的人家。阿爸個子小巧，面色黎黑，卻有一身使不完的力氣，像所有的山民們一樣，他打獵，砍柴，燒炭，有時候也挖藥材去賣，有甚麼活可幹就幹甚麼，甚麼活能掙錢就幹甚麼，以此維持一家人的生計。心地和善、少言寡語的阿媽在家裏種田帶孩子。他們一共生了三個兒子：阿大，阿二，阿三，最大的十歲，最小的六歲。三個男孩長得幾乎一模一樣：黑皮膚，圓腦袋，大眼睛，如果穿上一樣的衣服，並肩站在一排，就像閣樓下面的三節竹梯，一層高似一層，整齊得很。他們家的日子過得緊緊巴巴，可也充滿歡聲笑語。阿爸總是把進山時抓到的小鳥小獸帶回來給孩子們飼養玩耍，阿媽種的地裏也總斷不了好吃的瓜果菜蔬。如果不是阿爸過早地出事，撇下體弱的阿媽和三個年幼的孩子，這戶人家就不會引出後面的故事。

　　阿爸是進山打獵時被一隻老虎咬傷的。那隻小個的花斑虎步履輕捷，又非常狡猾，牠隱在草叢時，同行的獵人們誰也沒有聽到動靜。後來老虎從山坡猛地撲下來，一口咬斷了阿爸的左腿。要不是獵人兄弟們大聲吶喊着衝上去齊心撲救，阿爸當時就會命喪黃泉。

　　抬回家之後捱了兩天，因為失血過多，身強力壯的阿爸還是死了。阿爸臨死前十分悲傷，不是因為自己不能活命，而是擔心阿媽和三個孩子如何生活。阿爸白得像紙、眼窩塌陷、目光無神，他拉着阿媽的手說：「孩子的媽媽呀，我死了以後，這個家裏就要苦了你了，可憐你們孤兒寡母，日子怎麼……」阿爸話沒有說完，手一鬆嚥下最後一口氣。阿媽撲在他的身體上放聲大哭，哭聲哀痛得連他們住着的竹樓都搖晃起來。

　　沒有了阿爸的日子真的是很難過。三個男孩都是能吃長個的時候，又半大不小，身子骨細嫩，不能夠指望他們幹甚麼活。阿媽精打細算，省吃儉用，能吃稀的決不吃乾的，能穿破的決不做新的。就是節儉如此，每日裏還是入不敷出。寨子裏的獵人們可憐這家人，有時候會把多打到的獵物放一兩樣在他們門前。可是靠人接濟終不是長久之事，拿別人東西的時候心裏總是不那麼過意。人情債，重似山啊！阿媽整天唉聲歎氣，焦慮難眠，年輕輕的頭髮都開始白了。

　　一天夜裏，阿媽睡在牀上，聽着身邊三個兒子甜甜的呼吸聲，想着過日子的事，翻來覆去怎麼都不能睡着。愁苦到夜半時分，才閉上眼睛迷糊了起來。可是她眼睛一閉上，就做了一個奇怪的夢。

　　她夢見一個慈眉善目的老婆婆來到家裏，東轉轉，西望望，然後拉着她的手，左看右看，歎口氣說：「十指尖尖，每個指肚上都有清清楚楚的羅紋，多麼靈巧的一雙手啊！要是用它來織你們壯家人喜歡的壯錦，掙下的錢足夠養活你的三個兒子了。」阿媽回答說：「阿婆啊，能做工掙錢當然是好，可是我從小沒有學過這門手藝，天底下哪有不學就會的事情呢？現在我年紀大了，手腳笨了，再要從頭學起，怕是不那麼容易。」老婆婆抿嘴一笑：「傻女子啊，不是還有我嗎？我是王母娘娘跟前統管織工的神，有我來教你，還怕學不出最好的手藝？」

　　老婆婆說幹就幹，袖子一拂，織機、蠶紗、紅線綠線、金絲銀絲一樣樣地飄落在阿媽面前，把阿媽驚訝得合不攏嘴巴。老人家又挽起袖子坐上織機，讓阿媽坐到她的身邊，手把手教阿媽如何經線，如何上梭，如何配色，如何修剪毛疵。老婆婆邊說邊幹，眨眼的工夫就織出一塊美麗的壯錦，是一幅獵人在月下追逐猛獸的圖案。阿媽簡直看得呆了。她瞪大眼睛，全神貫注，把老婆婆教她的手藝一點不落地吃進了肚子裏。

　　阿媽的夢做得正甜，睡在她身邊的阿三把她推醒。阿三說：「阿媽阿媽，你睡着了還舞手蹬腳，手都打到我的臉上了，你是在幹甚麼呀？」

　　阿媽醒過來，看見圓圓的月亮掛在窗前，屋子裏一片如水的光亮，屋當中果真放了一台嶄新的織機，還有梭子彩線一應用物。織機上繃着一幅剛剛織好的壯錦，就是她在夢裏見到的「月下狩獵圖」。織物上那輪圓月黃燦燦的，跟此刻窗外掛着的月亮一樣柔美和動人。月下的獵人機敏矯健，個子小小的，渾身肌肉緊繃繃的，模樣有點像她死去的丈夫。獵人正在追逐的那隻花斑豹子跳在半空裏，寬寬的肩膀，細細的腰身，渾圓有力的後腿，腦袋低低地勾下去，模樣美麗而兇殘。阿媽目瞪口呆，不敢相信，她輕手輕腳地爬起身來，小心翼翼地伸手去摸。可是她摸到的一切都是真的：織機冰涼，彩線柔軟，織好的壯錦皮毛一樣地滑爽，還有一股蠶絲的清香。她大膽嘗試着坐上織機，小心翼翼織了幾梭。啊呀呀，奇怪得很啊，夢裏學會的手藝一點沒忘，雙手的動作起落有序，和諧自然，心裏邊想織個甚麼，手邊的彩線能織出甚麼，腦子裏清清楚楚，絲毫不亂。

　　阿媽放下梭子，雙手捂住怦怦直跳的胸口，感覺到突然襲來的狂喜。她站起身來，眼望着窗外的月亮，真想大叫一聲：「我能夠養活我的孩子了！」

　　阿媽織出來的第一塊壯錦，是一幅木棉花開的圖案。這是阿媽比照着屋外木棉樹花朵盛開的姿態和顏色，在壯錦上精心配製出來的。她把壯錦從織機上取下來之後，心裏忐忑不安，不知道別人是不是喜歡，在集市上能不能賣得出價錢。結果到了集上，阿媽剛把包着壯錦的包袱皮打開，把壯錦在自己的臂彎上展開來，人們就裏三層外三層地圍上來了。墨綠墨綠的木棉樹，紅得像火焰一樣熱烈的木棉花朵，襯着天上的白雲，地上的青草，樹底下低頭吃草的小鹿，遠處穿花裙子的少女的背影，多漂亮多安詳的壯家生活圖景啊！大家都朝阿媽伸

着手，想要買回這塊壯錦，價錢越出越高，阿媽簡直不能相信自己的耳朵。她憔悴的面容笑得比木棉樹上的花朵還要好看。

就這樣，阿媽織出的壯錦漸漸在四鄉八鎮有了名氣。一年四季，上門訂貨的客戶總是不斷。娶媳婦的人家要買一幅鴛鴦戲水的牀罩，嫁女兒的人家來求一幅花好月圓的錦被，做壽的老公公老婆婆想要一幅松鶴延年的桌圍，過周歲的小孩子最喜歡紅花綠葉的肚兜……阿媽從一清早坐上織機，到半夜三更都挪不開屁股。她實在太忙了，忙得多長出兩雙手來都應付不了鄉親鄰人的需要。她織得頭暈眼花，腰痠背疼時，總是又歡喜又發愁地想，如果她的織錦不像這樣受人歡迎，可能倒是好事，起碼她不會年年月月連喘口氣的工夫都不能空下。

她用自己的一雙巧手，綿綿不斷地賺來了米麪油鹽、四季衣物，把她的三個兒子一年年地拉扯長大。她心裏很開心，每年清明給丈夫上墳拜祭的時候，臉上總是笑着的，因為丈夫臨死前的囑託沒有落空，她的兒子孝順，鄰人和睦，吃穿不愁，談不上有多幸福，可也不比丈夫在世的光景更差。

這一年的年尾，阿媽從織機上取下最後一幅壯錦，連同之前攢下的幾幅，捲成一筒，背到集上賣錢。她要用這筆錢置辦年貨，買米買麪，買油買菜，再給兒子們扯上幾身做新衣的布料。

她還要買鞭炮，花燭，過年待客的花生瓜子，送灶王爺上天的糕點麻糖。總之，阿媽的錢一分一厘都派好了用場，她只有這樣精打細算着，才能把每一年的日子過得亮亮堂堂。

阿媽來到集上。這是附近村寨裏一個月一次的大集，恰好又是年底，置辦年貨、以物易物的鄉民們熙熙攘攘，摩肩接踵，長長的一條街子上，牛喊馬叫，雞啼鴨哼，熱鬧非凡。姑娘小伙子手拉着手，小孩子從大人肩窩下鑽進鑽出，炸油糕的，熬麻糖的，爆米花的，寫春聯的，扯開了嗓門吆喝成一條聲。阿媽的壯錦剛在街邊鋪開，馬上就被好多的人同時看中，你一塊，他一條，搶着買走了。

阿媽手裏捏着賣錦得來的錢，不緊不慢地沿着街道走。她要先把所有要買的東西看一遍，比較好了貨色和價錢，最後再成交。這樣，她走着，看着，心裏掐算着，不知不覺站到了一家賣年畫的店門口。她已經走得很累啦，心想就在這兒找個板凳坐下來歇歇腿吧，無意中一抬頭，看見迎街的牆上掛着一幅色彩鮮亮的畫，大小足有牀板那麼長，灶台那麼寬。畫面很熱鬧，用色也濃重，一筆又一筆地，畫上了高大寬敞的房屋，鮮花盛開的花園，莊稼茂密的田地，還有果園，菜圃，魚塘，羊圈馬廄，四處走動的雞鴨貓狗，天上飛着的白雲鳥雀。阿媽站在店鋪前，眯眼把這張畫看了又看。她看得嘴巴咧開，滿臉是笑，心裏像喝了蜜一樣的甜，又像品了酒一樣的醉。她喜歡這張畫喜歡得要命，簡直就像是着了魔一樣的啦，就連魂兒都被畫勾走啦！

長鬍子的店主人從鋪面裏踱出來，見阿媽盯着他的畫痴痴呆呆不依不捨的樣子，開口就罵她：「蠢女人，我這張畫都快被你看出一個洞來啦！不買我的畫就快走開，別耽誤我做生意。」

阿媽捨不得走，小心翼翼開口問：「這張畫要賣多少錢呢？」

店主人勢利眼，以為阿媽是一定不會買的，乾脆就獅子大開口，報了一個高得嚇人的價，想把阿媽快快地打發走。

阿媽是真的着了魔，她把手伸進衣袋裏數她的錢，數來數去，巧巧的一分都不差。阿媽想，是老天成全我得到這幅畫呢。她頭一昏，心一熱，米麪也不想買了，衣料也不想扯了，口袋裏的錢統統付出去，樂滋滋地買回了這張畫。

回家的路上，阿媽一邊走，一邊還在想着畫上仙境一樣的美景，差點被一輛趕集的馬車撞到溝裏去。她一點兒都沒有責怪趕車的人，拍一拍馬車輪子濺到身上的土，自言自語地說：「畫兒上的馬比這匹拉車的馬兒要俊多了。」

再走，不敢走大路了，阿媽沿着小路往前行，還是邊走邊在心裏偷偷地笑。路邊的灌木花刺鈎住了阿媽的衣褲，阿媽彎腰摘下刺，對

着盛開的花兒說：「告訴你們，你們別生氣，畫上的花比你們可要美多了。」

回到家裏，兒子們爭先恐後地圍上來，七手八腳翻找阿媽買回的年貨。翻來翻去，阿媽的包包裏沒有米麵魚肉，沒有花燭鞭炮，只有一張五顏六色的畫，他們心裏就不樂意了，以為阿媽大概是老得有些糊塗，忘了過年的大事了。

阿媽卻依舊興奮得很，笑瞇瞇地對大兒子說：「阿大呀，你看這張畫多好看，我們要是能夠住在這麼美的一個村寨裏，那該有多好啊。」

大兒子撇撇嘴：「阿媽，做夢呢！你看看，缸裏沒米了，桶裏沒油了，我的衣服也已經穿破了，我們拿甚麼過年啊？」

阿媽沒有回答他的話，轉過頭來，眉眼花花地看着二兒子：「阿二呀，你說說，這張畫是不是照着天堂畫下來的？阿媽這一輩子還能不能有這樣的福氣，住到跟畫裏一樣的地方啊？」

二兒子聳聳肩：「阿媽，下輩子吧。阿媽你真是蠢，人家過年都買了鞭炮花燭，新鞋新襪，只有你花錢買回這張沒用的畫。」

阿媽歎了一口氣，一把扯住小兒子的手：「阿三啊，阿媽辛辛苦苦做了一輩子，天天守着這台織錦機，沒日沒夜，沒年沒節，沒人說笑，沒處散心，日子過得好沒意思！今天阿媽看見了這張畫，心裏才覺得亮堂了。可是阿媽到哪才能找到畫上的地方呢？要是一輩子都找不到，阿媽坐在織機上想也會想死、悶也會悶死的！」

阿三摸着阿媽結滿繭殼的手，再看看她臉上的皺紋、頭上的白髮，想想她這些年的辛苦，心裏難過得不行。他好心安慰阿媽說：「這樣吧，人家都說你織錦織得好，織出來的花鳥蟲魚活靈活現的，跟真的一個樣，不如你自己照着這張畫兒織一幅錦吧，你一邊織着，一邊看着，一邊想着，就彷彿自己住在畫裏了，因為人心裏想的東西總是比世上已經有的東西還要美。」

阿媽聽了三兒子的話，眉眼活起來，心裏也快樂起來，嘻開了嘴巴說：「好兒子，你替阿媽想到了一個好主意，阿媽就照你說的去做吧。」

阿媽一天都等不得，年都不過啦，就把畫掛在牆上，把織機擺好在對着畫的地方，把五彩的絲線理順、攤開，照着畫上的景物一梭一梭地織起來了。

她織得太專心太入迷，坐到織機上就忘了家，忘了兒子，忘了柴米油鹽這一切要操心的事，全神貫注地進入一個美麗得讓人心醉的世界裏。她織了這麼多年的壯錦，從來都是為生計而辛苦，只有這一次，她是為自己編織一個夢，編織理想的生活，編織她應該享受而不能享受的一切。

每天太陽升起的時候，阿媽已經坐到了織機上，上滿了彩線的梭子飛舞成一朵花。到晚上月亮出來的時候，阿媽還戀着織機不肯下，梭子上的彩線已經變做一段錦，紅的綠的叫人好歡喜。

阿大阿二有了意見，他們看見阿媽坐上織機就嘮叨：「阿媽呀，你天天這樣織來織去，織出來的彩錦又不換錢，光靠我們打柴換米吃，我們做得太辛苦，連騎馬轉山的時間都沒有了。」

阿媽停下手，望着兩個兒子皺眉噴嘴的樣，心裏很猶豫。唉，她是既放不下織了一半的錦，又不忍心讓兒子太委屈。

阿三見狀慌忙走過來，把兩個哥哥從阿媽身邊拉開。阿三對哥哥們說：「別去阻擋阿媽織錦吧，不織完它阿媽會悶死的。要是你們不願意上山打柴換米，那就讓我一個人來幹，我起早貪黑也要把家養起來。」

阿大阿二聽了心裏偷笑，從此心安理得地讓阿三一個人去辛苦，他們每天出門玩夠了回家吃現成的飯。

阿媽當然捨不得阿三做這麼重的活，阿三還小呢，肩膀上的肉還嫩着呢，哪能夠不要命地出力幹活養活一個家呢。阿媽只有日日夜夜

加班加點地織，好早早地完了工，再去織那些換錢用的錦，一家人過回從前的好日子。

阿媽夜裏織錦點的是松明。松明的煙很大，光亮又不足，阿媽的眼睛一夜夜地被煙熏，眼角都爛了，眼淚一滴滴地落下來，掉在美麗的壯錦上。阿媽靈機一動，順手在自己的眼淚上織起了清清的小河，圓圓的魚塘。

再過些日子，阿媽的眼疾更厲害，眼淚流乾了，再流出來的是一滴滴的眼血，落在織錦上，紅豔豔觸目驚心。阿媽怕污了錦上的圖案，又想出點子，在眼血滴落的地方織起了一輪紅紅的太陽，織起了花園裏盛開的鮮花和魚塘裏游動的漂亮的紅鯉魚。

一年過去了，阿媽的壯錦終於織成了。這是一幅多麼闊大、多麼美麗的壯錦啊！圖案的中間是皇城裏才有的高大敞亮的房屋，有白的牆，青的瓦，灰的磚，紅的柱子，黃的門廊，鳥翅一般翹起來的簷，簷下還掛着紫銅的鈴鐺，好像風一吹過來就會叮鈴鈴地響。大門的前面，是姹紫嫣紅的大花園，百花嬌美地盛開着，蜜蜂嗡嗡地飛舞着，蝴蝶雙雙對對地親呢着。

花園的中間，是圓圓的魚塘，紅紅白白的鯉魚甩着尾巴，自由自在地嬉耍。粉色的荷花從水面上羞答答地升起，細細的花莖亭亭玉立，美得像十六七歲的花季少女。

房屋的東邊有果園，桃花開了，梨花也開了，粉一片，白一片，粉中帶白的又是一片。長尾巴的喜鵲在果樹上吱吱喳喳，蠟嘴巴的黃鶯在花枝間探着小小的腦袋。房屋的西邊是菜圃，碧綠的青瓜掛滿了藤蔓，紫油油的茄子和紅豔豔的辣椒飽滿鮮潤。房屋後面的草地上，高的是牛棚，矮的是羊圈，牛羊四散着低頭吃草，雞鴨撲騰着到處撒歡。遠處青山如黛，綠水似綢，青山綠水間是陽光照耀着的大片大片成熟的莊稼，金黃色的玉米和稻穀驕傲地展示出壯家人的富足和安樂。

　　阿媽低頭咬斷最後一根花線頭，把壯錦從織機上取下來的一剎那，簡陋的壯家竹樓裏好似升起了一輪金光四射的紅太陽，耀眼的光芒把屋子裏的一切照得通明透亮。阿媽笑瞇瞇地站在她心愛的寶貝旁邊，憔悴焦黃的面容因為色彩的輝映，顯得紅潤和豐盈了許多，枯乾的眼睛裏閃出星星點點的火苗，連佝僂的腰背也挺直了起來，身上像注進了使不完的力量一樣。

　　在那一瞬間，阿媽的三個兒子同樣也被壯錦的美麗驚呆了，他們張開嘴巴愣怔了好一刻，才明白過來這真是阿媽的傑作。他們激動得大叫大喊，輪流上前擁抱他們的媽媽，祝賀她，感謝她的勞動，也慶幸生活又可以回到從前。

　　小兒子阿三衝出門去，喊來了村寨裏的親戚鄰居，讓大家都來欣賞這幅美麗非凡的壯錦。不大的工夫，大人小孩擠滿了阿媽的屋子，每一個人都想擠到最前面看個仔細，還要伸手在圖案上摸摸，看那些魚蟲花鳥到底是真的還是假的。這樣，阿媽的屋子裏太熱鬧了，小小的竹樓都要被人們擠得翻了。阿媽就說：「把壯錦拿到外面去看吧，到光亮更足的地方去看吧。」

　　幾個小伙子自告奮勇幫忙，一人扯住壯錦的一角，撐開着，小心翼翼抬到了屋門外面。金色的太陽照在錦面上，每一根絲線都閃出了不同色彩的光，手一動，光線就像水一樣流淌，比在屋裏看的時候更神奇更輝煌。村寨裏的老人們咧開缺牙的嘴巴感歎說，活到這把年紀，見過的壯錦成百上千幅，還沒見過有人能把壯錦織出這樣的鮮活。他們就商議着，要在圩子裏辦個盛大的歌會，把十里百里的壯家人都請過來，讓大家都來開開眼。他們還說，要集資蓋一座像樣的廟宇，把這幅壯錦掛在廟壁上，讓後世子孫比照着錦面上的圖案，建造出壯家人心裏的天堂。

　　正在七嘴八舌地說着，笑着，欣賞着，歎息着，忽然天空中有幾朵桌面大的彩雲飛過來，不偏不倚地停留在美麗的壯錦上空，好像雲

彩也有眼睛，也喜歡好看的東西一樣。過了片刻，雲彩輕輕飄走了，卻不知從哪兒吹過來一陣狂風，剎那間天昏地暗，飛沙走石，人們被灰塵迷得睜不開眼睛。狂風像長出了一雙粗暴的手，活生生地從幾個小伙子手中扯走了壯錦，啪啦一聲捲到天空裏，一直送往東方，眨眼間已經過了山梁，不見了一根絲一條線。

阿媽看見壯錦被風捲走，發瘋一樣地追上去，跌倒了又爬起，爬起了又跌倒，就是趴在地上還拼命地搖着雙手，扯着喉嚨，喊叫着，哭泣着，哀求風把壯錦還給她。她的兒子們和村裏的人都跟着趕上去，為她着急和心疼。可是誰也拿狂風沒辦法，沒有人能夠像鳥兒一樣飛起來，追上風的腳步，奪回阿媽的東西。

阿媽整整織了一年的壯錦，滴落着她的眼淚和鮮血的壯錦，比生命還要珍貴的壯錦，就這樣倏忽間從眼前消失了。阿媽經受不住突然襲來的打擊，兩眼漆黑，昏倒在自家的竹樓前。大家七手八腳地把阿媽抬回屋裏，掐人中，灌薑湯，忙亂了好久，才算把人救醒。等到阿媽醒過來，村裏人又好言勸慰她，說了許多寬心的話。阿媽卻失神地睜着眼睛，一聲不響，不哭也不鬧，完全成了一個無知無覺的木頭人。村裏人面面相覷地看着，說，阿媽是傷心透了，怕要好好地養一段時日才能夠恢復呢。大家就躡手躡腳地出了屋子，讓阿媽一個人靜靜地休息。

人們剛剛走遠，腳步聲才到了大路上，阿媽就睜開眼睛說話了。她把大兒子叫到牀跟前，有氣無力地說：「阿大呀，你知道那幅壯錦就是阿媽的命，沒了它，阿媽恐怕活不長久了。你要是個孝順的孩子，就跟着壯錦飛走的方向往東走，無論如何替阿媽找回它。」

阿大想也沒有多想，豪氣沖天地拍着胸脯說：「阿媽你放心，不就是多走一點路，多問幾個人嗎？壯錦那麼大個東西，又不是一副金耳環，藏起來找不着。阿大別的本事沒有，找回一幅壯錦總不是難事，阿媽你就在家裏安安生生等着吧。」

阿媽欣慰地點着頭，高興得眼淚都流下來了。

阿大換上趕路的草鞋，紮好寬大的褲腿，帶足了路上吃的乾糧，辭別阿媽，出門上了路。

他一路往東去，逢山過山，逢水過水，磨破了好幾雙草鞋，路上倒還算順利，沒有遇上過吃人的豺狼虎豹，也沒有碰到過殺人越貨的土匪強盜。一個月之後，他走出了十萬大山，來到通往平原的隘口。站在山坡上，他第一次見到了平原的遼闊和坦蕩，見到平原上快要成熟的莊稼竟然和阿媽在壯錦上織出來的圖案一個樣，心裏不由得又驚訝又喜歡。他想，平原的道路多麼寬闊和平坦啊，順着這樣的道路往東走，日行百里是很便當的事。

阿大很累了，想找個地方歇歇腳，喝口水。他舉頭四顧，看見大山的隘口處豎着一間石頭砌的屋子。這屋子方方正正，規規整整，在山和平原之間非常醒目。他心想這大概不是飯館就是客店吧，便飛快地朝那石屋跑過去。

走近了，才發現石頭的屋子邊還立着一匹高高大大的石頭馬，石馬扭着頭，張開嘴巴，彷彿要吃它身邊長得紅豔豔的一兜楊梅果。屋門口坐着一個白髮老奶奶，團團的臉，癟癟的嘴巴，紅潤的皮膚，稀疏的頭髮在腦後挽着一個髻，正瞇縫着眼睛，身體一仰一合地，吱呀吱呀搖着一輛快要散架的紡車呢。

老奶奶遠遠看見阿大一身風塵地走過來，停了紡車，仰臉笑着問：「孩子啊，看你這張風吹日曬的臉，好像是走了遠路的樣子，你急急忙忙要趕到哪去啊？」

阿大朝老奶奶作了一個揖：「阿婆，我的阿媽花一年時間織了一幅美麗的壯錦，可是風把它吹走了，阿媽傷心得病倒了，我要去幫阿媽找回它。」

老奶奶低下頭，指頭在手心裏掐來掐去地算着，又閉眼凝神默默地想一想，告訴阿大說：「我知道啦，你阿媽的壯錦是被東方太陽山

的一羣仙女搶走了。因為你阿媽的壯錦織得實在太漂亮，她們想拿去做樣子，照着它織幾幅，好裁剪出來做衣服。」

阿大高高興興問：「太陽山在哪兒？阿婆請你告訴我，我這就去找那些仙女去。」

老奶奶擔憂地望着他：「孩子啊，不是我存心嚇唬你，要想去到太陽山，可要經過幾層磨難呢。」

阿大賭咒發誓：「為了阿媽，我不怕。」

老奶奶嘻開沒牙的嘴巴笑起來：「那好，你是個孝順懂事的好孩子，阿婆願意說明。你看見我屋門口的那匹石馬了嗎？你先打落自己嘴巴裏的兩顆牙齒，安到石馬的嘴巴裏。石馬一有了牙齒就活了，就能吃到它最想吃的楊梅果。它吃下十顆楊梅果的時候，你趕快騎到它的背上，它會自動地馱你去太陽山。」

阿大跑過去看石馬，石馬的嘴巴裏果然光禿禿一顆牙齒也沒有。阿大下意識地摸了摸自己嘴巴裏的牙，想像着敲落牙齒的時候會有多麼疼，會流多少血。

老奶奶接着說：「去太陽山的路上先要經過大火熊熊的火焰山。石馬不怕火，可是你的皮肉會烤得吱吱冒油泡。你要咬緊了牙齒不喊痛，萬一忍不住喊出聲，火就把你的身體點着了，你就被燒成一堆火炭了。」

阿大摸摸自己的皮膚，感覺上大火已經燒過來，皮肉已經在火燒火燎的痛。他不由地倒吸一口涼氣。

「這還沒有完。越過火焰山，你還得穿過冰凍海。海裏的風浪捲起來足有三丈高，浪裏面夾着大冰塊，打在你身上刺骨的冷。你憋住呼吸忍受着，千萬不能哆嗦一下子。你要是一哆嗦，海浪就會趁勢撲倒你，把你埋到海底下。」

阿大還沒有聽完老奶奶的話，太陽底下已經忍不住地打了一個哆嗦。

老奶奶笑眯眯地說：「所有這些磨難你都受住了，石馬就會把你帶到太陽山了。」

阿大僵在那裏，腦子裏不斷地浮現出一幕幕可怕的場景，不覺臉色青白，連一句囫圇的話也說不出來。

老奶奶看看他的臉色，歎一口氣：「孩子，恐怕你是受不了這些磨難的。這也難怪，不是鐵打的身子，金子做的心，過不了這些關口。你為了阿媽千辛萬苦走了一個月，已經很不容易了，找不回壯錦，阿媽不會怪你，神靈也不會怪你。這樣吧，我送你一盒金子，你拿回家安慰安慰阿媽，孝敬着她好好地過日子吧。」

老奶奶說着起身，進屋拿出一個沉甸甸的小鐵盒子，遞到阿大手裏。阿大迫不及待地打開盒蓋看，金子的光芒像無數支尖利的箭，把他的眼睛刺得流眼淚。他小心收好盒子，磕頭謝了老奶奶，順着來時的山路走回去。

走了不幾步，他回頭看看美景如畫的大平原，腳步子不由得慢下來了，心裏也猶豫起來了。他心裏想，自己都已經活了二十歲，還沒有見過城市是甚麼模樣呢，沒有見到過城市裏漂亮的姑娘，不知道城市裏的人吃甚麼，穿甚麼，用甚麼。世界上有太多的事情他都沒有經歷過，現在有這一盒金子在手裏，他何不趁機去城裏長長見識？忙着跑回那個貧窮的村寨幹甚麼？傻瓜呀！這樣一想之後，他就快快樂樂地回了頭，走上通往平原的另外一條路。

阿大一進了城，馬上感覺到長四雙眼睛都不夠用。這麼多花枝招展、臉蛋雪白的大姑娘，這麼多的房子、商店、酒館、雜耍場，他東張西望，看個沒夠。

走到一個掛着大紅燈籠的門樓前，一個徐娘半老的女人梳着油光光的頭，搽着厚實實的胭脂和白粉，從綢襖的袖籠裏掏出一方帕子，翹起尖尖的蘭花指捏着甩一甩，嬌聲浪語地招呼他：「哎喲，山裏來的小伙子哎，到家裏坐坐，吃杯茶吧。」

阿大心裏想，我又不認識你，我到你家裏吃甚麼茶？可是他剛巧一抬頭，看見了樓上竹簾後一個年輕女孩子半遮半掩的臉，他的臉立刻紅了，心也怦怦地狂跳起來了。他忸忸怩怩地問女人：「你家的茶賣多少錢一杯？」

女人抿嘴一笑答：「山裏小伙子，你捨得出多少錢一杯？」

阿大猶猶豫豫拿不準，乾脆把那個裝金子的鐵盒子掏出來，當着女人的面打開：「一塊碎金子吃一杯茶，總是夠了吧？」

女人被金子的光芒晃得眼都花了，嘴也合不攏了，上前就扯住了阿大的衣袖：「夠了，夠了，足夠了！請進吧，讓我的姑娘們好飯好酒地服侍你吧。」

阿大暈頭暈腦、糊裏糊塗地踏進了這座叫「怡春樓」的小院。他根本不知道，這麼一進去，不把身上的金子全花光，他是絕對出不去了。

再說丟失了壯錦的阿媽，自從大兒子走後，她日日搬一個小板凳坐在屋門口，身子倚着牆，痴痴地望着東面的那片山坡坡。她悲傷的眼睛裏無數次地出現幻覺，看見她的阿大回來了，手裏捧着失而復得的壯錦，在東面的山頭上現了身，沿那片山坡坡奔跑着衝過來，嘴裏大聲地喊着：「阿媽呀！阿媽呀！我把你心愛的壯錦找回來啦！」可是等阿媽轉了一下頭，回過神，阿大的身影不見了，壯錦也不見了，東面的山坡坡上只有寂靜的草地和樹林。

阿媽等了一天又一天，等白了頭髮，等瘦了臉，等得兩條腿細成了麻稈稈，連搬個板凳出門的力氣都沒有了。阿媽只好把二兒子叫到牀跟前。

「阿二……」阿媽聲氣微弱地開了口：「你的哥哥出門找壯錦，一去幾個月都不回頭。阿媽不能再等下去了，見不到壯錦，阿媽就活不成命。你要是個孝順的孩子，就接替你的哥哥上路吧。」

阿二點點頭，換上草鞋，紮起褲腿，帶上乾糧，出門往東走。

　　走了一個月，走破了幾雙草鞋，阿二同樣來到十萬大山的隘口處。他見到了春天裏綠茵千里、百花盛開的大平原，也見到了石屋、石馬和坐在屋前紡紗的白髮老奶奶。

　　老奶奶笑着問他：「你是阿大的弟弟阿二吧？」

　　阿二驚奇道：「阿婆你怎麼知道？」

　　老奶奶笑得更加神祕：「你的哥哥怕自己經不住路途上的磨難，從我這拿了一盒金子，說是回去交給你阿媽，實際上已經胡花海用得差不多了。你也回去吧，我同樣會送給你一盒金子，你若是有孝心，就拿回去跟你的阿媽好好過日子。」

　　阿二不能服氣：「我哥哥經受不住磨難，未必我也不行。我比我的哥哥有膽量。」

　　老奶奶拍了一下手：「好，有志氣的孩子！那我就說出來你聽聽。」

　　老奶奶把上次說過的話對着阿二又說了一遍。阿二聽着，心裏已在哆嗦，嘴上還不好意思服輸。他硬起頭皮走到石馬前，左打量右打量，然後伸手朝着老奶奶：「阿婆，求你借我拔牙的小鐵鉗。」

　　老奶奶進屋拿出了他要的東西，卻不是一把小鐵鉗，是一把沉得墜手、看一眼就讓人心裏發顫的大鐵鈑。阿二接過鈑子，在手裏掂來掂去，幾次舉到了嘴邊上，又膽戰心驚地放下去。

　　「阿婆……」阿二苦着臉兒哀求她：「我自己實在是下不得手，請你老人家來給我幫一個忙，好不好？」

　　老奶奶笑眯眯地點點頭，操起鐵鈑，讓阿二張開嘴巴，閉上眼睛，她那裏手起鈑落，只聽阿二「嗷」的一聲慘叫，一顆白生生的牙齒骨碌碌滾掉在地上。

　　阿二手捂住嘴巴，疼得一個勁跺腳。眼見着黏乎乎的鮮血從嘴巴裏流出來，又順着胳膊肘往下淌，滴在地上觸目驚心，他的臉色變得比紙還白，頭一暈，腿一軟，一個跟頭跌倒在地上。

老奶奶哈哈地笑着，把阿二拉起來，又把一盒同樣沉甸甸的金子塞到他手裏：「孩子啊，不是我小瞧了你，這麼一丁點疼痛你都受不了，往下的事情你想都不要想。聽我的話，回去吧，去跟你的阿媽過平安日子吧。」

阿二不敢再堅持，就順驢下坡，接過那盒金子，趴下來對老奶奶磕一個頭，返身回山裏。走不多遠後，他回頭看了看平原，總覺得地平線的後面隱藏了數不盡的人生快樂。他心裏起了跟大哥一樣的念頭，於是同樣地放棄了回村寨，懷揣着金子往平原上的大城市走過去。

阿二很幸運，沒有走到「怡春樓」的院門口，也就沒有碰上那個妖裏妖氣的老女人。但是阿二卻有了另外的不幸，因為他一不留神闖進一家大煙館。那裏面橫七豎八躺在煙榻上吹煙泡泡的人好舒服呀，那種瀰漫在空氣中的甜絲絲、香噴噴的鴉片煙的氣味也把他熏暈啦，他從來沒有聞到過這麼迷惑人的、叫人心癢難熬的古怪氣味，也想像不出人們抽了煙之後為甚麼會顯得那麼幸福和陶醉。這是怎樣神奇的好東西呢？他現在手裏有的是金子！

阿二一發不可收拾地上了癮，想走也走不出去了。從此他日日夜夜地泡在了煙館裏，在裏面吃，在裏面睡，在裏面噴雲吐霧，一絲一毫也沒有想起他可憐的阿媽，更別提阿媽囑咐他尋找的壯錦了。

阿媽等不回阿大，也等不回阿二，日日夜夜躺在牀上望着門口哭，哭呀哭呀，原本紅腫潰爛的眼睛經不起淚水長時間的浸泡，視力越來越差，看東西已經模糊一片。

阿三勸慰阿媽說：「阿媽，你不能再哭啦，再哭眼睛就要瞎啦。」

阿媽淚水漣漣地答：「我的壯錦找不到了，我的兩個兒子都不再回來了，我活都不想再活下去，還要眼睛幹甚麼？」

阿三跪在阿媽的病牀前：「阿媽你怎麼忘記了，你有三個兒子呢，哥哥沒有做完的事，我來做，我一定要出門找回你的壯錦。」

阿媽一把抱住他：「孩子啊，阿媽只剩你這一個兒了，無論如何不能再放你走。壯錦我不要了，再好的壯錦也不如我的兒子好。」

阿三輕輕掰開阿媽的手：「我已經做好了出門的準備。村寨裏的鄰居們我也打好招呼了，我不在家的時候，他們會過來照顧你。」

阿三穿好草鞋，紮起褲腿，帶上乾糧，毅然決然辭別了阿媽，沿着兩個哥哥走過的路，踏上了往東方去的旅程。

跟兩個哥哥一樣，一個月之後他風塵僕僕、疲憊不堪地到達老奶奶的石屋前，看見了石馬、楊梅果和紡棉紗的老奶奶。老奶奶一樣笑瞇瞇地迎住他，對他說了跟前面同樣的一番話，轉身就要回屋拿金子。

阿三斬釘截鐵地攔住她：「不，阿婆，我不要金子，我要找回阿媽的壯錦。」

老奶奶慈愛地摸摸他的臉：「孩子啊，聽話吧，你的兩個哥哥都吃不了那個苦，你年紀還這麼小，更加不能夠。」

阿三聽了不言語，走到石馬前，彎腰揀起地上的一塊石疙瘩，動作快得沒等老奶奶看清楚，「啪啪」兩下子，已經敲下來自己的兩顆大門牙。剎那間他的嘴裏血流如注，疼痛鑽心。他捂住嘴，小楊樹一樣直直地站着，一聲也不吭。

老奶奶趕快回屋舀出一碗炒麵，抓了一把拍進阿三的嘴巴裏：「快，嚥口炒麵，止止血！」她還心疼地感歎了一句：「你這個倔強的孩子啊！」

老奶奶的祕方真是靈，炒麵一沾到阿三的牙牀上，血就不流了，鑽心的疼痛跟着消失了。阿三感激地齜開豁牙衝着老奶奶笑了笑，低頭在地上找到他的兩顆沾着灰塵和鮮血的牙，在袖管上擦一擦，放到石馬的嘴巴裏。立刻，石馬的嘴巴一張一合，牙在它的嘴巴裏很快長成跟它的齒臼一般大，絲絲縫縫都吻合。緊跟着，馬頭動起來了，馬蹄子揚起來了，馬尾巴也甩起來了，整匹石馬成了一個活的東西。

　　阿三在一旁驚訝地看着，張大了缺牙的嘴巴，簡直不敢相信世上會有這樣的神奇。石馬活起來之後，迫不及待地伸嘴到旁邊樹上吃那一兜紅豔豔的楊梅。它吃了一顆，牙齒立刻被楊梅汁染成粉紅。吃了第二顆，變成油汪汪的紫色。阿三在旁邊小聲地數着，等石馬吃完第十顆時，他忽地抬腿，閃電般地飛上了石馬的身，一把抓牢馬鬃毛，兩條腿用力一夾。石馬揚起前蹄，「唳」的一聲長嘶，甩開了腿腳就往東方奔過去。阿三騎在馬上，只聽見風聲從耳邊呼呼地往後退，遠處的樹木從前面嘩嘩地朝自己撲過來。他回頭對着老奶奶大聲地喊：「謝謝阿婆啦！」

　　石馬真是一匹頂用的神馬，它一路上不吃不喝，卻快如箭矢，而且不知疲倦。從十萬大山的隘口穿過千里平原，來到火焰山，人走要一個月的路程，石馬三天三夜就趕到了。

　　接近火焰山的那天，阿三騎在馬上，先是覺得越來越熱，他脫了棉衣，又脫單衣，最後脫無可脫，只剩下光膀子啦，可是依然汗流浹背，口乾舌燥，眼球脹疼得像要跳出眼珠。然後，他遠遠地看見了前方那一片紅光沖天、黑煙滾滾的山頭，他感覺皮膚被熾熱的空氣炙烤着、熏燎着，胸腔和喉嚨都透不過氣。他心裏閃過一個念頭：能不能繞過火焰山，從別的道路去尋找東方的仙女呢？可是念頭剛一閃過，他又狠狠地罵了自己：要找回阿媽心愛的壯錦，怎麼能夠不做一點犧牲？老奶奶說過要過火焰山，那就是非過不可，老人家不會誆他的。膽怯的心是不能有的，怕苦怕死的心也是不能有的。於是阿三閉住眼睛，咬緊牙關，狠狠地夾了一下馬肚。石馬頓時再一次加速，快得四蹄幾乎不沾地面，滾燙的熱風從阿三耳邊呼呼地掠過去，人和馬如一支離弦之箭射向大火中。

　　阿三的頭髮着火啦，腦袋上像頂着一把燃燒的火炬，隨風飄起一團團的火苗。他全身的皮膚都在冒油，起泡，吱吱地作響，散發出焦臭的氣味。他的鼻孔如同被兩團火炭堵住了一樣，無法呼吸。他趴下

身子，緊緊地摟住馬脖頸，用盡最後的一點力氣，才沒有從馬背上滾下去。「我恐怕要死了……」他悲哀地說，「我跑不出火焰山了，不能為阿媽找回壯錦了，也見不到壯錦上描畫的天堂一樣的美景了。」他想哭，但是流不出眼淚，眼窩乾得跟沙漠一樣。只是他的意識依然清楚，知道他此時此刻千萬不能開口，不能喊痛，只要喊上一聲，立刻就會落下馬去，燒成火炭。他把臉死死地埋在馬脖子裏，好阻止自己下意識地喊出聲音。

難捱的時光終於過去了，阿三的皮膚上開始感覺到涼風的吹拂，呼吸通暢起來，劇痛慢慢地減退。他明白火焰山已經被他甩在了身後，他勝利通過了這一次磨難。

可沒等他好好地喘過幾口氣，寒冷和海水接踵而至。幾乎是在猝不及防間，在他被火燎傷的眼睛剛剛睜開，還來不及看清周圍事物時，石馬已經馱着他風馳電掣地衝進了汪洋大海。刺骨的海水帶着冰碴洶湧撲來，只一個浪頭就打得他鼻青臉腫，昏天黑地。如果不是他牢牢抓住了馬鬃毛，肯定就被捲入海底餵了魚蝦。海水又冰又鹹又澀，浸泡着他燒焦潰爛的皮膚，痛徹心肺，痛得他緊縮一團，喘不過來氣。他牢記着老奶奶的話，告誡自己無論如何不能哆嗦，因為他只要一打哆嗦，便會沉入海底，永無再生的機會。他拼命地咬緊牙齒，把渾身肌肉繃成鐵塊一樣堅硬，用以抗拒地獄一般的冰寒。

所幸的是，劇熱劇冷之後，他的肌膚和肢體很快麻木，除了五臟六腑深處殘存的一點意識之外，整具軀體基本上凍僵，感覺不到更多的痛苦。也正因為如此，他才能夠勉強抱着石馬渡過大海，登上新岸。

沐浴着陽光的感覺真是舒服啊！好像有一雙暖暖的、柔軟的手從他的頭頂一直撫摸到腳跟，血液開始緩緩地流動，身體中的每一個器官都在復甦，花蕾一樣地打開。阿三坐在馬上，仰面朝天，淚流滿面，心中狂喜：我活過來了！他經受住了一道又一道磨難，此刻已經

到達太陽山的腳下，聞到了太陽的香味，感受到了太陽的溫暖。阿三快樂地想，他應該為自己而自豪。

從山腳一路上山，路程平坦而舒緩。石馬不再像從前那樣奪命狂奔，自動地改為小步輕跑，好像是怕驚嚇了山中的仙女們一樣。在他們走過的路邊，流水淙淙，草木蔥蘢，鮮花競放，比起阿媽壯錦上的美景，更有別樣的幽靜和雅致。就連偶爾見到的飛禽走獸，也是溫和的，懶散的，五色斑斕的，那是東方仙女們飼養在身邊的寵物。

上到山頂，阿三見到了隱藏在茂密樹林後面的仙女宮殿。跟阿三見過的所有房屋都不同，宮殿的外牆是紅的，屋頂是金的，房簷高高飛出去，樑柱雕畫着七彩的花紋，每一扇鏤空的窗戶裏都看得見粉紅色的輕紗窗簾，飄出淡淡的、好聞的異香。阿三在驚歎之後，心裏跟着冒出來的念頭是氣憤，他想，她們都已經過上了這麼富麗堂皇的日子，比阿媽織在壯錦裏的夢想更加奢侈的日子，她們憑甚麼還要霸佔阿媽的壯錦？她們有甚麼資格把阿媽的寶貝掠走不還？

阿三把石馬拴在松樹下，理直氣壯地走到宮殿前敲門。來開門的是一個容貌俏麗的綠衣姑娘，看模樣不過十五六歲，額頭上黃黃的茸毛都沒有褪盡。她見到衣衫襤褸、渾身焦黑的阿三，眉頭立刻皺了起來，嘀咕一聲：「哪來的這個嚇人的傢伙啊。」說完就用膝蓋頂住了門，不讓他進去。阿三這時候卻從敞開的門縫裏一眼看見了攤開在大廳桌面上的壯錦，又驚又喜地叫起來：「我阿媽的壯錦啊！」

他顧不得禮貌和風度了，用勁推開綠衣仙女，從她的身邊衝進去，撲到桌邊，把壯錦輕輕地捧起來，抱在胸前。「我阿媽的壯錦，我阿媽一梭一梭織出來的壯錦……」他高興得又哭又笑，手抱着壯錦再也不肯放下。

旁邊的青衣仙女、紫衣仙女、黃衣仙女都在看着他嗤嗤地笑，像看一個逗人取樂的小丑或者令人驚奇的怪物。阿三沉浸在尋找到壯錦的快樂裏，完全不知道她們笑的是甚麼。一個眉眼和善的紅衣仙女走

過去，好心地把阿三拉到牆邊一面青銅鏡子前。於是阿三看到了自己狼狽不堪的模樣：他的頭髮全被燒光了，傷口還結着痂，腦袋活像一隻疙疙瘩瘩的圓葫蘆。他的臉上和脖子上、手上都是先被燒傷又被凍傷的痕跡，黑黑的，破着皮，流着膿，起着皺，把他原本俊朗的五官糟踏得不忍再看。他的衣服哪裏還是衣服，比乞丐身上披着的破麻袋片還不如，東一片拖着，西一片掛着，大洞套着小洞，燒焦的邊角上又結起鹽漬的白印……阿三羞愧地扭過頭。在這樣一羣漂亮的、快樂的、香氣襲人的東方仙女前，他覺得自己的模樣太沒臉見人。

紅衣仙女善解人意地問：「你是越過火山和冰海過來的吧？你為甚麼要不顧性命跑到這裏來？」

阿三就對她們說了阿媽織這幅壯錦的辛苦，丟失它之後的悲傷，他為了替阿媽找回壯錦，這一路上經歷的艱苦磨難。阿三說完後，仙女們面面相覷，臉上多多少少都有羞愧之色。那個替他開門的綠衣仙女解釋道：「其實我們不想要你阿媽的壯錦，我們只不過喜歡它，想照着它的樣子織一幅。織完了之後，壯錦還會還回去。」

阿三大大地鬆了一口氣，心裏想，仙女到底是仙女，她們的舉止優雅，儀態高貴，決不是自己想像中那麼難說話的人。阿三就歡歡喜喜笑起來，說：「那好，你們快織吧，我要在這裏等着你們織完，好把我阿媽的壯錦親手帶回家。」

仙女們又開始抿着嘴笑，笑阿三倔頭倔腦，憨直可愛；又笑他不懂規矩，把仙女們當成了普普通通的女孩。

還是那個清秀文靜的紅衣仙女心腸最好，見他又飢又渴的樣子，不聲不響地轉身出門。不一會兒，她端着一盤從後院樹上摘來的仙果，送到阿三手上。阿三聞到一股撲鼻的果香，肚子馬上咕咕地大叫起來，弄得他面紅耳赤，很不好意思。紅衣仙女輕聲說：「快吃吧。」阿三看她神情真切，不像存心逗他玩笑的樣子，才敢伸手拿果子吃起來。

　　吃完果子，阿三感覺渾身發癢，臉上身上像有無數小蟲在爬。他不知怎麼這樣，心裏害怕，忍不住用手搓，搓下好多的老皮和傷痂。這時他再朝鏡子裏一看，發現傷口下嫩嫩的新皮已經長出來，頭髮也一寸一寸往外冒，轉眼工夫，他成了從前俊生生的小伙子。

　　紅衣仙女找出一套蠟染的藍花衣褲給他換上。阿三吃飽了，穿暖了，傷口不疼了，多少天的疲勞一下子向他襲來，他歪坐在一把雕花木椅上，昏昏沉沉，飄飄浮浮，喝醉酒一樣地不能自已，很快就睡了過去。

　　趁他熟睡的工夫，仙女們一商量，覺得不應該留他在旁邊礙手礙腳，弄得她們想幹的活都幹不好。她們就打開大廳旁邊的一間黑屋子，七手八腳把他抬進去，又扯了一根蛛絲把門鎖起來。

　　夜裏，太陽山上的飛禽走獸都睡了，花草樹木也合攏起枝葉打起盹來，仙女們在宮殿的大廳裏掛起一顆月亮般大小的夜明珠，就着明晃晃的珠光趕織錦。她們一邊織，一邊還小聲地哼着歌，歌聲在夜空裏飄得很遠，只可惜阿三吃了仙果睡得死沉死沉的，甚麼也聽不見。阿三要是聽見了，回應她們一曲壯家的山歌，仙女們就知道自己的歌聲只能算是蚊子在哼哼，會羞得再也不敢亂開口。

　　織到半夜，大家已經哈欠連天，困乏不堪。年紀最小的綠衣仙女熬不住了，提議說：「還是睡覺去吧，壯錦遲一天早一天還出去，又有甚麼關係呢？」她們就放下梭子和彩線，揉着痠疼的腰，各自回房去睡覺了。

　　大廳裏只留下紅衣仙女沒有走。她是姐妹羣中手兒最靈巧、心思最聰慧的一個，織錦的速度也最快，她的那一幅錦面上，只剩天邊最後一朵白雲沒織上。她好像上癮一樣的，捨不得丟下手，一個人在夜明珠的光亮下飛梭走線，忙得連鼻尖上密密的汗珠都顧不上擦。

　　天邊的白雲織上去了，美麗的壯錦最後完工了。紅衣仙女咬斷線頭，站起身，對着自己的作品，偏頭看看，又退後看看，再瞇眼看

看，怎麼看都覺得自己織的錦沒有壯家阿媽織出來的好：太陽沒有阿媽的紅，塘水沒有阿媽的清，藍天沒有阿媽的亮，花朵也沒有阿媽的豔。紅衣仙女把兩幅織錦放在一起，比了又比，自言自語說：「怎麼回事呢？難道是我的手沒有壯族阿媽的手巧嗎？」她把自己的一雙手伸出來看：手心白白的，手指長長的，指尖上的羅紋細細的，怎麼看都是一雙靈巧不過的手。紅衣仙衣不服氣地想，真是沒有道理啊。

紅衣仙女百思不得其解，她乾脆走到大廳邊的黑屋子前，打開門上的鎖，吹一口氣喚醒了阿三，客客氣氣向他詢問道：「壯家的小阿哥啊，你告訴我，你阿媽織出來的錦怎麼會跟別人不一樣？竅門在哪？」

阿三低下頭，用心想一想，回答紅衣仙女說：「因為別人織錦是用手織的，我阿媽織錦是用心織的。錦上的魚塘裏流着阿媽的眼淚，太陽裏滴着阿媽的眼血，所以池水才會那樣清，太陽才會那樣紅。」

紅衣仙女聽了，心裏很震撼。她一聲不響地回到大廳，站到自己的織錦前，屏住呼吸，用勁眨着眼睛，盼望自己也能像阿媽那樣流出眼淚和眼血。可是她心裏沒有阿媽那麼多的苦，也沒有阿媽那麼多的愛，沒有阿媽那樣強烈的期盼和嚮往，也就不可能平白無故地流出阿媽那樣的眼淚和眼血。

紅衣仙女站立良久後，明白了自己的無能為力。她輕輕地歎了一口氣：「我這輩子都不可能織出阿媽這樣美麗的壯錦了，這是我的悲哀。可是，我要是能夠在阿媽的壯錦上生活，天天守着自己喜歡的一切，那也是我願意的事情。」說完這句話，她就拿起繡針和絲線，在阿媽的壯錦上繡上了她自己的像：苗條的身段，紅紅的衣裙，高高的頭髮，露出修長的脖頸，站在清碧碧的魚塘邊，看着塘裏游動的鯉魚，塘邊盛開的花兒。

再說阿三一個人悶在黑房子裏，看看天都快要亮了，擔心天亮之後仙女們返回來，拒絕放他走，又擔心阿媽病在家裏，日日都在等着

他找回壯錦，現在也不知道是死是活，心裏急得像小蟲在咬。他坐不住，站起來，轉磨一樣地在屋裏轉，轉到屋門口，忽然發現門是掩着的，根本就沒有上鎖。原來紅衣仙女來問他事情的時候忘記了這回事。也許好心的仙女原本就是故意的，她要瞞着姐妹們偷偷摸摸放了阿三走。

大喜過望的阿三絲毫也不遲疑，輕手輕腳走出黑屋子，貼着牆邊摸回到大廳。他奇怪的是，大廳裏一個人影都不見，就連剛才問他話的紅衣仙女也消失了，只有房樑上的夜明珠明晃晃地亮着，幽白的珠光把地面照成了水銀鋪就的世界，通透而璀璨。阿三看見桌上、椅子上、織機上攤開了一幅幅壯錦，都是太陽山的仙女們快完而沒有完的作品。他一幅幅地仔細看過去，發現所有錦面上的圖案都是仿照阿媽的那幅織成，可是沒有哪一幅壯錦織得有阿媽的那幅好看。仙女們的織錦像遍地雜生的野草花，東一朵西一朵繚花了人的眼。阿媽的壯錦像是一片野草花中傲然直立的美人蕉，豔麗嬌美，看上一眼就再也捨不得挪眼珠。

阿三手摸着阿媽的壯錦想，他不能夠自己一個人走，要走就必須帶着阿媽的壯錦走。能不能不跟仙女打招呼就把它帶走呢？仙女們是答應織完了自己的壯錦就把阿媽的這幅還給他的，可是仙女不是平平常常的人，她們的心思說變就變，如果她們覺得自己織得不如阿媽的好，還想照着阿媽的樣品重新織一遍，那不就糟糕了嗎？那樣的話，她們會把他扣押到甚麼時候？阿媽哪天才能拿到她的寶貝？阿媽的身體還能不能等到那一天？

阿三這麼想了之後，決定悄悄地帶走壯錦。他動手把壯錦疊起來，解開衣服，貼在胸口放好，找一條繩子綁得牢牢實實。他想，回去的路上再過火焰山，他只消趴在馬背上，用自己的胸背護住壯錦，就能夠保證它不被燒殘。

　　放好了壯錦後，阿三走出廳廊，藉着屋外如水的月光，找到了拴在松樹下一聲不響的石馬。他跨上馬背，抓住馬鬃，兩腿一夾，石馬揚蹄下山，只一眨眼的工夫，太陽山的仙女宮殿已經遠遠留在了後面。

　　毫無選擇的，他又一次地經受了來時的磨難：越過寒冰刺骨的大海，穿過烈焰熊熊的火山。當他焦頭黑臉、皮開肉綻地出現在大山隘口老奶奶的石屋門口時，只有胸前緊貼着壯錦的那一片衣服和皮肉是完整和潔淨的。

　　老奶奶遠遠聽到了馬蹄響，笑呵呵地迎出來，招呼說：「孩子啊，你是天底下最最勇敢和孝順的兒子。趕快下馬吧。」

　　阿三忍住渾身上下的疼，艱難地翻身下了馬。老奶奶把石馬牽到楊梅樹邊上，從它嘴巴裏扯出阿三的兩顆牙齒，隨手放進阿三的嘴巴。石馬於是又恢復了阿三來時的模樣：扭着脖子，眼睛望着紅紅的楊梅果，卻是一動也不能動，死活吃不着。

　　老奶奶把楊梅果摘下來，催促阿三吃。阿三狼吞虎嚥吃完了一盤子，瘡疤消下去，力氣長出來。老奶奶又給他拿來一雙鹿皮鞋：「穿上它，像鹿一樣快地回家去吧，你的阿媽病得很厲害，已經快要嚥氣了。」

　　阿三換上鞋，兩隻腳剛往地上一站，呼地一下子就飛出去，比騎在石馬上的速度還要快得多，他想回頭對老奶奶說一聲謝謝都沒有來得及，就像被一股神奇的魔力拖着和吸着一樣，他的身體不由自主地往前跑。在他要走過的地方，大山轟隆隆地讓開路，河水嘩啦啦地分了流。他喘息未定，還沒有來得及想明白是怎麼回事，就已經站在了自家的竹樓前。

　　他急急忙忙進門去見他的阿媽。此時此刻，可憐的阿媽病得骨瘦如柴，氣息如絲，手腳僵直地躺在竹牀上，只有眼皮還在簌簌地動，還在最後地盼望着兒子能回來。

阿三一步跨到牀前，跪下去，哽咽地叫了一聲：「阿媽呀！」

阿媽勉強地睜開眼，哆哆嗦嗦伸出一隻手，撫摸阿三的頭，嘴巴裏說不出話，眼睛裏也流不出淚。

阿三伸手到懷裏，掏出捂得暖暖的壯錦，在阿媽眼前「嘩」地展開來。他淚流滿面地叫喚着：「阿媽啊，快看看你的壯錦吧！」

壯錦上耀眼的光彩像一團火苗，把阿媽垂危的面孔照出了幾分生氣。說起來真是奇怪呀，只這短短的一會兒工夫，阿媽臉上的那層焦黃褪去了，換上一層淡淡的紅，眼睛裏的白霧迅速散盡，露出清的眼白，黑的瞳仁。她猛地從牀上坐起來，驚喜地望着阿三：「孩子啊，阿媽的眼睛又能看見東西了！阿媽能夠看見你的臉，還能夠看見我織在壯錦上的畫！」

阿媽的臉頰紅紅潤潤的，精神健健朗朗的，手腳利索地穿上衣服，招呼阿三：「孩子，屋子裏太昏暗，看得不暢快，把壯錦拿到屋外去吧，讓阿媽在太陽底下好好看看它。」

阿三把壯錦拿到門口，和阿媽一人扯着一個角，小心翼翼地鋪在場院裏。才剛鋪開，陽光還沒有來得及把壯錦上的畫面照透，天空中一陣清風徐徐地吹過來，壯錦突然間有了生命一樣，舒開了捲軸，跟隨着清風迅速地延展，延展，一直鋪到遠處的山坡，越過了村寨和小河。在壯錦鋪過去的地方，阿媽織在錦上的夢想神奇地實現了：方圓幾里路的地面上，有了高大敞亮的新房，鮮花盛開的院子，圓圓的魚塘，清清的小河，牛羊成羣的草地，金黃色一望無際的麥田。抬頭望一望，鳥兒在樹梢喳喳地叫着，白雲在藍天輕輕地飛着，太陽在山頂紅紅地照着。

阿媽驚訝地睜着一雙眼睛，孩子一樣地跑來跑去，滿臉皺紋笑成了一朵好看的菊花。她這看看，那摸摸，簡直不知道在哪呆着才好。忽然她瞥見魚塘邊站着一個穿紅衣裙的姑娘，苗條的身材，雪白的臉兒，烏黑的眼睛和眉毛，高高挽起的髮髻，比她這輩子見到過的所有

女孩兒都漂亮。阿媽驚喜地說：「哎呀呀，我的壯錦上怎麼會多出了一個好看的人呢？」

阿三聽見阿媽說的話，趕忙地走過去。一看之下，他大喜過望地叫起來：「這不是太陽山上的紅衣仙女嗎？」他伸手碰了碰紅衣仙女的肩，開心地叫着她的名字：「仙女姑娘！仙女姑娘！」

阿三嘴巴裏滾燙的氣息噴到了紅衣仙女的臉上，仙女的眼珠轉起來，手腳動起來，啊呀呀，她活了！她輕盈地轉過身，扯一扯衣裙，對着阿媽拜兩拜，聲音脆脆地喊：「阿媽！」又對阿三笑了笑，喊他：「大哥！」

阿媽「哎哎」地答應着，問她是哪個地方的人？怎麼會站在了這？紅衣仙女就說出自己把自己繡在魚塘邊的事。阿媽高興得眉開眼笑：「好姑娘，你願意留下來和我們一起生活嗎？」紅衣仙女大大方方地說：「阿媽呀，我正是因為喜歡這樣的地方，才跟着你的壯錦過來的。」

阿三很喜歡這個善良美麗的仙女姑娘，想要過去拉她的手，又遲疑着不敢走上前。

仙女就比阿三爽快得多，她揚起細細的眉對他說：「你喜歡我，就把我抱進阿媽繡出來的新房子吧！」阿三鼓足勇氣走到她面前，把姑娘抱起來，送到了嶄新的房子裏。他們彼此愛慕，情投意合，在阿媽的祝福下結了婚，成了一對人見人羨的新郎和新娘。

阿媽的房子太大了，田地也太多了，她就把村寨裏的鄰居們都邀請過來住，因為在她思念兒子生病時，他們都上門照顧過她。

不久，阿三和紅衣仙女生了兒子，又生了女兒，日子越過越興旺。阿媽幫忙照料孫兒孫女，閒時種種菜，養養花，餵餵雞鴨和牛羊，身子也越來越健朗。

有一天，村外來了一個要飯的，滿臉污垢塵土，身上破衣爛衫。他在阿媽的院子外面轉來轉去，不肯進屋。阿三出門一看，驚訝地叫

了起來：這不是大哥嗎？阿三連忙招呼他：「大哥啊，你快進屋吧，阿媽想你想得頭髮都白啦！」

阿大羞愧萬分地說：「我是個膽小和自私的人，沒有找回阿媽的壯錦，還在『怡春樓』裏花光了阿婆送給我的金子，我實在沒有臉進屋見阿媽。」

阿三搖搖頭：「過去的事情就算了，阿媽不會責怪你，母親都不會嫌棄自己的兒子。」

阿大說：「可是我這一輩子都不會原諒我自己。你告訴阿媽，我回來看過她老人家啦，知道她生活得幸福和快樂，就放心啦。」說完這句話，他夾着討飯的棍子和破碗轉身就走，阿三跟着去追都追不回。

又有一天，村口來了一個耍猴的，牽着長一身癩皮的猴子。村裏的人們認出他是阿媽家的老二。阿二的經歷跟大哥相仿，泡在大煙館裏花光了金子後，無以為生，只好弄來一隻猴子混飯吃。阿三聞訊趕過來，同樣真心地邀請二哥回家住。阿二得知壯錦失而復得的故事後，跟阿大一樣羞愧難當，牽着猴子掩面而去，連走進村子裏的勇氣都沒有。

瀘沽湖的兒女

　　雲南有一個美麗的瀘沽湖，湖水清澈蔚藍，湖上鷗鳥飛翔。湖中的島嶼似翡翠，湖邊的山峯如美人梳妝。四季如春的溫暖氣候使得這裏草木葱蘢，土地肥沃，湖邊上插一根木筷都能發芽，隨便爬上一棵大樹，就可以找到能吃的果子。

　　在這樣美麗祥和的地方，卻住着一個可惡的麻臉土司，他掌管着土司府周邊上千百姓的生命，他的土地上放牧着上萬的牛羊和馬匹，家裏囤積着數不清的珠寶和銀洋。他霸道如虎，兇殘如狼，殺人是他最大的樂趣，土司府領地上的所有奴隸都是他刀下待宰的羔羊。在他的淫威之下，瀘沽湖邊的花兒見了他都要低垂下腦袋，蝴蝶飛過他身邊也要趕緊隱藏起來。百姓們終日活得愁眉苦臉，戰戰兢兢，惟恐在甚麼時候讓他一不稱心，成了他的刀下冤鬼；惟恐早晨起來還能夠站着出門，晚上回家只能夠橫着進門。

　　在他三十歲的那年，土司娶了瀘沽湖對面另一個土司家的女兒做老婆。無巧不巧的事情是，老婆長了一臉跟老公同樣的黑麻子，甚至麻坑更深更密，連綿成火燒過一樣的瘢痕，小孩子見了她都要嚇得啼哭。人們背地裏就叫她「麻婆」。麻婆的臉上還長了一對比豺狼更狠毒的眼睛，比老鷹更尖利的鼻子，比獅子更闊大的嘴巴。她的脖子硬得像一截木樁，腰身粗得像一隻水桶，手掌大得像兩把蒲扇，腳底板寬得像兩葉舢板。她的心要比土司丈夫冷酷十分，脾氣比土司兇暴十倍，壓榨百姓的手段也比土司多上十分，人們對她的痛恨甚過土司。俗話說得好：不是一家人，不進一家門。土司和麻婆這兩個人夫唱婦隨，狼狽為奸，把瀘沽湖邊的人們弄得痛苦不堪，美麗的湖水都被人們終年流出來的眼淚泡得苦澀了，俊秀的山峯和島嶼也被人們心中的冤屈和怒氣熏烤得荒蕪了。

　　但是土司也有他的煩惱，那就是麻婆不會生育。她的肚皮就像浸多了鹽鹼的土地一樣，板結一片，無論怎麼播種都沒有收穫。土司很擔心他死了以後家產會轉到外人的手中，土司的職位也沒有人繼承，自己在世時拼命聚斂家財是白辛苦一場，所以心裏總是結着個疙瘩。但是他又不敢當着麻婆的面再娶別的女人，因為麻婆心狠手辣，甚麼歹毒的事情都能夠做得出來。她娘家的勢力在瀘沽湖邊更是根深蒂固，可憐的麻臉土司時不時的還有需要仰仗老丈人的地方，他就是吃了豹子膽也不敢惹老婆惱火。

　　土司只有自己跟自己憋氣。他每想到自己死後的淒涼，心裏就會窩火，嗓門比平常更大，脾氣也比平常更壞，就有更多的臣民死在他的刀下。當他殺了人之後還不能解氣時，便會帶上他的獵犬出門打獵，漫山遍野地狂奔一通。漸漸地，他自己領地上的野物都被他獵殺光了，沒死的野獸也嚇得拖兒帶女另尋他處安生了，方圓幾十里的地方不聞鳥叫，不見獸影。土司再要打獵，就得騎上馬走出很遠的地方。

　　有一天，土司和他的隨從們一連翻過兩座山都沒有找到獵物，正在氣惱和着急時，忽然發現對面山坡上有十幾隻低頭吃草的馬鹿。馬鹿的皮毛在陽光下緞子一樣閃亮，頭上的茸角像小樹叢一樣繁茂，濕濕的眼睛裏有綿羊一樣的溫順。土司心花怒放，一張麻臉笑得像一隻淋多了雨水的破爛鳥巢。他放出獵犬，打了一個響亮的唿哨。獵犬撒開腿去，箭一樣地撲向對面的山坡，一路帶出呼呼的風聲。正在吃草的馬鹿驟然受驚，抬頭往四面一看，發現危險正在向自己逼來，本能地排成了長隊狂奔而逃。獵犬哪裏肯放，嗅着馬鹿的氣味緊追而上。鹿奔犬追，剎時間山上熱鬧得不行。土司看着這喧鬧的一幕，放聲大笑着，和隨從們打起馬來，跟着撲上前去。可是馬鹿和獵犬的速度飛快，轉眼之間翻過山頭，不見了蹤影，土司他們只能循着雜亂的蹄印邊找邊追。

　　林深草密，山又是那麼大，馬鹿和獵犬走散開去，很難讓人們發現目標。不多會兒，蹄印消失不見，林子裏聲息全無，也不知道獵犬是不是摔下山崖，遭遇不測。土司心急如焚，因為這頭獵犬是他最心愛的寵物，他比疼老婆還要疼牠，一旦丟失，要比丟了他的半條命還要難過。土司就勒住了馬，命令他的隨從們分散去找。

　　一直找到太陽下坡，方圓十里的山上被他們篦頭髮一樣地篦了一遍，非但不見獵犬的影子，連牠的叫聲都沒有聽見。土司一時火起，舉刀又想殺人。這時一個隨從靈機一動，指着山下的幾間茅草房子說，那房子頂上的煙囪正在冒煙，說明那家人正在做飯，也許獵犬餓了，聞到飯香，跑到人家家裏去了，也說不定。土司一想，這話倒是說得有道理，就暫時收了殺人的念頭，帶着一幫人打馬下山，往那幾間茅草房子走過去。

　　說來也真是巧，土司他們走到茅屋附近時，真的發現地上有一行淺淺的狗腳印，印跡還很新鮮，看上去獵犬剛過去不久。隨從指着地上的腳印，高興得大叫大嚷，因為找到了獵犬，他們可以免受殺身之禍。土司自然更加開心，翻身下馬，咧開大嘴，邊笑邊往茅屋裏大步走去。

　　從房子裏慌慌張張地迎出來一對老夫妻。他們是聽到老鴰一樣難聽的笑聲，趕出來看個究竟的。兩個老人都是花白的頭髮，善良而愁苦的面容，破衣爛衫掩不住枯瘦的身軀，一望便知是土司府的奴隸。見到麻臉土司和他的隨從，他們的臉立刻黃得像枯葉一樣，眼神驚恐而慌亂，彼此手拉着手緊靠在一起，身子簌簌地抖個不停。

　　「尊敬的頭人⋯⋯」老頭彎下身子，牙齒格格地說，「不知道哪一陣香風把您吹過來了，沒有出門遠迎，是我的罪過。」

　　土司用馬鞭捅着老頭的胸膛：「我的獵犬跑到你的屋子裏，趕快把牠交出來，不然我一把火燒了你的破窩！」

老頭聞言，嚇得撲通一下子跪在土司面前：「老爺，我們沒有看見你的神犬，牠那麼高貴的身份，怎麼肯跑進我低賤的茅屋呢？」

土司一聲冷笑，掉過馬鞭指指地上的狗腳印：「想抵賴？睜大眼睛看看這是甚麼？哼，膽子不小啊，竟敢藏匿本老爺的寶貝！」

老婦人面白如紙，跟着她的丈夫顫巍巍地在土司面前跪了下來：「老爺，老爺，我們兩個都活了這一把年歲，頭髮白了，牙齒也掉光了，雖然窮，可是從來沒有拿過人家的東西，更別說老爺的寶貝。我們就是吃了豹子膽，也不敢對老爺撒謊。老爺你要是不相信，儘管叫人到家裏搜，如果搜出老爺的神犬，我們情願受死。」

土司哪裏肯聽他們的解釋，鞭子一揮，命令他的隨從們：「搜！等搜出獵犬，我一刀宰了他們兩個，再一把火燒個痛快！」

隨從們如狼似虎地衝進屋子。老夫婦見狀，也顧不得再說甚麼了，互相攙扶着，連滾帶爬地撲到其中一間小屋的門口，枯樹樁一樣地坐着，把房門堵得嚴嚴實實，死活都不肯讓人進去。

土司很是惱火，上去用馬鞭抽了他們一人一鞭。鮮血立刻從他們頭上流了下來，沾着花白的頭髮，在皺紋密佈的臉上蚯蚓一樣爬行，看上去觸目驚心。土司責問說：「既然你們說獵犬沒來，為甚麼守着房門不讓進去？這不是明擺着做賊心虛？」

兩個老人用手指死死地扒緊了門邊，堅持不肯離去，一邊苦苦哀求：「尊敬的頭人，求你饒恕我們吧，這屋裏真的只有一些破爛東西，高貴的神犬不可能走進這樣破的屋子。求求你們了，千萬不要進去。」

老夫婦越是哀求得厲害，土司越是不肯相信。他上前揪住了他們的衣領，把他們惡狠狠地推搡到旁邊，又飛起一腳，踢開房門，闖進了屋子。

屋子裏很暗，連一扇窗戶都沒有，濃濃的霉菜味和爛草味撲面而來，土司連忙捂住了鼻子。過了一會兒，眼睛適應了昏暗的光線，土

司才發現這是一間存放糧食和柴草的廚房，破破爛爛的鍋碗瓢勺堆得四處都是，亂得叫人無處下腳。土司皺了皺眉頭，心裏想，這麼髒的地方，想必他的獵犬也是不高興進來的。他轉了一個身，已經準備出去了，眼角的餘光卻瞥見屋角有一堆東西索索地抖動。他走過去用腳尖踢了踢，一堆亂草掉了下來，露出一個年輕姑娘的身體。姑娘見躲藏不住，只好慢慢地站起身來。她這麼一站，身子和臉龐暴露在土司的眼前，倒讓他大吃一驚。破爛的小屋和昏暗的光線遮不住她柔美動人的臉孔，她就像一朵從污泥裏冉冉升起來的蓮花，臉上的皮膚粉白嬌嫩，吹彈即破。烏亮的眼珠如同花瓣上瑩瑩滾動的朝露，驚惶的眼神中露出一絲哀怨，一絲隱忍，一絲叫人憐愛和心疼的柔弱。纖細的腰肢盈盈一握，比花莖還要柔軟，隔着一層補丁摞補丁的麻衣布衫，依然能夠看出來她體態的婀娜，和年輕女孩身體中掩不住的活力。她就是老夫婦的獨生女兒阿娥。

土司這才明白老兩口把守住屋門不讓人進去的原因。他一仰腦袋，哈哈大笑，笑聲如夜貓子一樣陰森怕人。姑娘被他這一笑，神情更加膽怯，身子哆嗦得像風中的一片樹葉，臉上蒼白得沒有一點血色。土司一伸手抓住她的胳膊，把她拎到老夫婦面前，得意洋洋地說：「誰說我的獵犬沒有進來？牠進來之後就變成了這個姑娘，所以我要把她帶走。」

老夫婦嚇得魂不附體，一邊一個拉住土司的衣袖，不住聲地哀求：「老爺啊，我們給你當了一輩子奴隸，現在快瞎了快聾了，只有女兒是我們命根，如果你把她帶走，我們再活不成了。」

土司皺着鼻子哼了一聲：「該死的奴隸，別說你們的女兒，就連你們自己的兩條老命也是屬於我的，我想要你們活就活，想要你們死就死，看誰敢不從命？」

土司推開兩個老人，親手把姑娘綁到了馬上。阿娥手腳被縛，無法掙扎，只能拚命地抬起腦袋，哀哀地看着她的爹媽，不住聲地哭

喊，聲音淒厲得連蒼鷹都要為之動容。老頭聽得心如刀割，不要命地追上前去，抓住阿娥的衣角，死也不肯放手。土司用勁地抽了馬一鞭子，馬高高一跳，把老人家攧倒在地，兩個苦命的老人家頃刻之間命喪黃泉。阿娥眼睜睜地看着她的父母在她的面前嚥下最後一口氣，心裏一急，在馬背上昏死過去。

到她醒來的時候，她已經被土司佔有，成了他的女人。土司貪戀她的美麗，又怕母獅子一樣的麻婆知道阿娥的存在之後容不下她，就把她偷偷安置在一座九層樓高的經塔上，給她穿上綾羅綢緞，戴上珠寶首飾，一日三餐派人送到房間裏，卻鎖上了房門，不讓她下樓一步。土司對麻婆解釋經塔裏的祕密說，他為了向菩薩求子，特地從藏地高原請來一個高僧活佛，佛堂就設在經塔，他每日都要上塔跟隨活佛念經。麻婆知道土司求子心切，相信了他的解釋。於是，土司每天都要登上經塔，不論土司何時過來，阿娥都要強打精神，沐浴更衣，伺候得他舒舒服服，否則土司會當即翻臉，揪着阿娥的頭髮把她暴打一頓。高高的經塔建在美麗的瀘沽湖邊，阿娥常常站在窗口，遙望湖水，想念父母，眼淚流得如同山洪一樣洶湧。

幾年當中，阿娥受脅迫給土司生了兩個兒女。女兒哈若已經八歲，眉眼長得跟母親一樣俊俏美麗，而且溫柔乖順，聰明伶俐。兒子哈及不過四歲，虎頭虎腦，稚氣可愛。兩姐弟從懂事之後，幾乎就沒有看到過母親臉上有過一絲一毫歡樂和幸福的模樣，連偶爾的微笑都是一閃即過，短暫得像鳥兒在陽光下倏忽閃過的影子。與此相反，更多的時候，母親總是憂傷地摟着他們，給他們講述自己悲慘的命運，講他們可憐的外祖父母的冤死，和他們土司父親的兇暴殘忍。姐姐哈若大了，已經懂得同情母親，憎恨父親。弟弟哈及還小，聽得糊裏糊塗，渾渾沌沌。

長期牢獄般不見天日的生活摧殘了阿娥的身體，過度的憂傷哀痛也使她的精神日見萎靡，她從前鮮花一樣的容顏漸漸地沒了生氣，臉

色枯黃，頭髮焦乾，眼神黯淡，連聲音都變得嘶啞沉悶。土司慢慢地對她的身體失去興致，也不樂意總是見到她陰鬱沉默的面容，有時候乾脆兩三個月都不來經塔裏看她一趟。

有一天土司在她這裏過夜的時候，她沒有把被子事先烘暖，土司睡下去之後感覺身體冰涼，就發起火來，一腳把阿娥踢下牀去，皺着眉頭說：「你一個奴隸的女兒，我好吃好喝地養了你這麼多年，連你一張笑臉都沒有看見。既然你這麼不識抬舉，我也沒有必要看你的冷臉了，你給我立刻滾回老家去吧。」

阿娥從地上爬起來，一聲也不響，動手脫去了身上的綾羅綢緞，換上當年被抓來時穿的粗衣麻衫，到隔壁房間叫醒一雙兒女，牽着他們的小手就往外走。

土司在她身後一聲大喝：「回來！孩子不准你帶走！」

阿娥回過頭，對着他怒目而視：「孩子是我生的，我養的，我不能把他們留給你這個殺人成性的魔王！」

土司哈哈地怪笑：「你的？不，不對，這瀘沽湖邊，還沒有甚麼人、甚麼東西不是屬於我的財產。我喜歡他們，可以讓他們繼承遺產和土司的職位；不喜歡他們，殺了他們也是舉手的事情。」

阿娥悲憤欲絕：「你這個魔鬼！你不能把我和孩子們分開！」

土司擺擺手：「罷了罷了，看在你是孩子母親，我寬限你在這經塔再住一晚，明天太陽出來，你必須消失，否則別怪我手狠。」說完，他氣呼呼地起身，頭都不回走出門去。

兩個孩子懵懵懂懂意識到了跟母親的分離在即，緊緊抓住阿娥的手，一步都不肯離開。阿娥摟着一對親生骨肉，一遍一遍地叮囑說：「記住，是你們狠心的土司父親拆散了我們，阿媽走了之後，你們一定要想盡辦法逃出經塔，否則說不定有哪一天，土司會翻臉不認人，把你們當小狗一樣殺了。就是土司不殺你們，土司家的麻婆也一定不會放過你們的。孩子啊，一定一定要逃出去啊！」

　　阿娥千叮萬囑，兩個孩子眼淚汪汪，在這生離死別的時刻，說多少話都不能割捨彼此間的綿綿親情。夜深了，孩子們實在熬不過困倦，趴在阿娥的懷裏睡着了。阿娥手摸着兩個孩子軟軟的頭髮，心裏的悲傷像海浪一樣翻捲，一波一波地要衝出胸膛。實在憋不住了，她就沙啞着嗓子低低地唱起歌來：

　　瀘沽湖深不見底，獅子山高聳雲天，阿娥的苦難啊比山還高，阿娥的冤仇啊比海還深。

　　月亮啊，你為甚麼這樣冷清？奴隸啊，你為甚麼這樣苦命？老虎啊，你為甚麼這樣兇殘，吃掉了母羊，小羊怎麼生存？

　　說巧也真是巧，這一天的晚上，土司府的女魔頭麻婆正好過四十歲的生日，因為高興，喝多了酒，吃多了肉，躺在牀上肚子脹得睡不着覺，又爬了起來，叫上侍女，出了土司府，往瀘沽湖邊散步消食。路過月光下的經塔，她忽然聽到塔裏好像有歌聲傳出，仔細一聽，還是女人的聲音。夜靜人深，歌聲從高空中若有若無地飄下來，越發的幽怨淒婉，綿長動人。麻婆大吃一驚：這經塔裏住的不是高僧活佛嗎？怎麼會有女人混跡在內？她立刻站住，叫過侍女，厲聲責問。侍女見事已至此，不敢再向她隱瞞，就把土司搶來阿娥，並且已經生了兩個孩子的事一五一十地說了。麻婆如雷轟頂，驚出一身冷汗，立時酒就醒了。

　　麻婆掉頭直奔土司府，餓虎撲食一樣地撲到土司房間裏，把他從牀上一把抓起，咬牙切齒說：「好嘛，你請來的活佛真是有用啊，居然給你生出了一對兒女！你這個天殺的畜生，竟敢騙了我整整九年，難不成真是吃了豹子膽？我告訴你，天亮之前你必須把那個賤人和她的野種殺了，把三顆腦袋提過來見我！」

　　土司雖然拿阿娥不當人看，對自己親生的骨肉倒還有憐憫之心，當下便向麻婆求情：「這事是怪我不好，可是我瞞着你不肯聲張，也是怕你生氣。殺個阿娥倒無足輕重，反正她也就是個奴隸，那兩個孩

子卻萬萬不能殺，我們兩個人年過四十還沒有兒女，孩子將來是要為我們養老送終的呀。」

麻婆聽了土司的話，一時間猶豫起來，鼻子裏哼哼兩聲，算是同意了。

這樣，天剛亮的時候，哈若和哈及在母親的懷抱中還沒有睡醒，樓門就被撞開了，闖進幾個兇神惡煞的劊子手，把哈若和哈及拎起來扔到一邊，一根麻繩綁牢了阿娥，推她下樓去。母親和孩子分離在即，哭聲震天，悲慘的情景連鐵石心腸的人都不忍卒看。阿娥從樓梯下去的時候，心裏還惦記着她孩子的安危，一步一回頭地大聲喊叫着囑咐他們：「記住媽媽的話呀！一定一定要做到啊！」

麻婆殺了阿娥之後，坐在家裏左想右想，心裏還是不能踏實。火苗雖微，不撲滅會燒翻了天；決口雖小，不堵住會淹沒了地。要是不把兩個小野種斬草除根，將來長大了，繼承了土司的職位，我的好日子還能夠有得過嗎？可是她又一想，孩子是土司親生的，要殺孩子，土司這一關肯定是過不去。不看僧面看佛面，她如果硬要下手，徹底惹惱了土司，後果也是不能收拾。這樣，她輾轉反側，思前想後，終於在權衡了所有的利弊之後，一咬牙作出決定。

這一天，她吩咐下人精心準備了一桌酒席，又把自己裝扮一新，假說要跟土司重續舊好，永結同心，夫妻間再喝一場交歡酒。土司從未見過麻婆如此恩愛賢慧，受寵若驚，毫無警覺，坐在桌旁一杯接一杯喝得高高興興。酒至半酣，麻婆起身，尋機在土司的酒杯中下了毒藥。土司回房間睡到半夜，毒性發作，殺豬一樣地哀嚎到天亮，一命嗚呼。麻婆看着土司嚥下最後一口氣，立刻派出劊子手，去經塔裏殺那兩個無辜的孩子。然而令她吃驚的是，片刻之後劊子手氣急敗壞地回來復命：兩個孩子已經在昨夜裏破窗而逃，不知去向。麻婆大驚，心裏想，這兩個孩子年紀雖小，心眼卻是不小，居然就能從她的眼皮子底下逃了。她又想，如果他們是為復讎而逃，那麼只要讓他們活下

去，就如同放虎歸山，她的恐懼和災難會永遠存在。想到這裏，麻婆有點不寒而慄，趕緊叫來了土司府裏的兩個屠夫，許以重賞，要他們無論如何追上孩子，殺了他們，把死者的心挖回來呈給她看。

這樣，屠夫和兩個孩子在瀘沽湖邊的深山裏展開了追殺和逃亡的殘酷遊戲。屠夫身強力壯，又因為平常收豬收羊熟悉了這一帶的山路，一天走個百幾里地沒有問題。兩個孩子還太小，一個八歲，一個才四歲，還是在母親懷中撒嬌嬉戲的年齡呢，哪裏是屠夫的對手？他們在深山裏走着走着，很快迷失了方向，又飢又渴，又驚又怕。弟弟哈及一屁股坐在地上，哇哇大哭。姐姐哈若看弟弟哭了，鼻子一酸，跟着也哭。姐弟倆抱在一起，孤苦無助，瑟瑟發抖，叫天不應，叫地不靈，真像一對嗷嗷待宰的羔羊。

屠夫追上了他們，老鷹抓小雞一樣，一個用手掐住了哈及細細的脖子，一個用尖刀挑開了哈若胸前的衣服。只要他們手底下稍稍再一用勁，兩個孩子頃刻間就要去陰曹地府見自己的母親了。危急關頭，年幼的哈及只知道掙扎哭喊，聰明伶俐的哈若還懂得苦苦哀求：「好心的大叔啊，可憐可憐我們吧，就像可憐你們自己的孩子一樣。我們的外公外婆已經被土司殺了，我們的好媽媽又被麻婆殺了，如果我和弟弟再被你們殺死，菩薩都不會饒恕這種罪過的。大叔如果肯放了我們，就是積德行善，我一輩子都會為你們燒香拜佛。求求你們了，大叔啊！」

哈若一口一個「大叔」，喊得兩個屠夫心尖顫了，手腕子抖了，舉起的尖刀怎麼也刺不進孩子瘦小的胸膛。他們無可奈何地對視一眼，長歎了一口氣：「孩子啊，我們本來是殺豬殺羊的人，殺人從來就不是我心所願，何況你們才這一點年紀，殺了你們實在作孽。快快逃命吧，麻婆要是知道你們沒死，還會再派人來的，但願你們有菩薩保佑，命大福大。」

懂事的哈若一聽，驚喜交加，急忙拉着弟弟跪下磕頭，拜謝兩位大叔的不殺之恩，掉頭朝東方的大海邊奔去。屠夫眼見他們小小的身影走遠，才去附近村子裏買來兩條狗，殺死之後，取出狗心，拿布包裹着，連夜趕回土司府復命。

麻婆看到紅豔豔的狗心，喜笑顏開，真以為是兩個孩子的心臟，拿在手中把玩了半天，交給廚房裏的伙夫在瓦罐裏煮熟，沾一點鹽巴，狼吞虎嚥地吃了。

麻婆的侍女在旁邊嗅着盤中肉食的氣味，疑疑惑惑地說：「人心不腥，狗心才腥，這兩顆心煮熟了有這麼大的腥味，恐怕不是人心是狗心吧？」

一句話提醒了麻婆，她當即也有了懷疑，趕快叫人去找屠夫來查問，被派去的人卻報告說，屠夫已經離家出走，不知去向。麻婆心知是受了屠夫欺騙，怒火沖天，親自帶人衝到屠夫家中，把兩家的老老少少全部殺光，又放火燒了房子。

麻婆又派第二撥人追趕孩子。這回派的是瀘沽湖邊的漁夫。她把兩個漁夫叫到土司府裏，陰沉着一張麻臉對他們說，如果不追上孩子，把他們捆綁結實丟進大海餵魚。

漁夫不敢抗命，更不敢耽擱，立即啟程上路，穿過深山，往東方的大海邊追去。走了三天三夜，終於在離大海不遠的地方追上了精疲力盡的孩子。此時兩個孩子蓬頭垢面，瘦骨伶仃，胳膊大腿細得像一根麻稈，根本連啼哭掙脫的力氣都沒有了。漁夫抓住他們的時候，覺得自己抓住的是兩隻瑟瑟發抖的麻雀，心中就有幾分不忍，歎着氣說：「孩子啊，不要怪我們心狠手辣，這是麻婆的命令，不殺你們，我們全家人就要被殺。」黑瘦得像一張紙片的哈若也跟着歎一口氣，眼睛裏流出了血一樣鮮紅的眼淚，自言自語說：「我不怪你們，只怪自己命苦。做奴隸的人難道生來就是這樣的苦命嗎？同樣都是苦命的人，為甚麼奴隸還要幫着殺害奴隸呢？」

漁夫一聽，難過得閉上眼睛，不敢再看兩個孩子天真無助的面容。他們想用繩子捆緊他們，手指卻一個勁地發抖，繩結怎麼也綁不牢固。他們的背後冷颼颼的，像有一股陰風吹着，令他們脊骨發麻，脖子發硬。他們驚慌地想，是不是神靈知道他們要下此辣手，暗地裏給出神諭，要阻止他們呢？於是他們長歎一聲，決定放棄。

「孩子啊，這都是菩薩幫你們，不想讓我們拋屍下海。趕快逃命吧，別再讓麻婆派第三撥人追上了。」

兩個孩子聞言，跪地就拜，口中謝了又謝。剛剛轉身想走，好心的漁夫又叫住他們，問他們準備逃到何方？哈若看看哈及，哈及又仰頭回看哈若，兩個人都答不出來，只是茫然搖頭。漁夫一不做二不休，好人做到底，指點他們說，索性一直往前走，繞過前面的海子，有一座高山，翻過高山，是一片更大的海，如果想法渡過那個海，就出了麻婆土司的領地，到了自由的國土。只是翻過高山時要小心一條會吃人的黑蟒，千百年來奴隸逃不出土司的掌心，就因為翻越高山時總要碰到黑蟒擋道。

哈若聽了指點，淚流滿面地說：「叔叔的大恩大德，我們會永遠記在心裏。」

姐弟倆叩別了漁夫，拖着打滿血泡的雙腳，互相攙扶着，跌跌沖沖地往前趕路。他們餓了就吃樹上的果子，渴了喝一點山間的泉水，千辛萬苦地繞過海子，又不知不覺登上了高山。

眼前的山峯高聳入雲，腳底下全是齜牙咧嘴的怪石和根蔓交錯的林木，根本沒有道路可走。兩個人手拉着樹枝青藤，一步一掙扎，衣服被劃得稀爛，手腳血肉模糊，一坐下來歇息，人立刻癱成了軟軟的泥巴，再也沒有力氣站起身來。

哈及斜靠在一塊岩石上，眼睛閉着，氣若游絲地對姐姐說：「姐姐啊，我實在走不動路了，就讓我躺在這裏被黑蟒吃了吧，牠吃了我，肚子飽了，就不會再吃你，你可以一個人翻過高山。」

哈若抱着弟弟放聲大哭：「我情願是我死了，也不能讓你死，你是男孩子，給媽媽報仇的責任在你身上呢。」

哈及舔着嘴角上黃色的燎泡，昏昏沉沉回答：「我不要報仇，只要喝一碗水。我渴得嗓子都冒火了。」

哈若哽咽着說：「好弟弟，你躺着別動，姐姐去給你找水。」

她忍住疲勞，站起身來，循着山泉流響處，去給弟弟弄水。泉水又清又甜，她用手接了一捧，才走幾步，水從指縫裏漏光了。回過頭去再接，走幾步，還是漏得精光。她四面看看，高高的山頂都是針葉形林木，找不到一片可以接水的闊大葉片。眼看着泉水清冷冷地流入岩縫，可是她沒有辦法把水餵到弟弟的口中，急得淚珠滾滾。就在這時候，一隻山鷹從山頭俯衝下來，黑黑的身影烏雲一樣從哈若的面前掠過，翅膀掀起的風把崖頭的碎石子掃得嘩啦啦落地。然後，咣噹一聲響，神鷹把嘴裏叼着的一隻銀碗丟在哈若腳邊。哈若趕忙揀起碗來，對天空連拜幾拜：「神鷹啊神鷹，謝謝你的好心，菩薩保佑你兒女成羣。」

她接了滿滿一碗水，小心地端着，往弟弟躺着的樹下走去，一路快樂地喊着：「弟弟，弟弟，快嚐嚐這泉水，甜得就像媽媽的奶水！」喊聲才止，她跟着又是一聲驚叫，聲音慘厲而又絕望：原來她看見幼小的弟弟已經被一條丈多長的黑蟒緊緊纏住，無法動彈，面孔憋得青紫，眼球暴突出來，眼看着就沒了氣息。哈若扔掉銀碗，一邊放聲大哭，一邊抱起地上的石塊用勁砸黑蟒的腦袋。黑蟒身粗皮厚，每一塊鱗片都硬如一塊鎧甲，哈若的力氣微不足道，石頭砸在黑蟒身上，等於給牠撓着癢癢，牠一門心思地纏緊哈及，嘴巴裏的涎水滴滴答答流了一地，壓根就沒有在意哈若的拼命。

在這千鈞一髮的時刻，哈若淒慘的哭聲穿透了雲霄，滿天白雲翻滾遊走，忽地裂開一道口子，一隻金色鳳凰隨着陽光從雲端裏直衝而下。鳳凰張開的翅膀像天空中五彩繽紛的霞光，頭頂高聳的羽毛像一

頂高貴無比的王冠，長長的尾巴如彗星在天際閃爍。牠衝落雲端，準確地落在黑蟒頭上，嫩黃的腳爪利箭一樣刺進蟒身，「叭叭」兩口啄瞎了牠的眼睛，再兩口啄開了牠的腦殼。就見那腦殼裏的白漿嗤地迸出，淌了一地，腥臭無比。黑蟒巨大的身體立刻癱軟，慢慢鬆開哈及，繩索一樣打開，勉強扭了幾扭之後，死了。金色鳳凰一聲鳴叫，放開黑蟒，飛到哈及的頭頂，往哈及傷口上吐了幾滴唾液，還張開翅膀，對他的鼻孔撥進兩股清風，這才雙腳一蹬，流光溢彩地飛上天去。剎時間滿天白雲再次飛旋，閉合，鳳凰隱入雲中不見了影子。

哈若誠惶誠恐地跪在地上，朝着天空一拜再拜。回頭再看哈及，他躺在草叢中，已經甦醒過來，滿眼都是迷惑，對剛才的一切沒有絲毫記憶。哈若怕嚇着了他，也不多說甚麼，草叢裏找到那隻銀碗，重新到泉邊接了甜水，讓哈及美美地喝了個夠。奇怪的是，哈及甦醒過來之後，腿不累了，腳不疼了，身上又有了力氣，不光自己站起來獨自走路，還能夠攙扶着姐姐哈若走。哈及只知道高興，不知道別的，只有哈若心裏明白，是神靈又一次幫助了他們。

再說麻婆在土司府裏等着兩個漁夫前來復命，左等右等不見人影。麻婆馬上想到，這兩個人一定是抗命逃走了。她馬上叫人去抓漁夫的家眷。去的人撲了一個空，原來漁夫們已經在兩天前悄悄摸回漁村，用船接了家人，划過瀘沽湖，從湖的那邊逃進了深山。麻婆聽人報告了此事，氣得眉眼倒豎，牙齒把腮幫子咬出了鮮血，眼睛紅得像剛吃了人的瘋狗。她跺腳跳着，心裏把土司府裏的人想來想去，最後找出了一個親信的伙夫和一個頭腦簡單的獵人，命令他們接着追趕兩個孩子，務必要把人抓住之後摔下山岩，讓禿鷹啄食。她伸出長長的指尖點着他們的胸口，說：「記住，不把那兩個孩子弄死，你們自己也不能活命！土司府的威勢，不說你們也知道。」

兩個人帶足乾糧，一步不停地趕了九天九夜的路，終於在山頂上發現了姐弟兩個的身影。這時候，哈及剛剛逃脫了黑蟒的纏殺，姐

弟兩個眼看就要翻過高山，奔赴自由，死神又一次把魔爪伸到他們頭上。獵人追上了他們之後，拿出生擒猛獸的身手，先悄悄地從旁邊迂迴接近，而後猝不及防地甩出繩套，一下就扣住兩個孩子。伙夫在獵人之後氣喘吁吁地趕到，見了束手被擒的哈若和哈及，先是狠狠大罵：「兩個小野種，害老子走得腳底打泡！」又催促頭腦簡單的獵人：「傻站着幹甚麼？趕快把他們摔下山岩，好回去交帳啊！」

獵人一隻手抓住了一個孩子，剛往懸崖邊走了兩步，看見孩子臉上那一對羊羔般溫順漂亮的眼睛，心裏忽然咯噔一跳，孩子哀傷的眼神好像刻在了心裏一樣。他奇怪地問孩子說：「你們怎麼不向我求饒呢？」姐姐哈若含淚作答：「我們逃命的這一路上，已經求過了太多的人，也得了太多人的好處。我知道麻婆的狠毒，你要是不殺我們，自己就要被她殺掉。與其再連累大叔你，還不如我們死了算了。天命若該絕我，我是怎麼樣都不能逃脫的。」

哈若小小年紀說出來的這一番話，聽得獵人心酸不已。他雖然頭腦簡單，卻並不糊塗，是非善惡分得一清二楚。此時他想，如果真把這兩個孩子拋下山岩，就是犯下了天大的罪孽，即便自己從麻婆手中掙回一條命，手上沾了無辜者的血，活着也會不得安寧。他這樣想着，停住腳步，放下兩個孩子，回身勸說伙夫：「還是把他們放了吧，孩子太可憐了，殺死沒有罪過的人，自己就成了罪人啊。」

伙夫心性邪惡，又是麻婆身邊的親信，自然不能同意。他冷笑一聲說：「這女孩子有這樣一張巧嘴，難怪會把幾撥人馬說動了心。可是你別忘了，她若不死，你就要死。你既使不想活了，我還想活呢。」他說着上前一步，推開獵人，一把抓住了弟弟哈及的胳膊，頭也不回地拉往懸崖邊。

姐姐哈若一見，嘶聲大喊：「求求你了大叔，別扔我的弟弟，要扔就扔下我吧！大叔啊，我弟弟他還小啊……」

　　話還沒有說完，伙夫已經惡眉惡眼地站到了懸崖邊，倒提住哈及的腳踝，胳膊用勁一揚，只看見哈及像一塊石頭一樣從他的手中飛了出去，順着崖邊急速下墜。

　　那一剎那，滿山滿谷都響徹着哈及驚恐的哭叫，淒厲的聲音使山坡上整片松林都在簌簌地顫抖。幾隻正在山谷中飛翔的鳥兒也被這悲哀擊中，翅膀無力地垂落下來，哀哀鳴叫着，緊隨在哈及之後墜入谷中。站在山頂上的哈若看着這一幕，只覺得兩眼一黑，在獵人手中失去了知覺。

　　正直的獵人無法接受眼前這一幕慘絕人寰的悲劇，不由得怒從心生，放下哈若，像一頭被激怒的公牛一樣奔過去，一聲大喝，將那個邪惡的伙夫猛地往懸崖邊一推。伙夫正探頭看着墜崖的哈及，萬萬沒有料到獵人會掉過頭來對付他，因此猝不及防，腳底下一個踉蹌，身子來一個倒栽葱，驚叫聲還沒有來得及喊出嘴巴，腦袋已經撞到了岩下一塊突出的石頭上，整個身體彈了幾彈，一團破布一樣地墜落山谷。

　　獵人回過頭去，抱起哈若，掐着她的人中，把她救醒。「好孩子啊⋯⋯」獵人說，「趕快翻過山逃命去吧，我聽人家說，山下面有個海子，海子那邊就是沒有土司和奴隸的地方。你快逃過去吧，去享受自由吧。」

　　哈若呼出一口濁氣，睜開眼睛，看見身邊已經沒有了弟弟，再想到剛才的場景，又一次哭得死去活來。

　　獵人沒有辦法安慰她的悲傷，只好勸她說：「生死有命，禍福在天，你弟弟已經死了，你總不能守在這裏陪着他死。趕快逃命吧，被麻婆再派人來追上，連我都救不了你了。」

　　哈若擦去眼淚，問獵人說：「既然山那邊沒有土司和奴隸，你為甚麼不跟我一起逃過去呢？」

　　獵人答：「我要趕回去救老婆孩子，麻婆一定會殺她們。」

　　哈若只好給獵人磕了頭，謝了又謝，含淚告別，從山羊行走的崎嶇小道上翻下了山，千辛萬苦地又行了幾天的路，才趕到無數人嚮往的大海邊。正是晨光初現的時刻，絢麗的朝霞把海水映成了一口巨大的染缸，五光十色的海水在缸中翻捲，沸騰，攪蕩，一波泛藍，一波出紅，一波又現出灼灼的金黃。海水的燦爛和天空的燦爛交相輝映，海就變成了天，天也變成了海，海天相連，像是一幅懸掛在天穹上的壯美壁畫。哈若呆呆地站在海邊，傻了眼睛。波濤洶湧的大海，寬廣無垠的大海，憑她一個赤手空拳的小小孩子，如何能夠渡得過去？絕望之中，她忍不住想到死去的母親和弟弟，又想到自己孤獨一人，年幼勢單，即便是能夠渡到對岸，將來的日子還不知道有沒有盼頭。想着，哽咽着，她不禁萬念俱灰，索性把雙眼一閉，兩腳一蹬，跳進了滔滔海水之中。

　　奇怪的事情卻發生了：在她的身體落入海水的一瞬，無數透明的氣泡湧上來包裹了她，托起了她，讓她像住在母體裏的胎兒一樣飄浮和蕩漾起來。接着，一個冰涼柔滑的東西鑽到她的身下，把她整個的頂了上去，浮出海面，然後載着她破浪前行，箭一樣飛快。哈若只聽到耳邊呼呼的風聲，又看見海水被破開一條黑線，雪白的浪花濺起兩堵高高的水牆，嘩啦啦地從眼前急速後退，令人暈眩。哈若還沒有弄明白這一切是怎麼回事，人已經飛速地滑上海岸，潔白柔軟的沙灘閃爍着碎銀一樣的光亮，展現在她的眼前。她從那個滑溜溜的船背上爬下來以後，才看清楚載着她飛馳的東西並不是船，而是一條黑黝黝體態龐大的鯨魚。

　　鯨魚送哈若過了海，氣都不喘一口，擺一擺尾巴，掉過身體，「嘩」的一聲又滑進海中。海水湧出一個漂亮的水花，而後復歸平靜，鯨魚不見了蹤影。哈若睜大眼睛望着海水，連一聲「謝謝」都沒有來得及說出來。她轉身往岸上走去，一抬頭，又被眼前一幕驚得張大了嘴巴：沿着海灘上白沙閃閃的小路，已經湧來了一大羣迎接她的

當地人，他們不知道從哪兒得到的消息，有的端着茶水，有的拿着
吃食，還有的抱來了給她換洗的衣物用品。他們身上的衣服是粗麻織
成，袖口寬寬的，褲腿也是寬寬的，手腕和腳踝上戴着貝殼串成的精
巧飾物。他們的面容被海風吹得黝黑，頭髮被海水洗得枯黃，臉上的
笑容卻是發自內心的，善良和真摯的，對劫後餘生的哈若充滿同情和
憐愛的。最讓哈若不能相信的是，在人羣的最前面，站着一個四歲左
右的男孩，圓頭圓腦，眉清目秀，跟她死去的弟弟一模一樣。哈若吃
驚地捂着嘴巴，想要上前相認，又不敢相認，一個勁地用指甲掐自己
的手心，生怕自己是在做夢。弟弟哈及這時候卻像小鳥兒一樣地張着
手臂飛過來，一邊大叫着「姐姐！姐姐！」一邊撲進哈若的懷中，抱
着她不肯放手。哈若此刻才恍如夢醒，摟着弟弟，喜極而泣：「你被
惡人摔下山崖，我以為你死了，再也看不到你了。」哈及告訴她：「我
從山崖落下去的時候，天上飛下一隻紅嘴巴的仙鶴，仙鶴用脊背接住
了我，又送我渡過大海到了這邊。」

　　哈若雙手合十，乞拜上蒼。她默默地想，一定是母親在天之靈護
佑着他們，祈禱和祝福着他們，使他們一次又一次地逢凶化吉，劫後
餘生。現在，他們姐弟脫離了麻婆的魔掌，來到自由和幸福的國土。
從此以後，只要他們勤勞工作，美好的生活就在眼前。

　　姐弟倆安頓下來以後，日子果然過得無憂無慮。哈若學會了紡紗
織布，很快成為四鄉八鎮手最巧的姑娘，等着買她織出來的漂亮花布
的人多得要踏破門檻。待嫁的新娘們以穿上哈若織出的衣裙為榮，娶
媳婦的人家也非要買上幾匹哈若的布料縫製新被、牀圍。哈若天天手
不離梭，還是不能滿足鄉親們的需求。小哈及因為年幼，只能幫人家
放牛放羊，因為是苦日子裏熬出來的，懂得惜福，活總是幹得踏踏實
實，十歲過後也就成了遠近聞名的牧羊好手。姐弟倆相依相靠，團結
一心，勁往一處使，汗往一處流，蓋了房，置了地，吃穿不愁，日
子一天比一天富足。

　　當年他們從瀘沽湖邊出逃，被麻婆派人追殺時，哈及才只有四歲，還不太記事，一晃十年過去，從前經歷過的悲慘往事在他心中留下的印痕已經很淡很澹，他連麻婆和土司府的模樣都記不起來了。哈若卻不同，八歲的女孩子是接近成熟的年齡，生命中所有的慘痛刻骨銘心，她一時半刻都沒有忘記可憐的母親、狠心的父親和殺人無數的麻婆。有時候她半夜被噩夢驚醒，躺在牀上回想往事，心裏就有一股怒火在悶悶地燃燒，讓她淚流滿面，不得安寧。

　　過了幾年，哈及長成十六七歲的棒小伙子。他從小在外幫人放羊，風裏來，雨裏去，水裏蹚，泥裏過，把他的身體練得強健有力，抬手能舉百斤的石碌，彎腰能挑千斤的擔子，一隻胳膊抱一隻肥羊，走上百幾里地，臉不變色氣不喘。除此之外，他拉弓射箭的本領也練得爐火純青，凡天上飛的，地上跑的，水裏游的，只要他盯住，拉開架勢，一箭射出，百發百中。方圓百里都知哈及這個神射手。

　　有一天，哈及出門打獵，在路上遇到一個白鬍子老頭。老頭佝僂着腰背，衣衫不整，一嘴牙齒掉落得參差不齊，兩隻眼睛卻是炯炯有神，精光四射。他攔在哈及面前，把他上上下下打量幾眼，點一點頭，拈着鬍子說：「勇敢的哈及啊，你已經是一個棒小伙子了，又有一手出眾的箭法，為甚麼還不去給你媽媽報仇呢？藍天高飛的鷹，影子留在大地上；神射手哈及，你不能忘記自己親生的娘。」

　　哈及一聽這話，依稀想起了小時候的事情，如雷轟頂，馬上跪倒在老頭面前，求老人家把媽媽被害的經過原原本本地告訴他。老人卻搖了搖頭：「月亮到了十五就會圓起來，事情到了時候自然會明白。」說完這句話，他撇下一頭霧水的哈及，一轉身子，消失得無影無蹤。

　　哈及站起身，一個人獨自發了半天愣。老人家的話像一個沉重的石碌一樣在他心裏滾來滾去，壓得他五臟六腑發疼。他再也無心打獵，掉頭飛奔回家，從紡車上拉起姐姐哈若，問她說：「你告訴我，我們的母親到底是怎麼死的？我應該如何替她報仇？」

　　哈若被他這一問，愣了片刻，眼淚撲簌簌地流了出來。往事如煙如雲，如雨如霧，在她心裏翻滾蒸騰。「苦命的弟弟啊……」哈若說，「姐姐從前沒有告訴你，是怕你沒有長大就去做報仇的事情，報仇不成反被人害。現在你長大了，也懂事了，我們家裏的悲慘遭遇應該讓你知道了。」哈若拉着哈及的手，坐了下來，從土司父親打獵丟失了獵犬的那一天說起，說到兩個老人家被馬蹄踢死，母親被關進經塔，麻婆毒死父親，殺了母親，他們姐弟逃出之後又如何被追殺，多少無辜的人因為不肯殺他們而死……哈若從白晝說到天黑，又從天黑說到黎明，兩手緊緊地絞着，身子簌簌地抖着。說到痛處，姐弟兩個撲在一起，抱頭大哭，滂沱的淚水把兩個人腳下的泥土地都浸得濕透。天明之後，哈及弄清楚一切，擦乾眼淚站起身來，把牙齒咬得直響，右手放在胸口發誓：「馬兒養大了，是要給好獵手騎上去奔跑的；兒子長大了，是要給苦命的母親報仇的。我哈及已經是一個頂天立地的漢子，如果不能殺死瀘沽湖邊萬惡的麻婆，我今生誓不為人。」

　　說完這句話，天色剛好破曉，太陽轟轟地從東邊升起，把哈及年輕的臉膛照得英姿勃勃，紅光閃亮。哈若望着弟弟一雙年輕而堅定的眼睛，欣喜萬分地喊了一句：「我的好弟弟啊！」

　　可是，當年他們逃難出來，坎坎坷坷走過了太遠的路，如今再要回去，必須顛倒着重新來過：渡過大海，翻過高山，然後再穿山越海，最後過瀘沽湖。路途遙遙，地形險惡，尤其是茫茫大海，沒有人幫忙的話，渡過去絕無可能。哈及抱定了回家鄉復讎的信念之後，每日都在海邊徘徊，盤算着如何起程。他想一個辦法，自己搖頭否定掉；再想一個，還是不行。他心事重重，腦筋動得人都瘦了。有一天他走在路上，正動着心思，一不留神，掉到路邊一口深深的井中，腦袋撞在井壁上，當即昏迷過去。

　　不知道過了多久，他醒過來的時候，發現自己置身在一個柳暗花明的地下世界裏，耳邊流水淙淙，鼻子裏花香濃濃，眼前蝶飛蜂舞。

他身邊有一個小小的人兒，水桶那麼高的身子，水桶那麼粗的腰，屁股撅得老高，腦袋貼在地上，一會兒側過左耳聽聽，一會兒偏過去用右耳聽聽，忙來忙去，就好像一隻不安分的水桶在地上滾來滾去，非常可笑。而且，他身上穿的衣服也不是布料縫出來的，是用一種發亮的岩石打磨成片片，連綴起來，裹在腰間。上半個身體乾脆裸着，皮膚蒼白得發藍，幽幽地泛出磷光。如果在黑暗中走路，這樣的皮膚就像燈一樣，能把周圍照亮。特別出奇的是他的耳朵，又尖又翹，形狀和大小都像驢子頭上的玩意，現在這玩意長在他扁扁的小腦袋上，跟一隻面盆安上了兩個長長的把手一樣。況且那雙耳朵靈活機警，運用自如，當他撅着屁股趴在地上的時候，兩隻耳朵能夠隨時根據需要窩起來，捲起來，摺起來，甚至像捲心菜葉子一樣全部攏到耳朵眼裏。

面對這樣一個奇怪的人，哈及看得呆了，撐起身子問他：「你這是幹甚麼呢？」

那人一看哈及已經甦醒，笑得兩隻眼睛瞇成一條縫，水桶一樣滾了過來：「我是地下王爺的家奴，前幾天我聽到了消息，草原上勇敢的神箭手哈及想要為母報仇，我希望能跟他交個朋友，幫上他一點忙。」

「你能夠幹些甚麼？」哈及問他。

小人兒得意地咧開嘴巴：「我的名字叫『報信奴』，因為我把耳朵貼在地上，就能夠聽到山那邊人說的話。我希望能為哈及報告消息。」

「我就是你的朋友哈及。」

「啊呀呀，啊呀呀……」報信奴一聽，撲上來抓住哈及的手，搖了又搖，熱情萬分，「勇敢的哈及，神箭手哈及！我要請你到我的家裏作客。」

哈及搖頭說：「不行，在我母親的大仇未報之前，我不能放下這件事去尋歡作樂。」

報信奴抓耳撓腮：「啊呀呀，你真是個孝子。怎麼辦？怎麼辦？」

哈及看他着急的樣子，忍不住好笑：「這樣吧，從今天起，我們就是好朋友了，好朋友之間有的是相聚的日子。等我趕去瀘沽湖邊殺了麻婆，我一定回過頭找你。」

報信奴又一次高興起來，把兩隻尖尖的耳朵擺動得像是跳舞。「好朋友哈及！」他說，「就讓我幫你一個忙吧，請答應從我們的地下王國裏穿越海底。」

哈及大喜過望，因為他正愁着沒有舟船無法渡海。於是報信奴就抓住哈及的一隻手，要求哈及閉緊眼睛不要睜開。哈及剛來得及把眼皮合攏，耳邊已經風生水起，只覺得兩邊的東西刷刷後退，身子在飛速地向前，鼻子裏嗅到陣陣帶海腥味的空氣，片刻之後，報信奴把他的手用勁往下一壓，兩個人停了下來。報信奴念念有詞說：「哈及啊哈及，朋友有難朋友幫，叫我三聲我就到。」哈及睜開眼睛，熱情的好朋友報信奴已經悄然不見，他發現自己穿過了大海，升出地面，此刻正站在大山的山腳下，陽光從海的那邊照過來，把他全身都照得金光燦燦。

他彎下腰去，整好鞋襪，準備翻越這座險峻的高山。抬頭望去，山高得令人眼暈，白雲在山尖繚繞，雄鷹在山腰飛翔，瀑布從山口沖出，細得像一條褲腰帶。哈及想，翻越這樣的大山，也不知道需要用幾天幾夜的時間。正想着呢，忽然發現山在移動，沿着山中的一個軸心，轉磨一樣，發出滯重艱澀的轟隆轟隆的聲音。山上的樹啦、藤啦、岩石啦、瀑布啦，都跟着山體慢慢轉動，仔細看，能感覺到樹梢和岩塊的微微搖擺。看了片刻之後，原先山體的豁口處還有一朵白雲在飄蕩繚繞，現在白雲已經被另一邊的山峯遮住，可見大山的移動速度並不十分緩慢。哈及好生奇怪，轉過山腳一看，原來有一個身高力大的巨人，正推着大山轉磨一樣地走。這人的個頭高得像半座山峯，手伸上去能抓到半空裏的白雲，兩隻眼睛像土司府門上過年用的燈

籠，不光通紅通紅，而且燃着火苗兒一樣，好像身子裏面有太多的力氣使用不掉，只好讓它化成能量白白燃燒。他身上橫七豎八披着一片一片的樹皮，有褐色的，有淺綠色的，也有淡黃色的。這麼龐大的身軀，也不知道要扒多少樹皮才夠他勉強遮羞。每一次他用胳膊頂住山體發力的時候，他肩胛的肌肉就一塊一塊隆起，活像做饅頭用的麵團起酵一樣，把一片片的樹皮都頂得四面飛翹。太有意思了，哈及想，真的是太有意思了。

那人停下手吸口氣的工夫，忽然一低頭，發現了腳底下的哈及。他皺起眉頭，有點生氣，不高興讓生人闖進他的遊戲中的樣子。他生氣的模樣也很好玩，整張面孔比地震過後的廢墟還要坑窪不平，溝壑縱橫，幾乎每道溝壑都深得能夠藏進一個小人。

哈及見那人瞪着眼看他，趕緊抱拳作一個揖，又仰起腦袋發問：「你是甚麼人？在這幹甚麼？」

巨人回答他，聲音轟隆隆響得像打雷：「我是大山王爺的人，名字叫做『推山奴』。我在這兒等着一個叫哈及的小伙子，聽說他要為母報仇，我想幫他的忙，跟他交朋友。」

哈及故意逗他：「你有甚麼本事和他交朋友？」

「我的力氣大，能夠把山推着走。哈及回瀘沽湖的時候肯定要從這裏過，我可以幫他推開山，打開路。」

哈及快樂地攤開手：「我就是哈及啊！」

推山奴很高興，彎了腰，一把握住了哈及的手，差點兒把哈及的手骨頭握斷了。「我在這兒等你幾天了。你是個勇敢的人，我要跟你交朋友，請你到我家去作客。」推山奴說得誠心誠意。

哈及又一次謝絕：「不行，我母親的大仇未報，我不能放下這件事情去尋歡作樂。」

推山奴性子很急：「那就快點去報仇吧，別讓我等太久。」

哈及笑着回答說：「路要一步一步地走，山要一步一步地爬。」

「你用不着爬山，讓我來送你過山口。」

推山奴說着，走到哈及身後，一隻手抵在哈及後背上，然後囑咐他閉上眼睛。哈及只覺得一陣大風推着他往前飄，山崩地裂的聲音在他身邊轟隆隆地響。一會兒工夫，風止了，聲音也停了，推山奴在他耳邊說：「哈及，哈及，朋友有難朋友幫，叫我三聲我就來。」

哈及睜開眼睛，大山已經落在他的身後，眼前是浩浩蕩蕩的一湖碧水，湖中白帆點點，鷗影疊疊，湖心還有翡翠一樣的碧綠小島，景色秀麗得叫人心醉。哈及猜測這便是他出生的地方瀘沽湖了，也是被麻婆土司的勢力統治、人民苦難深重的地方。哈及站在湖邊，盤算着怎樣渡過湖去。哈及是個旱鴨子，這麼大的一片湖水，如果沒有小船，過湖也是千難萬難的。正想着呢，卻見眼前的湖水慢慢退縮，往中間收攏，湖邊留下大片的泥沼和水草，草叢中蹦躂着魚兒蝦兒，在太陽下閃閃發光。哈及不由自主地跟着湖水往前走，一步一步在泥沼中跋涉。才走出十步二十步的樣子，湖水卻又改變了方向，從中心往四面漫出來，而且漲得飛快，哈及掉頭就跑，還是慢了一步，湧上來的湖水把他的鞋襪褲腿都打濕了。

哈及心裏很是惱火，放眼四望，終於看見湖邊蘆葦上坐着一個老頑童樣的人，他的眉毛是白的，鬍子也是白的，頭髮禿得不剩幾根，腦袋像個不規則的光葫蘆，腰背也佝僂得厲害，就跟肩上背了一口大鍋似的。可是他的一雙圓圓的眼睛卻呈現出嬰兒一樣的藍色，碧藍碧藍，沒有一點雜質和憂愁的藍，對世界充滿好奇和快樂的藍。他蜷腿坐在蘆葦上的樣子也非常有趣：兩條腿架起來，彎過去，交叉着擱在兩個肩膀上，雙手環抱着腿彎，遠看身體就成了一個屁股尖尖的陀螺。姿態這麼彆扭，他的神情卻是怡然自得，逍遙愜意。他嘴裏叼着一根細細長長的蘆葦管子，管子的另一頭插在湖水之中，提氣一吸，湖水咕嚕嚕的一陣響動，湖底就乾涸了；再輕輕一噴，水流嘩嘩地四濺噴湧，湖面頃刻間又漲起來了。他吸了噴，噴了吸，不厭其煩，自

得其樂，簡直就像無聊的小孩子在玩無聊的惡作劇。

哈及走過去，拎着自己濕漉漉的褲腿，有點生氣地說：「你這麼大個人，怎麼還玩這種小孩子的把戲！」

老頑童看都不看他，把蘆葦管子咬在嘴巴裏，口齒不清卻又是理直氣壯地回答：「我怎麼是玩呢？我坐在這裏等一個叫哈及的勇士，我要把本事顯給他看。」

哈及問：「你為甚麼要等他？」

老頑童反問道：「我為甚麼不可以等他？你不知道他要去找瀘沽湖邊的麻婆土司報仇嗎？他是個有血性的小伙子，我準備與他做朋友，助他一臂之力。我是海水王爺的『吞水奴』，本事大得總愁沒地方用。」

哈及一聽大喜，連忙說出了自己的名字。吞水奴吃驚地做個鬼臉，立刻從蘆葦上跳起來，腳點着葦尖飛上湖岸，一把拉住了哈及的手，又蹦又跳，開心得像小孩子瞞着大人偷偷見面。

「你是我的好朋友，我一定要請你到我家裏去作客。」他忙不迭地邀請着哈及。

哈及當然不答應，他有最重要的事情需要去做。

「那好吧，那好吧……」吞水奴滿臉失望地說，「你先辦你的大事去，回頭來找我。記住一定要來啊，不然我會追到你家裏把你綁過來。」他說話的口氣和神情，也是孩子一樣的蠻不講理。

哈及笑着作了允諾。吞水奴便又開心起來，鋪開一片衣襟，要哈及坐上去。哈及才剛坐妥，把眼睛閉上，衣襟就開始飄動，先是輕如水波蕩漾，而後搖動的幅度越來越大，哈及只覺得像坐在小時候的搖籃裏一樣，晃晃蕩蕩，昏昏欲睡，再加上耳邊波濤聲聲，真是舒服得很。在他迷糊着剛要睡過去的時候，已經到了湖的對岸，吞水奴把他喚醒，附着他的耳朵說了一句：「哈及，哈及，朋友有難朋友幫，叫我三聲我就來。」

這時辰，太陽已經落山了，哈及站在瀘沽湖邊，看見九層樓高的經塔在夕陽中穩穩地站立着，如一口倒扣的銅鐘，經塔的尖頂反射着太陽的光采，流金淌銀，騰騰燃燒的火苗一樣，把哈及的眼睛都要點燃起來。

面對他出生和長大的經塔，他童年時代的記憶開始一點一點地恢復，母親阿娥那張美麗而又終日憂傷的面孔清晰地浮現出來，他情不自禁地張開雙臂，向經塔奔跑過去。

經塔的大門敞開着，塔內塔外都是靜悄悄的，守塔士兵都不知道跑到哪兒去了。哈及畢竟年輕，不知道這樣異常的情況中實際上潛伏了殺機，冒冒失失一頭闖進經塔。只聽得一聲，吊起來的大門從半空中放下，把哈及關到了裏面。原來麻婆已經聽聞哈及要回家鄉復讎，她暗自高興，因為這是斬草除根的大好機會。可是礙於哈及已經長大，瀘沽湖邊人人都知道他是土司家族純正血統的繼承人，她不敢明目張膽地對他痛下毒手，只好先關起他來，尋找到殺害他的合適藉口再說。

哈及被關進經塔，像老虎被關進籠子，空有一身力氣，一腔熱血，卻無地施展。但是他不敢放鬆警惕，在塔裏找到了一塊磨刀石，每天都磨他帶在身邊的箭，一支支磨得亮光閃閃，鋒利無比。麻婆這下子有藉口了，她逢人就說，哈及尋上門來復讎，她大人不記小人過，請他住進經塔，每日裏好吃好喝地伺候，要想化仇恨為親情，將來再把土司的職位還給他，哪知道這小子天生反骨，住進了經塔還每天磨箭拉弓，真是條養不熟的白眼狼。照這樣下去，哈及存心謀反，她也就不能不下手無情了。

麻婆逢人就講，把殺哈及的輿論造得沸沸揚揚。可憐哈及獨自悶住經塔，對這一切並不知情。

一天晚上，月黑風高，哈及正在經塔裏把弓箭拉得啪啪作響，地面上忽然裂開一條縫，小人兒報信奴扭擺着水桶粗的腰身，氣喘吁吁

地從地底下鑽了出來。

他一邊揉着腦袋兩邊被壓紅了的耳朵，一邊慌慌張張向哈及報告：「不好了，我的朋友，麻婆正在土司府裏點兵備馬，今天夜裏要殺你作個了斷，你快點跑吧。」哈及一聽，卻興奮起來，哈哈大笑說：「我為甚麼要跑？我千里迢迢趕回家鄉，就是要找這個惡婆子報仇的。這幾天我正愁她不敢露面呢，今夜她送上門來，那就正好，我的弓箭磨了這麼多天，也該喝到血了！」他謝了報信奴，催促好朋友趕快躲開，免得被人誤傷，然後他束好箭袋，把彎弓挽在手臂上，悄悄等候在塔門後面。

半夜裏，果然從土司府裏出來了幾十個騎馬的兵丁，一律用麻布包裹着馬腳，在麻婆的率領下，無聲無息地摸進經塔。到了門口，他們翻身下馬，跟守門的兵丁打個暗號，守門人把門打開，幾十個人蜂擁而入，把大門的裏裏外外堵個嚴嚴實實。哈及藏在暗處，對他們的一舉一動看得真切，等人一進門，他搭箭拉弓，嗖的一聲響，為首的一個士兵哼都沒有來得及哼一聲，立刻倒地而亡。沒等他們把事情弄得明白，哈及又是一箭射出，第二個人仰面朝天，倒在人羣堆裏。這一來，士兵們慌了，用刀的用刀，用箭的用箭，黑暗中顧不得辨認清楚，亂殺一氣，剎那間經塔裏人頭攢動，哭爹喊娘。但是對方畢竟人多，兵丁們漸漸地醒過神之後，開始齊心合力把哈及逼到一個角落裏，讓他神箭手的威力施展不開。哈及看看自己有一點寡不敵眾，好漢不吃眼前虧，大吼一聲，半空中跳起身來，飛出窗戶，落到一匹馬上，打馬就走。

麻婆在後面一聲吆喝，沒死傷的兵丁們跟着出門，各自上馬，緊追過去。哈及騎在馬上，扭過身子，抬手就是一箭，射落一個兵丁。跟着一箭，又是一個人翻身落馬。他本想瞄準了麻婆再射，可這個狡猾的惡婆子始終躲在兵丁們的身後，讓哈及難以下手。很快，哈及的箭袋子空了，可是土司府裏出來的兵丁仍舊在他的身後緊追不捨。

正在這時，眼面前一座黑黝黝的高山擋住了去路。山體直立，怪石嶙峋，四望不見有路可行，而後面麻婆的人馬已經追到了不足一箭之遙。前截後堵，哈及的處境就十分危險。在這緊要關頭，哈及忽然想起好朋友推山奴，連忙趴在馬背上小聲召喚：「推山奴，推山奴，哈及有難求朋友。」

說完不過片刻，大山發出嘎啦啦艱澀的聲響，山體往兩邊移開，一道筆直的縫隙出現在哈及眼前。哈及還來不及細看，只覺一股巨大的吸力把他往山縫中吸，他一人一馬藉着這股力量衝進了山中。回頭看時，落在最後的兵丁們被山上滾下的石頭砸死了好多，但是僥倖跟着哈及衝過去的人馬還有不少，他們在麻婆的威逼催趕下，緊隨哈及，一步不落。

衝出山路，前面又遇大河擋道。河水滔滔，白浪翻捲，哈及身下的坐騎見水驚恐，前蹄一揚，「咴」的一聲大叫，無論哈及怎麼抽打，死活也不敢泅水過河。哈及無奈，想起了又一個好朋友吞水奴，趕快念叨：「吞水奴，吞水奴，哈及有難求朋友。」哈及說完這句話之後，眼見得河水翻動起來，水中央好像陷落了一個地洞，河水打着漩渦飛快地從地洞中流走，頃刻間河牀乾涸，河道硬結成板，完全可以在上面策馬縱行。哈及猛夾馬肚，馬兒揚起四蹄，一眨眼的工夫已經飛過大河。才踏上河岸，身後水聲嘩嘩，河水迅速泛濫，水頭猛漲，把土司府出來的人馬全都淹沒了，只有麻婆的馬快，緊跟在哈及的馬尾後面，得以過河。

此時，哈及不再打馬奔逃，調轉馬頭過去迎戰麻婆。哈及赤手空拳，麻婆是帶着刀的，她本來佔着上風，但是這一刻麻婆發現她的手下全部斃命，只剩下她一個人勢單力薄，心中忽然膽怯起來，不敢戀戰，也跟着馬頭一轉，狂奔回去。

一個逃，一個追，順着河岸而行，捲起的風沙形成河邊一堵矮矮的灰牆，氣勢非常壯觀。哈及是隨便抓一匹馬來騎上的，麻婆的坐

騎卻是瀘沽湖邊有名的火炭馬，速度極快，耐力又強，漸漸就把哈及的馬甩落在後。哈及眼見麻婆要從自己眼皮子底下逃脫，哪裏能夠容許，大喝一聲，從河邊拔起一根蘆葦，葦稈當箭，拉弓射去。只聽得晴空裏「錚」的一聲脆響，麻婆跟着渾身一顫，落下馬去，一隻腳還套在馬的腳蹬子裏，生生地被那匹馬拖死了。

其實，葦稈並沒有射到麻婆身上，是她聽到弓箭的響聲，做了一隻驚弓之鳥，自己跌下馬去的。

哈及心願完成，高高興興回到了大海那邊，見到了姐姐哈若，把從麻婆頭上剪下的一縷髒髮交給了她。哈若對着瀘沽湖的方向擺下香案，燃起一炷香，又點着了麻婆的頭髮，把它燒成灰燼，算是對母親阿娥的拜祭。

哈及履行諾言，背起行囊重新上路，去拜謝自己的幾個朋友，到他們的家裏作客。他在報信奴的家宴上吃到了用土撥鼠肉做的肉餅，在大山王國裏學會了像猴子一樣爬樹，還跟吞水奴玩了三天三夜的擲骰子遊戲。他的朋友們都是世界上最熱情、最義氣、最有本事的人，哈及覺得能跟他們交往是自己的福氣。

回到家中之後，又過了一段日子，哈及和哈若總是思念童年的故鄉，於是在朋友們的說明下又回到了瀘沽湖邊。在那片美景如畫的富饒土地上，他們分別找到了自己心愛的情人：漁夫英俊的兒子和獵人美麗的女兒，結婚成家，過起了幸福的生活。

住在橘子裏的仙女

　　從前，在雪山下的遙遠國度裏，有一個聰明善良又非常淘氣的小王子。他的父母掌管着大片豐饒富足的土地，統領了數以萬計的人民，有數不過來的牛羊和滿房滿庫的奇珍異寶，卻在年近半百時才生下了小王子，自然是千寵百順，所以小王子調皮任性，像一匹總愛闖禍的小馬駒兒一樣，叫人又愛又氣。好在他生性純良，心地美好，偶爾犯下一些小小的錯誤，也總是能夠及時糾正，讓人們對他的喜愛有增無減。

　　有一天，小王子從他的侍臣手裏得到一把彈弓，這彈弓用金絲纏把，鑲嵌着小小的紅藍寶石，皮帶是用曬乾的鹿筋編製而成，精美而且合手。小王子喜歡得不知道怎麼才好，馬上跑到了王宮，用小石頭做的彈子打鳥玩。他射出一顆又一顆石子，不斷地打中在王宮花園裏棲息的鳥兒的尾巴，造成一陣又一陣的驚慌和喧鬧。不過鳥兒們沒有一隻落地而亡。因為小王子實在是個善良的孩子，他手裏的石子絕不瞄準鳥兒的頭部。玩耍歸玩耍，如果要讓無辜的鳥兒死在他的手下，他於心不忍。

　　在腳邊的石子差不多盡數射出，小王子已經意興闌珊的時候，隔着王宮花磚砌出的圍牆，從遠遠的河岸邊走過來一個背水的老婆婆。她老得牙齒差不多掉光了，眼睛也混濁了，頭髮白得像一簇深秋的蘆葦花，在野風裏顫顫地飄動。一隻半人高的水桶壓在她佝僂的腰背上，她步履蹣跚，喘息艱難，邊走邊大聲地歎氣，搖頭。

　　小王子手中只剩最後一顆石子，正在東張西望不知打甚麼才好，見到這個背水的老婆婆，頓時玩心大起，舉起彈弓，瞄準她身後的水桶，啪的一聲把石子打出。小王子這一次瞄得很準，打得也很有力量，水桶應聲而破，豁了一個大大的口子，清清的河水從漏洞裏嘩啦

啦流出來，瀑布一樣沖灑到地上，老婆婆頃刻間被腳下小小的汪洋包圍住了。她的鞋襪濕了，褲子也濕了，水桶裏空空蕩蕩，一口水也沒有剩下。她又氣又急，一屁股坐在濕漉漉的泥水裏，撫着破了洞的木桶，嗚嗚地低聲哭起來。

小王子愣在那裏。剛才打彈弓的時候只是因為好玩，一點也沒有想到這顆石子打出去的後果。此刻老婆婆羸弱無助的樣子使他心生後悔，他知道自己不留神做出了傷害別人的壞事。

小王子畢竟是個知錯能改的孩子，他意識到了自己的不對之後，馬上扔下彈弓，三步兩步地衝出王宮，奔到河邊，連聲地道歉，又攙扶着老婆婆起來，把她扶到乾淨的地方坐下，重新奔回宮中，找來了木頭和工具，親手補好木桶上的破洞，背着木桶到河邊去，打了滿滿一桶水，一直幫老婆婆背到她的家裏。

老婆婆原先打上來的水是河邊苦苦的渾水，小王子打上來的水是河中間甜甜的清水，因為他為了打這桶水，挽起褲腿一直蹚到河流的深處。

老婆婆不再傷心啦，她坐在太陽地裏，仰起腦袋，望着小白楊樹一樣挺拔英俊的王子，滿臉都是慈祥的笑容，一個勁兒地誇獎小王子善良、孝順。老婆婆說：「太陽有月亮作伴，河水有魚兒同嬉。小王子，你有一顆金子一樣發光的心，應該找天上的仙女做你的妻子。去找澤瑪姬吧，只有她能夠配得上你。」

王子聽得糊裏糊塗，他從來沒聽說過澤瑪姬這個名字。「老婆婆……」王子問，「誰叫澤瑪姬？她是個甚麼樣的人？住在哪裏？」

老婆婆抿嘴笑了笑，臉上的皺紋一根一根舒展得像太陽的光芒：「澤瑪姬啊，她是個美麗的仙女，住在很遠很遠的地方。她的容貌比天上的星星和海裏的珍珠還要明亮，她的性情比山頂的白雲和織機上的棉花還要柔軟。能娶到澤瑪姬做妻子的人，是世界上最幸福的人。」

王子想了想，斬釘截鐵地說：「我要娶澤瑪姬做我的妻子。」

老婆婆笑眯眯地說：「那好吧，騎上一匹最快的馬，穿上一雙最結實的靴子，去找美麗的仙女吧。記住啊，你要朝着東方日夜不停地走，不畏艱險地走，走到第十天頭上，你會看見一片密密匝匝的橘林，林子裏有一棵最高最茂密的橘樹，那就是仙女澤瑪姬的家。你下了馬，爬到樹上，找到一隻拳頭大小、金光燦燦的橘子，把它摘下，揣進你的懷裏，然後立刻騎馬離開橘林。可你千萬要記住，路途上千萬不要剝開橘子的皮，無論你多麼想看看澤瑪姬的容貌是甚麼樣，你也一定要忍住。」

王子快樂地朝她鞠了一個躬：「謝謝老婆婆，我會做到的。」

他告別了老婆婆，滿心歡喜地往回走。走到河堤上的時候一回頭，老婆婆不見啦，她住的那間草色金黃的茅屋也不見啦，像是被一陣風呼啦啦吹走了一樣。小王子的心裏又是驚奇，又是敬佩，他知道老婆婆一定是個非同一般的人。

接下來的時間，王子在宮裏坐臥不安，一想到即將見面的仙女澤瑪姬，他胸口裏就好似揣上了一隻兔子，撲通撲通跳個不停，恨不得立刻騎上馬就出發上路。老國王看他轉來轉去像熱鍋上的螞蟻一樣，詢問他是不是碰到了甚麼為難的事，王子忍着心裏的興奮想，我一定不能說，要是說出來，年邁的父母一定不相信世上還有住在橘子裏的仙女，也不會讓我獨自走這麼遠的路。王子就使勁憋着笑，不讓自己高興的樣子露在臉上。

好不容易盼到太陽落山了，月亮出來了，王宮的老老少少都睡熟了，王子換上一件百蝶穿花的五彩箭袍，腰間束一條金絲腰帶，腳上穿一雙筒邊鑲有綠松石的小靴，悄悄下了樓，到馬廄挑選最快最漂亮的栗馬，飛身騎上，馬鞭一揚，朝東方飛奔。滿世界的月光像遍地鋪灑的碎銀，王子和快馬把路面割出飛速掠過的直線。

　　小王子一人一馬晝夜不停地趕路，跑過了白皚皚的雪山，銀閃閃的冰川，清粼粼的江河，綠茵茵的草原，鐵製的馬掌磨壞了幾副，王子腳上結實的皮靴也磨掉了半個腳跟。他自小在王宮中被呵護長大，還從來沒有吃過這麼多的苦，遇過這麼多的艱難和險阻。但是王子是一個勇敢和堅強的小伙子，為了尋找美麗的仙女澤瑪姬，他咬牙堅持下來了。

　　到第十天的頭上，太陽初升的那一刻，王子騎馬進入一片幽深的谷地。他果然看見了一大片密密匝匝的橘林，橙色的陽光把林子裏每一片樹葉都照得閃閃發亮，柑橘的芳香從葉脈裏絲絲縷縷地散發出來，沁入王子的鼻腔，把他全身的疲勞蕩滌得乾乾淨淨。他着魔一樣地下了馬，緩緩地、面帶笑容地走進橘林。一棵最大最茂密的橘樹聳立在林子中間，樹幹有一人圍抱那麼粗壯，巴掌大的葉片綠得滴油，金黃色的果實簇簇累累，像掛了滿樹的鈴鐺。一切都如背水老婆婆所說，而且比她口中講出來的更加美好，更加神奇。

　　王子走到樹下，手攀着枝梢，猴子一樣爬到樹上。他撥開茂密的枝葉，尋找那隻金光閃爍的橘子。可是他發現眼面前的橘子都是差不多的形狀和大小，差不多的顏色和氣味，他眼花繚亂，舉棋不定，摸摸這個，看看那個，不知道該摘下哪一個才是。這時候，一羣愛熱鬧的小鳥兒聞訊飛了過來，在樹梢間跳來跳去，最終圍繞在一隻圓溜溜、金燦燦的橘子前，吱吱喳喳地唱着：「樹上就是這個果子最香最甜了，人間就是果子裏的仙女最美最好了。」王子一聽，知道鳥兒是在給他提供暗示，立刻伸手把這隻沉得墜手的橘子摘了下來。

　　王子剛把橘子揣進懷中，衣扣還沒有來得及扣上呢，從遠遠的天邊忽地颳過來一陣狂風。風勢迅猛而凌厲，遮天蔽日，飛沙走石，剎那間天黑了，地昏了，巨大的樹幹簌簌搖晃，發出痛苦的呻吟，樹葉和果實撲啦啦落了一地。沒有來得及躲避的鳥也被大風吹折了翅膀，紙片一樣打着旋，在地面上滾來滾去。王子慌忙用雙手抱緊懷中的橘

子，像保護自己的心臟一樣保護着它，結果無暇顧及自己，被狂風捲
起，重重地摔落在地上，頭昏眼花，暈死過去。

也不知道過了多久，王子感到臉頰上癢絲絲的，有一股溫熱的氣
流噴在耳邊。他醒了，睜開眼睛一看，是馬忠實地守護在他的身邊。
狂風已經過去，天清如洗，陽光灼灼，只有一地的落葉和果實證明了
剛才的那一番浩劫。王子忽然想到懷中的橘子，驚出一頭冷汗，趕緊
伸手去摸，還好，橘子好好地躺在他的懷裏。原來他掉在樹下昏過去
的剎那，兩隻手還是下意識地緊緊抱住了他的寶貝。

王子感覺這股平地裏起來的狂風颳得有些蹊蹺，他想，一定是因
為他摘走了住着仙女的橘子，惹惱了樹神。他不敢在此地久留，活動
活動雙腿，確信沒有受傷之後，猛地翻身躍起，跳上馬背，打了一個
響亮的長鞭。馬兒像一支利箭離弦而去，眨眼的工夫竄出山谷，上了
大路。

依然是走過綠茵茵的草原，清粼粼的江河，銀閃閃的冰川，白皚
皚的雪山，和來時的艱難一模一樣。不同的是王子的懷中揣了沉甸甸
的橘子，最最困難的路途中，他只要伸手摸一摸胸前鼓突的那一個寶
貝，滿身的疲累都煙消雲散。他不止一次動了念頭，萬分好奇地想像
着：澤瑪姬到底是甚麼模樣呢？她是不是真的如背水老婆婆所說，是
世界上最美麗的仙女呢？他撫摸着懷中橘子飽滿多汁的果皮，真想剝
開它，看一看果實裏的真相。可是，每當他的指尖在果皮上掐出一個
劃痕時，他總是被老婆婆的叮囑及時提醒，拍着腦瓜打消了念頭。

第十天，他騎在馬上，已經遠遠地望見了王宮金色的尖頂。他
快樂地想：終於回到家了。他又忍不住地想，到了家門口，應該可以
看一看橘中仙女的模樣了吧？要不然，他把一個不知容貌的姑娘帶回
家，怎麼對父母交代呢？

下定決心之後，小王子勒住馬頭，從懷中取出捂得溫熱的橘子，
在手心裏窩着，小心地從側面剝開一點橘皮。汁水四濺，把王子的指

甲染成橙色，一股沁人心脾的清香飄搖而出，令王子心醉神迷。在果實綻開處，耀眼的金光噴射出來，還帶着銀鈴樣的叮噹聲響，所謂的「仙樂飄飄」，大概就是這樣的美妙感受吧。王子把橘皮的開口處又撕大了一些，終於看清了端坐在橘子中的姑娘。他深深地吸了一口氣，驚訝眼前的這張面孔是如此的超凡脫俗，跟他從小到大見到的美麗都不一樣，其皮膚的嬌嫩、眉眼的清麗、神情的沉靜和高貴，簡直有一種攝人心魄的震撼。她身上裹着一件輕紗的長袍，就像是天空中的一片彩霞飄落在她的肩上，長袍粉紫的顏色和柔軟的質地把她的面容襯托得更加嬌美如夢。她的長髮是漆黑的，在耳邊如絲般垂落。也許因為肌膚雪白，才顯出黑髮烏亮。她臉上有一點若有若無的笑意，又有一點孩子般的羞怯和柔弱，使看到她的每一個人都願意好好地呵護她，愛惜她。總之，小王子在面對她的這一刻，忽然覺得自己長大了，成熟了，有了一份沉甸甸的男子漢的責任，也有了一份把生命交付出去的莊嚴。

此時狂風又起，風沙大作，一隻無形的大手拚命撕扯着王子的衣服，像是要把他手中的橘子一把奪過去一樣。王子慌忙把橘皮合上，揣進懷中，緊緊地護住，在風沙中打馬狂奔，衝出迷霧，避進了王宮。

王宮裏正亂成一團，憂傷和悲痛濃濃地罩在每一個人心上。王子從那個深夜悄然出門，已經整整二十天時間沒有任何消息回來。老國王派出了大隊人馬四處尋找，在各個路口張貼告示，請求鄰國的朋友幫忙，還去了喇嘛廟裏求神問卜，燒香磕頭，焦急得容顏蒼老，白髮驟生，整日唉聲歎氣，無心打理朝政。老王后更是經不住痛失愛子的打擊，病倒在牀，多少天水米沒有沾牙，只剩下一口氣悠悠地懸着，不見到兒子最後一面不能閉眼。王子在這樣的時刻平安歸來，王宮裏一下子變得喜氣洋洋，老國王緊鎖的眉頭立刻舒展，老王后的病不治而癒，大臣和僕人們奔相告，個個都是喜上眉梢。

　　風塵滿面的王子顧不得梳洗休整，坐在大廳裏，一手拉着國王，一手拉着王后，如實說出了這些天裏他所做的事情。老兩口十分驚訝，連連搖頭，不能相信。王子急了，從懷中掏出那個金燦燦的大橘子，一下子就把橘皮撕開。濃烈的芳香從橘子裏流淌出來，仙樂也同時叮叮噹噹地奏響。大廳裏所有的人都被這股異香熏得迷住了眼睛。等他們再把眼睛睜開的時候，仙女澤瑪姬已經從橘子裏飄然而出，如夢如幻地站在大家面前。每個人都被澤瑪姬的美麗驚得目瞪口呆，如果不是親眼見到，誰也不能夠相信造物主竟有如此完美的傑作。老國王一個勁地拍着自己的胸口說：「哎呀呀，遠方來的姑娘啊，你像花園裏的玉蘭一樣潔白，像山中的翡翠一樣耀眼，不知道你來到我們這個偏僻的王國，是尋找甚麼心愛的珍品？」澤瑪姬眼梢飛出了紅暈，眼簾輕輕低垂，羞答答地回應道：「大雁南飛，是尋找美麗的小湖，好產卵養子；我來到這，是為了尋找終生的伴侶，好過幸福的日子。」

　　國王和王后一聽，笑得幾乎合不攏嘴，他們對這個溫柔美麗的兒媳婦真是太滿意了，找遍世界也不可能找到比澤瑪姬更合適的人選了。老兩口當即決定擇吉日給王子完婚。

　　他們打開寶庫，讓澤瑪姬挑選最喜愛的首飾，最能夠配得上她容貌的婚紗，還下了詔告，要在全國範圍內給澤瑪姬挑選一個美麗的侍女。

　　國王詔令一下，全國各地年齡相當的女孩子們蜂擁來到京城，都想應徵這一角色，有機會在可愛的王子和美麗的仙女身邊作伴。她們潮水一樣地湧進來，又潮水一樣地退出去，因為澤瑪姬實在太漂亮了，能夠配得上她的女孩子實在太少了，她們不是太高，就是太矮，不是胖了，就是瘦了，再不然就是氣質太差，或者不夠聰明……總之，國王夫婦和小王子自從見到了澤瑪姬，就覺得王國裏曾經引以為傲的女孩子們都變得肥胖、粗俗、傻氣。挑來挑去，綠豆裏揀芝麻，

勉強挑中了一個叫拉珍的姑娘，身材、臉龐、眉眼跟澤瑪姬有幾分相像，要是穿上一樣的衣服站到一起，馬馬虎虎也可以算作姐妹。

盛大的婚禮舉行了三天三夜，天地共賀，舉國同慶，婚禮上喝掉的美酒能夠流成小河。

小王子和澤瑪姬幸福的生活從此開始。他們心心相印，彼此愛慕，對父母孝順體貼，對僕人們從不高聲喝罵。小王子開始隨父親見習朝政，立志將來做一個盡職盡責的國王。空暇的時候，他們一起讀書，習字，手拉着手出門散步，一時一刻都不肯分離。王宮裏的人們看在眼裏，喜在心裏，都說，蝴蝶伴着鮮花飛，王子和澤瑪姬是天生的一對。

然而，相愛中的王子和澤瑪姬沉醉在自己的幸福中，卻忽略了侍女拉珍的感受。表面看上去，拉珍是澤瑪姬的影子，她總是寸步不離地跟隨在澤瑪姬身後，百依百順，有求必應，周到體貼。實際上，拉珍對澤瑪姬的幸福生活懷有深深的妒意，她認為自己的容貌不比澤瑪姬遜色多少，聰明和智慧也跟澤瑪姬不相上下，為甚麼澤瑪姬的好運氣沒有降臨在她的身上？為甚麼她只能做侍女不能做王妃？她做夢都覺得忿忿不平，夢中的澤瑪姬像一座沉沉的山峯，壓在她的身上，她拼盡全力要推開澤瑪姬，掀翻她，取代她，成為王子心中最愛的人。

有一天，春陽高照，暖風習習，王子和澤瑪姬帶着拉珍到海子邊的樹林裏採蘑菇，不知不覺走了很長的路。澤瑪姬的身體一向比較弱，因為王子把仙橘帶回家的時候，心急得過分，沒等走進王宮就打開了橘皮，所以澤瑪姬的骨骼和心肺在橘中都沒有長得結實，臉色一直有些蒼白。王子體貼澤瑪姬，怕她走路多了過分疲累，就找到一段磨盤大小的樹樁，脫下錦袍墊着，讓澤瑪姬坐下來休息。他自己也親熱地挨着澤瑪姬坐下。

海子邊的樹林非常安靜，陽光透過樹梢篩下來，孩子般地跳躍嬉戲，讓人的心裏愉快又安詳。王子一坐下來就覺得很放鬆，身子被春

陽暖暖地照着，睏意像山一樣襲過來，他不知不覺眯縫起眼睛，趴在澤瑪姬的腿上沉沉地睡着了。

拉珍手提着裝蘑菇的籃子站在一邊，走又不能走，坐又不能坐。她看見王子和澤瑪姬相依相偎的樣子，心裏像吃了酸果子一樣地澀，一個惡毒的念頭忽然湧出來，蛇一般在她的血液裏穿行。她眼珠一轉，計上心來，撇了撇嘴，對澤瑪姬說：「親愛的王妃啊，王宮裏人人都誇你長得美，可我覺得我的容貌比你也差不了多少，你對我們兩個是怎麼看的呢？」

善解人意的澤瑪姬好脾氣地笑了笑：「我也覺得你很美，你的光彩像天上的星星一樣照人的眼。」

拉珍不依不饒：「這不是你的心裏話，你不過是在應付我。趁王子現在睡着了，不如我們到海子邊照一照，看看我們到底誰更美。」

澤瑪姬推脫着，不肯去。她心裏很有數，論容貌當然是她更美。善良的澤瑪姬不願跟拉珍去，怕她照出了差別會難過。

「去嘛，去嘛，你躲躲閃閃，是不是對自己沒有信心？」拉珍仗着澤瑪姬好說話，故意用話語刺激她。

澤瑪姬無法再推了，只好把睡在她腿上的王子輕輕移開，然後站起來，扯着拉珍的手，兩個人蝴蝶一樣地飛到海子邊。

碧澄如鏡的水面映着畫一樣鮮亮的藍天白雲，映出海子對面層層蒼翠的樹，也把兩個姑娘的秀麗身影映在白雲綠樹中。粗看，一樣的身材、髮式、臉型和眉眼，有點孿生姐妹的意思。細看，高下分出來了：澤瑪姬腰身比拉珍纖細柔美，五官舒展大方，神情也高貴脫俗。站在一起，一個是花園裏溫柔的玫瑰，一個是枝蔓上粗陋的薔薇。

拉珍暗暗歎了一口氣，知道自己的容貌的確不如澤瑪姬。她心裏非常失落，也不無惱恨。可是心高氣傲的侍女並不甘心，又來了主意。「親愛的王妃啊……」她說，「你穿的是綢緞，戴的是珍珠瑪瑙和珊瑚，再平常的容貌也會襯得美。可我穿的是粗麻衣，耳朵上只有一

對陶土環，頭上戴的還是舊絨花，我是怎麼比也比不過你。如果我們兩個交換了衣服和首飾，未必我還是被你比下去。」

澤瑪姬笑了笑，覺得拉珍今天非要跟她比個高下不可，真是固執得可愛，哪裏料得到「可愛」後面藏着禍心呢？「那好吧！」她笑吟吟地說，「我們兩個交換了衣服再試試吧。」

她說着，真的動手脫下衣服，摘了首飾，交給拉珍，又把拉珍脫下的一套衣物穿到自己身上。兩個花朵一樣的人重新站到了海子邊。拉珍故意把身子晃來晃去，讓水面上的影子漂漂蕩蕩，一邊得意地叫着：「看啊看啊，現在我們兩個誰更美？是我還是你？」

澤瑪姬不認為人穿上好衣服就會變成另一個人，便低頭仔細地往水中看。誰知道拉珍這時候已經做好準備，見澤瑪姬的身子探向水邊，就伸手在她背後猛然一推。澤瑪姬身子本來纖弱，又在猝不及防之間，哪經得起拉珍的推搡，腳底下晃了兩晃，一聲驚叫還沒有來得及出口，撲通一下子跌進水中。只見海子邊水花四濺，一串晶瑩的水泡泡咕嘟嘟花朵一樣升起來，珍珠一樣飄散開，又破碎得無影無蹤。美麗的澤瑪姬就這樣沉到海子裏去了。

拉珍捂住胸口站在海子邊，心裏咚咚地跳着，有些興奮，又有些後怕。可是，既然事情已經做出來了，她也就顧不得許多了。她站了一會兒，讓心跳平靜下來，便慢慢地走回王子身邊，坐下，把他的腦袋輕輕抱起來，擱在她的腿上，像剛才澤瑪姬做的那樣。

看着太陽的影子一點一點地往西邊斜過去，拉珍覺得時間過得很久，幾乎有一萬年那麼久。她從來不知道時間還是這麼一個熬煎人的東西。終於，王子的腦袋動彈起來，眼睛也慢慢睜開。他舒服地歎一口氣，坐直身體，驚訝地往四面看看，說：「我怎麼在樹林裏睡着了？」

拉珍細聲細氣地摹仿澤瑪姬的聲音：「你睡得真香啊，把我的腿都壓麻了。」

王子趕快說聲「對不起」，又伸手幫拉珍揉那條壓麻了的腿。他揉着揉着，感覺身邊澤瑪姬的氣味有一些異樣，皮膚摸上去也有點不對勁。他奇怪地睜大眼睛，不住地打量妻子的那張面孔。拉珍被他盯得發毛，一顆心幾乎要蹦出來。她竭力做出坦然的樣子，問王子說：「你老是盯着我看幹甚麼呢？」

王子遲遲疑疑地回答：「我心愛的澤瑪姬啊，你剛才還像鮮花一樣美麗，像蜜糖一樣香甜，怎麼我睡覺的這一會兒工夫就變了個模樣，好像點心放久了不再新鮮呢？」

拉珍先是有點窘迫，臉紅了一紅，然後腦子一轉，花言巧語地哄他說：「王子怎麼忘了，我是從橘子裏出來的仙女啊。果子離開樹要乾癟，鮮花離開枝頭要枯萎，我在人間住長了，容貌自然要變醜。如果沒有你的愛情滋潤，我以後的變化還要更大。」

王子聽了，信以為真，一個勁兒地回想自己有甚麼地方對澤瑪姬照顧不周，以至於讓她的花容失色，別的就沒有再想。

拉珍催促他：「天不早了，小鳥都歸巢了，我們也回王宮去吧。」

王子這才想起侍女，就問：「拉珍在哪兒？」

拉珍裝模作樣地答：「真是不幸啊，你睡着的時候，她家裏來人說母親去世，我打發她回家奔喪去了。」

王子沒有再問任何的問題，跟着拉珍回到王宮。

幾天之後，在海子的中間，綠波漣漣的地方，長出來一朵金色的蓮花，花盞大如碗盆，花莖亭亭玉立，風吹過來，香氣四溢，把水裏的魚兒和水邊的鳥兒都熏醉了。

王宮裏的一個馬夫到海子邊飲馬，遠遠地看見這朵金燦燦的蓮花，驚得眼珠子都要掉出來了，他一分一秒也不敢耽擱，騎馬奔回王宮，向王子報告。

再說王子，自從去過了海子邊的樹林，回宮之後就覺得心情說不出來的煩躁，總覺得身邊的澤瑪姬好像換了一個脾性，眼睛變毒了，

嘴巴變刁了，待人變得刻薄了，言語變得粗俗了，連身上的氣味也變得齷齪了。他想不出來澤瑪姬怎麼會忽然間跟從前天差地別，簡直就是換了個人。他心裏有苦說不出，只好暗自氣悶。聽馬夫報告了海子裏金蓮花的出現，他精神一振，立刻就要去看。

奇怪的是，王子走到水邊，水面上卻是空空蕩蕩，除了幾對戲水的鴛鴦，連一叢浮萍、一片花瓣兒都沒有看見。他以為是時間不對，金蓮花有可能是擇時而放的，第二天起個大早又趕到海子邊。水面上依舊不見花影。第三天換成中午再去，第四天再改為黃昏到達，金蓮花始終不肯露面。王子生氣了，以為是馬夫存心欺騙他，就跑去責問。馬夫卻信誓旦旦，賭咒說他確實見到了奇跡。馬夫還說：「王子你的年紀比我小，眼睛比我尖，怎麼會看不見水裏的蓮花呢？莫不是蓮花通人性，羞於見到你，把自己藏起來了？不如這樣吧，明天你穿上我的衣服，扮成馬夫的模樣，再去試試看。」

王子一心要見到那朵神祕的蓮花，也就顧不得身份了，當即要了馬夫的一套衣服回宮。他一夜間輾轉反側，不敢睡熟。天色剛明，他就悄悄起身，穿上馬夫的衣服，到馬廄裏牽出一匹白馬，騎到了海子邊。他看見了胭脂般的雲霞倒映在碧澄的海子裏，看見早起的魚兒在水面嬉戲追逐，還看見水中央那朵金光燦燦的蓮花傲然挺立着，香氣馥郁，把他的心都要浸得融化開來。一陣涼爽的晨風吹過，碗口大的花朵搖來擺去，好像在對他點頭招呼。他忽然心裏生出幾分親近，總覺得這花在哪裏曾經見過摸過，熟悉得像是身邊相處已久的東西。他忍不住閉上眼睛，雙手合十，默默禱告：「金蓮花啊，金蓮花，你若是跟我生而有緣，就請到我的身邊來吧。」

說也奇怪，王子禱告過之後，金蓮花的花尖尖上忽然湧出一大顆亮閃閃的清露，啪的一聲掉入水中，像是從花中流出的眼淚。接着，花朵自動地從莖上折斷，貼着水面，輕搖曼舞，飛向王子的手中，一路還帶着仙樂般的錚錚聲響。

王子喜出望外，把金蓮花寶貝似地捧回宮中，插在一隻最漂亮的花瓶裏。他守着金蓮花就再不想離開，日裏盯着看，夜裏也無數次地爬起來看，像是魂掉進了花蕊裏一般。他哪裏知道，心愛的仙女澤瑪姬就安睡在花蕊中呢。

王子異常的舉止，拉珍看在眼裏，惱在心裏。她聽人說金蓮花是幾天前從海子裏突然長出來的，本來就有了疑問，又見王子對着金蓮花魂牽夢繞的樣子，更加有了警惕，責備王子說：「人間的錦緞再美，比不上天空的彩雲；世上的鮮花再豔，比不上天上的仙女。我是從橘子裏出來的澤瑪姬，你怎麼不肯多看我，卻要不停地看那朵花呢？」

王子憂傷地回答說：「金蓮花這麼漂亮，離開了花莖，生命就不能久長。我一想起花兒不知哪天將會枯萎，連吃飯都覺得不香。」

拉珍聞言又恨又妒，眼睛裏都要冒出了火。有一天，她趁王子出門，把金蓮花從瓶子裏惡狠狠地拔出來，三把兩把揉得粉碎，又兜着一包碎片出門去到深山，找了一個人跡全無的荒僻野谷，攏起一堆乾柴枯枝，把碎片撒進去，點上火。

火苗轟轟地燃着，殘碎的花瓣在火中哭泣和捲曲，像痛苦的精靈在舞蹈，從火中飄出來的奇異的香味傳遍了整個山谷。片刻之後，火堆熄滅，出現在拉珍眼前的是一小把金黃色的灰燼。她瘋瘋癲癲地哈哈大笑，用力把灰燼踩了幾腳，一直踩得跟泥土混成一片，才放心地離去。

金蓮花被埋了之後，王宮裏的香氣散了，城鄉村寨裏老百姓的心也散了。國家的經濟變得蕭條，山河日益破敗，田地開始荒蕪，牛羊變得弱不禁風，就連王宮金色的尖頂都褪了顏色。小王子整日憂傷，不肯出門，也不跟拉珍說話，精神萎靡得像霜打過的茄子。

王子卻不知道，在埋着金蓮花的山谷裏，不多日子就有一棵翠綠的嫩芽從灰燼裏探出了頭。這嫩芽日日長，見風長，一天長一尺，十天長一丈，很快長成了一棵枝繁葉茂的大橘樹，樹幹高得要與山崖平

齊，樹上沉甸甸地掛滿了成千上萬的果子，樹葉是青綠的，果實是金黃的，風吹過來，綠色和黃色錯落搖蕩，斑斕得像山谷裏的一幅巨大的畫。

有一天，拉珍在王宮的花園裏散步，一陣清風吹過，她聞到了從遠方飄過來的橘樹的清香。她站住腳，吸了吸鼻子，立時有了疑心，因為王宮裏已經很久沒有出現這種柑橘的特殊芳香了。她轉頭走出王宮，循着橘香往山谷裏走，遠遠就看見了那棵果實累累的參天大樹。她記起來了，橘樹就長在她曾經焚燒過金蓮花的地方。如此說來，是澤瑪姬不死的靈魂變成了這棵橘樹。拉珍醒悟到此，氣得面色蒼白，鼻腔冒火。她撲上去，對着大樹拳打腳踢，又推又搡，活像個野蠻的瘋子。可是大樹根深葉茂，光樹幹就有幾個拉珍的腰圍那麼粗細，根本不在乎她的這番肆虐。拉珍折騰得腿疼手軟，橘樹連一片葉子都沒有掉落。拉珍對着橘樹呼呼地喘了一陣氣之後，明白靠她的力量是拿這棵橘樹無可奈何的。她靜下心來，眼珠子轉了幾轉，又想出另外一個惡毒的主意。

拉珍回到王宮，裝作興高采烈的樣子，對王子說：「我今天到山裏閒逛，看見一棵好大的橘樹，比當年我住的那棵樹還要高大。不如你跟我去看看？」

王子一聽來了興致，立刻要了兩匹馬，兩個人騎上。進到山谷，高大的橘樹果然令他興奮不已，他好像又看見了當年澤瑪姬端坐在金色柑橘裏，心裏湧出久違的溫情，對這棵橘樹愛憐萬分。他圍着橘樹的枝幹一圈又一圈地打轉，越看越喜歡，只恨不能像金蓮花一樣帶回宮中。拉珍裝出善解人意的面孔，一步不離王子的身後，甜言蜜語：「橘樹長得好，果子一定特別甘甜，說不定吃下去還能強身健體。你是受老百姓愛戴的王子，不如做件好事，把橘子分給全國，讓他們知道你的關懷，從此一心一意擁護你。」

　　王子聽了，覺得很有道理，回到王宮就傳下一道命令：賞賜給全國老百姓每人一隻山谷裏的橘子，自己動手去打去摘。

　　命令下到全國各地，百姓紛紛傳出消息，說那棵橘樹是仙樹，吃了果實，有病治病，沒病強身，人人都長命百歲。於是人們攜家帶口，發瘋一樣蜂擁到山谷，拿竹竿打，拿鐵鈎子鈎，爬到枝幹上搖，能想的辦法都想盡，只為得到橘子。幾天之中，山谷人山人海，趕集一樣熱鬧。可憐的橘樹受盡折磨，枝斷葉落，殘骸遍地，只剩一根光禿禿的樹幹。等百姓散盡，拉珍趕到谷中，看着遍體鱗傷的橘樹，忍不住笑出聲來。她趁熱打鐵命令侍衞，反正橘樹活不成，乾脆砍倒，燒成灰，騰出地方讓新的樹苗生長。她監督侍衞幹活，一直到三天三夜後焚燒橘樹的大火熄滅。

　　再說這僻靜的山谷裏，住着一戶貧窮人家，只有母親和兒子兩個人。山谷地薄，長不出莊稼，全靠放羊為生。兒子出門放牧總是十天半個月才能回來一趟，老母親一個人在家裏洗洗刷刷，崖頭溝邊種些菜蔬雜糧，馬馬虎虎地餬口過日子。人們湧進山谷摘橘子的時候，老母親也想摘一個留給兒子吃，可是她年老體弱，擠不進人羣，只能眼巴巴地看着滿樹橘子被別人哄搶一空。幾天之後兒子回家，聽說了摘橘子的事，臉也顧不得洗，飯也顧不得吃，急匆匆地走到谷中，在地上東找西找，總算在岩石縫縫裏找到了最後一隻。這隻橘子又圓又大，托在手心裏金光燦燦，成熟得就像要綻開果皮。兒子開心得像個孩子，雙手托着橘子飛奔回家，送到老母親面前，笑嘻嘻地說：「真是趕得早不如趕得巧，我揀到的這隻橘子，恐怕是樹上最大的橘子了。媽媽你快把它吃了吧，你辛苦操勞這一輩子，背都駝了，眼也花了，但願你吃下它能夠長命百歲。」

　　老母親手摸着橘子，深深地嗅着它的芳香，反過來勸說兒子：「還是你吃了吧，你年紀輕，身體尤其重要。我反正已經老了，好東西不必用在我的身上了。」

　　母子倆推來推去，誰都捨不得吃了這隻金黃誘人的橘子，老母親便珍惜地將它擱在窗台上，讓陽光隔了窗戶紙暖暖地照着它，心想就這麼天天看着，聞着它的香味，心裏也是高興的。

　　兒子第二天又出門去。窮人家一天不幹活一天沒飯吃。這回他沒有走遠，在山坡上邊放羊邊割些給羊兒過冬的草。老母親在家掃了地，抹了桌椅，整理了院子，看看快到中午了，該是做飯的時候了，背上水桶到溪邊打水。等她背水進門，看見自家的煙囪裏正冒着裊裊的炊煙，從窗戶和門洞裏飄出來飯菜誘人的香味。老人家好生奇怪，慌忙放下水桶，推門到灶屋裏看。令她驚訝不已的是，桌上擺着熱氣騰騰的四盤菜，有熏魚，有臘肉，有黃的雞蛋和綠的蔬菜，旁邊還擱着一盆白米飯，兩個碗和兩雙筷子也擺好了，等她和兒子上桌吃飯。老人家心裏想，是誰好心來幫她的忙呢？而且桌上的魚啊肉啊都不是她家裏有的東西，除了逢年過節，她和兒子是吃不上這麼豐盛的飯菜的。她不敢動筷子，出門向左鄰右舍打聽這件事，可是大家都搖頭，都說沒看見有人到她家裏去。

　　天黑了，兒子回來了，老母親把家裏發生的奇事講給他聽。兒子同樣很納悶，死活猜不出做好事的這個人是誰。

　　一連三天，天天都是如此。母子兩個都覺得事情不同尋常，決心要弄個水落石出，要不然，這麼好的飯菜吃下去，心裏總是慌慌的，好東西都沒了好滋味。

　　這天一大早，兒子照樣趕了羊羣出門，老母親在家裏裝模作樣地磨蹭一番，也背上水桶往山腳下走。可是他們都沒有走出太遠，在山坡的小路上會合之後，兩個人扭頭相跟着往家裏跑。躡手躡腳進了院子，老母親對兒子使個眼色，兒子就輕輕一竄上了窗台，掩在木窗後，老母親自己彎腰趴在門縫上，四隻眼睛一眨不眨地往屋子裏面看。不多一會兒，奇跡果然再次發生：窗台上的那隻橘子先是輕輕地、輕輕地搖幾搖，果皮突然啪地炸開，一分四瓣，橘香四溢。從綻

開的橘子裏飄飄然然走出一個嬌小的人兒，穿着金燦燦發光的衣服，
走路像蝴蝶翩飛一樣好看。她跳到地上之後，一眨眼的工夫就長成了
一個美貌如花的姑娘，有着世上最窈窕的體態和最嬌美的臉蛋。只見
她把袖子挽了幾挽，又抬手將長髮綰到腦後，隨手扯一個老母親用過
的圍裙紮在腰上，而後從橘子裏拿出了米，拿出了油，拿出了雞蛋和
魚肉，一樣樣地做起來，動作既利索，又靈巧，鍋盆碗勺一陣響動，
已經是飯熟菜香。

　　兒子和老母親都看得呆了。兒子只知道張大了嘴，傻乎乎地眨着
眼睛，不知道接下來如何是好。還是老母親經多見廣，在姑娘脫下圍
裙往橘子裏面走的時候，果斷地推開房門，撲進去將她攔腰抱住。

　　「請問姑娘你是誰？你是仙女下凡呢，還是鬼魂再現？」老母親
沉住氣，執意要把事情弄個一清二楚。

　　姑娘微紅着臉，輕聲細語地說：「老媽媽你不要害怕，我不是鬼
魂，我是住在橘子裏的仙女澤瑪姬。」

　　老母親大喜過望：「真的是仙女啊，難怪你的容貌這麼美麗。可
是你怎麼不在樹上待着，反倒來到我這個貧窮的家呢？」

　　老人家這一問，澤瑪姬辛酸不已，眼淚不由得落下來了。她把自
己的遭遇原原本本地對老人家說了一遍。說到她跟王子的恩愛生活，
老母親連連咂嘴；說到侍女拉珍的狠毒，老人家也跟着歎氣流淚。到
最後，她拉着澤瑪姬的手說：「姑娘啊，你也不要一個人孤零零地住
在橘子裏了，我們家裏只有娘兒倆生活，雖說窮了點，可我兒子心
好，他會把你當親妹妹看待的，從今以後你就當我的女兒吧。」

　　澤瑪姬馬上跪下對老人家磕一個頭：「受傷的鳥兒只有找到神祕
的靈芝草，才能治好病痛重上藍天；澤瑪姬的生命只有碰到好心的
人，才能夠僥倖得救。慈悲的老媽媽，我永生永世都不忘你的恩德。」

　　澤瑪姬於是在老媽媽家住了下來。她白天幫老人家燒火做飯，縫
衣補衫，夜裏還點着松明紡紗織布，十分勤勞也十分能幹。老母親添

了一個幫手，日子過得其樂融融，雖苦也甜。放羊的小伙子果真對澤瑪姬愛護有加，日常生活中言語敬重，處處相讓，一絲一毫也不讓澤瑪姬感到唐突和為難。

可是老母親看得出來，澤瑪姬的歡笑是裝出來的，她的憂傷從來都沒有在美麗的眼睛裏消失，沒有人在身邊的時候，她的歎息聲總是像山峯一樣沉重，讓憐愛她的人聽得心疼欲碎。

老母親把她叫到身邊，摸着她絲一樣柔順的黑髮，掏心掏肺地說：「澤瑪姬啊，只有開屏的金孔雀，才能配得上天空美麗的彩霞。你的幸福生來就是在王子那裏，阿媽就是對你再好，也不及王子十分中的一分。」

澤瑪姬紅着臉否認：「阿媽呀，澤瑪姬喜歡陪着你生活。」

老母親慈祥地笑了：「別說傻話了。大青樹總離不開常青藤，你和王子的心就像河水連着溪水，流到天邊和大海都不會斷開。」

澤瑪姬羞澀地垂下頭，滿臉的紅暈比山茶花還要動人。

老母親日思夜想，琢磨着怎樣給王子和澤瑪姬製造一個見面的機會，讓一對親愛的人彼此相認。有一天她出門揀柴，看見滿坡滿崖的山花開得嬌美絢麗，心裏忽然有了主意，柴也不揀了，單挑那最大最豔的花兒摘了滿滿一抱，高高興興地回到家裏，讓澤瑪姬把這些鮮花紮成一個最美麗的花環。澤瑪姬生來手巧，花兒又是她喜歡的東西，坐下不到片刻，花環就紮了出來，居然是一個橘子造型的擺設。澤瑪姬捧着這個鮮花堆成的橘子左看右看，自己都覺得奇怪，不知道怎麼會信手紮成這副模樣。

老媽媽用一個竹籃把花環裝上，小心翼翼地拎到王宮附近，守在路邊。恰好這一天王子心神不定，總覺得身邊有甚麼重要的事情就要發生。他在宮裏坐臥不安，寢食不寧，只好悶悶地出門散心。才走出不遠，看見路邊老媽媽籃子裏五顏六色的春光，眼睛一亮，說不出來的喜歡，趕快走過去看。老母親見王子走近，就輕輕地把花環從籃子

裏托起來，兩隻手捧着，送到王子眼前。王子帶着笑意，伸手撫摸着花環上嬌嫩的花朵，嗅着花蕊裏沁人的芳香，一時間快樂得心醉神迷，不知不覺把花環接了過去，拿在手中再不肯鬆開。

老母親笑眯眯地說：「最甜的花朵要留給最懂釀蜜的蜂王，最美的花環是給英俊的王子準備的。王子要是真的喜歡它，就把它帶回宮裏，日日夜夜地放在眼前吧。」

王子大喜過望，對老媽媽謝了又謝：「珍貴的鐵樹幾百年才開一次花，可是你這個花環的形狀比鐵樹花還要珍奇。莫不是你有一個天底下最巧的女兒，懂得做出天底下最最與眾不同的東西？」

老母親說：「我的女兒不光是手巧，她的容貌也是天下無雙，只有橘子裏的仙女澤瑪姬才能夠跟她相比。」

王子聽老媽媽提到「橘子裏的仙女」，不覺心裏一動。他忍不住提出請求：「好心的老媽媽，我能夠到你的家裏，去看看你的女兒嗎？」

老母親笑得合不攏嘴：「歡迎啊，有你這樣尊貴的客人上門，樹上的喜鵲都要叫得比平常熱鬧十分。」

王子回到宮裏，把花環供在案頭，臉上一直在笑，止不住的、從心底深處溢出來的笑。拉珍好久沒見王子這麼開心過了，對橘子形狀的花環不免生出小心，一再地追問王子是從甚麼人手裏得到的。王子只是笑，拒絕回答。

拉珍的臉就拉下來足足有一尺多長，神情也十分陰鬱和煩悶，跟王子生氣。王子卻因為心裏裝着愉快的事，格外地寬容和大度，由着拉珍發火，只當是烏鴉飛到屋樑上聒噪。

天黑了，王子在宮中更加坐立不安了，他來回踱步，恨不能長夜趕快過去，黎明馬上到來，好即刻見到那位不知名的姑娘。花環的芳香柔和地包裹着他，撫慰着他，感覺上好像最親愛的人就在身邊，他的絲絲呼吸裏都有花的香氣。他高聲喊叫侍衛，命人準備五彩的馬車

和宮中珍藏的絲綢，作為明天跟花環姑娘見面的禮物。他甚至還想把自己最貼身的一塊佩玉摘下來贈送給她。拉珍終於忍無可忍，妒心大起，衝過去抓起案頭上的花環，高高舉到頭頂，又用勁地砸在地上，還用腳去踩，使勁地揉搓，弄得王宮的地毯上花漬一片，紅紅綠綠。王子蒼白着臉，冷眼看她的瘋狂，神情痛苦地說：「你已經不像我的妻子澤瑪姬了，那個紮花環的姑娘才是澤瑪姬。」拉珍聲嘶力竭地宣佈：「我不會讓你見到她的！」王子同樣斬釘截鐵地回答：「蒼鷹長着翅膀是用來在藍天裏飛的。你的聲音再高，也攔不住我的腳，更封不住我的心。」拉珍抓散了頭髮，又哭又嚎，像個瘋子一樣衝出房間。

她一不做，二不休，悄悄摸到廚房裏，在王子每天臨睡前喝的茶水中撒下了「迷人草」的藥粉。王子喝了之後，果然沉沉地昏睡過去。拉珍又出門走到衛兵們住的營房裏，點名叫出一隊最忠誠的武士，花言巧語地說：「養兵千日，用兵一時，現在是國家最需要你們效力的時候了。在王宮東邊的山谷裏，有一個狠毒的女妖，她已經用容貌迷惑了很多人，包括我們最親愛的王子。她是我們國家的敵人，是我們大家的災難。這些年我們的國力衰退，全是因為她的妖法所致。今天晚上，我要求你們跟隨我到山谷裏去，活捉那個女妖，再架起木柴把她燒死，把她的骨灰撒在山下的壩子裏，當作農田肥料。這樣做了以後，王子身上的魔咒才能被解除，國家才能平安，五穀才能豐收。」

士兵們聽了，不知是假，一個個摩拳擦掌，躍躍欲試，都想着要為國家的平安出一點力氣。

拉珍帶着這隊士兵連夜摸進山谷。月黑風高，四野悄然，只有士兵們的靴跟和刀劍在行進中碰出叮噹的脆響。在這樣伸手不見五指的暗夜中，要找到放羊人家的小石屋並不容易。但是拉珍畢竟聰明過人，她知道澤瑪姬的身上總是有一股橘子的香氣，只要循着這股清香往前走，絕對不會撲空。

　　碰巧這一天牧羊的小伙子趕着羊羣進了深山，家裏只有老母親和澤瑪姬兩個女人。拉珍帶着衞兵踢開院門進屋的時候，衞兵們以為澤瑪姬會使出妖法作很多抵抗，一個個擺好了架勢，弓箭上了弦，彎刀也出了鞘，準備着來一場殊死搏鬥。結果他們驚訝地發現澤瑪姬非常溫順，簡直比剛出生的羔羊還要柔弱，一絲一毫都沒有反抗的意思。倒是年老的媽媽不依不從，連哭帶喊，連抓帶撓，要想把澤瑪姬從士兵們的手中解救出來。澤瑪姬不忍心看着老媽媽被士兵勒住脖子，摁住手腳，就輕聲輕氣地安慰她說：「媽媽你不要為我擔心，這不是王子的意思，是王子身邊的壞人造出的罪孽。他們抓住我不算，還要在外面架起大火把我活活燒死。不過你相信，我的靈魂是燒不死的，我會在烈火中重生。我們母女倆一定會有快樂團聚的一天。」

　　士兵們聽了澤瑪姬的話，一個個面面相覷。一方面，他們相信澤瑪姬能說出這番話，肯定不是普通山民家的女兒；另一方面，他們又難以相信如此美麗溫柔的姑娘會是狠毒的妖魔，會給王子和國家帶來災難。他們懷着複雜的心情，在拉珍一連聲的催促下，把澤瑪姬綁出屋子，帶到山坡空曠的場地上。

　　澤瑪姬悲哀地仰天呼喚：「百靈鳥有美麗的翅膀，卻逃不出鷂鷹的追捕；潔白的山茶噴吐芳香，烏雲卻總是將它遮蓋。糊塗的王子啊，你的眼裏為甚麼總是蒙着迷霧，認不出誰是真正的橘子裏的仙女？」

　　她的淚水打濕了暗夜裏的花朵，花兒緊緊地閉合了身體，不忍看見這人間悲慘的一幕。樹上的鳥兒和樹洞裏的小獸也悲傷不已，垂落着尾巴，耷拉下耳朵，在大火燒起來之前紛紛地逃離。

　　澤瑪姬已經被反綁着雙手架到了高高的柴垛上。她低下頭對着士兵們說：「可憐的人，被魔鬼蒙住了眼睛的人，請你們記住，我是被豺狼一樣惡毒的女人害死的。我死了之後，流出來的血會化成一個小湖，湖水清澈又甘甜；我的身體會變成一棵大樹，樹葉茂密又青翠；

我的手會變成一朵蓮花，花瓣潔白又美麗；我的眼睛會變成一對鸚鵡，紅紅的嘴兒傾吐心裏的話。」

拉珍跳着腳嚎叫：「痴心妄想！我要你死後變成醜陋的鬼！」

她衝上前去，從士兵的手中奪過火種，親自點火燃起了柴垛。轟地一聲巨響，火光沖天，澤瑪姬的美麗面孔在一瞬間被映成絕世的天神，她嬌小的身軀蜷成了一顆紅色火繭中的苦痛的蛹。

跟隨過來的老媽媽在大火起來時一聲慘號，昏死過去。

熊熊火焰在夜空裏噼噼啪啪燃燒，整個山谷被映成壯美的紅色，樹木和岩石在火光中跳着淒厲扭曲的舞蹈。而後，在同一時間裏，所有士兵的神情變成驚恐，因為他們都聞到了火苗中飄散出來的橘子的異香，這香味使他們每個人的心裏都有一種不忍，有一種洗不乾淨的犯罪感。

只有拉珍毫無愧疚，她圍着火堆轉來轉去，一再命人加添木柴，鼓足風力。她披散了頭髮，放聲地笑着，面孔在火光中扭曲成一個猙獰的女鬼，手舞足蹈的模樣更像一隻瘋癲的猴子。

沒有甚麼比一而再、再而三地將她的死敵澤瑪姬投入火中更讓她開心的了，她不相信柔弱的澤瑪姬自身會有這麼強大的力量，能夠一次又一次地死而復生。她總是盼望着，每焚燒一次，澤瑪姬的力量就會消解掉一部分，消解到最後，就是澤瑪姬的死寂，就是她拉珍的最後勝利。

天快亮時，火焰終於熄滅，山谷重歸平靜。拉珍親自上前，從滾燙的灰燼中撮起澤瑪姬的骨灰，裝在一個木桶中。但是，看啊，還沒等他們全體離開，奇跡已經迫不及待地出現：在澤瑪姬最後死去的地方，地面裂開，泉水噴涌，瞬間蕩開成一個清幽幽的小湖，湖水中開着潔白的蓮花，湖邊有一棵青葱的大樹，樹上停着一對紅嘴的鸚鵡。鸚鵡轉動腦袋，嘶啞地叫着，好像對世界訴說着滿腔悲憤。

士兵們都嚇壞了，臉色發白，喉嚨發乾，全身皮膚都有一種火燒般的燎痛。拉珍更是嚇得哆哆嗦嗦，要不是抱緊了馬的脖子，就要一屁股癱坐在地上。可是她還要強作鎮靜，色厲內荏地訓導士兵：「看見沒有？這就是妖法，這樣的女人要是留在世上，國家不知道要遭受多大的災難！」她連催帶趕，帶着士兵們出了深山，騎馬來到山下平坦的壩子上，把骨灰分給每個人，讓他們一把一把仔細地散出去，散得越開越好，散得越開，澤瑪姬的魂魄越沒有再次聚合的可能。拉珍眼見得骨灰撒出了方圓好幾里路的範圍，才長出一口大氣，又囑咐士兵千萬不能把這一夜的事情說出去，她威嚇他們：誰說了誰就要被妖魔纏身。

王子那晚被「迷人草」的藥力魔住，一直在宮中沉沉地睡着，一點都不知道發生在花環姑娘身上的悲慘事情。

可是在壩子上，天亮之後，隨着太陽的冉冉升起，動人的奇跡出現了：一座金碧輝煌的大宮殿從稻田裏拔地而起，跟太陽同時升高，越來越高，宮殿的尖頂直指藍天，鳥雀都在它的尖頂上盤旋。陽光照在宮殿金色的屋頂和牆壁上，光線像小河一樣流淌，也像河水一樣閃爍。早起到壩子上出工的農夫一個個驚訝得目瞪口呆，他們一屁股坐在田埂上，用勁掐自己的大腿，以為是在做夢。

他們試着向宮殿走了幾步，可是有一股強大的力量排斥他們靠近，不讓他們去發現宮殿裏的祕密。於是，他們紛紛掉頭回家，再不敢靠近壩子一步。

因為宮殿裏神祕力量的存在，當地的農夫們對它三緘其口，人前背後從不敢私自談論。這樣，住在深宮裏的王子和拉珍暫時還不知道壩子上有那麼一座神奇的建築物。這段時間，王子的心情一直非常憂鬱。他那一天從昏睡中醒來，興沖沖趕到山谷裏尋找美麗的花環姑娘時，看到的只是一座空蕩蕩的石屋，姑娘不見了，送花環給他的老媽媽也不見了。王子騎馬走遍了整座大山，發瘋一樣地四處打聽，可是

不知道的人甚麼都不知道，知道的人死守住祕密，甚麼都不說，以為這就是對王子好，對國家好。

王子回到宮裏，三天三夜都沒有跟拉珍說話。他隱隱約約明白這事一定跟拉珍有關，可是抓不到她的證據，對她無可奈何，只好用拒絕開口表示他的憤怒。他瘦了，年輕的臉上有了憂傷留下的皺紋，眼睛裏的心思像雨季的湖水一樣泛濫，吃飯只吃一小碗，睡覺總是做噩夢。有一天，他甚至夢到身邊睡着的拉珍是一條黑花大蟒，死死地纏在他的身上，把他絞纏得幾乎窒息。他醒了之後心裏怦怦地狂跳，扭頭去看拉珍睡得流口涎的臉，奇怪人的變化怎麼會如此巨大，新婚時溫柔體貼的澤瑪姬居然會變成這樣一個面目可憎的兇蠻惡婦。

王子在宮裏越來越呆不住了，他看到拉珍的臉就覺得心煩，就想要逃出去，遠遠地離開她，尋找屬於他自己的清靜。他時常一個人在野外閒逛，身後只跟一個替他牽馬的馬夫。他的生活也變得非常簡單：走得累了，隨便在哪個農夫或者山民家裏坐下來歇歇腳，喝一碗山泉水，吃兩個玉米麵餅。這樣一來，他跟王國裏人民的心倒是貼得近了，他了解他們的疾苦，在可能的情況下幫他們解決困難，因此得到了他們更多的愛戴。

有一天，他又帶着馬夫出門散心，不知不覺中走到了撒着澤瑪姬骨灰的壩子上。他才踏上了壩子上的土地呢，心就莫名其妙地跳起來了，有一種說不出來的興奮、歡喜和親切。他想，奇怪呀，這片壩子他從來沒有走過啊，怎麼會有這樣不同尋常的感覺呢？

壩上的景色美麗而寧靜，五顏六色的野花遍地開放，花紋豔麗的蝴蝶雙雙對對地翩飛起舞，蜜蜂在花間營營嗡嗡地辛勤工作，灌木叢中更是鳥兒們談情說愛的快樂天堂。沿着鮮花盛開的道路往前走，遠遠有一片金色的光亮耀住了王子的眼睛。他定睛看去，才發現在壩子的中央高高聳立着一座金色宮殿。

「誰的宮殿啊？是壩子的主人嗎？」王子回頭問他的馬夫。

馬夫目瞪口呆地看着宮殿，回答王子說：「壩子上的人家都很窮，沒有人蓋得起這麼華麗的宮殿。再說，我一個月之前在這裏放馬，還沒有見到壩子上有一磚一瓦呢。」

王子驚奇道：「有這樣的事！」

馬夫嘀咕着：「一定是魔法作怪，宮殿假的，要把人騙進去。」

王子欣然命令：「過去看看吧，我倒是很願意見識見識魔法的傑作。」

馬夫嚇得蒼白了臉：「使不得啊，我的王子！你不知道魔法的深淺，不可以隨意亂闖的。」

王子說：「那你留下，我一個人過去。」

馬夫當然不能這麼做。可是他好說歹說，王子的決心已經下定，甚麼勸阻都聽不進去。馬夫只能夠戰戰兢兢跟在王子身後往壩子裏面走。

更怪的事情發生了：在距離宮殿約莫百米的地方，王子順順當當地走過去，馬夫卻擋在了原地，他掙扎着走前一步，那股看不見的力量就把他推後兩步，他越是掙扎，退得越遠。王子見狀，又好氣又好笑，命令馬夫不要再往前走了，乾脆留在壩外等他出來。

就這樣，王子一個人輕輕鬆鬆、神清氣閒地朝着宮殿的大門走過去。鮮花在他的腳下開放着，蝴蝶在他的身邊飛舞着，蜜蜂在他的耳邊歌唱着，他走得離宮殿越近，心裏就越是快樂，臉上的笑容在不知不覺中綻放，眼睛裏有了甜蜜和幸福的光亮。他心裏也很奇怪，美麗的景色何以會這麼迅速地影響他的心境，把他心裏積攢多日的陰霾一掃而光。

他走到了宮殿敞開的大門處，看見描龍繡鳳的大門上站着一對俊俏的紅嘴鸚鵡，牠們一看見王子走近，就張開嘴巴大聲地唱：「沒有月亮和星星的天是最黑的，住着豺狼和禿鷹的森林是最兇險的，王子的心是最糊塗的，他不知道自己的妻子被人害死了三次。」

王子一聽，大吃一驚，連忙站住，追問鸚鵡：「你們說些甚麼？誰害死了我的妻子？我妻子澤瑪姬，她不是好好地住在宮裏嗎？」

鸚鵡不回答他的話，點一點腦袋，翅膀一扇，撲啦啦飛了起來，沿着白玉石做成的樓梯飛到了宮殿的第二層樓上。王子顧不得四下端詳，跟着鸚鵡急急忙忙上了樓。樓下大廳裏沒有人，樓上同樣不見人影。鸚鵡停在雕花的窗台上，張開嘴巴又開始唱：「仙女變成的蓮花最美最香，王子的鼻子卻不能聞出香臭。明淨的藍天被烏雲罩起來了，潔白的蓮花被埋進土裏了。」

王子痛苦地哀求鸚鵡：「請你們不要含糊不清地說話行不行？你們想告訴我甚麼，就直截了當說出來吧。」

鸚鵡還是不回他的話，撲啦啦又往上飛了一層。王子不由自主地又跟着往上走了一層樓梯。就這樣，鸚鵡一層層地飛，一層層地唱歌，王子身不由己地跟隨前行，一級台階一級台階地爬了上去。他越往上走，越是神智恍惚，眼前的一切似乎曾經在夢中經歷過，熟悉得要命，也親切得要命。他的鼻子裏甚至嗅到了橘子的清香，那種沁人心脾的、與他親愛的仙女澤瑪姬身上一模一樣的香味。他的頭暈了起來，身子軟軟的，腳步子也飄了，走路好像是踩着了雲朵，又好像是喝醉了鮮花釀出來的甜酒。他弄不明白自己怎麼會有這樣不同尋常的感受。

一直爬到第九層宮殿，兩隻鸚鵡像兩個孩子一樣地笑了幾聲，忽然就從王子的眼前消失不見。王子站住了，懵懵懂懂，恍恍惚惚，不知道自己究竟闖進了甚麼地方。他抬起眼睛，看見白色的輕紗帳幔後面端坐着一個美麗的身影，臉龐是微微低垂着的，長髮像烏雲一樣披在耳朵的兩邊，純白色的輕紗長袍如飄落在她肩頭的一片白雲，又如堆湧在她身上的雪白浪花。一陣一陣濃郁的橘香從她的四周散發出來，把王子的呼吸緊緊地裹住了，他整個身體都被橘香籠罩了，淹沒了。

他搖了搖腦袋，讓自己從夢境樣的恍惚中清醒一些，然後壯着膽子上前，伸手撩開紗幔，走到了跟這個美麗身影咫尺之遙的地方。他屏住呼吸，輕輕托起姑娘的臉龐，端詳她美如花朵的面孔，覺得似曾相識，卻又不敢貿然相認。

「你是誰？你怎麼跟我從前的妻子如此相似？」他神情詫異地問。

姑娘的眼睛裏掠過輕紗似的一層淡霧：「親愛的王子啊，我們被活活分離才不到一年，你怎麼就不認識我了？」

王子渾身一顫，像是被沾了水的皮鞭狠狠抽打了一下似的。他顫抖着聲音問：「你是澤瑪姬嗎？是我親愛的妻子澤瑪姬？」

澤瑪姬淚流滿面地回答說：「是我啊，我就是澤瑪姬。」

「那我現在的妻子呢？王宮裏住着的那個女人，她是誰？」王子睜大眼睛，神情痛苦得像是要崩潰。

澤瑪姬流着眼淚，把侍女拉珍一次又一次害她的經過仔仔細細說了一遍。王子聽得心如刀割，跪倒在澤瑪姬的面前，以頭撞地，昏了過去。等他醒過來的時候，澤瑪姬已經把他緊緊地抱在懷裏，一邊親吻着他，一邊安慰說：「狂風再怎麼吹，鳳尾竹也不會折斷的；冬天的霧再怎麼濃，太陽也是不會被遮住的。王子啊，我心愛的人啊，我們的災難已經過去了，相愛的夫妻從此再不會分離了。」

王子掙扎着起身，說是要回王宮找拉珍算帳，那個邪惡的女人給澤瑪姬帶來了這麼多災難，他絕不能輕易地饒恕她。

澤瑪姬淡淡一笑，說：「如果她能夠就此醒悟，那就算了吧，只當這一場災難從沒有發生，我們好好過自己的日子便是。如果她還想繼續作惡，那她就是自投羅網，等着她的是惡有惡報。」

王子不再堅持，因為澤瑪姬說的每一句話都入情入理。

再說王子的馬夫在壩上等了一天一夜，始終不見王子從宮殿裏出來。馬夫心中懼怕，認為王子必定是被妖魔擒住了無疑。他連滾帶爬地騎上馬背，急奔回宮，把這個悲傷的消息報告了王妃拉珍。馬夫

痛哭流涕地說：「都怪我沒有攔住王子，他說不定已經被那個妖魔吃了，我們的國家從此沒有了王位繼承人。」

拉珍比馬夫鎮定，她聽馬夫說完了事情發生的經過，立刻判斷出來那座華麗宮殿的主人不是妖魔，而是仙女澤瑪姬，因為她的骨灰正撒在那裏，宮殿又正是在她的骨灰撒下去之後才突然出現的。拉珍此時急火攻心，她知道時間多耽誤一刻，王子和澤瑪姬相認的可能性就增加一分。她急得連士兵都顧不得叫了，一個人瘋了似地衝出王宮，趕到馬夫所描述的那片壩子上。

陌生的人想走進宮殿，宮殿裏是有一股力量把他排斥在外的。拉珍走到了近前，宮殿卻忽然生出一股牢牢的吸力，把拉珍腳不沾地地吸進了大門。她顧不得多想，氣急敗壞地只管往樓上奔跑，要趕在王子和澤瑪姬相認之前破壞這種可能性。她上了一層又一層，身子漸漸地越來越沉重，樓板在她腳下嘎吱嘎吱直響。她一點都沒有意識到這是澤瑪姬對她的警告，依然不顧一切地往樓上跑。結果，她剛剛上到第八層樓面，腳底下的樓板轟地一聲斷裂開來，拉珍重重地摔了下去，她尖叫着，直落樓底，摔死了。

王子和澤瑪姬手拉着手站在第九層樓上，看見了這個邪惡女人的下場。他們的心裏有一絲惋惜，因為她畢竟在他們的身邊生活過很久。他們想，如果人的心壞到了徹底，那麼等待着她的就一定是萬劫不復。

老國王去世之後，王子即位，把壩子上的這座宮殿改做了王宮。他和澤瑪姬相親相愛，生了很多兒女，把國家治理得風調雨順，自己也過着世上最幸福的生活。

享受閱讀

從前，童話大多是講出來的、口口相傳的東西。記得很小的時候，夏天吃過晚飯，洗完澡，躺上竹榻，第一個要求便是：外婆講個故事吧。外婆便一邊搖扇子驅蚊，一邊給我們講起故事。牛郎織女啊，金魚公主啊，王子仙女啊……許多經典的文學故事和人物，便是以這樣的形式、在這樣輕鬆悠閒的時刻，進入我的記憶和心靈的。

如果時代不變，舊日的生活方式永存，我會跟我的外婆一樣，把那些流傳了百年千年的童話接着再講述給我的兒孫。

可是，躺在竹榻上乘涼的美妙時光不再重現了，孩子的智力發育大大提前，主動性提高到了無與倫比的地步。幾乎從五六歲初通人事開始，他們就不再被動地接受大人所講述的一切，而是自己挑選圖書，照單點菜一樣，要求大人為他「讀這個」、「讀那個」。這是一個閱讀的時代，而且是照圖閱讀的時代。五花八門的圖片和簡單的文字，搞笑的故事和直線條的人物，無厘頭和無主題，加上鋪天蓋地引進的外國童書，構成了現階段童年和少年的文學教育。

不免就覺得惆悵。明知惆悵是心態變老的表現，還是惆悵。

那些童年時代銘刻在心的、純真的、美好的、憂傷的、感人至深的故事，那些在各民族中世代流傳下來的屬於文學精華的東西，真的就要這麼消失了嗎？

　　我沒有絲毫救世主的意識，只是為此惋惜。

　　去年秋天，譯林出版社贈我一冊剛剛由他們翻譯出版的《義大利童話》。煌煌六百多頁的巨著，是義大利著名作家卡爾維諾根據本國各地幾個世紀以來用各種方言記錄的民間故事資料，加以篩選整理，用現代通用義大利語改寫而成的，是一本適合全義大利人民閱讀，並且便於向全世界介紹的「全義大利的童話書」。我翻閱這本書後，徹夜未眠。不是為書中的內容，是為卡爾維諾所做的這件工作，他為弘揚本國文學和文字而甘願奉獻的精神。卡爾維諾是中國作家和讀者心中何等了不起的文學大師，而且還是最具現代性、作品有如迷宮一般挑戰讀者智力的大師，如此前衛的作家卻寫出這樣一本有着傳統閱讀特徵的本民族童話，除了歸結為卡爾維諾對義大利民族的熱愛，沒有別的可以解釋。

　　是夜，在輾轉反側之中我萌生了一個念頭：我也要為全中國的孩子寫一本適合他們閱讀的《中國童話》。如果說我這樣的決定是「東施效顰」，那就讓我做一次愚蠢的「東施」吧。我希望用我的筆讓孩子們了解我們民族文化中美好的一個部分，值得讓他們記住的一些東西。起碼也要讓孩子們知道，在我們過去的歷史中存在過這

些動人的童話。一星期之後，我交出了第一篇試寫作品
《親親的蛇郎》。之所以選擇這個故事，是因為它結合了
漢民族傳統童話的諸多典型元素，而又不十分為人所熟
知。20世紀50年代曾經有一個膾炙人口的童話劇《馬蘭
花》，內容與本篇有一些相似。

　　寫作的過程中，我才發現做事真不能憑一時興起，
想像中有把握寫好的東西，實際寫起來很不容易。首先
是內容，我本來的打算是要解構這些傳統童話，用現代
思想和觀念將它們重新打造，開筆寫作之後，覺得不
能這麼做，有一個聲音在阻擋我：我不能為了討讀者的
好、討評論家的好、討出版者的好，把傳統意義上的民
族童話弄成一個似是而非的東西。

　　我決定原汁原味地寫。即便被看成是「守舊」，我也
要冒這個風險。我想，我的趣味，應該是中國孩子普遍
的趣味，此前我的幾本兒童文學作品熱銷，已經說明了
這一點。能夠被我接受的，也應該能被孩子們接受；能
讓我感動的，也應該能讓他們感動。其次是文字，選擇
用甚麼風格的文字來表達童話內容，也讓我頗費斟酌。
樸實憨拙的？輕鬆跳躍的？華麗濃重的？試想了幾段開
頭之後，還是選擇了最後一種。

　　想給孩子們的，就是一次華美的閱讀享受。用飽滿
和濃烈的文字，引領他們走進民族的歷史，走進人類在
童真稚拙的年代裏想像出來的天地，同時也領略到中國

的漢文字之美。希望我的十個中篇童話，每一篇都是美文，都有可供在作文中抄錄和模仿的華彩片段，或者可供父母們對孩子琅琅讀出口來的章節。

真的很不容易，寫作之中才知其艱難。不能夠任由我盡情發揮，不能夠脫離民族性、地方性、歷史性，想像力被局限在一小塊天地之中，從服飾描寫到人物對話都不能任意編造。寫出第一篇之後，我覺得費勁、憋屈、不爽。

漫長的冬天和乍暖還寒的春天，我的時間和精力都花在這本《中國童話》上。

其間我的女兒在澳大利亞獨自參加高考，我沒有為她出過一點主意，更沒有幫上一丁點忙。隔兩日打個電話問問情況，放下電話又埋頭忙自己的童話。幸虧女兒考上了她最滿意的大學、最滿意的專業，否則這份歉疚會永遠壓在我心裏。我把這本書獻給她，算是對她的精神補償，也是對她高考成功的祝賀。

我先生跟我分居兩地，每日打電話回家，說完國事家事，偶爾會想起來問一句：「最近在寫甚麼呀？」我回答：「中國童話。」他就一聲驚叫：「還在寫那個東西呀！」搞得我很惶恐，也很自卑，彷彿我太笨，人家眼睛裏那麼簡單的東西，怎麼到我手裏弄來弄去都弄不妥。

第一稿，每篇兩萬字上下，平均每三天寫一篇。第二稿，拓展到每篇兩萬五千字上下，每四天才能改完一

篇。改的時間比寫的時間更長。此前我基本上沒有改稿的習慣，寫了三十年的小說，如此花力氣改一部書稿，這是第一次。

謝謝鄭碩人和顧乃晴兩位先生。我並不認識他們，但是 20 世紀 80 年代中期他們編選過一本《中國童話》，我收藏了。書中收錄的一百多篇呈原始風貌的民間童話，成了我此次創作的底本。我書中的內容很多是從他們編選的篇目中再精選加工的。有的延展了故事內容，突出了人物形象，強調了文學性；有的則把相似的故事組合起來，使之豐富和豐滿。我記得在我的小學課本中，童話的篇目好像要多很多，《獵人海力布》、《神筆馬良》甚麼的，都能在課本中讀到。小時候讀過的東西，記憶非常深刻。閱讀童話對兒童啟蒙有很大作用，我不知道現在的語文教材為何捨不得多選。

《牛郎織女》算得上我小時候最熟悉和迷戀的一個童話了。最早是我外婆講給我聽的。十歲左右時，每年農曆七月初七，我都惦記着四處去找葡萄架，想躺在下面偷聽牛郎織女的私語。我在這篇作品中突出了景物描寫，目的只是想營造出一個仙境一樣的所在，好放進我的兩個悲劇人物。純美和至愛結合，讀者感受到的會不會是心痛？王母娘娘這個人物是我加進去的，我在她身上賦予了比較複雜的人性，把虛幻的童話拉得跟現實生活更近一些。

《獵人海力布》，選它的原因是我在小學課本上讀過，想忘都忘不了。原本的故事太簡單，沒法拓展出一個兩三萬字的中篇，我只好替故事加了一個「前傳」，讓海力布和小龍女成就一段好姻緣。在我們國家的童話元素中，有關「龍女」和「龍王」的故事很多，不應忽視，放在這個中篇裏，也是物盡其用吧。

　　《歡喜河娃》算得上我這本書中的另類。中國童話中的人物以悲劇性格居多，讀之總是沉重，我特意塑造出一個可親可愛的「河娃」，讓人們在閱讀的過程中也跟着輕鬆一下，會心地笑上一笑。

　　《小漁夫和公主》的結尾，我用了一些心思。按照中外童話的套路，小漁夫歷盡艱辛娶到公主之後，應該「在王宮裏過上了幸福的生活」。我不想鑽進俗套，筆底下就故意拐了一個彎，讓小漁夫懲罰了高傲的公主之後，瀟灑回到漁村，半年後公主找到小漁夫村裏，甘願跟着他過平凡女人的生活。

　　《碧玉蟈蟈》也是一個有代表性的童話故事。在中國幾千年漫長的農業社會裏，有關地主和長工、官府和鄉民、剝削者和被剝削者關係的段子多如瀚海，我選出這一篇，算是給《中國童話》一個完整性。

　　《含羞草》講了一個負心郎的可悲下場，相對於孩子的閱讀，它的內涵是不是太深了一點？考慮再三，我還是決定寫。讓孩子從童話中閱讀出人性的複雜，早一點洞悉世態炎涼，我認為不是一件壞事。

《美麗的壯錦》、《住在橘子裏的仙女》、《瀘沽湖的兒女》都是屬於中國少數民族的童話。少數民族的童話都很美，相比於漢民族，他們的想像力更加豐富大膽，空間來得更加自由，對愛情的謳歌也更加大膽濃烈。我非常喜歡這一類童話。限於篇幅，考慮到題材的多樣性、內容的新鮮性，我選了以上的三個。

　　作為改寫者，我想奉獻給讀者的中國童話就是這些。如果有孩子願意讀一讀它，有家長希望孩子讀一讀它，我的努力就算沒有白費。如果孩子們讀了之後對中國文化的豐富性有更多的認識，還有興趣做更多的探尋，我就要為我自己的創意而自豪了。

黃蓓佳

2004 年 3 月 20 日

寫於 南京碧樹園

責任編輯　謝燿壕
封面設計　鄧佩儀
版式設計　龐雅美
排　版　時　潔
印　務　劉漢舉

中國經典系列叢書

黃蓓佳 / 著

出版 ／ 中華教育

香港北角英皇道499號北角工業大廈1樓B室

電話：（852）2137 2338　　傳真：（852）2713 8202

電子郵件：info@chunghwabook.com.hk

網址：https://www.chunghwabook.com.hk

發行 ／ 香港聯合書刊物流有限公司

香港新界荃灣德士古道220-248號荃灣工業中心16樓

電話：（852）2150 2100　　傳真：（852）2407 3062

電子郵件：info@suplogistics.com.hk

印刷 ／ 美雅印刷製本有限公司

香港觀塘榮業街6號海濱工業大廈4樓A室

版次 ／ 2022年10月第1版第1次印刷

©2022 中華教育

規格 ／ 16開（240mm x 170mm）

ISBN ／ 978-988-8808-76-2